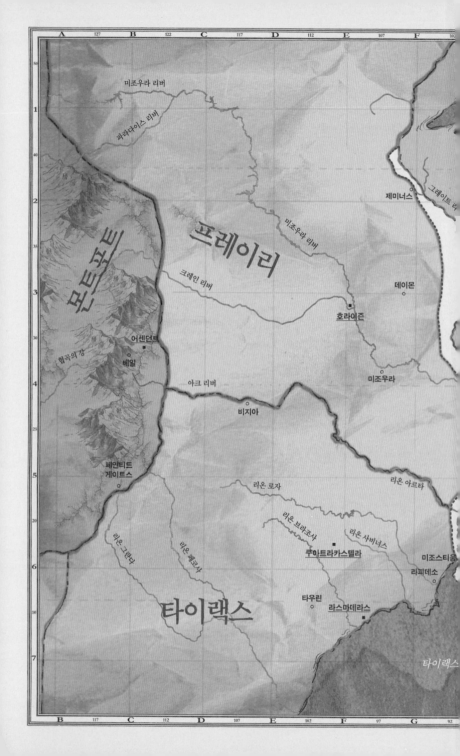

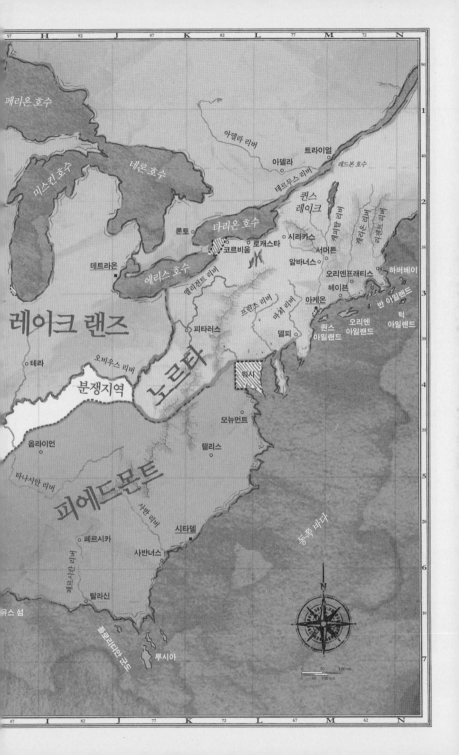

레드 퀸 : 왕의 감옥 I

# 레드 퀸 : 왕의 감옥 I

**빅토리아 애비야드** | **김은숙 옮김**

황금가지

자신의 꿈을 추구하고 성취하는 데 있어서

당신이 가치가 있다는 것, 강력하다는 것,

그리고 그 모든 우연과 기회를 얻을 자격이 있다는 것을

결코 의심하지 마라.

―HRC(힐러리 로댐 클린턴)

차례

# 제1장

# 메어

그가 허락하는 순간, 나는 일어선다.

사슬이 내 몸을 갑자기 휙 잡아당기자, 개 목걸이에 있는 뾰족한 가시가 목을 파고든다. 가시의 날카로운 끝이 쿡 찌르는 게 느껴지지만, 피가 흐를 정도는 아니다…… 아직까지는 그렇다. 하지만 손목에서는 이미 피가 흐르고 있다. 단면이 거칠게 찢어진 족쇄에 매인 채 의식 없이 붙들려 있던 며칠 동안 서서히 깊어진 상처들이다. 하얀 소매에는 어두운 진홍색과 밝은 선홍색의 얼룩들이 남아 있는데, 새 얼룩에서 오래된 것으로 갈수록 점점 흐려지는 것이 내 시련에 대한 증거 같다. 메이븐의 궁중에 대고, 내가 이미 얼마나 고통받았는지 보여 주는 증거.

나를 내려다보며 서 있는 그의 표정을 도통 읽을 수가 없다. 아버지의 것이었던 왕관의 뾰족한 끝이 그를 더 커 보이게 한다. 쇠붙이가 꼭 메이븐의 두개골에서부터 자라나고 있는 것처럼 보인다. 번쩍 거리는 왕관의 뾰족한 부분은 구릿빛과 은빛, 양색(兩色)이 나는 검 정 금속으로 된 둥글게 말린 불꽃 모양으로 이어진다. 메이븐의 눈 을 들여다보지 않아도 되도록 나는 그 비통하리만치 익숙한 물건에 초점을 맞춘다. 어쨌든 그는 또 다른 사슬을 잡아당겨서, 나를 끌고 간다. 그 사슬을 나는 볼 수 없다. 그저 느낄 뿐이다.

하얀 손 하나가 내 상처 입은 손목 주변을 동그랗게 맴돈다. 어쨌 든 부드러운 손길이다. 나도 모르게 순간 그의 얼굴로 눈길이 향하 는 것을 막을 도리가 없다. 그의 미소는 결코 친절하지 않다. 이를 전부 써서 날 물어뜯기라도 할 것처럼 면도날 같이 얄팍하고 날카 롭다. 눈은 그중에서도 최악이다. 그녀의 눈, 엘라라의 눈 그 자체다. 한때 나는 이들이 살아 있는 얼음으로 만들어진 차가운 존재라고 생 각했었다. 이제는 더 잘 알겠다. 가장 뜨거운 불길은 푸른색으로 타 오른다는 것을, 그리고 그의 눈 역시 예외는 아니다.

불꽃의 그림자. 그는 확실히 활활 타고 있지만, 어둠이 그 가장자 리를 잡아먹고 있다. 멍 같은 검푸른 색 반점들이 은색 혈관들에 핏 발이 선 눈동자를 둘러싸고 있다. 아마 계속 제대로 못 잔 모양이다. 기억보다 더 마른 모습이다. 더 야위었고, 더 잔혹해졌다. 공동처럼 시꺼먼 머리카락은 귀에까지 자라 있고, 끝부분은 곱슬곱슬하다. 뺨 은 여전히 매끄럽다. 때때로 나는 메이븐이 얼마나 어린지를 잊고 지낸다. 우리 두 사람 다 얼마나 어린지를. 단순한 모양의 원피스 아 래로, 쇄골에 새겨진 M자가 아프다.

메이븐은 재빨리 돌아서며 주먹에 단단히 사슬을 쥐더니, 나를 강제로 자신과 함께 움직이게 한다. 행성 주변을 맴도는 달처럼.

"그대들이 이 죄수의, 이 영광에의 증인이오."

메이븐은 우리 앞의 어마어마한 관객들을 향해 어깨를 쭉 펴며 말한다. 적어도 300명은 되는 은혈들이 있다. 귀족과 시민 들, 경비와 관료 들이다. 시야 바깥쪽으로 감시병들이 보이는데, 그 깨달음은 고통스럽다. 감시병들의 불타오르는 망토를 보니 재빨리 오그라지는 내 감옥이 끝도 없이 생각난다. 아벤 경비들 또한 결코 시야를 벗어나지 않는데, 그들의 하얀 제복에 눈이 멀 것 같고 그들의 침묵시키는 능력에 질식할 것만 같다. 아마 나는 그들의 존재 자체가 주는 압력에 숨이 막히고 말 것이다.

왕의 목소리는 호화롭게 뻗어 있는 시저의 광장 너머로 메아리쳐 울리고, 같은 식으로 응답하는 군중들로 인해 광장은 떠나갈 듯하다. 아마도 왕의 쓰디쓴 말들을 도시 전체에 전달하기 위해 어딘가에 마이크로폰과 스피커 들이 있음이 틀림없다. 왕국 나머지 곳에도 방송되고 있을 테고.

"진홍의 군대의 지도자, 메어 배로우."

곤경에 처한 내 처지에도 불구하고, 그 말에 코웃음이 나온다. *지도자*라니. 자기 어머니의 죽음조차도 그의 거짓말들을 막지는 못했나 보다.

"살인자이자 테러리스트이며 우리 왕국에 있어서 가장 큰 적이었던 자이오. 그리고 지금 이 순간 이자는 자신의 피를 드러낸 채 우리 앞에 무릎 꿇을 것이오."

사슬이 다시 한 번 잡아당기는 바람에 나는 몸을 허둥지둥 앞으

11

로 움직이고, 균형이 무너지는 바람에 팔을 뻗게 된다. 내 반응은 둔하다. 눈은 내리뜬 채다. 이 얼마나 화려한 행사인가. 이 간단한 연극이 진홍의 군대에 얼마나 큰 타격을 입힐 것인지 깨닫는 순간 분노와 수치가 동시에 몸을 휘감는다. 온 노르타의 적혈들이 내가 메이븐의 줄에 매달려 꼭두각시 춤을 추는 모습을 지켜볼 것이고, 그들은 우리가 약하다고, 패배했다고, 그 모든 관심이나 노력이나 희망이 모두 무가치했다고 생각하게 될 것이다. 그것만큼 사실에서 더 먼 얘기가 없을 것임에도. 하지만 지금, 이곳, 메이븐의 자비심이라는 칼날의 끝 위에 서 있는 처지에서 내가 할 수 있는 것이라고는 아무 것도 없다. 우리가 초크로 향하던 길에 불타는 모습을 목격했던 군사 도시 코르비움에 관한 일이 궁금해진다. 내 메시지가 방송을 탄 이후에 그곳에서 폭동이 일어났다. 그것은 혁명의 첫 숨이었을까? ……아니면 마지막? 나로서는 알 방도가 없다. 누군들 내게 신문을 가져다주는 일에 신경이나 쓰겠는가.

칼은 오래 전, 그의 아버지가 죽기 전, 그가 질풍노도의 번개 소녀만을 동반한 채 이곳을 떠나기 전에 내게 내전의 위협에 대해 경고한 적이 있다. *그건 양쪽 모두의 반역으로 이어졌을 거야.* 그는 그렇게 말했다. 하지만 여기 이렇게 개 줄에 매여 메이븐의 궁중 사람들과 그의 은혈 왕국 앞에 서서 보고 있자니, 그 어떤 분열의 흔적도 찾아볼 수가 없다. 내가 그들에게 메이븐의 감옥, 그들이 사랑하는 이들이 그곳에 끌려갔다는 것, 왕과 상왕비가 그들의 믿음을 배신했다는 것에 대해 말하고 또한 보여 줬음에도 불구하고, 이곳에서 나는 여전히 적이다. 그 생각을 하니 소리라도 꽥꽥 지르고 싶지만, 나

12

또한 그 정도로 어리석지는 않다. 메이븐의 목소리가 내 것보다 항상 더 클 것이 분명하니 말이다.

*엄마랑 아빠도 보고 계실까?* 그 생각에 새로운 슬픔의 파도가 밀려 와서, 눈물을 참기 위해서 입술을 세게 깨문다. 내 얼굴에 초점을 맞춘 비디오카메라가 근처에 있을 것이 분명하다. 카메라를 전혀 느낄 수는 없지만, 자명한 일이다. 메이븐이라면 내 추락에 영생을 부여할 기회를 놓칠 리가 없으니까.

*이제 두 분은 내가 죽는 모습을 보시게 되는 걸까?*

개 목걸이를 보면 아닐 것이다. 만약 메이븐이 나를 바로 죽이려는 거라면 뭐 때문에 이런 구경거리를 신경이나 쓰겠는가. 다른 사람이라면 이 사실에 안심했을지도 모르겠지만, 내 안은 공포로 차갑게 물든다. 그는 나를 죽이지 않을 것이다. 메이븐은 그러지 않을 것이다. 그의 손길에서 느껴진다. 메이븐의 길고 차가운 손가락이 내 손목에 여전히 닿아 있다. 그동안 다른 손은 계속 내 개 줄을 쥐고 있다. 내가 그의 것이 된 지금조차도, 그는 나를 놓지 않으려 한다. 이 새장, 미친 소년 왕의 비틀린 집착 속에 갇힐 바에야 차라리 죽고만 싶다.

늘 똑같이 기묘한 애통함을 담아 끝을 맺고는 했던 그의 쪽지들이 기억난다.

*우리가 다시 만날 때까지.*

메이븐은 계속 말을 하고 있지만 그의 음성은 지나치게 가까이 다가와 끽끽대는 말벌의 소리처럼 머릿속을 둔하게 울리고, 신경만 있는 대로 곤두선다. 나는 어깨 너머를 바라본다. 내 눈길은 뒤쪽에서 있는 왕의 신하들 무리 위를 떠돈다. 그들 모두가 자랑스럽다는 듯 서 있다. 애도하는 의미로 검정색 옷을 입고 서 있는 모습이 끔찍하다. 광을 낸 흑단색 갑옷을 입고 있는 사모스 가문의 볼로 경과 그의 아들 프톨레무스의 모습이 아주 인상적이다. 그들의 갑옷에는 은색 비늘을 사용한 장식 띠가 엉덩이에서 허리까지를 덮고 있다. 아들 쪽을 본 순간, 눈앞이 격노로 인해 붉은색으로 뒤덮인다. 나는 달려들어 프톨레무스의 얼굴에서 가죽을 뜯어내 버리고 싶지만, 그 충동에 맞서 싸운다. 쉐이드 오빠한테 저놈이 그랬던 것처럼 저놈의 심장을 칼로 찔러 버리고 싶다. 그런 욕망을 드러내자, 놈은 내게 히죽대며 웃어 보인다. 그럴 정도의 가시를 가진 놈이다. 개 목걸이만 없었다면, 내가 나로 있을 수 있는 모든 것을 억누르고 있는 사일런스 경비들만 없었다면, 놈의 뼈들을 연기가 피어오르는 유리로 바꿔 버렸을 텐데.

왜 그런지는 모르겠지만 몇 달 전까지 적이었던 놈의 여동생은 나를 보고 있지 않다. 흑수정으로 뾰족뾰족한 모양을 낸 옷을 입은 에반젤린은 항상 그랬듯 그토록 폭력적인 별자리의 가장 번쩍이는 별과도 같다. 메이븐과의 약혼 기간이 고통스러울 만큼 길었을 것이다. 아마도 곧 왕비가 되겠지. 그녀의 시선은 왕의 등을 향하고 있다. 어두운 눈빛은 불타는 듯한 집중력으로 왕의 목 뒤쪽에 고정되어 있다. 산들바람이 불며 그녀의 윤기 흐르는 은빛 머리타래를 헝클어 어깨 너머로 날리지만, 그녀는 눈 한 번 깜빡이질 않는다. 한참의 시간이 흐른 뒤에서야 그녀는 내가 자신을 뚫어져라 보고 있다는 사실을 눈치 챈 모양이다. 그리고 그런 다음에조차, 그녀의 눈은 간신히 내 쪽을 휙 스쳐갈 다름이다. 두 눈에는 어떤 감정도 실려 있지 않다. 나는 더이상 에반젤린의 관심을 받을 가치도 없는 것이다.

"메어 배로우는 왕실의 죄수이며, 그녀는 곧 왕실과 궁정의 심판을 받게 될 것이오. 그녀의 많은 범죄들 또한 반드시 대답을 듣게 될 것이고."

*어떤 식으로?* 궁금하다.

군중은 그에 대한 응답으로 고함을 치며 왕의 판결에 환호한다. 그들은 은혈들이지만 "평범한" 사람들로 품위 있는 귀족들과는 다르다. 그들이 메이븐의 말에 왁자지껄하는 동안, 궁중 사람들은 반응도 보이지 않는다. 사실, 그들 중 일부는 얼굴이 납빛이 되거나 돌처럼 딱딱하게 굳으며 화를 낸다. 물론 그 누구도 메란더스 하우스만큼은 아니다. 메란더스 하우스 사람들의 상복에는 죽은 상왕비를 상징하는 그 끔찍한 색깔인 어두운 푸른색의 선이 길게 그려져 있다. 에반젤린이 내 존재를 알아차리지도 못하고 있던 반면, 그들은 놀랄 정도로 격렬하게 내 얼굴에 시선을 고정하고 있다. 모든 방향에서 푸른 눈동자가 불타는 듯한 시선을 보낸다. 썩은 사과 속으로 들어가는 벌레처럼 파고들어오는 십수 개의 목소리가 내 머릿속에서 속삭이고 있지 않을까 추측해 본다. 하지만 그저 침묵만이 존재한다. 아마도 내 옆에 바짝 붙어 있는 아벤 요원들은 그저 나의 간수들일뿐만이 아니라 나의 보호자들이기도 한 모양이다. 내 능력뿐 아니라 나를 향하는 다른 이들의 능력도 마찬가지로 억누르고 있으니 말이다. 메이븐의 명령이었을 것이다. 이곳의 아무도 나를 상처 입힐 수 없도록.

그를 제외한 아무도.

하지만 이미 모든 것들이 나를 상처 입히고 있다. 서 있는 것도, 움직이는 것도, 생각하는 것도. 비행기 사고 때문에, 소리가 나는 기계 때문에, 사일런스 경비들이 짓누르는 무게 때문에. 그리고 그런 것들은 전부 물리적인 상처일 뿐이다. 멍. 골절. 물리적인 고통은 그저 시간만 주어진다면 언젠가는 낫기 마련이다. 나머지 상처들은 이런 종류와는 경우가 다르다. 오빠가 죽었다. 나는 죄수다. 그리고 아무리 해도 내가 악마와 거래를 텄던 며칠 전의 그날에 내 친구들에게 정말로 어떤 일이 벌어진 것인지 알 수가 없다. 칼, 킬런, 카메론, 브리와 트래미 오빠. 우리는 그들을 빈터에 남겨두고 떠났지만, 그들은 부상당해서 움직이지도 못하는 연약한 상태였다. 메이븐은 자신이 시작한 일을 도로 끝내기 위해서 얼마든지 많은 암살자들을 그들에게 보냈을 수도 있다. 그들 모두의 목숨과 나 자신을 교환했지만 그 전략이 제대로 먹혔는지조차 판단할 수가 없다.

만약 물어본다면 메이븐은 대답해 줄 것이다. 그의 얼굴에서 그 사실을 읽을 수 있다. 메이븐이 비열한 문장을 뱉는 매 순간, 자신이 사랑해 마지않는 그 주제를 연기하기 위해 뱉는 모든 거짓말에 구두점을 찍을 때마다 매번, 그의 눈이 내게 날아와 꽂힌다. 내가 지켜보고 있다는 것, 주의를 기울이고 있다는 것, 그를 보고 있다는 것을 확신하기 위해서다. 애가 따로 없다.

그에게 결코 애원하지 않을 것이다. 여기서는 아니다. 이렇게는 아니다. 그 정도의 자존심은 내게도 있다.

메이븐이 비난을 잇는다.

"짐의 어머니와 아버지는 이 짐승들과 싸우다 돌아가셨소. 그분들은 이 왕국 전체를 지키고 그대들을 안전하게 지키기 위해 그분들의 목숨을 바치셨소."

좌절감 속에서 메이븐을 노려보는 것 외에는 방법이 없다. 그의 불꽃이 내 쉿쉿대는 야유와 만난다. 우리 둘 모두 그의 아버지의 죽음을 기억하고 있다. 그가 살해되던 순간을. 엘라라 상왕비가 칼의 머릿속으로 바로 들어가 속삭여서, 선왕이 아끼던 후계자를 치명적인 무기로 바꿔 버렸다. 칼이 왕의 머리를 잘라냄과 동시에 왕국을 지배할 수 있었던 어떤 기회도 함께 쳐내던 그 순간, 강제로 자기 아버지의 살해자가 되어야만 했던 그 순간을 메이븐과 나는 함께 지켜보았다. 그 이후로 많은 끔찍한 것들을 수도 없이 보아 왔음에도 불구하고 그 기억은 뇌리에서 떠나지 않는다.

코로스 감옥의 밖에서 상왕비랑 무슨 일이 있었던 것인지, 그다지 기억이 나진 않는다. 후에 그녀의 시체 상태는 억제되지 않는 번개가 사람의 살에 할 수 있는 일이 무엇인지 충분한 증거가 되어 주었다. 내가 그녀를 죽였다는 것에는 의심의 여지도, 회한이나 후회도 없다. 모든 것을 파괴했던 내 폭풍은 쉐이드 오빠의 갑작스러운 죽음이 양분이었다. 코로스 전투에 대해 마지막으로 분명히 기억나는 것은 프톨레무스의 자비라고는 없는 냉정한 쇠 바늘에 가슴이 찔린 채로 쓰러지던 오빠의 모습이다. 어쨌든 프톨레무스는 나의 눈 먼 분노에서 살아남았지만, 엘라라는 그러지 못했다. 적어도 대령과 나는 그녀에게 무슨 일이 일어난 것인지 세상이 알 필요가 있다고 확신했고, 그녀의 시체를 방송에 내보냈다.

17

메이븐이 엘라라의 능력의 일부라도 물려받았다면 좋았을 것이다. 그래서 그가 내 머릿속을 볼 수 있어서 내가 자신의 어머니에게 준 결말이 어떤 것이었는지 정확히 알 수 있었다면 좋았을 텐데. 메이븐에게도 내가 당한 것과 똑같이 끔찍한 상실의 고통을 안겨 주고 싶다.

그의 눈은 자신이 달달 외운 연설을 마무리하는 내내 내게 머무른다. 한 손은 나를 자신에게 묶어 두는 사슬을 더 잘 보이게 하기 위해서 쭉 뻗고 있다. 그의 모든 행동이란 보여 주기식 이미지 연출을 위해 계산된 것이다.

"나 또한 그리할 것을, 진홍의 군대와 메어 배로우 같은 괴물들을 끝내 버릴 것을 맹세하겠소, 아니면 그를 위해 애쓰다 죽음을 맞을 것이오."

*그럼, 죽어.* 소리 지르고 싶다.

관중들의 함성에 내 생각이 떠내려간다. 왕과 그의 독재 정권을 향해 수백이 환호한다. 나는 다리를 건너오는 동안 자신이 사랑했던 누군가의 죽음을 내 탓으로 여기는 수많은 이들의 얼굴 앞에서 울음을 터뜨렸다. 여전히 뺨 위로 말라붙어 있는 눈물들이 느껴진다. 이제 다시금 울고 싶어지지만, 그것은 슬픔 때문이 아니라 분노 때문이다. 어떻게 이 사람들은 이 말을 믿을 수 있을까? 어떻게 이 사람들은 이 모든 거짓말을 견딜 수 있지?

인형처럼 나는 그 광경에서 몸을 돌린다. 남은 힘을 모두 그러모아 좀 더 잘 보기 위해 한쪽 어깨 너머로 목을 길게 뺀다. 세상의 눈이 되고 있을 카메라들을 추적해 본다. *날 봐요.* 간청해 본다. *메이븐*

이 어떻게 거짓말을 하는지 알아차려요. 턱에 힘을 주고 눈은 가늘게 뜬다. 내가 바라는 것을 그림으로 그리면 회복, 반란, 그리고 분노의 그림이 되기를. 나는 번개 소녀다. 나는 폭풍이다. 그 말은 꼭 거짓말처럼 느껴진다. 번개 소녀는 죽었다.

하지만 이것이 내가 대의를 위해서, 그리고 여전히 저기 어딘가에 있을 내가 사랑하는 사람들을 위해서 할 수 있는 마지막 일이다. 그들은 이 마지막 순간에 내가 비틀거리는 모습을 볼 수 없을 것이다. 그렇다, 나는 똑바로 설 것이다. 어떻게 그럴 수 있을지 아직은 잘 모르겠지만 나는 여기 이 야수의 배 안에서조차 계속 싸울 것이다.

메이븐은 또 한 번 사슬을 잡아 당겨 내가 궁중 사람들을 마주하도록 강제로 내 몸을 획 돌린다. 차가운 은혈들이 나를 되쏘아본다. 자신들의 색을 생명력이 침출된 파랑과 검정, 보라와 회색 아래에 숨기고 있다. 혈관에는 피 대신 강철과 다이아몬드가 흐르는 사람들. 그들은 내가 아니라 메이븐을 보고 있다. 그 시선에서 나는 답을 찾아낸다. 그 시선에서 나는 갈망을 읽는다.

짧은 한순간, 철저히 혼자인 옥좌 위의 소년 왕에게 동정심이 느껴진다. 다음 순간, 깊은 곳에서부터 지분대는 희망의 숨결이 느껴진다.

아, 메이븐. 네가 있는 이곳은 얼마나 엉망진창인 거니.

그저 과연 누가 먼저 공격해 들어올 것인지 궁금할 따름이다.

진홍의 군대일지, 아니면 메이븐의 목젖을 째고 그의 어머니가 목숨을 바친 모든 것을 빼앗을 준비가 되어 있는 저 귀족 남녀들일지.

* * *

우리가 화이트파이어 팰리스의 계단으로 피신하여 아가리를 떡 벌리고 있는 궁전의 입구 홀로 후퇴하자마자, 메이븐은 내 사슬을 아벤들 중 한 명에게 바로 건네준다. 기묘한 일이다. 나를 다시 자신에게로 데리고 오는 일에, 나를 자신의 새장 속으로 집어넣는 일에 그토록 집착하던 그였건만, 그는 내 사슬을 한 번 쳐다보지도 않고 넘겨준다. *겁쟁이.* 나는 속으로 생각한다. 그는 구경거리를 연출할 때가 아니면 나를 차마 바라보지도 못하는 것이다.

"약속 지켰어?"

나는 숨도 쉬지 못하고 따진다. 내 목소리는 며칠 사용하지 못한 후유증으로 쇳소리를 낸다.

"넌 약속을 지키는 사람이야?"

그는 대답하지 않는다.

나머지 사람들은 우리 뒤로 정렬한다. 그 행과 열은 복잡한 신분과 계급에 따라 연습한 대로 정해진 것이다. 오직 나만이 그 위치에서 벗어나 있다. 몇 걸음 뒤에서 왕을 따르는 첫 번째 사람인데, 생각해 보면 이 자리야말로 왕비가 걸을 법한 자리다. 그 지위에서 나보다 더 먼 사람도 없겠지만 말이다.

왕을 향한 눈 먼 충성 말고 무언가 다른 것을 찾을 수 있기를 바라는 마음으로, 내 간수들 중에서 더 큰 쪽을 흘깃 바라본다. 그는 하얀색 제복을 입고 있는데, 그것은 두껍고 방탄이며 목까지 지퍼가 채워져 있다. 장갑에서는 반짝반짝 빛이 난다. 비단은 아니고, 플라

스틱…… 고무다. 그 깨달음에 움찔하지 않을 수가 없다. 사일런스 능력에도 불구하고, 아벤들은 나에게 어떤 기회도 주지 않으려는 것이다. 만약 내가 그들의 그 지속적인 공격을 어찌어찌 넘어 용케 번개 불꽃을 불러 온다 하더라도, 그 장갑들은 그들이 내게 개 줄을 씌우고 사슬로 묶고 우리에 처넣을 수 있도록 손을 보호해 줄 것이다. 커다란 아벤은 나와 눈도 마주치지 않는다. 시선은 앞만 보고 있고 집중을 발휘하느라 입은 오므린 채다. 다른 쪽도 마찬가지다. 내 옆에 꼭 붙은 채로 그의 형제인지 사촌인지와 완벽하게 발을 맞춰 걷는다. 그들의 대머리가 반들거리는 모습을 보니, 루카스 사모스에 대한 기억이 문득 떠오른다. 내 친절했던 간수, 내 친구, 내가 존재했기 때문에 그리고 내가 그를 이용했기 때문에 처형당했던 사람. 칼이 나를 감시할 사람으로 그토록 품위 있는 은혈을 붙여 주었던 것은 정말 행운이었다. 그리고 지금 상황 역시 생각해 보면 운이 좋다. 간수들이 마음에 들지 않는다면 이들을 죽이기 더욱 쉬울 테니까.

이들은 반드시 죽어야만 한다. 어쨌든. 어떻게든. 만약 내가 탈출하고자 한다면, 내 번개를 다시 회복하고 싶다면, 이들은 제일 첫 번째 장애물이 될 것이다. 다음 순서를 추측하는 일 역시 간단하다. 메이븐의 감시병들, 궁전 도처에 위치해 있는 경비대와 요원들, 그리고 물론 메이븐 본인까지도. 내가 이곳을 떠나는 것은 그가 시체가되거나 아니면 내가 시체가 될 때뿐이다.

그를 죽이는 것에 대해 생각해 본다. 내 사슬을 메이븐의 목에 감고 그 몸에서 생명을 짜내는 것도 좋겠다. 이렇게 한 걸음 한 걸음 내딛을 때마다 궁전의 더 깊은 곳으로 들어가고 있다는 사실을 무시하는 데 그런 생각이 도움이 된다. 하얀 대리석을 넘어, 미끄러지듯 날아오르는 벽들을 지나, 불꽃이 조각된 수정등이 매달린 십수 개의 샹들리에 아래로. 기억 그대로 아름답고 차가운 모습이다. 금으로 된 자물쇠와 다이아몬드로 된 잠금쇠가 달린 감옥. 그래도 적어도 이제 가장 폭력적이며 위험한 교도소장을 만날 일은 없다. 상왕비는 죽었으니까. 그럼에도 불구하고 그녀에 대한 생각만으로도 몸이 떨린다. 엘라라 메란더스. 그녀의 그림자가 머릿속을 유령처럼 배회한다. 한때 그녀는 내 기억들을 찢어발겼다. 이제 그녀는 그 기억들 중 하나가 되었다.

무장을 한 형체 하나가 시야를 가르고 내 간수들 주변으로 옆걸음질 쳐 들어와 나와 왕의 사이에 자리한다. 감시병의 망토나 가면을 걸치진 않았음에도 불구하고 끈덕진 보호자처럼 우리와 속도를 맞춘다. 꼭 내가 메이븐을 목 조르는 상상을 하고 있다는 것을 알아차린 듯하다. 나는 입술을 깨물며 위스퍼의 공격이 날카롭게 찌를 것에 대비한다.

하지만 아니다, 그는 메란더스 하우스의 사람이 아니다. 그의 갑옷은 흑요석처럼 어둡고, 그의 머리카락은 은빛이며, 피부는 달처럼 창백하다. 그리고 그의 눈동자, 나를 어깨너머로 돌아볼 때 마주친 그 검은 눈동자는 텅 비어 있다.

프톨레무스.

나는 이를 드러내며 달려든다. 내가 뭘 하고 있는지 알지도 못하고, 신경 쓰지도 않는 채로. 내 자국을 남길 수만 있다면. 은혈들의 피란 적혈들의 그것과는 다른 맛이 날지 궁금하다.

나는 결코 알아내지 못한다.

목줄이 나를 뒤로 잡아채고, 나는 척추가 휠 정도로 난폭하게 끌려가 바닥으로 처박힌다. 조금만 더 세게 부딪혔더라면 목이 부러졌을 것이다. 쿵 하는 소리가 날 정도로 두개골을 대리석에 박는 바람에 세상이 빙빙 돌지만 날 진정시키기에는 부족하다. 나는 손으로 간신히 몸을 일으켜 기어간다. 시야가 좁아져서, 이제는 나를 마주보며 몸을 돌리고 있는 프톨레무스의 무장한 다리만이 보인다. 다시 한 번 나는 목표를 향해 달려들고, 다시 한 번 목줄이 나를 뒤로 잡아당긴다.

"그만."

메이븐의 화난 목소리가 낮게 울린다.

그는 나를 내려다보며 서서는, 프톨레무스에게 되갚아주려는 나의 형편없는 시도를 더 이상 보지 않으려 나를 막는다. 일행의 나머지 사람들 역시 진작 멈춰 서서는, 뒤틀린 적혈 쥐새끼가 헛되이 투쟁하는 모습을 보기 위해 앞으로 몰려든 채다.

목줄이 조이는 것 같다. 그에 나는 목으로 손을 뻗으며 숨을 크게 들이마신다.

메이븐은 내 목줄이 줄어드는 동안 금속에 눈을 계속 고정하고 있다.

"에반젤린, 그만이라고 했다."

고통에도 불구하고, 나는 등 뒤에 있는 그녀를 보기 위해 몸을 돌린다. 그녀는 한쪽 주먹을 꼭 움켜쥐고 있다. 메이븐처럼 그녀도 내 목줄을 응시하고 있다. 목줄은 살아 숨쉬는 것처럼 맥동한다. 아마도 그녀의 심장 박동이랑 딱 맞아떨어질 것이 틀림없다.

"쟬 풀어 주는 걸 허락해 주세요."

에반젤린의 말에 순간 내 귀를 의심한다.

"제가 재를 지금 당장 풀어 주게 허락해 주세요. 재 옆의 경비들을 물러가게 해 주시면, 그러면 제가 그녀를 죽이겠어요, 번개랑 나머지 전부 다."

그 말에 에반젤린을 향해 으르렁거리는 내 모습은, 어느 모로 보나 그들이 내 모습이라고 생각하는 그대로의 짐승이다.

"시도해 보시지."

메이븐이 제발 동의해 주기를 간절히 바라며 나는 대꾸한다. 내 상처들과, 사일런스 능력 하에 있던 지난 며칠들과, 그리고 저 마그네트론 계집애에 비해 열등했던 지난 수년의 시간들에도 불구하고 나는 그녀가 한 제안 그대로를 원한다. 예전에도 그녀를 때려눕힌 적이 있다. 다시 한 번 할 수 있다. 적어도 이것은 기회다. 내가 바랄 수 있는 바로 그 이상의 기회.

메이븐의 눈동자가 내 목줄에서 자신의 약혼녀에게로 휙 움직인다. 그의 얼굴이 딱딱하고 상대를 태울 듯 노려보는 표정으로 바뀐다. 그의 어머니의 너무나 많은 부분이 그의 안에 존재한다.

"지금 왕의 명령에 의문을 제기하는 건가, 레이디 에반젤린?"

보라색으로 칠한 에반젤린의 입술 사이에서 이가 번뜩인다. 에반젤린이 덮고 있는 궁중 예절의 커튼이 막 사라지려는 찰나, 그녀가 뭔가 분명 내뱉는 순간 문제가 됐을 말을 꺼내기도 전에, 그녀의 아버지가 딱 맞게 움직여서 딸의 팔에 자신의 팔을 스친다. 그 행동의

의미는 명확하다. *복종해라.*

"아닙니다."

그녀는 으르렁거리듯 대답한다. *그렇다*는 의미다. 에반젤린은 목을 구부려 머리를 숙인다.

"전하."

목줄이 풀어지면서, 다시 내 목 둘레 정도로 넓어진다. 심지어 전보다 더 여유로워진 것도 같다. 에반젤린이 스스로 그런 척하는 것보다 꼼꼼하지 못한 점에 살짝 감사해야겠다.

"메어 배로우는 왕실의 죄수이며, 왕실은 적절하다 생각되는 방식으로 그녀를 벌할 것이다."

메이븐의 목소리는 그의 변덕스러운 약혼녀를 지나 그 뒤까지 울린다. 그의 눈이 나머지 궁중 사람들 사이를 훑으며, 자신의 의도를 명확히 전한다.

"죽음조차 그녀에게 사치다."

낮은 웅얼거림이 귀족들 사이에 파문처럼 번진다. 항의하는 목소리들도 들리지만, 그보다 동의하는 음성이 더 많다. *기묘한 일이다.* 최악의 경우 저들 대부분이 나를 사형시키길 원할 거라고, 목을 매달아 독수리들에게 먹이로 주어 진홍의 군대가 얻을 수 있는 토양이 무엇이든 몽땅 쥐어짜낼 것이라고 생각했는데. 하지만 보아하니 저들은 내게 더 나쁜 운명이 닥치기를 기대하는 모양이다.

*더 나쁜 운명들.*

예전에 존이 내게 그렇게 말했었다. 내 운명이 붙들고 있는 것이 무엇인지, 내 길이 이어져 있는 곳이 어디인지, 그가 내다보았던 그

때. 그는 이 일이 일어날 것을 알고 있었다, 그리고 왕에게 알렸다. 내 오라비의 목숨과 내 자유를 대가로 메이븐의 옆자리를 샀다.

존이 군중들 사이에 서 있는 모습이 우연하게도 눈에 들어온다. 다른 이들은 그에게서 거리를 두고 서 있다. 그의 눈동자는 붉고, 왈칵 성을 내고 있다. 이르게 회색이 되어 버린 머리카락을 말끔한 모양으로 묶고 있다. 메이븐 캘로어의 또 다른 신혈 애완동물이지만 저쪽은 내가 볼 수 있는 사슬을 달고 있지 않다. 아이들로 이루어진 군대를 구하려던 우리의 임무가 시작되기도 전에 그 일을 막도록 그가 메이븐을 도운 덕택이다. 우리의 행보와 우리의 미래를 메이븐에게 일러바쳤다. 소년 왕의 앞에 나를 포장해서 선물했다. 우리 모두를 배신했다.

당연하게도 존은 아까부터 나를 뚫어져라 보는 중이다. 그가 한 짓에 대해서 사과를 할 거라 기대하지도 않지만, 한다 한들 받을 생각도 없다.

"심문은 어떻습니까?"

나로서는 알지 못하는 목소리가 왼쪽에서 울린다. 그럼에도 불구하고, 그의 얼굴은 알고 있다.

샘슨 메란더스. 경기장의 싸움꾼이자 야만스러운 위스퍼, 바로 죽은 여왕의 사촌인 자다. 그는 사람들 사이를 어깨로 밀치며 내 쪽을 향해 다가온다. 주춤하지 않을 수가 없다. 인생이 지금 같지 않았을 때 나는 그가 '위업'의 날 경기장에서 상대방이 스스로를 찔러 죽음으로 몰려가도록 만들던 모습을 보았다. 킬런이 내 옆에 앉아서 지켜보고, 환호하며, 그의 인생에서 마지막 몇 시간의 자유를 즐기고 있었더랬다. 그러고 나서 킬런의 스승님이 돌아가셨고, 우리의 세계는 몽땅 뒤바뀌고 말았다. 우리의 길들은 바뀌었다. 그리고 흠결 하나 없는 대리석 바닥 위에 아무렇게나 널브러져 있는 지금의 나는 춥고 피를 흘리고 있다. 나는 왕의 발 아래 엎드린 개만도 못하다.

"심문조차 그녀에게 사치입니까, 전하?"

샘슨은 내 방향으로 하얀 손 하나를 뻗으며 말을 잇는다. 그는 내 뺨 아래를 붙들어, 억지로 위를 보도록 한다. 그를 물어 버리고 싶은 욕구를 애써 누른다. 에반젤린이 내 목을 조를 수 있을 구실을 또 하나 제공할 필요야 없으니.

"이 여자가 지금까지 봐 왔을 것들을 생각해 보십시오. 이 여자가 알고 있는 것들을. 이 여자는 놈들의 지도자이며…… 끔찍한 이 여자 족속의 비밀을 풀어낼 열쇠입니다."

그의 말은 틀렸지만, 그럼에도 내 심장은 가슴 속에서 쿵쿵 뛴다. 커다란 피해를 주기 충분한 것들을 나는 알고 있다. 턱(Tuck) 섬이 눈앞을 스쳐지나가고, 대령과 몬트포트 자유 공화국에서 온 쌍둥이들도 생각난다. 군대에 잠입해 있는 사람들. 도시들. 나라 전역에 퍼진 채로 안전을 찾아 이동하는 난민들을 나르고 있는 휘슬들. 조심스럽게 유지되어 온 중요한 비밀들이, 이제 곧 드러나려고 한다. 내가 알고 있는 것들이 얼마나 많은 이들을 위험으로 몰아넣을 것인가? 저들이 나를 비틀어 열면 얼마나 많은 이들이 죽게 될까?

그리고 그건 그저 군사적인 정보들에 관한 부분만 고려할 때 얘기다. 더 심각한 것은 내 정신 속의 어두운 부분들이다. 내 최악의 악마들을 몰아넣어 둔 깊은 구석. 메이븐도 그중에 하나다. 내가 기

27

억하고 사랑하고 진짜이길 소망했던 그 왕자님. 그 다음으로 칼도 있다. 그를 머무르게 하기 위해서 내가 했던 일들, 내가 무시했던 것들, 그리고 그의 충성심을 두고 스스로에게 했던 거짓말들까지도. 나를 부식시키고 내 뿌리를 갉아먹는 수치와 실수들. 샘슨이나(아니면 메이븐이) 내 안에서 그런 것들을 보게 둘 수는 없다.

*제발.* 애원하고 싶다. 입술은 움직이지 않는다. 메이븐을 증오하는 만큼이나, 그가 고통받는 모습을 보고 싶은 만큼이나, 내가 가진 최고의 기회가 그라는 사실 역시 자명하다. 하지만 그의 가장 강력한 동맹들과 최악의 적들을 앞에 두고 자비를 구걸하는 것은 이미 연약한 왕을 더 약하게 만들 뿐이다. 그래서 나는 턱을 쥐고 있는 샘슨의 악력을 무시하려고 애를 쓰며 침묵을 지킨 채 메이븐의 얼굴에만 집중한다.

그의 눈이 가장 길고도 가장 짧은 순간 동안 내 눈과 마주친다.

"그대는 자신이 받은 명령이나 잊지 말게."

그는 퉁명스럽게 말하며 경비병들을 향해 고개를 끄덕인다.

경비병들은 단단히 나를 붙들지만 멍이 들 정도는 아니다. 그들은 내가 스스로의 발로 서게 들어 올린 뒤, 사슬과 손을 써서 나를 사람들에게서 빼낸다. 나는 그들 모두를 뒤로한 채 그곳을 떠난다. 에반젤린을, 프톨레무스를, 샘슨을, 그리고 메이븐을 둔 채.

메이븐은 발뒤꿈치로 휙 돌아서 나와는 반대 방향을 향한다. 그에게 온기를 주는, 그에게 남은 유일한 것을 향해서.

얼음 불꽃으로 만들어진 왕좌.

## 제2장

# 메어

*내게는 혼자 있는 시간이 없다.*

간수들이 떠나지를 않는다. 항상 둘이서 짝을 이루고 지켜보면서, 항상 내가 침묵하고 억눌린 상태가 되도록 유지한다. 나를 죄수로 만드는 데는 잠겨 있는 문 이상 아무것도 필요하지 않다. 심지어 문에 가까이 다가가려고 했다가는 간수들에게 떠밀려 침실 가운데로 밀려가기 일수다. 그들은 나보다 더 강한 데다가, 방심하는 법이 없다. 그들의 눈으로부터 피할 수 있는 유일한 탈출구는 하얀색 타일에 금색 설비들이 박혀 있는 조그만 화장실 공간으로, 바닥을 따라 '침묵하는 돌'이 삼엄하게 장식되어 있다. 그놈의 진주 같은 회색 돌 조각들만 있어도 머리가 쿵쿵 울리고 목이 죄니, 그걸로 충분하다. 거기서 나는 최대한 서두르다 나오지만, 매 순간 매초가 교살당하는 기분이다. 그 감각은 늘 카메론과 그 애의 능력을 생각나게 한다. 카메론은 침묵시키는 힘으로 누군가를 죽일 수도 있다. 경비들의 철통 감시가 싫은 만큼이나, 그저 잠시간의 평화를 얻고자 화장실 바닥에서 질식해 죽는 위험을 무릅쓰고 싶지도 않다.

우습게도, 예전에는 홀로 남는 것이 가장 두려운 일이리라고 생각하곤 했다. 이제 나는 홀로 있는 시간이라고는 없는데, 그런데 결코 이보다 더 두려웠던 적이 없다.

내 안에 흐르는 번개의 힘을 느끼지 못한 지 벌써 4일째다.

＊ ＊ ＊

5일째.

＊ ＊ ＊

6일째.

＊ ＊ ＊

17일째.

＊ ＊ ＊

31일째.

흐르는 시간을 파악해 보기 위해서 포크를 사용해서 침대 옆 굽
도리 널에 매일 기록을 한다. 내 흔적을 남긴다는 생각, 내가 이 화
이트파이어 팰리스의 감옥 위에 조그마한 상흔이나마 남기고 있다
는 생각이 들면 기분이 좋다. 아벤들은 신경도 쓰지 않는다. 그들은
대부분의 경우 나를 무시한 채 그저 완전히 절대적으로 나를 침묵시
키는 일에만 집중한다. 그들은 문 옆의 자신들 자리를 지킨 채, 그저
눈동자만 움직이는 채로 동상처럼 앉아 있다.

여기는 내가 화이트파이어 팰리스에서 마지막으로 잤던 곳과 같
은 방은 아니다. 왕실의 죄수를 수감하는 곳이 왕실의 신부에게 주
어지던 곳과 같은 장소여서야 분명 적절하지 못한 일일 터이다. 하
지만 그렇다고 해서 내가 갇혀 있는 곳이 딱히 감옥인 것은 또 아니
다. 두툼한 고급 침구가 놓인 침대에 지루하고 두꺼운 책으로 가득
찬 책장, 몇 개의 의자들과 먹을 때 쓸 수 있는 테이블까지 가구도
꽤 잘 갖추고 있는 나의 우리는 안락하다. 심지어 꽤 좋은 커튼도 달
려 있는데, 모두 회색, 갈색, 그리고 흰색이 뒤섞인 중간 색조를 띠고
있다. 아벤들이 내게서 힘을 빼내는 것이나 마찬가지로, 색깔마저
꼭 침출된 색이다.

혼자 잠드는 일에 아주 느릿느릿 익숙해지는 중이지만, 나는 악
몽에 시달린다. 그것들을 쫓아 줄 칼이 없으니까. 나를 염려해 줄 누
군가가 없으니까. 잠에서 깨어날 때마다 나는 귀에 박힌 귀걸이들을
만지며 각각의 돌의 이름을 불러 본다. 브리 오빠, 트래미 오빠, 쉐이

드 오빠, 킬런. 피와 유대로 맺어진 나의 형제들. 셋은 살아 있지만, 하나는 유령이 되었다. 내가 지사에게 주었던 것과 한 쌍인 귀걸이 하나를 가지고 있어, 그걸로 그 애의 조각도 하나 가질 수 있었더라면. 때때로 지사의 꿈을 꾼다. 실체는 전혀 없이, 그저 그 애의 얼굴과 피가 흐르는 것 같이 붉고 어두운 그 애의 머리카락만 섬광처럼 스친다. 그 어떤 것보다도 그 애의 말들이 뇌리를 떠나지 않고 남아 있다. *언젠가 분명 사람들이 들이닥쳐서는 언니가 가진 모든 걸 가져갈 거야.* 지사가 옳았다.

방에는 거울이라고는 없다. 심지어 화장실에도 없다. 하지만 이 장소가 나를 어떻게 만들고 있는지 나는 알고 있다. 푸짐한 식사를 하고 운동을 전혀 하지 않음에도, 내 얼굴이 점점 마르는 게 느껴진다. 피부 아래로 느껴지는 뼈는 내가 헛되이 살던 그 어느 때보다도 더 날카롭다. 자거나 노르타의 세법에 관한 책들 중 하나를 읽는 것 외에는 어떤 일도 없지만, 그럼에도 불구하고 여러 날째 탈진 상태가 이어지고 있다. 매 손길마다 피부 위로 멍들이 꽃 핀다. 내가 이토록 차갑고 떨리는 나날을 보내고 있음에도 불구하고 목의 개 줄은 뜨겁게 느껴진다. 아마도 열병일지도 모르겠다. 내가 죽어가는 중일 수도 있고.

딱히 이야기할 상대가 있는 것도 아니다. 나는 며칠째 거의 입을 열지도 않는다. 문은 음식과 물을 줄 때와 간수들이 교체할 때만 열리고 그 외에는 전혀 열리지 않는다. 적혈인 하녀나 하인이 분명 존재하고 있을 테지만, 그들을 본 적조차 없다. 그들 대신에 식사나 이불 천, 옷들을 밖에서부터 나를 위해 가지고 오는 것은 아벤들이다.

그들은 청소와 정리를 한 다음에 자신들이 그토록 저급한 업무를 했다는 사실에 얼굴을 찡그린다. 내 방에 적혈을 하나라도 오고가게 두는 일이 몹시 위험하게 느껴진 모양이다. 그 생각을 하면 미소가 난다. 그건 진홍의 군대가 여전히 위협이라는 뜻이고, 하인들조차 내게 가까이 오지 못하게 제한할 정도로 절차가 엄격하다는 것은 그에 대한 충분한 보증이니까.

하지만 한편, 그런 부분은 다른 어느 누구에게도 마찬가지인 모양이다. 아무도 번개 소녀를 멍청히 구경하며 비웃으러 오지도 않는다. 심지어 메이븐조차.

아벤들은 나와 대화를 나누지 않는다. 그들은 자신들의 이름조차 말하지 않는다. 그래서 나는 멋대로 그들의 이름을 짓는다. 작은 얼굴에 날카롭고 예리한 눈을 한, 나보다 좀 작은 나이든 여성은 아기 고양이. 다른 친족 경비들처럼 대머리에 머리가 둥글고 하얀 사람은 달걀. 트리오는 목 아래로 세 줄의 문신을 하고 있는데, 완벽한 발톱으로 죽 그은 모양처럼 보인다. 그리고 녹색 눈의 클로버가 있다. 내 또래의 여자애로 자기 임무에 확고하다. 클로버는 나를 감히 똑바로 쳐다보는 유일한 사람이다.

처음 메이븐이 나를 되찾길 원한다는 걸 알았을 때, 나는 고통이나 암흑, 혹은 두 가지가 뒤섞인 상황 같은 걸 예상했다. 그를 다시 보게 되면 대부분 그의 맹렬한 시선 아래에서 고통을 참게 되리라고 예상했다. 하지만 내게는 아무 일도 일어나지 않았다. 도착했던 날 강제로 무릎을 꿇게 한 이후로, 아무 일도. 그때 그는 내 시체를 전시할 거라고 말했다. 하지만 어떤 처형인도 아직 오지 않았다. 샘슨 메란더스나 죽은 왕비 같은 위스퍼들, 내 머리를 열어 내 생각들을 풀어 놓을 그 어떤 사람도 마찬가지다. 이게 벌이라면, 이건 너무 지루한 종류다. 메이븐은 상상력이라곤 없는 걸까.

여전히 머릿속에는 목소리들이 존재한다. 정말 많은, 너무 많은 기억들이. 그 기억들이 칼날 끝으로 나를 자르는 것 같다. 지루한 책들을 읽어서 그 고통을 줄여 보려고 노력하지만, 글자들은 눈앞에서 헤엄치다가 내가 뒤에 남겨두고 온 이들의 이름이 될 때까지 재배열되곤 한다. 여전히 살아 있는 이들과 이미 죽은 이들의 이름으로. 그리고 항상, 어디에나, 쉐이드 오빠가 있다.

오빠를 죽인 것은 프톨레무스인지 몰라도, 나 역시 오빠가 그 길을 가도록 밀어 넣은 이 중에 하나였다. 내가 이기적이었고, 스스로를 무슨 구원자 같은 거라고 생각했기 때문에. 또 다시 한 번, 믿어서는 안 될 이를 신뢰했고, 도박꾼이 카드 다루듯 사람들의 목숨을 거래했기 때문에. *하지만 넌 감옥을 해방했잖아. 넌 그토록 많은 사람들을 자유롭게 풀어 주었어. 그리고 넌 줄리언을 구했다고.*

한 줄기 연약한 생각, 심지어 더 연약한 한 줄기의 위로. 이제야 코로스 감옥의 대가가 무엇이었는지 알겠다. 그리고 매일 바로 그 사실, 만약 내게 다시 한 번 선택의 기회가 주어진다면 다시는 그 대가를 치르지 않겠다는 사실과 타협한다. 줄리언을 위해서라고 해도, 백 명의 신혈들의 목숨을 위해서라고 해도 절대. 쉐이드 오빠의 삶과 바꿔야 하는 것이었다면 그들 중 누구도 구하지 않았을 것이다.

그랬다 한들 결말은 같았을 것이다. 메이븐은 몇 달 간 피로 얼룩진 쪽지를 보내며 내게 돌아오라고 했다. 그는 시신들, 죽은 자의 몸뚱아리들로 값을 치러 나를 살 수 있길 바랐다. 하지만 그때 난 그 정도로는 협상할 수 없다고 생각했었다. 제아무리 천 명의 죄 없는 자들의 목숨일지라도 말이다. 지금에 이르러서는 그가 아주 오래 전 요구했을 때에 미리 응했더라면 좋았겠다고 생각한다. 메이븐의 생각이 내가 진정으로 아끼는 이들에게 이르기 전에. 내가 그들이라면 기꺼이 구할 것을 깨닫고. 칼, 킬런, 내 가족…… 그들이 내가 기꺼이 협상에 응할 유일한 패임을 깨닫고. 그들의 목숨을 위해서라면, 내가 모든 것을 내놓을 것임.

내 생각에 그는 나를 고문하는 것보다 더 나은 방법을 알고 있는 모양이다. 심지어 그 발신기기보다, 내가 번개를 스스로를 향해 사용하도록 만들어 나를 갈가리 찢고 내 신경을 하나하나 분해했던 그 기계보다도 더 나은 방법.

내가 끔찍한 고통을 받는 일 같은 것은 메이븐에게 쓸모없다. 그의 어머니가 그를 매우 잘 가르쳤다. 그나마 유일한 위안은 더 이상 어린 왕의 곁에 악랄한 인형 조종사가 없다는 것이다. 내가 여기에 갇힌 채로 낮이고 밤이고 감시당하는 동안, 메이븐은 자신의 손을 이끌어주고 자신의 등을 지켜 줄 엘라라 메란더스 없이 왕국의 가장 높은 곳에 홀로 앉아 있다.

신선한 공기를 맛본 지 거의 한 달이 다 되었고, 내 방 안과 유일한 창이 제공하는 좁은 풍경 외에는 어떤 것도 보지 못한 지도 비슷한 기간이 흘렀다.

창은 안뜰의 정원을 향해 있는데, 좋은 시절은 가을의 끝에서 죽어 버렸다. 정원의 나무숲은 그린워든의 손에서 뒤틀리며 자라난다.

잎들은, 분명 멋져 보였을 것이다. 소용돌이치며 솟아오르는 불가능한 가지들이 선사하는 신록의 왕관. 하지만 헐벗고 울퉁불퉁하고 옹이가 진 오크 나무, 느릅나무 그리고 너도밤나무 들은 맹금류의 갈고리 발톱처럼 구부러져 있다. 나무들의 마르고 죽은 손가락들은 서로 다른 가지들을 뼈처럼 긁어 댄다. 이 정원은 버려지고 잊혔다. 꼭 나처럼.

*아니야.* 난 스스로에게 으르렁거린다.

다른 누군가가 날 구하러 올 거야.

감히 희망을 가져 본다. 매번 문이 열릴 때마다 내 위장은 철렁댄다. 짧은 순간, 나는 칼이나 킬런이나 팔리를 볼 수 있기를, 어쩌면 내니가 다른 누군가의 얼굴로 변신하고 나타나 주기를 기대한다. 심지어, 대령이라도 좋겠다. 지금의 나는 대령의 핏빛 눈동자를 보면 울음을 터뜨릴 것 같다. 하지만 아무도 내게 오지 않는다. 아무도 내게 오고 있지 않다.

어디도 두어서는 안 될 곳에 희망을 두는 것은 잔인한 일이다.

그리고 메이븐은 아주 잘 알고 있다.

31일째 날 태양이 떠오르는 동시에, 나는 그가 의도하는 바를 이해한다.

그는 내가 자연스럽게 서서히 썩어가길 원한다. 점점 희미해지기를. 잊히기를.

뼈로 된 정원의 밖에서, 철회색 하늘에서 태어난 세찬 눈보라 사이로 이른 눈이 표류한다. 유리는 만지면 차갑지만, 얼기를 거부하고 있다.

나 또한 그럴 것이다.

＊ ＊ ＊

헐벗은 몸 위로 하얀색 옷을 입은 나뭇가지에 딱딱한 층을 이루고 있는 눈은 아침 빛 아래에서 완벽하다. 아마 오후면 녹을 것이다. 내 계산대로라면, 오늘은 12월 11일이다. 가을과 겨울 사이의 메아리 속에서 차갑고 회색인 죽음의 시간. 진정한 눈은 다음 달 전까지는 내리지 않을 것이다.

예전에 고향집에서 우리는 현관에서부터 뛰어올라 바람에 날려 쌓인 눈 더미 위로 떨어지곤 했다. 심지어 브리 오빠가 쌓아 둔 장작 더미 위로 착륙하면서 다리를 부러뜨린 후에도 그랬다. 지사는 오빠를 고치기 위해서 한 달치 임금을 써야 했고, 나는 우리의 소위 의사 선생님이 필요로 하는 거의 모든 저장품을 훔쳐야 했다. 브리 오빠가 징병되기 전, 우리 가족 모두가 다함께 했던 마지막 겨울에 있었던 일이다. 마지막. 영원히. 우리는 다시는 모두가 온전히 모일 수 없을 테니까.

엄마와 아빠는 진홍의 군대와 함께 계신다. 지사랑 내 살아 있는 오빠들 또한 그렇다. *가족들은 안전하다. 가족들은 안전하다. 가족들은 안전하다.* 매일 아침마다 이 말들을 반복한다. 이 말들은 위안이다. 설사 그것이 사실이 아닐지라도 그렇다.

느리게, 나는 아침 식판을 멀리 밀어 놓는다. 이제는 익숙해진 설탕 맛이 나는 오트밀, 과일, 토스트의 향연은 더 이상 어떤 위안도

주지 않는다.

"다 먹었어."

아무도 대답하지 않을 것을 알아도, 습관처럼 말하게 된다.

이미 내 옆에 와 있던 아기 고양이가 반밖에 먹지 않은 음식들을 보고 코웃음 친다. 그녀는 접시를 들더니 마치 그것이 벌레라도 되는 것처럼 팔 길이만큼 멀찍이 들고 문까지 가지고 간다. 나는 내 방 밖의 대기실을 한 번 더 훑어볼 수 있기를 희망하며 재빨리 눈을 든다. 언제나처럼 대기실은 비어 있고, 내 심장은 가라앉는다. 그녀는 접시를 바닥에 쨍그랑 소리가 나게 떨어뜨린다. 어쩌면 접시가 깨질지도 모르겠지만, 그건 그녀의 관심사가 아닐 것이다. 누군가 하인들이 접시를 치울 것이다. 문은 그녀 뒤로 닫히고, 아기 고양이는 자기 자리로 돌아간다. 팔짱을 낀 채 내 몸통을 뚫어져라 바라보며 눈도 깜빡이지 않고 있는 트리오가 나머지 자리를 점거하고 있다. 트리오와 아기 고양이의 능력을 느낄 수 있다. 그 능력은 지나치게 두꺼운 담요가 둘둘 둘러싸고 있는 것 같은 느낌을 준다. 내 번개를 묶어두고 숨겨둔 채로, 내가 감히 가려고 출발조차 할 수 없는 곳에 멀리 가져다 둔 것 같다. 그런 기분이 들 때면 내 피부를 몽땅 다 벗겨버리고 싶다.

그런 기분이 싫다. 너무 싫다.

나는. 그 기분이. 싫다.

쾅.

유리잔을 반대편 벽에 던지자 끔찍한 회색 페인트 위로 유리가 후두둑 떨어지고 잔이 조각조각 쪼개진다. 내 간수들 중 누구도 움찔하지도 않는다. 이미 내가 이 짓을 너무 많이 했다.

그리고 이런 행동은 도움이 된다. 한 1분 정도는. 아마도.

나는 평소의 스케줄을 따르는데, 지난 한 달 넘는 감금 기간 동안에 스스로 개발한 것이다. 일어난다. 즉시 그 일을 후회한다. 아침 식사를 받는다. 식욕을 잃는다. 식사를 치워 가게 한다. 즉시 그 일을 후회한다. 물잔을 내던진다. 즉시 그 일을 후회한다. 침대 시트를 벗겨낸다. 어쩔 땐 시트를 갈기갈기 찢고, 때때로 소리를 지르면서 한다. 즉시 그 일을 후회한다. 책을 읽으려고 시도한다. 창문 밖을 바라본다. 창문 밖을 바라본다. 창문 밖을 바라본다. 점심 식사를 받는다. 반복.

난 정말 바쁜 여자애다.

아니, 어쩌면 여성이라고 말했어야 했나?

18살이란 제멋대로 아이와 성인 사이를 가르는 기준이다. 그리고 나는 몇 주 전에 18살이 되었다. 11월 17일에. 그렇다고 누가 그 사실을 알고 있거나 알아차린 건 아니었지만. 아벤들이 자기들이 담당하고 있는 사람이 한 살을 더 먹든가 말든가 신경을 쓸 것 같지도 않고. 이 감옥 궁전 속에서 오직 한 사람만이 알고 있을 것이다. 그리고 그는 날 찾아오지 않았다, 아주 다행스럽게도. 그것이 내 감금 생활에의 단 하나의 축복이다. 내가 이곳에 붙들린 채로, 내가 지금까지 알고 앞으로 알게 될 사람들 중에서 가장 최악인 이들에게 둘러싸여 있다고 한들, 그의 존재로 고통 받을 필요까지야 없지 않나.

적어도 오늘까지는 그랬다.

나를 둘러싸고 있던 완전한 침묵이 산산조각난다. 폭발 소리도 아니고, 달칵 소리와 함께. 문 잠금장치의 익숙한 움직임. 아무 이유 없이 스케줄 오프라니. 소리에 머리를 잽싸게 돌리는데, 아벤들 역시 똑같이 움직인다. 놀랍게도 그 순간 그들의 집중이 깨진다. 아드레날린이 내 혈관을 타고 흐르며, 갑작스런 심장 박동에 맞춰 질주한다. 짧은 한순간, 감히 다시 한 번 희망을 품는다. 저 문 건너편에 누가 있을 것인지 나는 꿈꾸듯 상상한다.

내 오빠들. 팔리. 킬런.

칼.

그게 칼이었으면 한다. 그의 불길이 이 궁전과 이 모든 사람들을 다 잡아먹었으면 한다.

하지만 저 반대편에 서 있는 사람은 내가 전혀 알아볼 수 없는 사람이다. 오직 검정색 제복에 은색 문양을 갖춘 그의 옷만이 익숙할 뿐이다. 이름도 없고 중요하지도 않은 경비 중 한 사람이다. 그는 등 뒤로 문을 열어 둔 채로 내 감옥으로 걸음을 딛는다. 그와 비슷한 부류가 문간 밖에 더 모인 채로 자기들 존재만으로 대기실을 어둡게 만들고 있다.

아벤들이 펄쩍 뛰어 일어나는 것으로 봐서는, 거의 나만큼이나 놀란 모양이다.

"무슨 일입니까?"

트리오가 비웃듯이 말한다. 덕분에 그의 목소리를 처음으로 들어 봤다.

아기 고양이는 딱 자신이 훈련받은 대로, 나와 그 경비 사이로 움직인다. 그녀의 공포와 혼란을 먹이로 자란 또 다른 침묵의 불길이 나를 때린다. 그 능력은 파도처럼 나를 덮쳐서 내게 조금이나마 남아 있었던 힘의 조각까지도 먹어치운다. 다른 사람들 앞에서 쓰러지기는 싫은 터라, 나는 의자에 뿌리박힌 듯 앉아 있다.

경비는 아무 말도 하지 않은 채, 바닥만 보고 있다. 뭔가를 기다리는 중이다.

그 기다림에 대한 대답처럼 바늘로 만들어진 드레스를 입은 그녀가 방으로 들어온다. 은색 머리카락을 빗질하고 그토록 쓰길 원했던 왕관에 맞춰 보석들을 머리에 달았다. 완벽하고 차가우며 날카로운 그녀의 모습에 나는 몸서리를 친다. 아직 칭호를 못 갖췄다면 태도로라도 왕비인 척 하려나 보다. 왜냐하면 그녀는 여전히 왕비가 아니니까. 말 안 해도 알겠다.

"에반젤린."

그동안 사용하지 않았던 탓도 있고 공포 때문에도 떨리는 목소리를 감추려고 애를 쓰며 중얼거린다. 그녀의 검은 눈동자는 부드럽게 채찍을 철썩 휘두르는 듯한 시선으로 내 몸을 훑는다. 머리부터 발끝까지 그리고 거꾸로 다시 한 번, 모든 불완결성과 모든 약점을 찾아내겠다는 듯이. 부족한 점이야 엄청 많을 텐데. 마침내 그녀의 시선이 뾰족한 금속 끝부분을 포함하여 개 목걸이 위로 떨어진다. 에반젤린의 입술은 혐오로, 또한 동시에 갈망으로 인해 구부러진다. 내 목걸이를 쥐어짜거나, 아니면 그 뾰족한 끝이 내 목 쪽을 향하도록 구부려서 바싹 마를 때까지 피를 흘리게 만드는 건 에반젤린에게 있어서 분명 엄청나게 쉬운 일일 것이다.

"레이디 사모스, 여기 계시면 안 됩니다."

아기 고양이가 여전히 우리 두 사람 사이를 가로막고 선 채로 말한다. 그녀의 배짱이 놀랍다.

에반젤린의 눈이 내 간수에게로 가볍게 움직인다. 그녀의 비웃음은 더 커진다.

"자네는 내가 전하를, 내 약혼자를 거역했으리라고 생각하는군."

그녀는 억지로 차가운 미소를 짓는다.

"나는 전하의 명령으로 이곳에 왔다. 전하께서는 죄수가 법정에 출석하기를 원하시네. 지금 당장."

단어 하나하나가 따끔하다. 한 달의 감금 기간이 갑자기 심하게 짧았던 것처럼 느껴진다. 테이블을 붙들고 늘어져 볼까, 그래서 에반젤린이 강제로 나를 이 우리에서 질질 끌고 가도록 해 볼까 하는 마음도 일부 든다. 하지만 고립 생활조차 내 자존심을 꺾지는 못했다. 아직까지는.

*결코 안 꺾을 거야*, 스스로에게 다짐한다. 그래서 약해진 팔다리에 관절은 아픔을 호소하고 손은 떨리지만 나는 일어선다. 한 달 전에 나는 에반젤린의 오라비를 고작 이만 가지고도 공격하지 않았는가. 할 수 있는 한 그 정도의 불길을 소환하려고 애써 본다. 똑바로 설 수만 있어도 좋을 텐데.

아기 고양이는 움직이지 않고, 자신의 위치를 고수한다. 그녀는 트리오에게 머리를 기울이고는 자신의 사촌에게 시선을 고정한다.

"들은 바가 없습니다. 이건 프로토콜에 어긋납니다."

다시 한 번 에반젤린이 소리 내어 웃으며 환하게 빛나는 하얀 이를 드러낸다. 그녀의 미소는 아름다운 동시에 칼날처럼 잔혹하다.

"지금 내 명령을 거역하는 건가, 아벤 경비대?"

그녀는 말을 하는 동시에 손으로 자신의 옷을 쓰다듬는다. 바늘의 숲 사이로 완벽히 하얀 피부가 미끄러진다. 일부가 자석처럼 그녀에게 달라붙자, 그녀는 못들을 한가득 움켜쥔다. 손 안에 금속 조각을 감춘 채로, 참을성 있게 한쪽 눈썹을 올리고 기다린다. 미래의 여왕은 고사하고 사모스 집안의 딸에게 자신들의 과격한 침묵의 날개를 펼칠 정도로 아벤들이 어리석지는 않다.

서로 말 없이 시선을 교환하는 둘의 모습은 명백히 에반젤린이 던진 질문의 다른 면을 고려하는 모양새다. 트리오는 눈썹을 찌푸리며 쏘아보고, 마침내 아기 고양이가 큰 소리로 한숨을 쉰다. 그녀는 한 발 물러선다. 굽힌 것이다.

"그 선택 잊지 않겠네."

에반젤린이 웅얼대며 말한다.

곰곰이 생각한 끝에 나는 걸음을 내딛는다. 그녀를 향해. 그녀에게 능력을 허락한 공간, 그녀를 둘러싸고 있는 바로 그 더없이 행복한 빈 공간을 향해. 또 한 걸음. 자유로운 공기 속으로, 전기 속으로. 즉각 느낄 수 있을까? 능력이 몰아치듯 돌아오려나? 분명 그럴 것이다. 그래야만 한다.

하지만 에반젤린의 비웃음이 미소로 번져나간다. 그녀는 내 속도에 맞춰 뒤로 움직이고, 나는 거의 으르렁대다시피 한다.

"그렇게 빨리는 안 되지, 배로우."

에반젤린이 내 진짜 이름을 부른 최초의 순간이다.

그녀는 손가락으로 딱 소리를 내고는 아기 고양이를 가리킨다.

"죄수를 데려 오게."

***

이들은 내가 도착했던 첫날 그랬던 것처럼 내 목걸이에 사슬을 달고 아기 고양이가 그 줄을 단단히 잡자 나를 끌고 간다. 그녀와 트리오의 침묵시키는 능력이 이어지자 두개골에 북이 울리는 것 같다. 화이트파이어 펠리스를 따라 걷는 긴 산책은, 우리가 유유히 걸어 움직이고 있음에도 불구하고 몇 킬로미터를 질주하는 느낌이다. 전에도 그랬지만 내 눈을 가리지는 않는다. 나를 굳이 혼란스럽게 만드는 시도조차 하지 않는다.

우리가 목적지에 점차 가까워질수록, 아주 오래 전에 내가 자유자재로 탐험하고 다녔던 복도와 방들이 하나씩 스쳐갈수록 조금씩 조금씩 더 구조를 알겠다. 그때는 이런 방들을 구별할 필요도 못 느꼈는데. 이제 난 머릿속에 궁의 지도를 그리기 위해 최선을 다하고 있다. 만약 여기서 살아서 빠져나가기 위한 계획이라도 세울라치면 이 배치는 반드시 알아야 할 정보가 될 것이다. 내 침실은 동쪽에 면해 있고, 내가 창문을 헤아린 바에 따르면 5층에 위치하고 있다. 기억하기로 화이트파이어 펠리스는 사각형이 서로 맞물린 것 같은 모양으로 각각의 날개는 내 방이 향하고 있는 것 같은 종류의 뜰을 둘러싸고 있다. 아치 모양을 한 커다란 창문을 통해 보이는 전망은 새로운 복도에 접어들 때마다 매번 바뀐다. 안뜰의 정원, 시저의 광장, 칼이 휘하의 군인들과 반복 연습을 하곤 했던 길게 뻗은 훈련장 구역, 멀

44

리 떨어진 벽과 그 너머로 새롭게 지어진 아케온의 다리. 고맙게도 내가 줄리언의 일기를 찾았던, 내가 칼의 분노를 목격하고 메이븐이 조용히 책략을 꾸몄던 거주 구역은 지나지 않는다. 궁전에서 그토록 짧은 시간을 머물렀을 뿐인데 이곳이 이토록 많은 기억을 품고 있다는 사실이 놀랍다.

층계참에서 창문이 한가득 있는 곳을 지날 때에, 병영들을 넘어 캐피탈 강과 그 너머로 도시의 나머지 반쪽이 보인다. 건물들 사이에 자리잡은 보울 오브 본즈의 거대한 형태가 낮이 익다. 나는 이 풍경을 알고 있다. 나는 이 창문 앞에 칼과 함께 서 있었다. 그날 밤에 공격이 시작될 것임을 알고 있으면서도 그에게 거짓말을 했다. 하지만 그 일이 우리 둘 중 누구에게라도 미칠 결과들을 그때의 나는 알지 못했다. 칼은 상황이 달랐더라면 하고 소망한다고 속삭였다. 지금 나는 그의 기분에 공감한다.

우리가 나아가는 모습을 카메라가 담고 있을 것이 분명하다. 비록 내가 그 존재를 전혀 느낄 수는 없지만. 보안 요원들을 뒤에 한 무리 달고는 마치 금속으로 된 백조를 둘러싼 검은 새 떼처럼 궁전의 1층으로 내려가는 동안 에반젤린은 아무 말도 하지 않는다. 어디선가부터 음악 소리가 메아리친다. 부풀어 올라 무거워진 심장처럼 맥동하는 소리다. 내가 참석했던 무도회나 칼이 해 주었던 댄스 레슨 때를 포함해서 전에는 결코 들어 본 적 없는 음악이다. 음악은 마치 스스로 생명력을 가진 것처럼, 어딘지 어둡고 뒤틀린 듯하면서도 이상할 정도로 유혹적이다. 그 소리에 내 앞에서 걷고 있던 에반젤린의 어깨가 경직된다.

법정이 있는 층은 이상할 정도로 텅 비어 있고, 복도를 따라서 오직 몇몇의 경비들만이 서 있을 뿐이다. 감시병이 아니라, 경비들만 있다. 감시병들은 메이븐과 함께 있을 것이다. 에반젤린은 내 예상과는 달리 아치를 이루고 있는 거대한 문들을 통해 공식 알현실로 들어가기 위해 오른쪽으로 꺾지 않는다. 대신, 그녀는 우리 모두를 뒤에 단 채로 내가 마찬가지로 매우 잘 알고 있는 또 다른 방으로 달려든다.

대회의실. 대리석과 잘 닦이고 빛이 나는 나무로 만들어진 완벽한 원형의 공간. 벽에는 의자들이 둥그렇게 자리하고, 화려하게 장식된 바닥 위를 압도하듯 노르타의 인장인 불타는 왕관이 새겨져 있다. 적색과 흑색과 왕가의 은색이 그리는 폭발하듯 타오르는 불꽃의 끝부분. 그 광경에 나는 발을 거의 헛디딜 뻔하고, 눈을 꼭 감을 수밖에 없다. 아무리 눈을 감는다고 해도 당연하지만 아기 고양이가 날 이 방 가운데로 밀고 갈 것이다. 그럼에도 불구하고 이 장소를 더 이상 보지 않을 수만 있다면 나로서는 그녀가 날 질질 끌고 가는 것도 기쁜 마음으로 내버려 둘 것이다. 월시가 여기서 죽었다, 여전히 기억이 생생하다. 그녀의 얼굴이 눈꺼풀 아래에서 번쩍인다. 그녀는 토끼처럼 사냥당했다. 그녀를 잡았던 이들은 늑대였다, 에반젤린, 프톨레무스, 칼. 그들은 진홍의 군대의 명령을 따르던 그녀를 아케온 아래의 터널에서 붙잡았다. 그들이 그녀를 찾아서 이리로 끌고 와서 엘라라 왕비에게 그녀를 심문하도록 했다. 일은 결코 그들 뜻대로 돌아가진 않았다. 월시가 자살했기 때문이었다. 그녀는 진홍의 군대의 비밀을 지키기 위해 우리 모두의 앞에서 독약을 삼켰다. 나를 지키기 위해서.

음악이 볼륨을 세 배쯤 키웠을 때, 나는 눈을 다시 뜬다.

대회의실은 사라졌지만, 내 눈앞에 펼쳐진 광경은 어쨌든 더 엉망
이다.

# 제3장

# 메어

음악이 공기 중을 떠돌고, 달콤하고도 역겨운 알코올의 향취는 장대한 왕의 알현실 구석구석에 스며들며 값을 떨어뜨리는 중이다. 우리는 방의 바닥에서 1~2미터 높이 솟은 층계참으로 발을 내딛는다. 어느 누가 우리가 여기에 도착했다는 것을 알아차리기 전 잠시 동안, 이 요란스러운 파티의 선명한 모습을 관람하기 딱 좋은 위치다.

나는 안절부절못하면서 방어 자세가 되어, 기회 혹은 위험을 경고할 모든 얼굴과 모든 그림자를 살피느라 앞뒤로 눈길을 획획 던진다. 비단과 원석의 보석들과 아름다운 갑옷들이 십수 개의 샹들리에의 불빛 아래에서 깜빡거리면서 인간 별자리가 되어 대리석 바닥 위에 밀려들고 뒤섞인다. 한 달 간의 감금생활 후라서, 이 광경은 내 감각에 폭격과도 같지만 나는 굶주린 여자답게 이 모든 것을 꿀꺽꿀꺽 삼킨다. 너무 많은 색깔들, 너무 많은 목소리들, 너무 많은 낯익은 귀족 신사숙녀들. 아직까지는 아무도 나를 알아차리진 않은 것 같다. 그들의 눈이 나를 좇지 않고 있다. 그들은 그저 서로에게, 자신들이 들고 있는 온갖 와인과 색색의 음료들이 가득한 잔에, 어찌할 바를 모르겠는 음악과 공기 사이를 휘감고 있는 향긋한 연기에 집중할 따름이다. 이건 틀림없이 축제의 현장이고, 그것도 아주 열광적인 종류임이 틀림없는데, 다만 내가 모르겠는 것은 대체 무엇을 축하하고 있는가이다.

자연스럽게 내 마음이 날아오른다. 이들이 또 다른 승리를 거둔 걸까? 칼과 맞서, 아니면 진홍의 군대에 맞서서? 아니면 여전히 나를 사로잡은 것에 기뻐하고 있을 뿐인 걸까?

에반젤린을 한 번 보는 것만으로도 대답은 충분하다. 에반젤린이 이런 식으로 무얼 쏘아보는 것은 처음 본다. 심지어 그동안 날 쳐다볼 때조차 저렇게는 아니었다. 그녀의 고양이 같은 비웃음이 추하고, 화가 난 것으로, 내가 상상할 수도 없을 것 같은 가득 찬 격노로 변한다. 그 광경 너머로 움직이는 에반젤린의 눈동자가 어두워진다. 두 눈은 더없이 행복한 상태에 있는 자신의 사람들의 모습을 삼키기라도 할 듯 공동처럼 시꺼멓다.

아니면, 무지 때문인 걸까.

누군가의 명령에 따라 들이닥친 적혈 하인들이 먼 벽에부터 다가오며 연습된 형으로 방을 헤치고 움직인다. 그들은 루비, 금, 그리고 다이아몬드 별빛 색상의 음료들이 가득한 크리스털 와인 잔이 놓인 쟁반을 나른다. 군중의 반대편에 도착할 때쯤, 그 쟁반은 텅 비고 다시 재빨리 채워진다. 또 한 번 그들이 지나가고, 쟁반들이 다시

한 번 텅 빈다. 저렇게 마셔 대는데, 저 은혈들 중 일부는 어떻게 지금까지 서 있을 수나 있는 건지 모르겠다. 손에 저마다 잔들을 꼭 쥔 채로 그들은 계속해서 떠들고 춤추며 이 흥청대며 먹고 마시는 파티를 즐기는 중이다. 복잡하게 생긴 파이프를 피우는 사람들도 있는데, 그들은 이상한 색으로 물든 연기를 공기 중에 불어 낸다. 냄새가 담배 같지는 않다. 스틸츠에서 엄청나게 많은 어른들이 빈틈없이 비축하곤 했던 바로 그 담배랑 좀 다르다. 그들의 파이프의 아주 작은 불빛 구멍 위로 비치는 불꽃을 보고 있자 부러운 마음이 든다.

하인들을 보고 있는 것, 적혈들을 보고 있는 것은 더 좋지 않다. 그들을 보고 있으니 마음이 아프다. 저들을 대신할 수 있다면 어떻게 해야 할까. 죄수가 아니라 하인이 될 수만 있다면. 고작 하인이라도. *멍청아.* 난 자신을 나무란다. *저 사람들도 너처럼 갇혀 있어. 네 종족 전체가 그렇듯이.* 은혈들의 부츠 아래에 짓눌린 채, 누군가는 *숨 쉴 공간을 더 많이 갖고 있음에도 불구하고.*

메이븐 때문에.

에반젤린은 층계참을 내려가고, 아벤들이 나를 끌고 따라간다. 계단은 연단으로 바로 연결되어 있는데, 연단은 중요할 때나 이용하는 곳답게 충분히 높다. 당연하게도 감시병 한 무리가 연단 위에 가면을 쓰고 무장한 채로, 속속들이 겁에 질릴 모습으로 서 있다.

내 기억대로라면 왕좌가 있을 것이다. 왕의 자리는 다이아몬드 유리로 만들어진 불길로 되어 있고, 왕비의 것은 반짝반짝 잘 닦인 백금으로 되어 있는 바로 그 왕좌. 대신, 메이븐은 내가 한 달 전에, 그가 나를 사슬에 묶어 세상에 내보였던 바로 그때 자신이 앉았던 것과 똑같은 왕좌에 앉아 있다.

보석도 없고, 어떤 값비싼 금속도 없다. 그저 빛이 나는 납작한 형태로 된 어떤 소용돌이무늬의 회색 돌 판으로 만들어진 그 물건에는 야만스러울 정도로 휘장이 생략되어 있다. 만지면 엄청 차가울 것 같은 데다 불편해 보이고, 옮기자면 끔찍하게 무거울 것은 말할 것도 없어 보인다. 그 왕좌는 메이븐을 왜소해 보이게 한다. 그를 더 어리고, 전보다 더 작아 보이게 한다. 힘이 있어 보인다는 것은 힘이 있는 것을 의미한다. 내가 엘라라로부터 배운 바로 그 교훈을, 이유는 모르겠지만 메이븐은 배우지 못했나 보다. 그는 왕이 아니라 그저 자신인 남자애 그대로인 것처럼 보인다. 검은색 제복과 대조되어 피부는 선명할 정도로 창백하고, 몸에 걸친 유일한 색은 망토 안감의 피처럼 붉은색과 은색으로 번쩍대는 메달들, 그리고 치가 떨리도록 푸르른 그의 눈동자뿐이다.

내가 여기 왔다는 것을 알아차린 순간 캘로어 하우스의 메이븐 왕의 시선이 내 눈과 마주친다.

그 순간은 허공에 잠시 매달린 채, 시간의 줄기가 되어 그대로 떠 있다. 수많은 소음과 넘쳐나는 혼돈이 가득한 공간이, 집중을 방해하며 우리 사이에 협곡처럼 아가리를 벌리고 있다. 방이 비어 있었다면 좋았을 것이다.

내 안에 달라진 점들을 그가 알아차렸는지 궁금하다. 아픔, 고통, 내가 처넣어진 고요한 감옥이 내게 가하는 고문들. 그는 알아야만 한다. 그의 눈이 내 확연히 도드라진 광대에서 내 옷깃으로, 그들이 내게 강제로 입혀 놓은 폭이 넓지 않은 단순한 하얀 원피스로 미끄러진다. 지금 내 상태는 피를 흘리고 있지 않지만, 차라리 그랬으면 싶다. 모두에게 내가 어떤 존재인지, 항상 어떤 존재였는지 보여주고 싶다. 적혈. 상처 입은. 하지만 살아 있는 존재. 궁중에서, 몇 분 전에 에반젤린의 앞에서 그랬듯이, 나는 척추를 곧추세우고 내가 할 수 있는 모든 힘과 비난의 기색을 담아 그를 노려본다. 오직 나만이 찾을 수 있는 갈라진 틈을 찾아서 나는 그를 살핀다. 그늘진 눈매, 경련하는 손, 척추가 산산조각이라도 날듯 경직된 자세.

넌 살인자야, 메이븐 캘로어. 겁쟁이고. 나약해.

효과가 있다. 그는 나에게서 눈을 떼고 벌떡 일어난다. 왕좌의 팔걸이를 여전히 양손으로 쥔 채다. 그의 분노는 망치로 때리는 것처럼 떨어진다.

"해명을 하라, 아벤 경비대!"

그는 내 가장 가까이에 서 있는 간수를 향해 고함을 터뜨린다.

트리오는 제자리에서 펄쩍 뛴다.

메이븐의 감정 폭발에 음악과, 춤, 그리고 음료를 홀짝거리던 입들이 순식간에 멈춘다.

"폐, 전하……."

트리오는 내 팔을 장갑 낀 손으로 꼭 쥔 채 충격으로 더듬거린다. 그 바람에 내 심장 박동을 느리게 만들기 충분할 정도의 침묵 능력이 퍼진다. 그는 애써 자신이나 미래의 왕비에게 비난의 화살이 돌아가지 않을 만한 변명을 생각해 내려고 노력하지만, 그 노력은 처참하게 실패한다.

아기 고양이가 쥐고 있는 내 사슬이 덜덜 떨리지만, 그녀의 손아귀 힘은 변함없이 단단하다.

에반젤린만이 왕의 분노에 아무 영향을 받지 않는다. 그녀는 이 모든 결과를 예측했으리라.

메이븐은 그녀에게 나를 데려오라고 명령하지 않았다. 그런 호출은 애초부터 없었다.

메이븐은 바보가 아니다. 그는 트리오를 향해 손을 휙 저어서, 그 한 번의 동작으로 그의 더듬거림을 멈추게 만든다.

"자네의 허약한 시도면 대답으로 충분하군."

그가 이어서 말한다.

"뭐라고 변명할 테지, 에반젤린?"

군중 속에 우뚝 서 있는 그녀의 아버지가 경직된 눈을 크게 뜨고 바라보고 있다. 누군가는 그 모습을 겁먹었다고 여길지도 모르겠지만, 나는 볼로 사모스에게 무언가 감정을 느낄 힘이 남아 있다고는 생각하지 않는다. 그는 그저 뾰족한 은색 수염을 쓰다듬고 있는데, 무슨 생각인 건지 읽기 어렵다. 프톨레무스는 자기 생각을 숨기는 재능이 없다. 그는 다른 감시병들과 함께 서 있는데, 무시무시한 망토나 가면을 쓰지 않고 있는 유일한 사람이다. 몸은 움직이지 않고 가만히 서 있지만, 눈동자는 왕과 자신의 여동생 사이를 왔다 갔다 하고, 느리게 한쪽 주먹을 꼭 쥔다. *다행이네. 내가 우리 오빠에게 그랬듯이 너의 동생을 염려하도록 해. 내가 우리 오빠가 죽는 모습을 지켜봤던 것처럼 너도 그녀의 고통을 지켜봐.*

왜냐하면, 달리 메이븐이 지금 고를 방법이 뭐가 있겠는가? 에반젤린은 의도적으로 그의 명령을 거역했다. 그들의 약혼이 허락하는 허용량을 가뿐히 뛰어넘었다. 내가 딱히 아는 바가 없기는 해도, 아무리 나라도 왕을 거스르면 벌을 받는다는 것은 잘 알고 있다. 그리고 지금 이 상황에서, 여기 이 모든 궁중 사람들 앞에서라면? 그는 그녀를 즉석에서 처형할 수도 있다.

만약 에반젤린이 죽음을 각오했다고 한들, 그녀는 그런 기미를 전혀 보이지 않는다. 그녀의 목소리는 갈라지지도, 떨리지도 않는다.

"전하께서는 테러리스트를 투옥하신 후에, 마치 쓸모없는 와인 병에 그러듯 그녀를 격리하셨고, 심의 위원회가 열린 지 한 달이 지났지만, 죄수를 어떻게 할 것인지에 대한 어떤 결말도 나오지 않고 있습니다. 이 죄수의 범죄는 셀 수가 없지요, 열 번도 넘는 죽음, 우리가 가진 최악의 감옥에서 수천 번의 생을 마감할 정도입니다. 이 죄수는 전하의 국민 수백을 죽이거나 불구로 만들었습니다. 거기엔 전하의 부모님도 포함이지요. 그런데 그럼에도 불구하고 이 죄인은 안락한 방에서 휴식을 취하며 먹고, 숨쉬고…… 살아 있습니다. 죄수가 받아야 할 어떤 벌도 받지 않은 채로요."

메이븐은 자기 어머니의 아들이기는 한지, 그의 궁중식 허울은 적어도 꽤 완벽해 보인다. 에반젤린의 말들은 그에게 스치지조차 못하는 것처럼 보인다.

"그녀가 받아야 할 벌들이라."

그가 반복한다. 다음 순간 그는 방을 둘러본다. 그의 턱 한쪽이 실룩인다.

"그래서 그대는 그녀를 이리 데려왔군. 정말로 궁금해서 묻는 건데, 내 파티가 그렇게까지 별로였나?"

반은 진정이고 반은 강제적인 웃음소리가 넋이 나간 군중들 사이로 파문처럼 퍼져나간다. 그들 대부분은 술에 취해 있지만, 분명 지금 여기서 무슨 일이 벌어지고 있는지는 알 정도로 충분히 맑은 상태일 것이다. 에반젤린이 대체 무슨 일을 저질렀는지도.

에반젤린은 대단히 공손한 미소를 짓는데, 그 모습이 어찌나 고통스러워 보이던지 입술 한구석에서 피가 날 것처럼 보인다.

"저는 전하께옵서 어머니의 죽음을 얼마나 비통해하고 계신지 압니다, 전하."

하지만 그녀의 말에서는 어떤 동정의 빛도 느껴지지 않는다.

"우리 모두가 그렇듯이요. 하지만 선왕 전하셨다면 이렇게 행동하시지는 않았을 겁니다. 눈물을 지을 시간은 끝났습니다."

마지막 대사는 그녀가 생각해낸 것이 아니다. 티베리아스 6세의 말이다. 메이븐의 아버지, 메이븐의 유령. 순간 메이븐의 가면이 위태롭게 흔들리고, 그의 눈동자는 두려움과 분노 양쪽 모두로 인해 번뜩인다. 메이븐만큼이나 나 역시 티베리아스 6세의 저 말을 정확히 기억하고 있다. 진홍의 군대가 정치적인 목표물을 암살하는 일이 벌어지자 딱 지금처럼 군중들 앞에서 했던 연설이었다. 메이븐이 골랐던 그 목표물들은 그의 어머니에 의해 그를 배불리고 있었다. 우린 그들 대신 더러운 일을 해 주었다. 그들이 자기 종족에 대한 극악무도한 공격으로 시체들을 쌓고 있는 동안 말이다. 그들은 나를 이용했고, 진홍의 군대를 이용했다. 자신들의 적 일부를 제거하고, 일거에 다른 이들을 악마로 만들었다. 우리들이 원했던 것 이상으로 더 파괴하고, 더 죽였다.

여전히 피와 연기 냄새가 난다. 여전히 죽은 아이 위로 통곡하는 어머니의 울음소리가 들린다. 여전히 그 모든 것에 반란이라는 틀을 덧씌우려는 말들이 들린다.

"힘, 권력, 죽음."

메이븐이 이를 딱딱거리며 중얼거린다. 한때 저 단어들을 듣고 겁이 났다면, 지금은 아예 끔찍이 무섭다.

"그대의 제안이 뭐지, 마이 레이디? 참수형? 총살형? 죄수를 갈가리 찢기라도 할까, 조각조각?"

심장이 가슴 속에서 쿵쿵 내달린다. 메이븐이 그런 일을 허락할까? 모르겠다. 그가 뭘 할 것인지 전혀 모르겠다. 난 심지어 그를 알지도 못한다는 걸, 스스로 끊임없이 상기해야만 한다. 내가 메이븐이라고 생각했던 소년은 환상이었다. 하지만 그 쪽지들, 잔혹하게 남겨졌던, 내게 돌아오라고 간청하던 말들로 차 있던 그 쪽지들은? 조용하고, 부드럽던 감금 생활 한 달은? 어쩌면 그 모든 것들조차 다 거짓이었는지도 모르겠다. 내게 덫을 놓을 또 다른 계략. 또 다른 종류의 고문.

"법이 요구하는 것을 하시죠. 전하의 아버지께서 그러셨던 것처럼 말입니다."

에반젤린이 *아버지*라는 단어를 뱉는 그 방식, 마치 단어들이 아니라 칼을 사용할 때나 그러는 것처럼 잔혹한 그 방식을 보니 충분히 확신할 수 있다. 이 방의 많은 사람들처럼, 에반젤린 역시 티베리아스 6세가 사람들이 말하는 이야기처럼 죽음을 맞이한 것이 아니란 사실을 아는 것이다.

그럼에도 불구하고, 메이븐은 하얗게 뼈가 드러날 정도로 손에 힘을 주고 회색 돌판으로 된 왕좌를 움켜쥐고 있다. 그는 에반젤린을 향해 비웃음을 되돌리기 전에, 궁중 사람들을 흘깃 바라보고 그들의 눈길이 자신에게 머무르고 있다는 것을 깨닫는다.

  "그대가 내 심의회의 사람이 아니란 것을 떠나서, 그대는 그분의 마음을 읽을 정도로 충분히 내 아버지를 알지도 못하지 않나. 나는 그분이 그랬던 것과 같은 왕이며, 승리를 위해 행해야만 하는 일들이 무엇인지 분명히 이해하고 있다. 우리의 법은 지고하지, 하지만 우리는 지금 두 개의 전쟁을 치르고 있어."

  *두 개의 전쟁.*

  아드레날린이 어찌나 빠르게 몸속을 도는지 순간 내 번개가 다시 돌아온 줄 알았다. 아니, 번개가 아니다. 희망이다. 활짝 미소를 짓지 않으려고 나는 입술을 깨문다.

  내가 붙들려 있는 수 주 동안에 진홍의 군대는 계속 번창하고 있었다. 그들이 여전히 싸우고 있을 뿐만 아니라, 메이븐이 그 사실을 공개적으로 인정하기까지 했다. 그들은 이제 더 이상 숨기거나 그럴 가치도 없다고 묵살해 버릴 수조차 없는 것이다.

  더 많이 알고 싶음에도 불구하고, 나는 계속 입을 다문다.

  에반젤린을 응시하는 메이븐의 시선은 불타는 듯하다.

  "어떤 적의 포로들도, 특히 메어 배로우처럼 가치가 있는 부류라면, 보통의 처형으로 함부로 헛되이 쓸 순 없다."

  "전하께서는 여전히 죄수를 헛되이 쓰고 계십니다!"

  에반젤린이 주장한다. 재빨리 되쏘는 그 모습으로 보건대, 수도 없이 이 논쟁을 연습했던 것이 틀림없다. 그녀는 몇 발자국 더 앞으로 걸음을 내딛어 자신과 메이븐 사이의 거리를 좁힌다. 그 모든 것이 하나의 쇼이자, 연극이자, 이 모든 궁중 사람들을 증인으로 내세우고 연단 위에서 제공되는 무언가처럼 보인다. 하지만 도대체 어떤 이득을 위해서 이러는 걸까?

"이 죄수는 자리에 앉아 먼지 알이나 세면서, 아무것도 하지 않고, 우리에게 어떤 유용한 것도 제공하지 않고 있습니다. 코르비움이 타오르는 동안에요!"

또 다른 보석 같은 정보가 하나 떨어졌다. *더, 에반젤린. 내게 더 많은 정보를 줘.*

노르타 국방력의 핵심인 그 성채 도시가 폭동으로 타오르던 것을 내 눈으로 목격한 것이 벌써 한 달 전이다. 그 폭동이 지금까지 이어지고 있다. 코르비움에 대한 언급만으로도 군중들은 정신이 번쩍 드는 모양이다. 메이븐 또한 그 사실을 놓치지 않고, 그는 자신의 침착함을 유지하려 애를 쓴다.

"심의회가 결론을 내리려면 며칠이 걸린다, 마이 레이디."

그는 악문 이 사이로 이 말을 뱉는다.

"제 대담함을 용서하시어요, 전하. 저는 전하께옵서 최선을 다해 심의회를 존중하시려는 것을 잘 압니다. 심지어 가장 약한 이들까지도요. 심지어 꼭 해야 할 일을 하지 못하는 겁쟁이들까지도요."

한 걸음 더 가까이, 그리고 에반젤린의 음성은 고양이가 가르릉대는 소리처럼 부드러워진다.

"하지만 전하께서는 왕이십니다. 결정은 왕의 몫이지요."

능수능란한걸. 에반젤린은 다른 누구보다도 사람을 교묘하게 조종하는 솜씨가 능숙하다. 몇 개 안 되는 단어들로 그녀는 메이븐이 약점을 드러내지 않아도 되게 했을 뿐만 아니라 그가 강한 이미지를 유지하기 위해 자신의 뜻을 따를 수밖에 없도록 만들었다. 나도 모르게, 나는 어찌할 바를 모르고 숨을 내쉰다. 메이븐이 에반젤린의 제안에 따를까? 아니면 거절의 말로 이미 하이 하우스들 틈에 이글대고 있는 내란의 불꽃에 연료를 더 부을까?

메이븐은 바보가 아니다. 그는 에반젤린의 의도가 무엇인지 이해하고, 계속 그녀에게 시선을 집중한다. 그들은 억지 미소를 띠고 날카로운 눈으로 서로를 똑바로 바라본다.

"퀸스트라이얼이 확실히 가장 재능 있는 딸을 낳긴 한 모양이야."

그가 그녀의 손을 잡으며 말한다. 두 사람 모두 그 행동이 역겹다는 듯 보인다. 메이븐은 머리를 군중을 향해 휙 돌리더니, 어두운 푸른색 옷을 입은 호리호리한 남자를 본다.

"사촌! 심문에 대한 그대의 탄원을 승인한다."

샘슨 메란더스가 잽싸게 차려 자세를 취하더니 맑은 눈으로 군중들 사이에서 나온다. 절을 하는 그의 얼굴에는 미소가 서려 있다. 푸른색의 망토가 펄럭이는 모양이 연기처럼 어둡다.

"감사합니다, 전하."

"안 돼."

그 말이 의식도 하기 전에 저절로 내 입에서 튀어나간다.

"안 돼, 메이븐!"

재빨리 움직여 플랫폼 위로 올라오는 샘슨에게서 절제된 분노가 느껴진다. 그는 단호한 몇 번의 걸음으로 내 세계에 그의 눈동자만이 남을 때까지 우리 사이의 거리를 좁힌다. 푸른 눈동자, 엘라라의 눈동자, 메이븐의 눈동자.

"메이븐!"

숨을 제대로 쉴 수가 없다. 아무 효과가 없다 해도 애원하게 된다. 메이븐에게 뭔가를 요청한다는 생각만으로도 내 자존심이 불에 타는 거 같지만 그럼에도 불구하고 애원하고 만다. 하지만 애원 말고 달리 뭘 할 수 있을까? 샘슨은 위스퍼다. 그는 내가 나인 모든 것, 내가 아는 모든 것을 찾아 안에서부터 나를 파괴할 텐데. 내가 본 것들 때문에 얼마나 많은 사람이 죽게 될까?

"메이븐, 제발! 그가 하지 못하게 해!"

난 내 사슬을 움켜쥐고 있는 아기 고양이의 손아귀 힘을 뿌리칠 만큼도 강하지 못하고, 심지어 트리오가 내 어깨를 움켜잡을 때 저항할 힘조차 없다. 그들 두 사람은 나를 손쉽게 잡아 눌러 준비시킨다. 샘슨에게서 메이븐으로 나는 눈을 휙 돌린다. 한 손은 왕좌를, 한 손은 에반젤린을 잡고 있다. *네가 그리워.* 그는 쪽지에서 그렇게 말했다. 그의 표정을 읽을 수는 없지만, 적어도 그는 지금 이 장면에서 시선을 떼지 않고 보고 있다.

좋아. 만약 메이븐이 나를 이 악몽에서 구해줄 수 없다면, 적어도 그가 내게 일어나는 이 일들을 지켜보기라도 했으면 좋겠다.

"메이븐."

가능한 나 자신답게 말하려 애쓰며 나는 마지막으로 속삭인다. 번개 소녀도 아닌, 잃어 버렸던 귀족 아가씨 메리어나도 아닌, 그저 메어로. 감옥의 창살 너머로 그가 구해 주겠다고 맹세했던 바로 그 소녀로. 하지만 그 소녀로는 충분하지 않다. 메이븐은 눈을 내리깐다. 시선을 돌린다.

나는 이제 혼자다.

샘슨은 내 목을 손으로 움켜쥐고 금속 개줄 위로 쥐어짜듯 눌러, 그의 끔찍하고 익숙한 눈동자를 강제로 바라보도록 만든다. 얼음처럼 푸르고, 또한 용서를 모르는 눈길.

"엘라라 왕비님을 죽이다니 실수한 거야."

그는 단어를 고를 생각조차 않고 말한다.

"그분께서 정신을 수술하는 의사였다면."

그가 몸을 기대며, 음식을 막 게걸스럽게 먹으려는 굶주린 사람 같은 허기진 음성으로 말한다.

"난 도살자야."

＊ ＊ ＊

그 발신기기가 나를 완전히 무너뜨렸을 때, 나는 고통 속에서 3일을 뒹굴었다. 라디오 파의 폭풍은 내 전기적 능력이 스스로의 몸을 향하도록 날 헤집었다. 그 소리는 내 피부 아래에서 다시 울리고, 내 신경이 마치 병 안에 든 볼트처럼 달그락거리게 했었다. 기계는 내게 상처를 남겼다. 내 목과 등뼈를 따라 들쭉날쭉하게 그려진 하얀 튼살의 추한 자국에는 결코 익숙해지지 않는다. 그 흉은 늘 찌르르한 느낌을 주고 이상한 방향으로 피부를 세게 잡아당겨서 부드러운 움직임조차 고통스럽게 만든다. 흉터의 영향으로 심지어 나는 전처럼 크게 미소를 지을 수도 없게 되었다.

하지만 지금, 차라리 발신기기로 나를 고문했으면 싶다.

발신기가 끽끽대는 소리로 나를 조각내고 껍질을 벗기던 것은 천국이자, 축복이자, 행복에 가까웠다. 샘슨의 속삭임을 1초라도 더 듣고 있느니, 차라리 뼈과 근육으로 부서지고, 이와 손톱으로 산산조각나고, 마디마디가 전부 없어져 버리는 쪽이 나을 것 같다.

샘슨을 느낄 수 있다. 그의 정신력을. 오염이나 부식이나 아니면 암 덩어리처럼 내 안을 구석부터 채우며 올라오는 그것을. 그는 내 머리 안을 날카로운 피부로 긁어낸다. 심지어 그 의도는 더욱 날카롭다. 그의 독에 당하지 않은 나의 일부분이 극심한 고통에 몸부림을 친다. 샘슨은 내게 이런 고문을 가하는 것을 즐기고 있다. 결국 이 모든 것이 그의 복수다. 내가 엘라라에게 했던 것, 그의 혈족이자 그의 왕비에게 했던 일에 대한.

그가 나에게서 찢어낸 첫 번째 기억이 바로 그녀다. 내가 아무 회한을 느끼지 않는다는 점이 그를 분노케 했기에, 좀 후회가 든다. 억지로 무슨 동정이라든가 뭘 좀 보였어야 했는지도 모르겠지만, 그녀의 죽음 장면은 충격보다는 그저 놀라운 쪽에 가깝다. 이제 나는 그 장면을 기억할 수 있다. 그가 그렇게 하도록 만들었다.

눈이 멀 것 같은 고통으로 가득 찬 순간이 짧게 흐르며, 나는 기억 속으로 거꾸로 빨려 들어가고, 내가 엘라라 왕비를 죽이던 바로 그 순간으로 돌아가 있다. 내가 능력을 쓰자 번개가 치며 하늘에는 자백색의 들쭉날쭉한 선들이 그려진다. 그중에 하나가 그녀의 머리 위를 직격하고, 그녀의 눈과 입을 통해 폭포처럼 흘러내려 목과 팔을 따라 내려가 손끝부터 발끝까지 다시 흐른다. 그녀의 피부 위로 흘렀던 땀들이 김이 되며 끓어오르고, 피부는 연기가 날 때까지 숯이 되고, 입고 있는 옷의 단추들은 벌겋게 달아오르고 옷과 피부가 활활 타기 시작한다. 그녀는 날카롭게 경련하고, 스스로를 잡아 뜯으며 내 번개 분노를 없애 보려고 애를 쓴다. 수그러들지 않고 밀려드는 전류에 의해 아름다운 얼굴의 근육들이 늘어지고 아래로 처지는 동안, 손톱은 완전히 뜯어지고, 뼈가 드러난다. 회백색의 머리카락은 까맣게 타고 그을리고, 조각조각 뜯어진다. 거기다 냄새. 소리. 그녀는 성대가 찢어질 때까지 비명을 지른다. 그 모든 순간이 내 양심에 낙인을 찍을 때까지 샘슨은 확실히 그 장면이 느리게 지나가도록, 내가 잊고 있던 기억들을 조종하는 자신의 능력을 마음껏 발휘한다. 자기 말대로 정말 도살자가 맞다.

그의 분노에 나는 스스로 제어할 수 없는 폭풍 속에 붙들린 채, 아무 것도 매달릴 곳이 없는 채로 빙글빙글 돈다. 그저 샘슨이 찾는 중인 그 정보를 그가 보지 못하기만을 기도할 뿐이다. 쉐이드 오빠의 이름을 생각하지 않으려고 애를 써 본다. 하지만 내가 쌓아 올린 벽은 종잇장처럼 얇다. 샘슨은 유쾌하게 벽들을 찢어낸다. 벽이 하나씩 찢어져 나갈 때마다 내 안의 또 다른 부분들이 난도질당하는 것을 느낄 수 있다. 그는 내가 자신에게서 지키려고 애를 쓰는 것이 무엇인지, 내가 결코 다시는 경험하고 싶지 않은 기억이 무엇인지 알고 있다. 내 생각들을 추적하는 그의 속도는 내 두뇌를 넘어서고, 그를 멈추려는 내 미약한 시도는 손쉽게 따라잡힌다. 비명을 지르거나 애원하고 싶지만 입이든 마음속에서든 나오는 소리라고는 없다. 샘슨의 손아귀에 내 모든 것이 붙들려 있다.

"너무 쉽잖아."

그의 음성이 내 안에서, 내 주변에서 메아리친다.

엘라라 왕비의 최후처럼, 쉐이드 오빠의 죽음은 고통스러울 정도로 세부사항까지 완벽하게 포착된다. 나는 자신 속에 갇힌 채, 그저 지켜보는 것 외에는 아무 것도 할 수 없는 채로, 나 자신의 몸속에서 그 끔찍한 순간들을 다시 체험해야만 한다. 방사선이 핑 하고 공기 중을 울린다. 남쪽 국경에 자리 잡고 있는 핵전쟁으로 황폐해진 땅 근처, 워시의 경계에 코로스 감옥이 있다. 차가운 안개가 회색 새벽에 맞서려는 아침을 뒤덮는다. 잠시 동안 모든 것의 소리가 침묵 속에 가라앉고, 시간이 유예된다. 나는 움직이지 않고 걸음을 내딛는 중에 얼어붙은 채 앞을 바라본다. 우리가 시작한 반역 행위로 인해 이미 마구 흔들리는 중인 감옥이 내 등 뒤에서 아가리를 벌리고 있다. 수감자들과 추격자들이 감옥의 문에서 피를 흘리고 있다. 자유를 좇아 우리를 따랐거나, 그와 같은 어떤 것을 위해서. 칼은 이미 이동했고, 그의 익숙한 형체는 100미터쯤 멀리 떨어져 있다. 우리의 유일한 조종사이자 유일한 탈출 방법을 보호하고자, 내가 쉐이드 오빠에게 그를 먼저 점프시키도록 했다. 킬런은 여전히 내 옆에 있다. 나처럼 얼어붙은 채로, 어깨에는 라이플을 단단히 끼워 넣고 있다. 킬런은 우리 뒤를 겨냥하고 있다. 엘라라를 향해, 그녀의 군대를 향해, 그리고 프톨레무스를 향해서. 총구에서 총알이 폭발하며 불꽃과 화약이 날린다. 그 장면도, 마찬가지로, 샘슨이 내 정신을 붙들고 있는 아귀힘을 느슨하게 만들기를 기다리며 허공에 매달려 있다. 머리 위로는 하늘이 전기로 무겁게 소용돌이 치고 있다. 나의 힘. 그 힘을 느끼는 순간 울 수만 있다면 울고 싶다.

처음에는 느리게, 기억이 움직이기 시작한다.

프톨레무스가 이미 손에 들고 있는 많은 무기들에 더해 길고 빛 나는 바늘을 벼린다. 바늘의 완벽한 끝 부분은 적혈과 은혈의 피로 번들대는데, 각각의 작은 핏방울들은 공기 중에서 노래하는 보석처 럼 보인다. 에이라 아이럴은 자기 능력에도 불구하고 그 치명적인 움직임을 재빨리 피할 정도로는 빠르지 못하다. 바늘이 끝도 없이 이어지는 1초 동안 그녀의 목을 베어낸다. 그녀는 내게서 몇 발짝 떨어진 곳에서 느릿느릿, 마치 물속에 있는 것 같은 속도로 쓰러진 다. 프톨레무스는 같은 동작으로 나를 죽이려고 마음먹고 타격의 가 속도를 이용해 내 심장 위로 바늘을 꽂으려고 한다. 대신에, 그는 우 리 오빠가 그 범위에 들어 왔다는 것을 알아차린다.

쉐이드 오빠는 우리에게 점프해서 돌아온다. 나를 안전하게 텔레 포트시켜 주려는 것이다. 오빠의 몸이 얇은 공기 속에서 형체를 갖 춘다. 처음에는 가슴과 머리가, 그 다음에는 심장에서 먼 부위들이 존재감을 덧입는다. 손을 뻗고 시선을 맞춘 채, 오빠는 오직 내게만 집중하고 있다. 오빠는 바늘을 보지도 않는다. 오빠는 자신이 곧 죽 게 될 거란 것도 알지 못한다.

쉐이드 오빠를 죽이려던 것은 프톨레무스의 의도가 아니었지만, 그는 개의치 않는다. 또 다른 적의 죽음 같은 건 그에게 어떤 차이도 없다. 자신의 전쟁에 있어서의 그저 또 하나의 장애물, 이름도 얼굴도 없는 또 하나의 시체일 뿐. 나 또한 그와 같은 일을 얼마나 많이 저질렀던가?

그는 아마도 쉐이드 오빠가 누구인지도 모를 것이다.

누구였는지도.

다음에 올 장면이 무엇인지 알기에 아무리 애써 봐도, 샘슨은 결코 내가 눈을 감게 해 주지 않는다. 바늘이 선명하고 우아한 선으로, 오빠를, 근육과 장기를, 피와 심장을 꿰뚫는다.

내 안의 무언가가 폭발하자 하늘이 응답한다. 오빠가 쓰러지는 것과 동시에 내 분노도 떨어진다. 하지만 분노를 해방할 때 드는 그 달콤씁쓸한 감각조차 느낄 수 없다. 번개는 결코 대지로 내리치지도, 엘라라 왕비와 여기저기 산개하고 있는 경비들을 죽이지도 못한다. 샘슨은 결코 그 작은 자비를 베풀지 않는다. 대신 그는 장면을 되감는다. 다시 한 번 튼다. 다시 한 번 오빠가 죽는다.

다시 한 번.

다시 한 번.

매번 그는 내게 뭔가 다른 것을 억지로 보게 만든다. 실수. 부주의. 내가 오빠를 구하지 못하게 한 선택들. 작은 결정들. 여기로 딛고, 저기로 돌아, 조금만 더 빨리 달려. 최악의 종류의 고문이다.

*네가 저지른 짓을 봐. 네가 저지른 짓을 봐. 네가 저지른 짓을 봐.*

그의 음성이 사방에서 파문을 일으킨다.

다른 기억들은 오빠의 죽음 사이로 쪼개지고, 장면들이 기억 사이사이로 스며든다. 두렵거나 약해졌던 순간들이 재생된다. 템플린에서 찾았던 그 작은 시체, 메이븐의 명령에 의해 신혈들을 추적하던 자들이 살해한 적혈 아기가 있다. 또 다른 순간, 팔리의 주먹이 내 얼굴에 닿아 있다. 그녀는 온통 비통과 괴로움 속에서 헐떡거리며 쉐이드 오빠의 죽음이 내 탓이라고, 끔찍한 말들을 비명처럼 외친다. 칼의 뺨 위로 격렬한 눈물이 흘러내린다. 그의 손에 든 칼이 덜덜 떨리고, 그 칼날이 그의 아버지의 목에 닿아 있다. 턱 섬의 가을 하늘 아래에 쓸쓸히 남은 쉐이드 오빠의 빈약한 무덤. 코로스에서, 하버베이에서, 내가 감전시켜 죽인 이들. 그저 명령을 따랐을 뿐인 은혈 남녀들. 그들에게는 선택권이라곤 없었다. 어떤 선택도.

그 모든 죽음을 기억한다. 모두가 가슴을 찢는 고통이다. 경비 요원이 손을 부수던 순간 내 여동생의 얼굴에 떠오르던 표정. 자신이 징병된다는 사실을 알았을 때 킬런의 손에서 흐르던 피. 전쟁으로 보내진 오빠들. 전쟁에서 반쪽만 남은 남자가 되어 돌아와, 스스로를 곧 부서질 것 같은 휠체어로 추방한 채로 우리에게서 떨어진 삶을 선택하셨던 아버지. 나를 자랑스럽게 여기신다고 말씀하시던 때 어머니가 보이셨던 슬픈 눈. 거짓말. 지금도 거짓말이야. 그리고 마침내 역겨운 아픔이, 내 옛 삶의 매 순간을 끈덕지게 따라다녔던 공허한 진실이 드러난다. 내겐 결국 희망이 없었다는 것을.

여전히 그렇다는 것도.

샘슨은 아무렇게나 그 모든 것들을 휩쓸고 간다. 그는 쓸모없는 기억들 속으로 나를 끌고 가고, 그저 내게 더 많은 고통을 주기 위해서 그 모든 일들을 한다. 그림자들이 생각 사이로 뛴다. 모든 고통스러운 순간의 뒤로 장면들이 움직인다. 샘슨은 내가 제대로 숨을 쉴 수 없을 정도로 빠르게, 그 모든 기억들 사이로 실패를 감는다. 하지만 나는 충분히 알고 있다. 대령의 얼굴, 그의 선홍빛 눈, 내가 들을 수 없는 말들을 얘기하는 그의 입술. 하지만 분명 샘슨은 들을 수 있을 것이다. 이것이 그가 찾고 있던 것이다. 기밀. 반역을 깨부수기 위해 필요한 비밀들. 내부에서부터 느리게 물이 스며 나오고 있는, 껍질에 금이 간 달걀이 된 것 같은 기분이다. 그는 내게서 원하는 것은 무엇이든 끌어낸다. 내게는 그가 찾아내는 것들을 보고 부끄러움을 느낄 능력조차 남아 있지 않다.

칼의 품에 몸을 말고 지냈던 밤들. 카메론에게 대의를 위해 합류하라고 강요했던 일. 몰래 시간을 내어 메이븐의 토 나오는 쪽지들을 다시 읽었던 것. 내가 잊힌 왕자라고 여겼던 사람에 대한 기억들. 나의 비겁함. 악몽들. 실수들. 나를 여기까지 끌고 온 모든 어리석은 발자취들.

*네가 저지른 짓을 봐. 네가 저지른 짓을 봐. 네가 저지른 짓을 봐.*

메이븐은 곧 충분히 잘 알게 될 것이다.

이것이 항상 그가 바랐던 거였다.

구부러진 손으로 휘갈겨 쓴 그 말들이 내 생각 속으로 파고들어 불타오른다.

*네가 그리워.*

*우리가 다시 만날 때까지.*

## 제4장

# 카메론

*여전히 믿을 수가 없다, 우리가 살아남았다니.* 때때로 그 일에 관한 꿈을 꾼다. 그들이 메어를 끌고 가는 모습을, 거대한 스트롱암 한 쌍이 메어의 몸을 단단히 붙들고 가는 모습을 우린 바라보고만 있었다. 그들은 메어의 번개 능력에 맞서기 위해 장갑을 끼고 있었다. 하지만 메어는 자신을 협상거리로 제공한 다음에는 번개를 사용할 시도조차 하지 않았다. 우리의 목숨 대신 자신의 삶. 사실 메이븐 왕이 그 조건을 이행하리라고는 기대하지 않았다. 왕의 추방당한 형제를 함께 줄 세우기 전까지는 말이다. 하지만 그는 자신의 거래를 지켰다. 그는 나머지 다른 모든 것들보다도 그녀를 원했던 것이다.

그럼에도 불구하고 나는 늘 메이븐 왕과 추격자들이 우리를 죽이기 위해 돌아오는 모습을 두려워하면서, 악몽에서 깨어난다. 2층 침대가 가득한 숙소 여기저기서 들려오는 코고는 소리가 그 두려움을 쫓아 준다.

사람들이 새 본부가 망할 폐허나 마찬가지라고 하긴 했는데, 그래도 난 좀 더 턱 섬이랑 비슷한 걸 기대했었다. 한 번 버려졌던 시설들, 고립된 곳이지만 기능적인 설비들, 급성장하는 반역자들이라면 응당 필요로 할 각종 편의시설을 몽땅 갖추고 비밀리에 지어진 그런 곳. 난 첫눈에 턱 섬이 싫었다. 구역으로 나눠진 병영에 경비나 마찬가지인 군인들, 심지어 그 사람들은 다 적혈이고, 그 모든 것들이 내게는 코로스 감옥을 생각나게 했다. 그 섬은 꼭 또 다른 감옥 같았다. 내가 강제로 들어갈 수밖에 없는 또 다른 감방, 이번에는 은혈 요원들 대신에 메어 배로우에 의한 것이지만. 하지만 적어도 턱 섬에서는 머리 위로 하늘을 볼 수는 있었다. 폐에는 신선한 바람을 채울 수 있었고. 코로스 감옥이랑 비교하자면, 뉴 타운과 비교하자면, 여기랑 비교하자면 턱 섬은 일종의 집행유예였다.

이제 난 레이크랜즈의 도시 트라이얼의 교외에 있는 진홍의 군대의 근거지, 이라벨(Irabelle)의 콘크리트 터널 속에서 추위에 떨면서 휴식을 취한다. 벽들을 만지면 얼음처럼 차갑고, 열원이 없으면 방에는 고드름이 매달린다. 몇몇 진홍의 군대 요원들이 칼을 내내 졸졸 따라다닐 때도 있는데, 그건 오직 왕자에게 열기를 내뿜는 능력이 있기 때문이다. 나는 그런 사람들과는 완전히 반대편이라 할 수 있는데, 할 수 있는 한 칼의 그 느릿느릿한 덩치에서 오는 존재감을 피할 수만 있다면 피하는 쪽이다. 은혈 왕자님 따위 내겐 아무 쓸모도 없고, 특히나 나를 오직 비난의 시선으로만 보는 사람이라면 더더욱 사절이다.

마치 내가 그녀를 구할 수나 있었다는 듯이.

거의 훈련 받지도 못했던 내 능력은 충분함 근처에도 미치지 못했다. *그리고 충분하지 못했던 건 너도 마찬가지였잖아, 망할 왕자 저하 놈아.* 우리가 길에서 스쳐 지날 때면 그를 향해 그렇게 소리 지르고 싶다. 왕자의 불꽃 능력은 왕과 그의 추격자들에게 상대도 되지 못했다. 게다가, 메어가 그 제안을 했고 선택을 했다. 왕자가 누군가를 비난할 거라면, 그건 다름 아닌 메어를 비난해야 하지 않나.

번개 소녀는 우리를 구하려고 그렇게 행동했고, 때문에 나는 언제나 그녀에게 감사하는 마음이긴 하다. 메어가 자기중심적인 위선자였다고 해도, 그녀에게 일어난 일들을 당해야 마땅했다는 뜻은 아니기 때문이다.

우리가 대령에게 무선 연락이 가능해졌던 바로 그 순간, 대령은 턱 섬을 비우라는 명령을 내렸다. 그는 메어 배로우에 대한 심문이 그 즉시 섬으로 연결될 것이라는 것을 알았던 것이다. 팔리는 보트들만이 아니라 감옥에서 훔쳐온 거대한 화물 수송용 제트기까지 이용해서 사람들을 모두 안전하게 이동시킬 수 있었다. 우리는 사고 장소로부터 급히 달아나 대령과 함께 국경 너머의 접선 장소로 향할 때까지 강제로 육로로 이동해야만 했다. 내가 *강제로*라는 표현을 쓴 이유는 또 다시 한 번, 누군가가 내게 할 일과 갈 곳에 대해 명령했기 때문이다. 우리는 아이들로 이루어진 군부대를 구하려는 시도를 하러 초크로 날아가던 중이었었다. 내 동생이 그들 중 하나였다. 하지만 우리의 임무는 유기되었다. *당분간은.* 그들은 전선으로부터 멀어지고 도피할 수 있도록 내게 용기라도 복돋으려는 듯이 매순간 그렇게 말했다.

그 생각에 뺨이 타오르는 것 같다. 계속 갔어야 했다. 그들은 나를 멈추지 않았을 것이다. 그러지 못했을 것이다. 하지만 두려웠다. 참호에 그토록 가까워지자, 나는 홀로 진군한다는 것의 의미를 깨닫고 말았다. 헛되이 죽을 수도 있었다. 그럼에도 불구하고, 여전히 그 선택에서 오는 수치를 떨치기가 어렵다. 나는 그곳에서 걸어 나왔고, 다시 한 번 내 동생을 버려 두고 떠났다.

모두가 다시 모이는 데는 몇 주가 걸렸다. 팔리와 그녀의 요원들이 가장 마지막으로 도착했다. 그녀의 아버지인 대령은 팔리가 없는 사이 새 기지의 얼어붙을 듯 차가운 복도를 서성거리며 매일 시간을 보냈던 것 같다.

아무튼 적어도 배로우는 자신의 감금을 유용하게 써먹고는 있다. 그런 죄수에게 정신이 쏠리면서, (코로비움에서 끓어오르고 있는 그 소동에 대한 언급은 차치하고라도) 초크 주변 군대의 진군이 어쨌든 멈춘 상태다. 내 동생은 안전하다. 뭐, 총과 군복을 갖춘 15살짜리가 할수 있는 수준에서는 그렇다는 이야기다.

메이븐 왕의 연설을 얼마나 많이 보았는지 모르겠다. 우리가 도착한 이래, 칼은 그 영상을 보고 또 보고, 보고 또 보느라고 관제실 한구석을 아예 차지했다. 처음 우리가 그 영상을 보았을 때, 아마 우리 중 누구도 감히 숨을 쉴 수도 없었던 것 같다. 모두 최악의 상황이 닥칠까 두려웠다. 우린 곧 메어의 목이 잘리는 모습을 보게 될 거라고 생각했다. 메어의 형제들은 서로의 곁에 서서 눈물을 참으려고 애쓰고 있었고, 킬런은 심지어 그 장면을 쳐다보지도 못한 채로 손에 얼굴을 묻고 있었다. 메이븐이 처형조차 그녀에게 과분하다고 선언하던 순간, 아마 브리는 안도감에 거의 졸도했던 것이 틀림없었다. 하지만 칼은 묵묵부답 상태로 화면만을 보았고, 집중한 채로 골똘히 생각하느라 이맛살을 찌푸렸다. 우리 모두가 그랬던 것처럼 마음 깊은 곳에서부터 그는 알았던 것이다. 죽음보다도 훨씬 끔찍한 무언가가 메어 배로우를 기다리고 있다는 것을.

그녀는 은혈 왕의 앞에 무릎을 꿇었고, 그가 그녀의 목 둘레에 줄을 채우는 동안 그대로 있었다. 아무것도 말하지 않고, 아무것도 하지 않고. 그가 우리 온 나라 사람들의 눈앞에서 그녀를 테러리스트이자 살인자라고 부르도록 내버려 두었다. 한편으로는 그녀가 뭐라도 톡 쏘아붙였으면 하고 바랐지만, 그녀가 줄 밖으로 발 하나 내딛지 못할 상태라는 것을 나 역시 잘 알고 있었다. 메어는 그저 자신을 둘러싸고 있는 모두를 바라보았다. 그녀의 눈은 자신이 서 있는 연단 주변에 모인 은혈들 사이를 이리저리 훑었다. 은혈들은 모두가 그녀 주변으로 가까이 가고 싶어 했다. 전리품을 죽이고 싶어 안달난 사냥꾼들.

왕관에도 불구하고, 메이븐은 그다지 왕답게 보이지 않았다. 지치고, 아마도 아픈 것 같았고, 분명히 분노에 차 있었다. 아마도 자기 옆에 있는 여자애가 막 자기 어머니를 죽였기 때문일 터였다. 그는 메어의 목줄을 잡아당겨, 그녀를 안으로 걸어가게 만들었다. 그녀는 마지막으로 간신히 어깨 너머로 시선을 던졌는데, 크게 뜬 눈은 무언가를 찾고 있었다. 하지만 또 한 번 목줄이 당기자 그녀는 영원히 돌아서야 했고, 우리는 여태까지 그녀의 얼굴을 다시는 보지 못하고 있다.

메어는 거기에 계속 그렇게 머무르고 있고, 나는 여기에 계속 이렇게 머무르고 있다. 썩어 가며, 얼어붙은 채로, 나보다 훨씬 나이 먹은 장비들의 전선을 갈면서 시간을 보내는 중이다. 이 모든 것들이 죄다 망할 낭비 아니냐고.

나는 침대에서 보내는 마지막 시간이면 내 동생에 대해서, 그 애가 있는 곳에 대해서, 그 애가 하고 있는 일에 대해서 생각한다. 모레이. 오직 외모만 닮은 나의 쌍둥이. 모레이는 뉴타운의 거친 골목에는 어울리지 않는 너무 연약한 녀석이었고, 공장의 매연들 때문에 자주 아프곤 했다. 군대식 훈련이 그 애에게 어떤 영향을 미쳤을지 상상하고 싶지도 않다. 누구에게 묻느냐에 따라 다르긴 하겠지만, 테키 노동자들은 군대에 보내기엔 너무 가치가 있거나, 너무 약한 법이곤 했다. 진홍의 군대가 괜한 참견질을 시작해서 몇 명의 은혈들을 죽이고, 예전의 왕이 억지로 간섭을 좀 하도록 만들기 전까지는. 우리는 둘 다 징집되었다, 심지어 우리 둘 다 직업이 있었는데도 그랬다. 심지어 우리 둘 다 고작 열다섯 살이었는데도 말이다. 칼의 아버지가 제정한 그놈의 망할 '조치'가 모든 것을 바꿔 놓았다. 사람들은 우리를 뽑고, 군인이 될 거라고 했고, 우리는 부모님에게서 떨어져서 행군해야만 했다.

그들은 거의 즉시 우리들을 찢어놓았다. 내 이름은 무슨 목록에 있었고, 모레이의 이름은 없었다. 한때, 나는 코로스에 보내진 사람이 나란 것에 감사했었다. 모레이는 결코 감옥에서 살아남지 못했을 테니까. 이제 나는 우리 둘이 있는 곳을 바꿀 수 있다면 좋겠다고 소원한다. 그 애는 자유롭게 풀어 주고, 나는 전선에 배치될 수 있다면. 하지만 내가 대령에게 '어린 군대'를 다시 구하러 가야 한다고 얼마나 많이 탄원을 넣든 상관없이, 그는 언제나 나를 돌려세운다.

그래서 나는 다시 한 번 애원하러 가는 수밖에 없다.

엉덩이에 두르고 있는 공구 벨트가 익숙한 무게감을 주며, 걸을 때마다 툭툭 부딪힌다. 나는 누구든 감히 나를 세우려고 귀찮게 하는 사람은 단념시키기 충분할 정도로 의욕적으로 걸어간다. 하지만 대개 복도들은 텅텅 비어 있다. 내가 몰래 접근해서 아침 식사에 나온 롤 빵을 갉아먹으려는지 감시하려고 어슬렁거리는 사람은 아무도 없다. 대장이나 그들의 부하들은 또 한 번 순찰을 돌러, 트라이얼과 국경을 정찰하려고 밖에 나가 있는 것이 틀림없다. 적혈들을 찾는 거겠지, 북쪽까지 오는 데에 성공할 정도로 운이 좋은 사람들을 말이다. 이곳에 합류하기 위해 찾아오는 사람들이 있긴 있는데, 그 사람들은 항상 군에 복무할 만한 나이거나 적어도 대의를 위해 봉사할 만한 충분한 기술들을 갖고 있는 노동자들이다. 가족들은 어디로 보내졌는지 모르겠다. 고아들, 과부들, 홀아비들. 오직 방해만 되는 사람들.

나처럼. 하지만 나는 목적이 있어서 거치적거리는 중이다. 그게 내가 관심을 받을 수 있는 유일한 방법이라서 그렇다.

대령의 벽장(그러니까 사무실)은 합숙소보다 한 층 위에 있다. 노크하기도 귀찮은지라, 대신에 손잡이를 잡는다. 손잡이는 쉽게 돌아간다. 콘크리트 벽에, 잠긴 사물함들 몇 개랑 현재 누가 차지하고 앉은 책상이 들어찬, 음침하고 비좁은 방이 모습을 드러낸다.

"대령님은 부재 중."

팔리가 종이에서 얼굴을 들지도 않은 채로 말한다. 그녀의 손은 잉크로 얼룩져 있고, 심지어 코랑 충혈된 눈 아래에도 얼룩이 묻어 있다. 그녀는 암호화된 메시지와 기록들로 이루어진 경비대 통신 같이 보이는 것을 자세히 읽고 있다. 사령부로부터 온 거다. 진홍의 군대의 더 상위 레벨에 대해 다들 쑥덕거리는 이야기를 나 역시 기억한다. 누구도 사령부에 대해서 잘 아는 사람은 없지만, 나는 특히 더 그렇다. 열두 번도 더 물었지만 아무도 내게 제대로 말해 주는 사람이 없었다.

나는 그녀를 보자 얼굴을 찌푸리고 만다. 탁자에 배가 가려져 있음에도, 팔리의 상태는 슬슬 겉으로 티가 나기 시작했다. 얼굴과 손가락은 부어 보인다. 음식 찌꺼기가 묻어 있는 접시 세 개가 옆에 쌓여 있는 건 말하지 않더라도 말이다.

"아무래도 지금부터 좀 자는 게 좋을 것 같은데, 팔리."

"아무래도 그렇겠지."

그녀는 내 걱정은 신경도 쓰지 않는 것처럼 보인다.

*좋아, 뭐 맘대로 해.* 낮은 한숨과 함께 나는 문간에서 몸을 돌려, 그녀를 내 뒤에 남겨 두고 돌아선다.

"코르비움이 절벽 끝에 놓였다고 전해."

덧붙이는 팔리의 목소리는 강하고 매섭다. 명령이긴 한데, 뭔가 더 있다.

나는 한쪽 눈썹을 추켜세운 채 어깨 너머로 그녀를 돌아본다.

"무슨 절벽 끝에?"

"반란이 계속되고 있고, 은혈 요원들이 시체로 발견되고 있다는 산발적인 보고서들이 들어오고 있어. 그리고 보급창이 위험할 정도의 증가 속도를 보이며 개발되고 있어."

그녀는 거의 히죽히죽 웃기까지 한다. 거의. 나는 쉐이드 배로우가 죽은 이래로 팔리의 미소를 보지 못했다.

"익숙한 일처럼 들리는데. 진홍의 군대가 도시 안에 있어?"

마침내 팔리가 올려다본다.

"우리가 아는 바로는 없어."

"그러면 군대들이 돌아오고 있겠네."

희망이 가슴 안에서 날카롭고 노골적으로 번뜩인다.

"적혈 군인들이……."

"코르비움에는 기존 병력이 수천 명은 있어. 그리고 적잖은 이들이 은혈 요원들에 비해서 자기들이 꽤나 수적으로 우세하다는 걸 깨닫고 있지. 적어도, 하나당 넷은 되니까."

하나당 넷. 갑자기 내 희망은 상해 버린다. 은혈들이 어떤 존재인지, 그들이 무엇을 할 수 있는지 나는 그간 직접 목격해 왔다. 나는 그들의 죄수이자 적이었고, 오직 나 자신의 능력 덕택에 싸울 수 있었다. 한 명의 은혈에 대항할 네 명의 적혈이라니, 그건 여전히 자살이나 마찬가지다. 질 게 명백한 싸움이다. 하지만 팔리는 동의하는 것처럼 보이지 않는다.

그녀는 내 불편함을 눈치 채고는 할 수 있는 한 부드럽게 태도를 바꾼다. 적어도 면도칼이 식칼로 바뀌는 정도는 된다.

"네 형제는 거기에 없어. 단검 부대는 여전히 초크의 전선 뒤에 머무르는 중이야."

지뢰밭과 불타는 도시 사이에 갇혀 있는 셈이다. 멋지네.

"내가 염려하는 건 모레이가 아니야."

*적어도 지금 이 순간은.*

"사람들이 어떻게 도시를 차지할 거라고 기대할 수 있는지 모르겠어. 물론 사람들 수가 많긴 하겠지, 하지만 은혈들은……. 그러니까, 그놈들은 은혈이잖아. 마그네트론 몇 명이면 눈도 깜빡하기 전에 수백 명을 죽일 수 있다고."

머릿속으로 코르비움을 떠올려 본다. 그곳에 대해서라면, 은혈 방송에서 보여 주는 정보 한 토막이나, 진홍의 군대를 거쳐 걸러진 장면 보고서 같은 간단한 비디오들을 통해서만 보았을 뿐이다. 그곳은 도시라기보다는 성채에 가까웠고, 불길한 느낌을 주는 검정색 돌들로 벽을 세우고 거대한 돌기둥이 전쟁으로 척박해진 불모지를 향해 북쪽을 바라보고 있는 그런 곳이었다. 어쩐지 그곳은 내가 마지못해 고향이라고 부르는 장소를 생각나게 했다. 뉴타운도 벽이 세워져 있었고, 많은 요원들이 우리의 삶을 감독하고는 했다. 우리도 마찬가지로 수천 명은 되었지만, 우리가 일으킨 유일한 반란은 교대 근무에 지각하거나 통금 이후에 살금살금 기어나가는 정도였다. 제대로 벌어진 일 같은 것은 아무것도 없었다. 우리의 목숨은 너무나 약했고 연기만큼이나 무의미했다.

팔리는 다시 자기가 하던 일로 돌아간다.

"그냥 내가 말한 것만 전해. 뭘 해야 할지는 그쪽이 알 테니까."

나는 그저 고개만 끄덕이고, 팔리가 하품을 감추려 애를 쓰다 실패하는 사이 문을 닫는다.

＊ ＊ ＊

"비디오 수신기를 재측정해야 합니다, 팔리 대장의 명령……."

중앙 관제실의 문 옆에 배치된 두 병의 경비대원은 내가 늘 써먹는 거짓말을 채 끝맺기도 전에 뒤로 물러선다. 둘 다 내 시선을 피해 멀리를 본다. 수치로 인한 홍조로 내 얼굴이 타오르는 게 느껴진다.

신혈들은 마치 은혈들이 그러는 만큼이나 사람들을 겁에 질리게 만든다. 더하면 더했지, 덜하지는 않다. 사람들 눈에 능력을 가진 적혈들이란 그저 예측불허에, 그저 강력하고, 그저 위험할 따름이다.

우리가 이곳에 처음 도착하고 좀 더 많은 병사들이 도착한 후에, 나와 다른 사람들에 대한 속삭임이 질병처럼 번져 나갔다. *그 늙은 여자는 자기 얼굴을 바꿀 수 있어. 불안한 애는 널 환상으로 감쌀 수 있어. 테키 여자애는 생각하는 것만으로 널 죽일 수 있어.* 누가 날 무섭게 여긴다는 것은 진짜 끔찍한 기분이다. 그리고 더 최악인 것은, 그 일에 대해 누굴 비난할 수도 없다는 것이다. 우리는 다르고 낯설고, 심지어 은혈들조차 갖고 있지 못한 힘들을 갖고 있다. 우리는 닳아빠진 전선들이자 결함이 있는 기계들이며, 여전히 우리 자신과 우리 능력에 대해 배우고 있는 중이다. 우리가 어떤 존재가 될지 누가 알겠는가?

나는 익숙한 불편함을 속으로 삼키며 다음 방으로 걸어들어 간다.

대개 중앙 관제실은 켜진 화면 여럿과 통신 장비들로 웅웅대지

79

만, 지금 이 방은 특이할 정도로 조용하다. 오직 방송 하나만이 윙윙 돌아가면서, 해독된 메시지로 된 서신 종이의 긴 줄을 뱉어내고 있는 중이다. 대령은 기계를 내려다보고 서서, 종이를 늘어뜨린 채 읽고 있다. 그의 옆에 앉아 있는 건 늘 그렇듯 대령에게 지박령처럼 붙어 있는 메어의 오빠들로, 그들은 둘 다 토끼처럼 안절부절못하고 있다. 그리고 이 방의 네 번째 입주자까지 하면, 지금 들어오고 있는 이 보고서가 도대체 무엇에 대한 것인지 알기에 충분한 근거를 다 갖춘 셈이다.

이건 메어 배로우에 관한 소식이다.

아니면 칼이 여기에 대체 왜 와 있겠는가?

그는 평소처럼 뭔가를 곱씹으며 손가락들을 깍지 낀 위로 뺨을 올리고 있다. 지하에서 보낸 오랜 날들이 대가를 가져간 탓에, 그의 이미 창백한 피부는 더욱 창백해졌다. 왕자인 주제에, 그는 위기의 순간마다 자제력을 너무 잃는 거 같다. 지금만 해도 칼은 샤워를 하고 면도도 할 필요가 있어 보인다. 오랜 인사불성 상태에서 건지기 위해서 잘 겨냥해서 몇 대 갈겨줄 필요가 있음은 말할 필요도 없겠다. 하지만 그럼에도 불구하고 그는 군인이다. 그가 다른 이들보다 먼저 휙 나와 눈을 맞춘다.

"카메론."

그는 으르렁거리지 않기 위해 최선을 다하며 말한다.

"캘로어."

그는 잘 쳐 봐야 추방당한 왕자다. 지위를 붙여 줄 필요가 없다. 내가 정말 그를 열 받게 하고 싶을 때가 아니라면 말이다.

그 아버지에 그 딸. 팔리 대령은 통신록에서 고개도 들지 않지만, 나를 인지하고 극적인 한숨을 내뱉는다.

"체력 소모는 그만 두지, 카메론. 내게는 부대 전체를 구할 시도를 할 노동력도, 기회도 모두 없다네."

나는 입모양으로 그의 대사를 따라한다. 그는 거의 매일 나에게 이 말들을 한다.

"메이븐이 기회만 주어진다면 대량학살 할 어린애들로 이루어진 제대로 훈련도 받지 않은 부대 말이죠."

나는 받아친다.

"그래, 자네가 계속 내게 상기시키고 있지 않나."

"왜냐하면 상기할 필요가 있기 때문이지요! 대령님."

나는 거의 움찔 놀라다시피 하며 덧붙인다. *대령님.* 진홍의 군대가 나를 아무리 자기 클럽 멤버처럼 취급한다고 해도, 나는 이들에게 충성 선서를 하지 않는다.

메시지의 특정 부분에 이르자 대령의 눈이 가늘어진다.

"메어를 심문했다는군."

칼이 너무 빨리 일어나는 바람에 의자가 쓰러진다.

"메란더스인가?"

열기의 떨림이 방 안에 맥동하고, 나는 내 안에서 토할 것 같은 기분이 울렁이는 것을 느낀다. 칼 때문이 아니라, 메어 때문이다. 그녀에게 일어날 일에 대한 공포 때문이다. 당황한 채로, 난 양손을 머리 뒤에서 엮어서, 구불구불한 어두운 머리카락을 목 뒤쪽으로 잡아당긴다.

"그렇다. 샘슨이라는 이름의 남자라는군."

대령이 대답한다.

왕자는 왕족치고는 꽤나 다채로운 욕설을 뱉는다.

"그게 무슨 뜻입니까?"

메어의 제일 나이 많은 오빠인 건장한 브리가 감히 묻는다.

또 다른 살아남은 배로우 가의 아들, 트래미는 세게 인상을 찌푸린다.

"메란더스는 왕비의 가문이잖아. 위스퍼들, 생각을 읽는 자들이지. 그들이 우리를 찾기 위해서 메어를 갈가리 찢어 놓을 거예요."

"그리고 유흥을 위해서도."

칼이 낮게 우르릉 소리를 내며 중얼거린다. 배로우 형제들이 그 함축된 의미에 벌겋게 달아오른다. 공포에 질려 눈물을 참으려 애쓰던 브리의 눈에 갑자기 눈물이 고인다. 그의 팔을 붙들어 주고 싶지만, 나는 그대로 가만히 서 있다. 이미 충분히 많은 사람들이 내가 만지는 손길에 움찔하는 것을 봐 왔다.

"그것이 메어가 턱 섬 밖에서 벌어지는 우리 작전들에 대해 아무것도 알지 못하는 이유이기도 하다. 그리고 턱 섬은 이제 철두철미하게 비웠고."

대령이 재빨리 말한다. 그 말은 사실이다. 진홍의 군대는 엄청난 속도로 턱 섬을 유기하고는 메어 배로우가 알고 있었던 것은 어떤 것이라도 벗어 던졌다. 심지어 우리가 코로스에서 붙잡아 온(누구에게 묻느냐에 따라 다르겠지만, 구출된 거라고도 할 수 있겠다.) 은혈들까지도 해변에 버려졌다. 계속 억류하기에는 너무 위험하고, 제어하기에는 수도 너무 많았다.

진홍의 군대와는 고작 한 달 지냈을 뿐이지만, 나는 이미 그들의 말을 가슴 깊이 새기고 있다. *새벽은 적혈처럼 붉게 타오르니, 일어나라.* 물론 그것이 끝이 아니다. *네게 필요한 것이 무엇인지만 알면 된다.* 처음 것이 정치적인 슬로건이라면, 두 번째 것은 경고다.

"그녀가 그들에게 줄 수 있는 것은 끽해야 지엽적인 정보일세. 사령부에 관한 어떤 중요한 정보도 없고, 노르타 밖에서 진행되는 일들에 대한 것은 거의 모르니까."

*아무도 그건 걱정 안 한다고, 대령.* 나는 그에게 쏘아붙이지 않기 위해서 혀를 깨물어야 한다. *메어는 죄수잖아. 그래서 만약 그들이 레이크랜즈나 피에드몬트, 아니면 몬트포트에 대해서 어떤 정보도 얻지 못하면 어떻게 되겠어?*

몬트포트. 소위 민주주의라는 것에 의해 운영되고 있다는 멀리 떨어진 나라, 적혈과 은혈과 신혈들이 동등한 균형을 이루고 있다는 곳. 천국? 어쩌면. 하지만 난 이 세계에는 천국이라는 것이 존재하지 않는다는 것을 배운 지 오래되었다. 아마도 지금은 내가 메어보다도 그 나라 안의 사정들을 더 잘 알고 있을 게 틀림없다. 항상 몬트포트의 장점들에 대해서 꽥꽥거리고 있는 그 래시와 타히르라는 쌍둥이들 덕분에도 말이다. 그 사람들 말을 믿을 정도로 어리석지는 않다. 그 쌍둥이가 항상 서로의 생각이나 문장을 끝맺는 방식으로 대화를 하기 때문에, 그 사람들이랑 대화를 이어나가는 게 순전히 고문이라는 사실은 빼고라도 말이다. 가끔 내 침묵 능력을 쌍둥이 모두에게 써서, 둘의 생각을 하나로 이어주는 능력을 끊어 버리고 싶다. 하지만 그건 잔혹한 걸 떠나서 어리석은 일이다. 사람들은 신혈들의 능력 다툼 같은 걸 지켜보지 않았음에도 이미 우리를 경계하고 있으니 말이다.

"지금 놈들이 메어에게서 어떤 정보를 끄집어낼지가 정말로 문제가 되나요?"

나는 악문 이 사이로 내뱉는다. 바라건대 대령이 내가 하고자 하는 말이 무엇인지 이해했으면. *적어도 메어의 오빠들이 없을 때에 하라고, 대령. 제발 부끄러움을 좀 가져.*

그는 그저 멀쩡한 한 눈과 망가진 한 눈을 끔뻑거린다.

"기밀을 소화할 수 없다면, 관제실에 오지 말게나. 그들이 메어를 심문해서 무엇을 알아냈는지를 확인해야 해."

"샘슨 메란더스는 경기장에서 싸우는 선수지, 본인에게 전혀 그럴 이유가 없음에도."

칼이 나직하게 말한다. 온화하게 말하려고 노력하는 모양이다.

"그자는 상대에게 고통을 가하는 용도로 자기 능력을 사용하는 걸 즐겨. 만약 그자가 메어를 심문한 사람이라면, 그렇다면……."

그는 말끝을 더듬다가, 마지못해 내뱉는다.

"그 과정은 고문이 될 거다, 간단하고 명확하게. 메이븐은 메어를 고문자에게 넘긴 거다."

대령조차 그 생각에 매우 불행한 표정이 된다.

칼은 길고 차가운 순간 동안 침묵한 채로 바닥만을 바라보다가 마침내 중얼거린다.

"결코 메이븐이 메어에게 그런 짓을 할 거라고 생각하지 못했어.

아마 메어도 나처럼 생각했을 텐데."

*그렇다면 너희 둘 다 어리석은 거지. 머릿속으로 고함을 지른다.*
*그 괴짜 꼬맹이가 얼마나 많이 너희를 배신해야지만 배울 건데?*

"달리 필요한 거라도 있었나, 카메론?"

팔리 대령이 묻는다. 대령은 메시지를 둘둘 말아서 실로 된 원처럼 감아올린다. 나머지 부분은 아마도 내 귀에 들어오면 안 되는 정보인가 보다.

"코르비움에 관한 겁니다. 팔리가 말하길 그곳이 절벽 끝에 다다랐대요."

대령이 눈을 깜빡인다.

"그것이 그녀의 말이었나?"

"말 그대로요."

갑자기 나는 더 이상 대령의 관심사가 아니다. 대신에, 그의 눈이 칼에게로 휙 움직인다.

"그렇다면 이제 등을 떠밀 차례로군."

대령은 열심이지만, 분명 대령만큼은 마음이 내키지 않을 칼은 그런 모습을 보일 수가 없다. 그는 침착함을 유지하는데, 조그만 틈도 자신의 진짜 감정들을 배신할 수 있음을 잘 알고 있다. 아무 움직임을 보이지 않는 것 역시 비판적인 태도를 취하는 것과 차이가 없다.

"어떤 작전을 짤 수 있을지 살펴보겠네."

마침내 칼이 어쩔 수 없이 말한다. 그 말로도 대령에게는 충분한 모양이다. 그는 끄덕이느라 뺨을 숙인 다음, 메어의 오빠들에게 관심을 돌린다. 그가 온화한 척 쇼를 하면서 말한다.

"자네들 가족들도 아는 편이 좋겠지. 그리고 킬런도."

니는 몸을 움직인다. 메어의 오빠들이 여동생에 관한 그토록 고통스러운 소식을 소화하고, 나머지 가족들에게 그 소식을 전하는 짐을 받아들이는 모습을 지켜보는 것은 불편하다. 브리의 입은 꼼짝하지 않지만, 적어도 트래미에게는 자기 형 대신 말할 수 있을 정도의 힘이 남아 있나 보다.

"네, 대령님. 요즘 워렌 녀석이 어디서 시간을 보내고 있는지는 모르겠지만 말입니다."

트래미의 말에 나는 제안한다.

"신혈들 병영을 찾아 봐요. 개는 대개 거기 있거든요."

정말로, 킬런은 대부분의 시간을 에이다와 함께 보내고 있다. 케샤가 죽은 후, 에이다는 킬런에게 읽고 쓰는 법을 가르치는 고된 노동을 짊어졌다. 내 생각에는 킬런이 자기 주변에 아무도 없기 때문에 우리랑 더 붙어 있으려는 거 같기 하지만 말이다. 배로우 가족들이 아마도 킬런이 가진 것 중에는 가장 가족이랑 비슷한 존재들일 텐데, 배로우 가족은 지금 기억에 사로잡힌 유령들이나 마찬가지다. 심지어 난 아직까지 메어의 부모님들 얼굴을 본 적도 없다. 그들은 남과는 어울리지 않고 자기들끼리 딱 붙어서 터널 깊은 곳에서만 지낸다.

우리 넷은 다함께 대령에게 작별을 고하고, 이상하고 부자연스러운 하나의 덩어리가 되어 관제실에서 떼 지어 나온다. 브리와 트래미는 재빨리 우리에게서 떨어져서 기지의 다른 쪽에 위치한 자기네 가족 구역을 향해서 쿵쿵거리며 사라진다. 그들이 부럽지는 않다.

나와 모레이가 징병되던 당시에 어머니가 얼마나 울부짖었는지 여전히 기억한다. 어느 쪽이 더 아픈 일일지 궁금하다. 자식들이 위험에 빠져 있다는 걸 알지만 아이들에 대한 어떤 소식도 듣지 못하는 거랑, 자식들이 고통받고 있다는 소식을 조각조각 급여받는 쪽이랑.

나로서는 결코 알 수 없는 일일 것이다. 이 멍청하고 망가진 세상에는 아이들을 위한 자리가 존재하지 않는다. 특별히 내 자식들을 위한 것은 더더욱 없고.

나는 칼이 지나도록 비켜서지만, 곧 더 나은 생각이 재빨리 떠오른다. 우리 둘은 키가 거의 비슷하니, 그의 잽싼 보폭을 따라잡는 것이 내게는 별 일도 아니다.

"온 마음을 다 바쳐서 이 일을 하지 않으면, 당신은 많은 사람들을 죽게 만들게 될 거야."

칼이 빙글 몸을 돌리는데, 그 움직임의 속도와 힘 때문에 나는 거의 엉덩방아를 찧을 뻔 한다. 그간 직접 칼의 불길을 겪어 본 바 있지만, 지금 그의 눈동자에 활활 타오르고 있는 불길처럼 거셌던 적은 없었다.

"카메론, 난 문자 그대로 온 마음을 다 바치고 있어."

그가 악 문 이 사이로 쉿쉿대며 말한다.

황홀한 대사네. 아주 로맨틱한 선언이다. 나는 간신히 눈알을 굴리는 것을 멈춘다.

"그런 말은 우리가 메어를 되찾아왔을 때를 위해 아껴 둬."

나는 투덜거린다. *되찾아왔을 때* 말이지, *만약 되찾아온다면*이 아니라. 칼은 궁전 안에 있는 메어에게 메시지를 보낼 방법을 찾아봐야 한다는 그의 요청을 대령이 거절했을 때, 관제실을 거의 불태울 뻔 했다. 단어 선택을 좀 잘못해서 칼이 복도를 녹여 버리게 만들 필요야 없겠지.

그는 다시 걷기 시작하고, 속도는 아까의 두 배로 빨라진다. 하지만 난 번개 소녀처럼 쉽게 뒤에 버릴 수 있는 타입이 아니다.

"내 말은 그냥 대령에게는 자기 식의 방식이 있을 거라는 거지…… 사령부 사람들도 그렇고…… 진홍의 군대 요원들도 그렇고 그 사람들은……."

나는 적절한 용어를 찾아 헤맨다.

"충성할 곳이 서로 상충되지는 않잖아."

칼은 큰 소리로 씩씩댄다. 그의 널찍한 어깨가 위아래로 움직인다. 행동하는 꼴로 봐선 분명히 에티켓 수업은 군사 훈련 받느라고 뒤로 미뤘을 것이 틀림없다.

"은혈들의 방식이나 코르비움의 방어 시스템에 대해서 나만큼 잘 아는 요원이 있다면 어디 한번 데려와 봐, 기꺼운 마음으로 이 모든 엉망진창에서 물러나 줄 테니까."

"분명 누군가 있긴 있을 거라고, 캘로어."

"누가 신혈들이랑 싸워 봤지? 너희들의 능력에 대해서 알고? 너희들을 싸움 어디에 이용해야 할지 제일 잘 아는 사람은?"

나는 그의 어조에 발끈한다.

"이용이라고."

나는 내뱉는다. 당연히 *이용*하셨겠지. 우리 중에 코로스에서 살아남지 못한 이들을 기억하고 있다. 메어 배로우가 뽑았고, 그녀가 지켜주겠다고 약속했던 신혈들. 대신에, 메어와 칼은 우리를 준비도 되지 않은 전투로 밀어 넣었고, 메어는 우리는커녕 자기 자신조차 지킬 수 없음이 밝혀졌다. 닉스, 가레스, 케샤, 그리고 내가 알지도 못했던 감옥의 다른 사람들. 수십 명이 죽었고, 게임판 위의 말들처럼 버려졌다.

그것이 은혈의 대장과 함께 일하려면 항상 벌어지는 일이고, 그것이 칼이 싸우는 법이라고 배운 것이다. 무슨 수를 쓰든 이겨라. 적혈의 피를 마지막 순간까지 짜내어 값을 치러라.

"너도 내 말의 의미를 알잖아."

나는 코웃음을 친다.

"아마도 이게 내가 결코 확신할 수 없는 이유겠지."

*너무 센데, 카메론.*

"들어 봐."

나는 전략을 바꾸려는 마음에 계속 말한다.

"만약 내 동생을 다시 데려올 수 있다면, 난 아마 여기 모두를 불태우래도 할 거야. 다행히도 그게 내가 해야 될 결정은 아니지. 하지만 당신은, 당신은 사실상 그 옵션을 가지고 있잖아. 난 당신이 그 방법을 택하지 않을 거라고 확신하고 싶다고."

사실이다. 우리는 같은 이유로 이곳에 있다. 진홍의 군대에 대한 눈 먼 충성심 때문이 아니라, 진홍의 군대가 우리가 사랑하고 잃어버린 이들을 구할 수 있는 유일한 희망이기 때문이다.

칼은 별나게도 비딱한 미소를 짓는데, 그 모습이 꼭 바보스러운 생각에 빠져 있을 때 메어가 짓곤 하던 미소랑 똑같다. 그 미소는 그를 좀 더 바보처럼 보이게 만든다.

"삼언이설로 꾈 시도는 필요 없어, 카메론. 또 다른 대학살로부터 우리를 구할 수 있는 일이라면 나는 무엇이든 할 거야. 무엇이든."

그의 표현이 냉혹하게 바뀐다. 그가 중얼거린다.

"네가 생각할 때는 이기는 것만 생각하는 사람들이 은혈뿐인 것 같지? 나는 대령의 보고서들을 봤지. 너는 정확히 똑같은 방식으로 생각하는 사람들 틈에 끼어 있어. 이 사람들은 원하는 걸 얻기 위해서라면 우리 모두를 활활 불태울 거다."

*어쩌면 맞는 얘기겠지, 하지만 적어도 이 사람들이 원하는 건 정의잖아. 나는 생각한다.*

팔리, 대령, 진홍의 군대에 충성을 맹세한 병사들, 그리고 그들이 지키고 있는 적혈 거주지들에 대해서 생각해 본다. 그들이 사람들을 배에 실어 국경 너머로 나르는 것을 내 눈으로 똑똑히 목격했다. 어린 병사들로 이루어진 군대를 구출하려는 의도로 진홍의 군대가 초크를 향해서 에어젯을 시끄럽게 날려 보냈을 때에, 내가 바로 그 비행기에 앉아 있었질 않은가. 그들은 높은 비용이 드는 목표를 가지고 있지만, 은혈들이 아니다. 살인을 하지만, 이유 없이는 안 한다.

진홍의 군대는 분명 평화 단체는 아니지만, 이런 갈등의 시대에 평화가 차지할 자리는 없다. 칼이 진홍의 군대의 방법론과 비밀 엄수에 대해 어찌 생각하든지 간에, 그것이 은혈들과 싸워서 이기고자 하는 희망을 가진 이라면 취할 수 있는 유일한 길임이 분명하다. 칼의 사람들은 이 일을 자초했다.

"그렇게 코르비움 건이 걱정된다면, 가지 마."

그가 억지로 어깨를 으쓱해 보이며 말한다.

"그리고 내 손을 은혈들 피로 물들일 기회를 걷어차라고?"

나는 그를 향해 쏘아붙인다. 농담을 해 보려고 어설프게 시도한 꼴이 된 건지, 아니면 그를 노골적으로 위협한 것인지 모르겠다. 다시 한 번, 내 인내심은 닳아 없어져 버린다. 걸어 다니는 번개 군주의 징징대는 소리를 처리해야 했던 것이 지금껏 한두 번이 아니었다. 시무룩한 성냥개비 왕자의 태도 따위를 참진 않을 것이다.

칼의 눈이 분노와 열기로 다시 한 번 타오른다. 내 능력이 그를 억누를 정도로 충분히 재빠를지 궁금하다. 싸움은 어떤 모양새가 될까. 불 대 침묵이라. 불타오르는 쪽은 그이려나, 나이려나?

"웃긴 일이군, 내가 사람의 목숨을 개의치 않는다고 바로 네가 말한다는 것은. 감옥으로 돌아가서 그들을 죽일 수만 있다면 뭐든지 다하던 모습이 아직도 기억나는데."

내가 붙잡혀 있었던 감옥. 굶주리고, 방치된 채로 주변에 있는 사람들이 바로 그들이 그저⋯⋯ 잘못 태어났다는 이유만으로 시들고 죽어가는 모습을 억지로 지켜봐야만 했다. 그리고 심지어 코로스의 안으로 들어가기 전부터도, 나는 이미 또 다른 감옥의 죄수였다. 나는 뉴타운의 딸로 태어났고, 태어난 날 이래로 다른 의미의 군대에 징병되어, 교대 근무의 호각 소리와 공장 스케줄의 자비 속에서, 재와 그늘로 이루어진 삶을 살기로 운명지어졌다. 나는 당연히 나를 억류하고 있던 사람들을 죽이려고 했다. 기회만 주어진다면 다시 한 번 더 그렇게 할 터였다.

"자랑스러운데."

나는 턱을 추켜세우며 대꾸한다.

그는 나를 경멸한다. 그 점은 명백하다. 좋아. 나를 그의 생각에 맞춰 흔들 연설 같은 건 전혀 없다. 누구든지 다른 사람이 이렇게나 잘 듣고 있을지 의심스럽다. 칼은 노르타의 왕자다. 물론 추방되었지만, 그래도 모든 면에서 우리와는 다르다. 그의 능력은 내 능력만큼이나 유용하지만 그는 간신히 참아줄 만한 무기이다. 그의 말들은 지금까지 여행을 떠났다. 그리고 그 말들은 소경의 귀 위로 떨어진다. 굳이 말하자면 내 것에.

경고도 없이, 그는 갑자기 더 좁은 복도를 따라 방향을 튼다. 이라벨의 토끼 사육장을 통과하는 수도 없이 많은 땅굴 중에 하나다. 그 복도는 더 넓은 복도에서부터 가지처럼 뻗은 채로, 표면을 향해 오르는 각도로 완만한 경사를 이루고 있다. 나는 혼란에 빠진 채 그가 가는 것을 바라본다. 저 방향에는 아무 것도 없을 텐데. 그저 빈 복도들만이 존재한다. 버려지고, 사용되지 않는 곳들.

그렇지만 뭔가가 걸린다. *나도 들은 바가 있지.* 그가 말했다. 그가 걸어가는 동안 의심이 내 가슴에 불을 피우고, 그 사이에도 그의 탄탄한 형체는 점점 더 작아지고 있다.

잠시 동안, 나는 망설인다. 칼은 내 친구가 아니다. 우리는 간신히 같은 편이 되었을 뿐이다.

아니, 그는 성가신 귀족만 아니라면 아무것도 아니다. 그는 나를 해치지 않을 것이다.

그래서 따라가 본다.

복도는 분명 사용한 사람이 없는지, 온갖 버려진 물건들로 어수선

하고 전구가 나간 곳들은 어둡다. 멀찍이 떨어진 거리에서도, 칼의 존재가 만드는 열기가 매 시간이 흐를수록 가까운 공기들을 데운다. 정말로 편안한 온도라서, 나는 다른 도망 나온 테키들 몇 명에게 얘기해 줘야겠다고 마음에 새겨 둔다. 가압 공기를 이용해서 아래쪽의 복도들을 따뜻하게 데울 방법을 찾을 수 있을지도 모른다.

천장을 따라 연결되어 있는 전선들을 눈으로 훑고, 그들을 세어 본다. 몇 개 없는 전구들을 위해서라기에는 필요 이상으로 숫자가 많다.

나는 뒤에 남아서, 칼이 나무 팰릿 몇 개를 어깨로 밀치고는 벽에서 금속을 떼어 내는 모습을 지켜본다. 그 아래로 방이 모습을 드러낸다. 숨어 있는 방이 무엇이든 간에 전선들이 머리 위를 통과해 그 방을 향하고 있다.

칼이 자기 뒤로 문을 닫고는 사라지자, 나는 감히 조금 더 가까이 다가가 본다.

꼬인 전선들은 좀 더 뾰족한 형태로 이어진다. 무선 통신 배열이다. 이제야 알겠다, 내 망할 얼굴에 코가 붙어 있다는 것만큼이나 명백한 것을. 검은 전선들이 배배 꼬여 있는 그 모습은 이 방이 이라벨의 벽 너머와 통신할 수 있는 능력을 갖춘 장소라는 의미다.

하지만 도대체 칼이 누구랑 통신을 할 수 있다는 말이지?

첫 번째 본능은 팔리나 킬런에게 말해야 한다고 알려온다.

하지만 다음 순간…… 만약 칼이 무엇이든 자신이 하고 있는 짓으로 말미암아 코르비움을 공격하는 일이 나와 다른 천 명의 자살 행위가 되도록 꾸미고 있다면, 계속 하도록 내버려 둬야 한다는 생각이 든다.

그리고 바라건대 이 일을 후회하지 않기를.

# 제5장

# 메어

*어두운 바다 속을 떠도는 동안, 그림자가 나와 함께 유영한다.*

그림자는 아마도 기억일 것이다. 꿈일 수도 있다. 익숙하지만 동시에 낯설고, 어딘지 다들 잘못되어 있다. 칼의 눈은 은색에, 빌어먹게 뜨겁고, 연기가 나는 피로 된 총탄이다. 아빠는 휠체어에서 일어나셨는데, 다리가 물레의 가락만큼 가늘고 혹이 났으며, 덜덜 떨리는 걸음을 걸을 때마다 벌써 쪼개지기 시작한다. 지사는 양손에 금속 핀이 꼼히고, 입은 바느질로 기워져 있다. 킬런은 자신의 완벽한 그물에 얽힌 채로 강에 빠져 익사한다. 팔리의 잘린 목 틈에서는 붉은 넝마가 쏟아져 나온다. 카메론은 자신의 침묵 능력에 갇힌 채로, 목을 움켜쥐고 말을 하려고 기를 쓰고 있다. 금속으로 된 비늘들이 에반젤린의 피부 위를 덜덜거리며 덮더니 그녀를 몽땅 삼켜 버린다. 그리고 메이븐이 자신의 괴상한 왕좌에 털썩 앉자, 왕좌는 메이븐이 돌이 될 때까지 그를 조이고 사로잡아서, 메이븐은 마침내 사파이어로 된 눈과 다이아몬드로 된 눈물을 흘리는 동상이 된다.

보라색이 시야의 끝을 먹어 치운다. 닥쳐올 것을 예감한 나는 그 포옹을 벗어나 보려고 애를 쓴다. 번개가 아주 가깝다. 번개에 대한 기억을 되살려 그 힘이 어둠 속으로 물러나기 전에 마지막 한 방울이라도 맛볼 수 있다면. 하지만 그것은 나머지 모든 것들처럼 썰물 빠지듯 희미해진다. 어두움이 침입하자, 나는 추위를 예상한다. 대신에, 열기가 치솟는다.

메이븐이 참기 어려울 정도로 너무 갑자기 가까이에 있다. 푸른 눈, 검은 머리카락, 죽은 사람처럼 창백한 피부. 그의 손이 내 뺨에서 얼마 위를 떠돈다. 떨리는 손은 나를 만지고 싶은 것 같기도 하고, 밀쳐 버리고 싶은 것 같기도 하다. 내가 원하는 것은 둘중 어느 쪽인지 나도 잘 모르겠다.

내 생각에 나는 자고 있는 중 같다. 어둠과 빛이 번갈아 찾아오며 앞뒤로 늘어진다. 움직이려 해 보지만, 팔다리가 너무 무겁다. 수갑 때문이거나, 간수 때문이거나, 아니면 둘 다 때문일 것이다. 그것들이 전보다 더 심하게 짓누르고, 그저 끔찍한 장면들만이 유일한 탈출구다. 나는 가장 중요한 이들을 뒤쫓는다…… 쉐이드 오빠, 지사, 나머지 가족들, 칼, 킬런, 번개. 하지만 그들은 항상 손아귀 밖으로 춤추듯 빠져나가거나 내가 닿는 순간에 아무것도 없던 것처럼 깜빡이며 사라진다. 가정해 보건대, 또 다른 고문인 듯하다. 내가 자고 있는 동안에도 나를 넝마로 몰아가는 샘슨식 방법이 아닐까. 메이븐도 여전히 여기 존재하지만, 나는 결코 그에게는 가지 않고, 그는 결코 움직이지 않는다. 그저 앉은 채로, 그저 바라보면서, 한 손은 관자놀이에 얹은 채로, 아픈 부위를 문지르는 모습으로. 결코 눈도 한 번 깜빡이지 않은 채.

몇 년 아니면 몇 초가 흐른다. 압력이 둔해진다. 내 정신이 날카로워진다. 그것이 무엇이든간에 나를 억누르고 있던 안개 같은 것이 희미해지고, 소거된다. 잠에서 깰 것을 허락받은 것이다.

목이 마르다. 흘렸는지 기억도 안 나는 쓸쓸한 눈물 덕분에 온몸의 수분이 바짝 마른 상태다. 늘 그랬듯 사일런스 능력의 밀려오는 무게가 무겁게 몸을 짓누른다. 잠시 동안 숨을 쉬는 게 어렵고, 혹시 이렇게 죽는 건가 하는 생각마저 든다. 비단으로 된 이 침대에 삼켜진 채, 왕의 집착 속에 불타올라, 멀쩡한 공기에 질식해 죽는 게 아닐까, 하고.

나는 내 감옥 침실에 다시 돌아와 있다. 아마도 내내 여기 있었던 모양이다. 창문을 통해 들어오는 하얀 빛줄기가 다시 눈이 내렸음을 알려 주고, 바깥세상은 온통 밝은 겨울이다. 시력이 거기 적응하는 사이, 방이 점차 또렷한 초점을 갖추고, 나는 위험을 무릅쓰고 주변을 둘러본다. 눈을 재빨리 왼쪽 오른쪽으로 번뜩이면서, 필요한 이상으로는 움직이지 않는다. 중요한 것은 그게 아니다.

아벤 경비들이 침실의 네 모서리에 선 채, 아래를 내려다보고 있다. 아기 고양이, 클로버, 트리오, 그리고 달걀. 내가 그들을 보며 눈을 끔뻑거리는 사이 경비들은 서로 시선을 교환한다.

악의 서린 미소를 지으며 산뜻하게 환영하는 자세로 슬금슬금 다가오는 샘슨의 모습을 예상했음에도, 일단 보이는 곳 어디에도 그의 모습은 없다. 대신에, 평범한 옷을 입고 잘 닦은 보석처럼 흠결 없는 짙은 남빛 피부를 한 작은 여성이 침대 발치에 서 있다. 아는 얼굴은 아니지만 그녀의 외양에는 낯익은 데가 있다. 다음 순간 나는 내가 족쇄라고 생각했던 것이 사실은 손이었다는 것을 깨닫는다. 그녀의 손. 각각의 손은 내 발목을 단단하게 잡고, 피부와 그 아래의 뼈를 통해 통증들을 누그러뜨린다.

나는 그녀의 색을 알아본다. 어깨 위로 교차한 붉은색과 은색, 양쪽 피를 모두 대표하는 색이다. 힐러다. 그것도 스킨 힐러. 그녀는 스코노스 가문의 사람이다. 그녀의 접촉에서 느껴지는 감각이 나를 치료하고 있다. 아니면 최소한 방구석마다 선 네 개의 사일런스 대들보들이 퍼붓는 맹공격을 막아 살아 있게는 해 주고 있거나. 힐러만 아니었다면, 저들의 압력이 나를 죽이고도 남았을 것이다. 확신하건대 매우 섬세한 균형이다. 그녀는 매우 능력 있는 사람임이 틀림없다. 그녀는 사라와 똑같은 눈을 하고 있다. 밝고, 어두운 회색에, 감정 표현이 풍부한 눈.

하지만 그녀는 나를 쳐다보고 있지 않다. 그녀의 눈은 대신에 내 오른쪽에 있는 무언가를 보고 있다.

그녀의 시선을 따라갔다가 나는 움찔 놀라고 만다.

내가 꿨던 꿈처럼 메이븐이 앉아 있다. 고요하게 집중한 얼굴로, 한 손은 관자놀이에 얹은 채로. 다른 손이 명령을 내리느라 조용히 흔들린다.

다음 순간 정말로 족쇄가 등장한다. 경비들은 재빨리 움직이고, 매끄럽게 광이 나는 공이 장식처럼 달린 이상하게 꼬인 금속을 내 발목과 손목에 조인다. 족쇄는 각각이 서로 다 다른 열쇠로 잠긴다. 열쇠의 움직임을 따라가 보려고 애를 쓰지만, 현기증이 나서 열쇠는 안팎으로 깜빡거리며 흔들린다. 족쇄의 감각만이 분명하다. 족쇄는 무겁고 차갑다. 하나 더, 새로운 개 줄이 내 목을 물어뜯을 거라고 예상하지만, 목은 축복받은 헐벗은 상태로 남는다. 보석 박힌 가시관은 돌아오지 않는다.

평생 놀랄 일이 벌어진다. 힐러와 간수들이 내게 작별을 고하고 방을 나간다. 나는 혼란스러운 상태로 그들이 떠나는 모습을 바라보며, 갑자기 뛰어오르는 기쁨이 맥박을 쾅쾅 빠르게 울리는 것을 감추려고 애를 쓴다. 모든 사람들이 정말로 바보라도 된 걸까? 지금 저들이 나를 메이븐이랑 둘만 남겨둔 채로 떠나는 거야? 메이븐은 내가 생각해 볼 것도 없이 당장 자기를 죽이려 들 거라는 생각은 안 하는 걸까?

나는 그에게 몸을 돌리고, 침대에서 벗어나려고, 움직이려고 한다. 하지만 마치 바로 내 피가 납으로 바뀌기라도 한 것처럼 일어나 앉는 것 이상의 빠른 행동은 불가능한 일처럼 느껴진다. 나는 재빨리 이유를 깨닫는다.

"네가 날 어떻게 하고 싶은지에 대해서라면 이쪽도 꽤나 경계하는 중이거든."

그렇게 말하는 메이븐의 목소리는 거의 속삭임에 가깝다.

주먹을 꼭 쥐자, 손가락들이 경련한다. 나는 여전히 응답하지 않는 것에 뻗어 본다. 응답할 수 없는 것에.

"침묵하는 돌을 더 가져 왔구나."

나는 저주와도 같은 단어를 웅얼거린다. 잘 닦인 공들은 입을 수 있는 반짝이는 감옥이었다.

"틀림없이 이젠 다 떨어져가겠네."

"염려는 고맙지만, 공급은 적절하게 잘 유지되고 있어."

보울 오브 본즈 아래의 감옥에 있었을 때처럼, 나는 메이븐의 방향으로 침을 뱉는다. 침은 그의 발치에 무해하게 떨어진다. 메이븐은 신경 쓰는 것처럼도 보이지 않는다. 사실, 그는 미소를 보인다.

"이제 좀 털어버리지 그래. 궁중 사람들은 그런 행동을 관대히 받아들이지 않을 텐데."

"만약 내가…… 궁중?"

마지막 말은 거의 더듬거리며 튀어나간다.

메이븐의 미소가 더 커진다.

"실언 아니야."

그의 미소를 보자 내 안이 움찔한다.

"멋지네. 자기가 볼 수 없는 곳에 나를 가두어 놓는 거에 질리기라도 했나 보지."

"사실, 너랑 이렇게 가까운 곳에 있는 건 참 어렵다는 걸 알아낸 참이야."

내가 결코 채우길 원치 않는 감정으로 차 있는 메이븐의 눈이 나를 재빠르게 훑는다.

"감정이란 건 상호적인 거야."

메이븐의 부드러운 태도는 낯설고, 그걸 어떻게든 죽여 보려는 의도로 나는 으르렁거리며 대꾸한다. 이런 조용한 말들보다는 차라리 그의 불꽃, 그의 분노를 마주했으면 싶다.

메이븐은 미끼를 물려는 입질조차 하지 않는다.

"그건 좀 의심스러운데."

"그나저나 내 사슬은 어디 있는데? 새 걸 주기라도 할 거야?"

"사슬은 없어, 목줄도."

그는 턱을 내 족쇄 위로 비스듬히 움직인다.

"지금은 그래."

그가 도대체 뭘 하고 싶은 건지, 나로서는 도무지 가늠도 할 수가 없다. 하지만 메이븐 캘로어와 그의 미궁 같은 뒤틀린 머릿속을 이해하는 시도라면 이미 한참 전에 그만두지 않았나. 그래서 나는 그저 메이븐이 계속 떠들도록 내버려 둔다. 그는 항상 내가 필요로 하는 것들을 말해 주니까. 결국에는 말이다.

"그대의 심문은 매우 생산적이었어, 그대에 대해서, 진홍의 군대라고 스스로를 칭하는 테러리스트들에 대해서 꽤 많은 것을 배울 수 있었지."

숨이 목에서 턱 막힌다. 그들이 내게서 뭘 찾아냈을까? 내가 뭘 놓쳤지? 내 지식에서 가장 중요한 부분들을 기억하고, 내 친구들에게 어느 것이 가장 해가 될 것인지 판단해 보려고 애를 쓴다. 턱, 몬트포트 쌍둥이, 신혈 능력?

메이븐은 계속 떠든다.

"잔인한 사람들이야, 그렇지 않아? 자기들이랑 같지 않은 모든 것과 모든 이들을 파괴하는 일이라면 작정을 하고 덤빈다니까."

"도대체 그게 무슨 말이야?"

대령은 나를 가두었었고, 그래, 그리고 여전히 나는 그가 두렵다. 하지만 우리는 지금 같은 편이다. 그렇다고 해서 그게 메이븐에게 무슨 의미가 있을까?

"신혈들 말이지, 물론."

여전히 이해할 수가 없다. 우리를 제거하기 위해서 해야만 하는 것들 이상으로 능력을 가진 적혈들에 대해서 그가 신경 쓸 이유가 무엇이란 말인가. 처음에 그는 우리가 존재한다는 것을 부인했었고, 나를 속임수라고 칭했다. 이제 우리는 괴물이자, 위협이다. 두려워하고 박멸해야 할 존재들.

"네가 그런 극악한 대우를 받고 자칭 대령이라는 그 늙은 남자에게서 도망칠 필요를 느꼈다는 걸 알게 되니 안타깝더라."

메이븐이 아주 즐기는 것중 하나다. 자신의 계획을 조각내어 설명하고, 내가 그것들을 하나로 맞추는 것을 기다리는 일. 내 머리는 여전히 혼몽스럽고, 내 몸은 약해져 있지만, 나는 그가 말한 의미를 알아내기 위해서 최선을 다한다.

"더 애석한 것은, 그가 심지어 널 산으로 실어 나를 논의까지 했다는 거지, 널 쓰레기처럼 내다버리는 카드로 쓰려고."

몬트포트 얘기다. 하지만 사실과는 다르다. 이야기가 우리에게 왔던 제안이랑 다르다.

"그리고 물론 진홍의 군대의 진정한 의도에 대해 알게 되었을 때에 나는 매우 화가 났어. 적혈의 세상, 적혈의 새벽, 다른 것들을 위한 공간은 전혀 없는 세상을 만들겠다니. 다른 아무도 말이야."

"메이븐."

내가 부를 수 있는 모든 힘을 모은 분노로 인해 그 말이 떨린다. 족쇄만 아니었더라면, 나는 아마 폭발했을 것이다.

"넌 결코……."

"결코 뭐? 진실을 말할 수 없을 거라고? 온 나라에 대고 말할 수 없을 것 같아? 진홍의 군대가 신혈들을 자기 편으로 유혹하는 이유가 오직 그들을 죽이기 위해서였다고? 우리들뿐만이 아니라 신혈들을, 너를 포함해서, 대량학살하기 위해서라는 걸? 유명한 반역자 메어 배로우는 기꺼이 내게로 돌아왔으며, 그리고 이 모든 것이 진실을 숨길 수 없는 심문을 통하여 드러났다고?"

메이븐은 몸을 앞으로 숙여, 내가 마음만 먹으면 공격이 가능할 정도로 가까이 다가온다. 하지만 그는 아마 내가 손가락 하나 마음대로 들 수 없다는 사실을 알고 있으리라.

"네가 이제는 우리 편에 있으며, 그 이유가 진홍의 군대가 진실로 어떤 존재인지 알아 버렸기 때문이라는 건 어때? 너와 너희 신혈들이 우리처럼 적혈들이 두려워하는 존재이며, 우리처럼 축복받은 존재이며, 우리처럼 은혈이라는 것, 피의 색을 제외한 모든 부분에서 그렇기 때문이라는 건?"

입을 뻐끔대며 열었다 닫았다 하느라 턱만 움직인다. 하지만 내 공포에 어울리는 어떤 단어도 떠오르지 않는다. 엘라라 왕비의 속삭임 없이도 이 모든 일이 일어났다. 그녀의 시체와 추위와 함께 이 모든 것이.

"넌 괴물이야."

그게 내가 할 수 있는 말의 전부다. 괴물, 모두 메이븐 스스로가 저지른 것이다.

그는 여전히 미소 짓는 얼굴로 뒤로 물러나며 말한다.

"절대 내가 할 수 없는 것이 뭘지 함부로 말하지 마. 내가 나의 왕국을 위해 할 일들을 과소평가하지도 말고."

그의 손이 내 손목 위로 움직이더니, 한 손가락으로 나를 죄수로 붙들어 두고 있는 침묵하는 돌로 된 수갑을 따라 선을 그린다. 공포로 나는 몸을 떨지만, 그건 메이븐도 마찬가지다.

내 손에 그의 시선이 머무르는 동안, 나는 그를 관찰한 시간을 얻는다. 늘 그렇듯 검정색인 편안한 옷은 구겨져 있고, 격식을 차리고 있지도 않다. 왕관도, 훈장도 없다. 사악한 소년, 하지만 여전히 소년일 뿐이다.

내가 반드시 맞서 싸울 방법을 찾아야만 하는 상대. 하지만 어떻게? 나는 약하고, 내 번개 능력은 사라졌고, 내가 무슨 말을 하든지 그 말은 내 제어를 벗어나 비비 꼬여 버릴 것이다. 나는 거의 걸을 수도 없는데, 아무 도움도 없이 홀로 탈출해야만 한다. 구출은 불가능하며, 내가 더 이상 시간을 낭비해선 안 되는 꿈일 뿐이다. 나는 여기에, 치명적이고 음해에 능란한 왕의 덫에 붙들려 있다. 그는 나를 몇 달에 걸쳐 바싹 추격하고, 방송들부터 그 치명적인 쪽지에 이르기까지 모든 것을 이용해서 멀리에서도 나를 괴롭혀 왔다.

*네가 그리워. 우리가 다시 만날 때까지.*

그는 자기가 약속을 지키는 사람이랬다. 아마도, 이 상황만 놓고 보면, 그랬을 것이다.

나는 심호흡을 하고, 그래도 여전히 메이븐이 가지고 있지 않을까 싶은 유일한 약점을 찌른다.

"여기 있었어?"

푸른 눈이 재빨리 내 눈과 마주친다. 혼란스러운 표정을 짓는 건 이제 그의 쪽이다.

"이 일이 일어나는 동안 말이야."

나는 침대를 흘깃 바라본 다음, 시선을 저 멀리로 돌린다. 샘슨의 고문을 떠올리는 것은 고통스럽다. 하지만 내 고통이 겉으로 보였으면 싶다.

"네가 여기 있는 꿈을 꿨어."

메이븐의 온기가 약해지며 뒤로 물러나자, 방에는 다가올 겨울과 함께 차가운 기운만이 남는다. 그의 눈꺼풀이 깜빡거리고, 어두운 속눈썹이 하얀 피부와 대조를 이룬다. 그 순간, 내가 알았다고 생각했던 바로 그 메이븐이 기억난다. 그가 다시 보인다, 꿈일까 아니면 유령일까.

"내내."

그가 대답한다.

그의 뺨 위로 회색의 홍조가 퍼지는 순간, 나는 그 말이 진실임을 깨닫는다.

그리고 이제 그를 어떻게 아프게 할 수 있는지 알겠다.

족쇄 때문에 쉬이 잠이 와서, 그저 잠든 척만 하는 편은 어렵다. 담요 아래로 주먹을 꼭 쥐어, 손톱이 손바닥을 파고들 때까지 힘을 준다. 시간을 잰다. 메이븐의 호흡을 헤아린다. 마침내, 그의 의자가 삐걱 소리를 낸다. 그가 일어선다. 잠시 망설인다. 그의 시선, 내 고요한 얼굴을 따라 움직이는 불타는 눈길을 거의 느낄 수 있다. 다음 순간 그가 떠난다. 나무 바닥 위를 울리는 발소리는 가벼워서, 우아하고 조용한 고양이가 내 방을 휙 지나가는 것만 같다. 그의 뒤로 문이 부드럽게 닫힌다.

잠드는 것은 쉽다.

대신에 나는 기다린다.

2분이 지나지만, 아벤 경비들은 돌아오지 않는다.

나를 이곳에 가둬두는 건 족쇄로 충분하다고 여기는 게 아닐까 생각해 본다.

그들의 생각은 틀렸다.

쪽모이 세공을 한 나무 위 바닥을 맨발로 딛는 순간 다리가 후들거린다. 카메라들이 지켜보고 있다고 한들, 나는 신경 쓰지 않는다. 그것들이 내가 걷는 것을 막을 수는 없다. 아니면 걸으려고 애를 쓰는 것도.

뭐든 느릿느릿 하는 것은 성미에 맞지 않는다. 특별히 지금처럼, 매 순간이 중요할 때는 더더욱. 매 순간 내가 사랑하는 누군가가 죽을 수도 있다. 그래서 나는 침대를 떨치고 일어나, 억지로 약한 몸을 일으켜서 떨리는 다리로 선다. 침묵하는 돌이 묵직하게 내 손목과 발목을 누른 채, 분노가 내게 주는 미약한 힘을 걸러내는 것은 매우 기묘한 감각이다. 압력을 견뎌내기까지 오랜 시간이 든다. 결코 이 감각에 익숙해질 것 같지는 않다. 하지만 이 감각을 가까스로 극복할 수는 있다.

첫 걸음이 가장 쉽다. 식사를 하는 작은 테이블로 달려드는 일. 다음은 좀 더 어려운데, 이제 그 일에 얼마나 많은 노력을 기울여야 하는지 깨닫는다. 나는 절름발이나 술주정뱅이처럼 걷는다. 시간이 흐른 뒤에, 우리 아버지의 휠체어가 부러워진다. 그 생각에 대한 부끄러움이 다음 행동에 동력이 되어, 나는 방을 가로지르는 것에 도전한다. 헐떡거리면서, 나는 반대쪽에 도착하자 거의 벽 위로 무너져 내린다. 다리에 느껴지는 불길은 순수한 불 자체 같아서, 척추를 따라서 땀이 오싹할 정도로 흘러내린다. 1킬로미터도 넘게 달렸을 때와 비슷한 기분이다. 그럼에도 불구하고, 위장 속 구덩이에서 느껴지는 메스꺼움은 다르다. 돌이 주는 또 하나의 부작용이다. 심장이 박동할 때마다 무겁게 느껴지고 어딘지 잘못된 것처럼 느껴지게 만든다. 침묵하는 돌은 나를 비워내려고 든다.

이마를 벽 패널에 대고 차가운 기운으로 식혀 보려고 한다.

"다시."

나는 억지로 뱉는다.

나는 돌아서 휘청거리면서 방을 가로지른다.

*다시.*

*다시.*

*다시.*

아기 고양이와 트리오가 점심식사를 배달해 줄 때쯤, 나는 땀으로 흠뻑 젖은 상태가 되어서 바닥에 누워 식사를 해야만 한다. 아기 고양이는 신경도 쓰지 않는 것처럼 고기와 채소가 균형을 이룬 식판을 발가락으로 밀어 준다. 도시의 벽 밖에서 무슨 일이 일어나고 있든지, 음식 공급에는 영향을 미치지 않은 것처럼 보인다. 나쁜 신호다.

트리오는 뭔가 다른 걸 내 침대 위에 두지만 나는 일단 밥 먹는 데에 집중한다. 모든 한 입 한 입을 억지로 씹이 삼킨다.

일어나는 것이 조금 더 쉽다. 근육들이 벌써 족쇄에 적응하여 반응하고 있다. 조금이나마 다행스러운 일이다. 아벤들은 살아 움직이고 있는 은혈이다 보니, 그들의 능력은 자기 집중력에 따라서 마치 몰려오는 파도가 변화하듯이 변동을 보인다. 그래서 사일런스 능력은 돌이 주는 일정한 압력보다 더 적응이 어렵다.

침대에 놓인 꾸러미를 찢어 열며, 두껍고 호화스러운 포장지를 버린다. 긴 드레스가 스르륵 미끄러지며 담요 위로 떨어진다. 천천히 옷에서부터 물러선다. 창문 밖으로 뛰어내리고 싶은 익숙한 충동에 사로잡힌 몸이 차가워진다. 잠시 동안 눈을 감고, 드레스에 관한 생각을 몰아내려고 애를 쓴다.

그것이 추하기 때문이 아니다. 번쩍이는 비단과 보석으로 이루어진 옷은 놀랍도록 아름답다. 하지만 이 옷이 내게 끔찍한 진실을 억지로 상기시킨다. 이걸 받기 전에는 메이븐의 말들, 그의 계획, 그리고 그가 하려고 하는 것들을 무시할 수 있었다. 이제 그것들이 예술 작품의 얼굴을 하고 비웃는 표정으로 나를 응시한다. 천은 붉은색이다. *새벽처럼*, 나는 마음속으로 속삭인다. 하지만 그건 좀 틀린 표현이다. 이건 진홍의 군대의 색이 아니다. 우리의 것은 놀랄 만큼 밝은, 화가 난 붉은색으로, 보는 순간 딱 알아차릴 만한 그런 종류이고 거의 눈에 충격을 주는 색상이다. 이 드레스는 다르다. 진홍색과 다홍색이 섞인 짙은 색조로, 보석 조각들이 박혀 있고 복잡한 자수 무늬가 놓인 직물이다. 붉은 기름이 고인 웅덩이처럼, 너머의 빛을 붙잡는 듯한, 가장 어두운 방식으로 일렁이는 천이다.

붉은 피가 고인 웅덩이처럼.

이 드레스는 나를, 그리고 내가 무엇인지를 잊지 못하도록 만들 것이다.

나는 혼자 쓰게 웃는다. 거의 재미있기도 하다. 메이븐의 약혼녀로서 지냈던 지난 세월은 온통 숨기고, 은혈인 척하며 보내야 했는데. 적어도 지금 나는 그들 중 하나인 것처럼 색을 칠하지는 않아도 되는 것이다. 다른 모든 일들을 고려할 때, 매우, 매우 작은 축복이라고나 할까.

그러니까 그의 궁중에, 그리고 세상에, 모두가 볼 수 있도록 내 피의 색을 드러내게 되는구나. 내가 사실은 날카로운 금속 낚시 바늘을 숨기려는 미끼에 불과하다는 것을 언제 왕국 전체가 알게 될 것인지 궁금하다.

\* \* \*

다음 날 아침까지 메이븐은 오지 않는다. 그는 들어오면서, 구석에 동그랗게 공처럼 말려 있는 옷을 보고 얼굴을 찌푸린다. 나는 그 옷을 보는 것도 참을 수가 없었다. 메이븐 역시 똑바로 볼 수가 없어서, 그냥 하던 운동을 계속한다. 현재 하는 것은 윗몸 일으키기의 레벨 다운된 느린 버전 정도 된다. 꼭 어설프게 걸음마를 배우는 중인 아이가 된 듯하다. 팔이 보통 때보다 무겁지만 억지로 버텨낸다. 메이븐이 몇 발자국 가까이 오자, 나는 그의 방향으로 번개를 보낼 수 있기를 열망하면서 주먹을 꼭 쥔다. 번개를 다시 찾으려고 시도했던 지난 열두 번 동안 아무 일도 일어나지 않았던 것처럼, 아무 일도 일어나지 않는다.

"그들이 균형을 잘 잡았다는 걸 알겠네, 좋아."

테이블 옆에 놓인 의자에 자리를 잡으며, 생각에 잠긴 채 메이븐이 혼잣말을 한다. 오늘 메이븐의 차림은 가슴 위에 밝게 빛나고 있는 훈장을 포함해서 아주 번쩍번쩍하다. 밖에서 돌아오는 길임이 틀림없다. 머리카락 위에 눈이 남아 있다. 메이븐은 이로 물어서 가죽 장갑을 벗는다.

"아, 그래, 이 팔찌들이라면 정말 사랑스럽지."

나는 메이븐의 쪽으로 무거운 손을 흔들어 보이며 받아친다. 족쇄는 돌릴 수 있을 정도로는 헐렁하지만, 내가 결코 벗을 수는 없게 충분히 꽉 조이고 있다. 엄지손가락을 탈구한다고 해도 뺄 수는 없을 것이다. 실제로 엄지손가락 뼈를 뺀들 불가능하단 걸 깨닫기 전까지, 진지하게 그 방안도 고민했었다.

"에반젤린에게 네 찬사를 전하도록 하지."

"이걸 만든 사람이 에반젤린이라니, 당연한가."

나는 코웃음을 친다. 그녀는 문자 그대로 내 감옥의 창조자가 자신이 될 거란 사실을 매우 기쁘게 받아들였을 것이다.

"그래도 개한테 이런 일에 쓸 시간이 있었다니 놀라운걸. 에반젤린이라면 자기 왕관이랑 티아라를 만드는 데에 모든 시간을 바치고 있을 줄 알았는데. 드레스도 그렇고. 네가 에반젤린의 손을 잡으려고 들 때마다 손가락을 벨 거란 쪽에 돈을 걸겠어."

그의 뺨 근육이 꿈틀댄다. 메이븐이 에반젤린에 대해 아무 감정이 없다는 건, 내가 늘 알아 왔던 무언가이자 내가 쉽게 활용할 수 있는 무언가다.

"날짜는 잡았어?"

나는 일어나 앉으며 묻는다.

푸른 눈이 내 눈과 마주치며 번뜩인다.

"뭐?"

"왕실 결혼식이라는 게 네가 그냥 아무 예고 없이 할 수 있는 그런 일은 아닐 거 같은데. 당연히 네가 사모스랑 언제 결혼하게 될지 정확히 알고 있을 거 아냐."

"아, 그거."

그가 그 문제를 손짓 한 번으로 날려 버리며 어깨를 으쓱한다.

"결혼식 계획이라면 에반젤린이 알아서 하고 있어."

나는 그와 시선을 맞춘다.

"결혼식을 걔가 맘대로 할 수 있는 거였다면 걔는 몇 달 전에 이미 왕비가 되었을걸?"

내 말에 그가 전혀 대답을 하지 않아서 나는 더 몰아붙인다.

"너 걔랑 결혼하고 싶지 않구나."

무너지는 대신, 그의 허울이 단단해진다. 그는 심지어 비굴한 무관심을 가장하며 빙그레 웃어 보이기까지 한다.

"너도 잘 알고 있겠지만, 은혈들은 그래서 결혼하는 게 아니야."

나는 다른 전략을 택해 본다. 내가 알았던 그의 조각들을 이용하는 것이다. 내가 여전히 진짜로 바라고 있는 그의 조각들을.

"뭐, 네가 뭉그적거린다고 해서 비난할 생각인 건⋯⋯."

"전시에 결혼식을 연기하는 것은 뭉그적거리는 게 아니야."

"에반젤린은 네가 고를 수도 있었던 상대가⋯⋯."

"정말로 거기에 선택권이라는 게 있다면 말이지."

"에반젤린이 네 여자가 되기 전에는 칼의 여자였다는 사실은 빼고도 말이야?"

그의 형에 대한 언급은 메이븐의 게으른 저항을 잠잠하게 만든다. 그의 피부 아래 근육들이 단단해지는 것을 느낄 수 있을 것 같다. 메이븐의 한 손이 자신의 손목에 있는 팔찌를 가볍게 두드린다. 금속 반지가 울리며 내는 부드러운 딸랑 소리가 내게는 경고의 종소리만큼 크게 들린다. 저기서 일어나는 불꽃 하나면 그는 타오를 것이다.

하지만 그는 더 이상 나를 겁주지 않는다.

"지금 과정을 봐선, 그 팔찌를 차고도 제대로 걸을 수 있는 법을 익히는 데 하루나 이틀이면 되겠어."

그의 말은 신중하며, 진심이 아닌 잘 계산된 언어로 되어 있다. 아마도 여기 오기 전에 연습을 했을 것이다.

"그러고 나면 넌 마침내 나한테도 쓸모가 좀 있게 될 거야."

매일 그랬던 것처럼 나는 방을 둘러보며 카메라를 찾는다. 여전히 그것들을 볼 수 없지만, 방에 카메라들이 있을 것은 틀림없다.

"하루 종일을 날 감시하면서 보내는 거야, 아니면 보안 요원들이 너한테 요약 같은 걸 보내는 거야? 손으로 직접 쓴 보고서 같은 종류라든가?"

메이븐은 아예 이 발언에서 벗어나 버린다.

112

"내일 넌 사람들 앞에 서서 내가 하라고 하는 말을 그대로 하게 될 거야."

"아니면 어쩌겠어?"

예전에 주장하곤 했던 어떤 우아함이나 민첩함 없이, 나는 억지로 스스로 선다.

"이미 난 네 죄수야. 네가 내키면 언제든 나를 죽일 수 있고. 그리고 솔직히 말해서, 신혈들을 네 그물 안으로 꼬여서 죽게 하면 좋기도 하겠다."

"난 너를 죽이지 않을 거야, 메어."

여전히 그가 앉아 있음에도 불구하고, 어쩐지 그가 나를 내려다보는 것 같은 느낌이다.

"그리고 나는 그들 또한 죽이고 싶지 않아."

그 말의 의미야 이해하겠지만, 그게 메이븐의 입을 통해서 나올 경우라면 또 다르다. 말이 되질 않는다. 전혀 되지 않는다.

"왜?"

"넌 결코 우리 편에서 싸우지 않겠지, 나도 그건 알아. 하지만 너희 종족…… 그들은 강해, 많은 은혈들이 할 수 있었던 것들보다도 더 강하지. 우리가 그들로 만들어진 군대를 가지고 뭘 할 수 있을지, 나만의 군대를 조합하게 되면 어떨지 상상해 봐. 물론, 그들이 도착했을 때에 어떤 대우를 받게 될지는 네 행동에 달려 있어. 그리고 네가 얼마나 따를지에도."

마침내 메이븐이 일어선다. 그는 지난 몇 달 동안 더 자랐다. 키가 더 크고, 더 군살이 빠졌으며, 다른 모든 것들 중에서도 그의 어머니를 닮아간다.

"그러니 내가 선택지를 두 개 줄게, 어느 쪽을 택하든 나는 따를 거야. 내게 신혈들을 데려와서 우리에게 합류시키든가, 아니면 내가 계속 스스로 그들을 찾아서, 그들을 죽이든가."

뺨을 때리는 손길이 너무 약해서, 그의 턱은 거의 흔들리지도 않는다. 반대쪽 손으로 메이븐의 가슴을 때려 보지만, 그조차 너무 하찮은 수준이다. 메이븐은 내 수고에 눈알을 굴린다. 심지어 즐기는 것 같기도 하다.

분노와 무기력한 슬픔 양쪽에 힘입어 달아오른 얼굴이 붉어지는 것이 느껴진다.

"어떻게 이럴 수가 있어?"

그를 찢어 버릴 수 있기를 바라며, 나는 욕을 한다. 족쇄만 아니었다면, 내 번개가 온 사방에 내리꽂혔을 것이다. 번개 대신에, 말들이 쏟아져 나온다. 전에는 거의 생각하지도 않았던 말들이 격렬하게 튀어나간다.

"어떻게 여전히 이럴 수가 있어? 그 여자는 죽었잖아. 내가 그녀를 죽였잖아. 넌 그녀에게서 이제 자유로운데. 넌…… 넌 더 이상 그녀의 아들이어서는 안 돼."

그의 손이 내 턱을 단단히 붙들어, 나는 깜짝 놀라 침묵한다. 그 힘에 나는 구부리고 뒤로 물러나다 거의 균형을 잃을 뻔한다. 차라리 그랬으면 좋겠다. 그의 손아귀에서 떨어져 내려서, 바닥에 부딪혀, 그래서 수천 조각으로 산산이 부서졌으면 좋겠다.

예전에 노치에서, 칼과 함께 온기를 나누던 중에도, 깊은 밤중이면 나는 이런 순간을 생각하곤 했다. 메이븐과 다시 한 번 단둘이 있는 것을. 내가 기억하던 가면과 그의 어머니가 되도록 강요했던 사람의 아래에 정말로 존재하는 그의 모습이 어떤 것인지 볼 수 있는 기회를 얻는 것을. 자거나 깨어 있는 사이에 존재하는 기묘한 순간이면, 그의 눈이 나를 좇고는 했다. 항상 같은 색이었지만, 어쩔 땐 바뀌고는 했다. 그의 눈이었다가, 그녀의 눈이었다가, 내가 알았던 눈이었다가, 그리고 내가 결코 알 수 없었던 눈이었다가. 그 눈들은 이제 다 똑같아 보인다. 나를 원료로 삼으려는 위협적인, 차가운 불길로 타오르는 눈.

그가 보고 싶어 하는 장면임을 알고 있으면서도, 나는 나를 집어삼키는 절망에 흐르는 눈물을 참지 않는다. 그는 탐욕스러운 눈길로 눈물이 흐르는 길을 훑는다.

다음 순간 그가 나를 세게 떠민다. 나는 휘청대며 무릎을 꿇는다.

"난 어머니가 만드신 존재야."

그렇게 속삭인 메이븐은 나를 뒤로 한 채 떠난다.

그의 뒤로 문이 닫히기 전에, 경비들이 양쪽에 있는 것을 확인한다. 이번에는 클로버와 달걀이다. 그러니 어쨌든 내가 간신히 자유를 찾는데 성공한다고 한들, 아렌들이 항상 가까이 있는 셈이다.

나는 느리게 바닥으로 무너져 내리고, 발뒤꿈치를 대고 편히 앉는다. 한 손을 얼굴에 대서, 내 눈이 갑자기 말랐다는 사실을 감춘다. 엘라라의 죽음이 그를 바꾸었기를 바랐던 만큼이나, 그런 일이 일어나지 않았음을 잘 알고 있었다. 메이븐이 관계된 것이라면 어떤 것도 나는 믿을 수가 없다.

내가 손가락을 구부려 숨기고 있는, 그의 행사용 훈장들 중 가장 작은 것이 내 손을 찌른다. 침묵하는 돌조차 도둑의 본능을 가져가지는 못했다. 훈장의 금속 핀이 피부를 파고든다. 그대로 꾹 눌러서, 진홍과 선홍색 피를 흘림으로써, 내 자신과 누구든 지켜보고 있는 자들에게 내가 어떤 존재인지, 그리고 무엇을 할 수 있는지 상기시키고 싶은 충동을 느낀다.

자리를 정리하는 척하면서, 나는 매트리스 아래에 훈장을 밀어 넣는다. 나의 나머지 약탈품들과 함께. 머리핀들, 부러진 포크 끝부분, 깨진 유리와 도자기 접시 조각들 등. 초라하지만 나의 무기다.

구석에 널브러진 드레스를 흘깃 보자, 저 드레스는 어쨌든 이 일에는 잘못된 선택처럼 느껴진다.

*내일이라고 그가 말했다.*

나는 다시 윗몸 일으키기로 돌아간다.

# 제6장

# 메어

조심스럽게 타이핑 된 카드다. 윤곽만 봐서도 딱 알겠다. 난 그 카드를 보지도 않고, 침대 옆 테이블에 놓인 그대로 버려두었다.

메이븐이 궁중에 발표할 때의 모습을 어떻게 상상했다고 한들 그 준비를 돕도록 하녀들이 오는 그런 사치를 내가 누릴 수 있을 거라고는 절대 생각하지 않는다. 진홍색 드레스를 스스로 입기 위해 단추를 채우고 지퍼를 올리는 것은 매우 고통스러운 작업이 될 것 같다. 드레스의 높은 깃과 끌리는 치맛단, 그리고 긴 팔은 메이븐이 내 쇄골에 남긴 흔적뿐만 아니라 여전히 내가 손목과 발목에 차고 있는 족쇄들을 숨길 수 있다.

내가 얼마나 여러 번 이 화려한 행사에서 벗어나려고 했든지 간데, 나는 이 역할을 하도록 운명지어진 것처럼 보인다. 최종적으로 입었을 때 모양을 상상해 보았는데, 옷이 내게 너무 클 것 같다. 팔과 허리 둘레가 많이 남을 것이다. 억지로 먹어 보려고 노력했지만 이곳에 온 이래 나는 살이 더 빠졌다. 창문에 여기 저기 비쳐지는 모습을 긁어모아 보니, 머리와 피부에서도 사일런스 능력 아래에 짓눌렸던 고생의 흔적이 느껴진다. 내 얼굴은 노랗고 퀭하며, 벌건 눈언저리는 아파 보인다. 그리고 여전히 끝 부부분이 회색으로 물들어 있는 내 어두운 갈색 머리는 뿌리 부분이 엉켜 있어서 평소보다 더 지저분하다. 나는 허둥지둥 머리를 따서 손질한다.

비단을 아무리 갖다 바친들, 메이븐의 의상을 입은 내가 어떻게 보이는지를 바꿀 수는 없을 것이다. 하지만 그건 중요하지 않다. 모든 일이 계획대로만 된다면, 난 결코 저 옷을 입지 않을 것이다.

준비의 다음 단계를 생각하자 심장이 쿵쿵 뛴다. 적어도 내 침실에 있는 카메라들을 의식해서, 침착해 보이기 위해서 최선을 다한다. 만약 내가 하려고 하는 일이 실패한다면, 그들은 내가 지금부터 하려는 것이 무엇인지도 알 수 없을 것이다. 그리고 심지어 만약 내가 가까스로 경비들을 속인다고 한들, 더 큰 장애물이 또 다시 나타날 것이다.

이 일을 하다 죽을 수도 있다.

메이븐은 화장실에는 카메라를 설치하지 않았다. 내 사생활 보호 차원이라기보다는, 자기의 질투심을 달래는 차원일 것이다. 자신이 아닌 다른 사람이 내 몸을 보도록 그가 내버려 두진 않을 거라는 걸 알 순 있을 정도로는 나도 그를 잘 아니까. 침묵하는 돌로 된 얇은 판이 화장실 벽 사이에 자리잡고 있어서, 돌의 누르는 힘이 늘어나는 것으로 그 점을 확인할 수 있다. 메이븐은 경비들이 나를 여기까지 따라올 이유가 결코 없음을 확신했다. 심장이 가슴 안에서 느릿하게 박동하지만, 나는 밀어붙인다. 해야만 한다.

샤워기가 쉿 소리를 내며 김을 뿜고, 가장 세게 틀자 이내 델 정도로 뜨거워진다. 화장실에 있는 돌만 아니었다면, 나는 뜨거운 물이 주는 유일한 위안을 여러 날 즐겼을 것이다. 반드시 빨리 움직여야만 한다, 아니면 질식할 테니까.

틱 섬에서는 정해진 시간에만 샤워가 가능했고 그것도 미적지근한 물이었는데 반해, 노치에서는 운 좋게도 차가운 강에서 목욕할 수 있었다. 집에서의 목욕이 어땠었는지 생각하다가 나는 소리 내어 웃음을 터뜨린다. 욕조는 부엌 수도꼭지를 통해서 채워야 했고, 물은 여름에는 따뜻하고 겨울에는 차가웠다. 비누는 훔쳐 온 것이었고. 어머니는 아버지가 씻도록 도와주시곤 했는데 여전히 그 일은 전혀 부럽지 않다.

운만 따른다면(아주 많이 필요하겠지만) 곧 두 분을 다시 볼 수 있을 것이다.

샤워기의 머리 부분을 밀어서 세면대에서 화장실 바닥 쪽으로 물길을 튼다. 물은 하얀색 타일 위로 퍼부으며 바닥을 흠뻑 적신다. 물살이 내 맨발을 때리는 감각에 피부가 열기로 떨리고, 그 느낌은 따뜻한 담요처럼 부드럽고 유혹적이다.

물이 화장실 문 아래로 스미는 사이, 나는 재빨리 일한다. 먼저 화장실 카운터 위에서 유리로 된 긴 조각을 밀어 넣는다, 거의 팔 길이는 되는 것 같다. 그 다음 나는 진정한 무기에 팔을 뻗는다.

화이트파이어 팰리스는 모든 곳이 경이롭게 만들어져 있고, 내 침실 역시 예외는 아니다. 궁전은 얌전한 샹들리에(만약 그런 게 있다면 말이지만)로 불을 밝히고 있다. 나뭇가지처럼 구부러진 팔에는 싹이 난 것처럼 전구들이 열두 개쯤 달려서 은색으로 작업되어 있다. 그것에 닿기 위해서는 위태롭게 균형을 잡은 채 세면대 위에 서야만 한다. 몇 번 세게 집중해서 당기니 달랑거리던 형태가 앞으로 튀어 나오며 천장 사이로 전선이 모습을 보인다. 처진 부분이 그 정도면 충분하기에, 나는 여전히 빛나는 샹들리에를 손에 쥔 채로 쪼그리고 앉는다. 나는 세면대 위에서 그것을 떠받친 채로 기다린다.

몇 분 후에 쿵쿵거리는 소리가 들린다. 내 방을 지켜보던 이가 누구든, 물이 내 화장실 아래로부터 넘치는 것을 알아차렸다. 10초 후에, 두 쌍의 발소리가 화장실로 진격해 온다. 확신은 못하겠지만 아벤들일 텐데, 솔직히 아무려면 어때.

"배로우!"

화장실 문을 주먹으로 두드리는 소리와 함께, 남자의 목소리가 외친다.

내가 아무 응답도 하지 않자 그들은 시간을 낭비하지 않고, 그거라면 나 역시 마찬가지다.

달걀이 문을 밀어 젖히더니 철벅대며 들이닥친다. 그의 하얀 얼굴은 타일로 된 벽이랑 거의 구별이 되지 않는다. 클로버는 달걀을 따라 들어오지는 않고, 한 발은 화장실 안에 다른 발은 침실에 놓은 채 멈춘다. 상관없다. 그녀의 양발이 모두 김이 나는 물웅덩이 안에 들어와 있다.

"배로우……?"

날 보고 입이 떡 벌어진 달걀이 말한다.

샹들리에를 떨어뜨리는 건 그다지 어려운 일도 아니건만, 그 행동은 늘 그렇듯 몹시 무겁게 느껴진다.

샹들리에가 젖은 타일에 부딪혀 박살난다. 전기가 물을 때리는 순간, 확 치솟은 전기가 방을 맥동하며 관통하고, 그저 다른 화장실들의 전구뿐만이 아니라 침실의 전구들까지도 나가 버린다. 아마도 궁전의 이쪽 날개 전체가 그랬을 것이다.

스파크가 그들의 살을 타고 오르며 춤추는 동안, 두 아벤 모두가 펄쩍 뛰면서 몸을 비튼다. 근육이 경련하자, 그들은 빠르게 허물어진다.

나는 물과 둘의 몸뚱이들 너머로 도약하고, 화장실의 침묵하는 돌이 주던 무게감이 사라지는 것과 거의 동시에 깊은 숨을 들이마신다. 족쇄가 여전히 팔다리 위로 묵직하게 느껴지고, 나는 시간낭비 없이 아벤들의 몸을 뒤진다. 물론 물에 닿지 않게 주의를 기울인다. 할 수 있는 한 재빨리 그들의 주머니를 뒤집어서 내가 깨어 있는 시간 내내 망령처럼 따라다니는 열쇠를 수색한다. 달걀의 목깃 아래로 그의 가슴뼈와 수평으로 누워 있는 동그랗게 말린 금속이 느껴진다. 덜덜 떨리는 손으로 그것을 잡아채서 내 족쇄를 하나씩 풀기 시작한다. 족쇄들이 떨어져 나가면서, 사일런스 능력이 조금씩 조금씩 사라진다. 나는 천천히 숨을 내쉬면서, 번개의 힘을 내 안으로 불러오려고 애를 쓴다. 돌아오고 있는 중이다. 틀림없이 그럴 것이다.

하지만 여전히 아무 느낌이 없다.

달걀의 몸은 이제 내 자비에 달렸다. 내 손에 들어온 그의 몸은 따뜻하고 살아 있다. 그의 목을 자르고 클로버의 것도 자르고, 내가 잘 숨겨두고 있었던 유리 조각들 중 아무거나 들어서 그들의 경정맥을 난도질 할 수도 있었다. *그래야만 해.* 스스로 되뇌어 본다. 하지만 이미 너무 많은 시간을 낭비했다. 나는 그들을 살려둔 채 방을 나선다.

예상했던 바대로, 아벤들은 들어오며 내 침실 문을 잠그는 의무사항을 충실하게 수행하도록 잘 훈련받은 자들이었다. 무슨 상관이람. 헤어핀 하나면 열쇠만큼이나 훌륭한 도구가 된다. 나는 1초 만에 자물쇠를 딴다.

감옥 밖으로 발을 내딛어 본 지 며칠이 흘렀다. 그때는 온 사방에 감시병들을 동원한 채로 에반젤린이 나를 질질 끌고 갔다. 지금 복도는 텅 비어 있다. 고장 난 전구들만이 복도를 따라 머리 위에서 늘어선 채로, 자기들의 부재를 비웃고 있다. 내 전기적 감각은 약해서, 어둠을 가로지르는 정전기도 못 되는 거 같다. 능력이 돌아왔어야 했다. 만약 능력이 돌아오지 않는다면, 이 탈출 계획은 실패로 돌아갈 것이다. 나는 밀려오는 공포와 맞서 싸운다. 만약에 영원히 능력이 사라진 것이라면? 만약 메이븐이 내 번개를 내게서 빼앗아 버린 것이라면?

나는 내가 화이트파이어 팰리스에 대해 아는 것들에 의지한 채, 할 수 있는 한 빠르게 달린다. 에반젤린은 나를 왼쪽으로 데려갔고, 무도회장과 큰 회당과 알현실로 이어졌다. 그 장소들은 경비와 요원들이 가득할 것이고, 노르타의 귀족들, 그 자체로 이미 위험한 족속들은 말할 것도 없다. 그래서 나는 오른쪽으로 꺾는다.

당연하게도 카메라들이 따라온다. 매 코너마다 카메라들이 보인다. 전구와 함께 카메라들도 나간 것인지, 아니면 내가 몇몇 요원들을 즐겁게 해 주고 있는 중인지 궁금하다. 그들은 내가 얼마나 멀리까지 달아날 수 있을지를 놓고 내기 중일지도 모른다. 이미 불행한 운명이 정해져 있는 소녀의 불행한 결말이 예정된 노력.

뒷계단을 통해 층계참으로 내려가다가 나는 서두르던 중에 하인 하나를 거의 쓰러뜨릴 뻔한다.

하인을 본 순간 마음이 날듯이 뛰어오른다. 남자애, 아마도 내 나이 또래. 차 쟁반을 꼭 붙들고 있는 그의 얼굴은 이미 달아올라 있다. 붉은색으로.

"속임수야!"

나는 그 애를 향해 소리 지른다.

"저들이 내게 시킬 모든 행동들, 그거 다 속임수야!"

계단의 꼭대기에서, 그리고 맨 아래쪽에서, 한 쌍의 문이 연달아 쾅 하고 열린다. 다시 진퇴양난이다. 이놈의 나쁜 습관.

"메어……."

남자애의 떨리는 입술에서 내 이름이 흘러나온다. 내가 이 애를 겁주었다.

"방법을 찾아, 진홍의 군대에 알려. 할 수 있는 누구에게라도 말해. 그건 또 다른 거짓말이라고!"

누군가가 내 허리께를 잡아채더니 나를 뒤로, 위로 멀리 밀어낸다. 나는 하인에게 계속 집중한다. 제복을 입은 요원들이 아래에서부터 올라와서는 그를 떼밀고, 망설임도 없이 벽에 밀친다. 그 애가 들고 있던 쟁반이 바닥에 쨍 소리를 내며 부딪치고 차가 쏟아진다.

"그건 전부 다 거짓말이야!"

한 손이 내 입을 꽉 덮기 전에 간신히 그 말을 외친다.

번개를 번쩍여 보려고, 여전히 간신히 느껴질락 말락 하는 번개에 닿아 보려고 애를 쓴다. 아무 일도 일어나지 않아서, 나는 할 수 없이 피 맛이 느껴질 정도로 세게 깨문다.

보안 요원이 손을 떨어뜨리며 욕설을 뱉지만, 앞쪽에 있던 또 다른 요원이 다가와서는 마구 차대는 내 다리를 요령 있게 붙든다. 나는 그녀의 얼굴 위로 피를 뱉는다.

그녀가 손등으로 나를 치는 순간, 그 동작 덕분에 지독히 은혜롭게도, 나는 그녀를 알아보고 낮게 야유한다.

"반가워, 소냐."

소냐의 배를 차려고 시도하지만, 그녀는 권태로운 태도로 가볍게 획 피한다.

*제발*, 나는 마음속으로 외친다, 만약 번개의 힘이 내 말을 들을 수 있다면 말이다. 아무 반응도 없다. 헉 하고 숨이 막힌다. 난 너무나 약하다. 번개를 불러낸 지 너무 오래되었다.

실크인 소냐는 이렇게 약한 여자애의 저항을 신경 쓸 필요조차 없이 너무 재빠르고 날렵하다. 나는 그녀의 제복을 흘긋 바라본다. 검정에 은색 줄무늬에, 어깨 위에는 아이럴 하우스의 상징인 푸른색과 붉은색이 새겨져 있다. 어깨와 목깃에 꽂혀 있는 휘장들로 볼 때, 그녀는 이제 보안 요원들 중에서도 고위급인 것 같다.

"승진 축하해."

절망 속에서 으르렁거리며 비난하는 것만이 내가 할 수 있는 유일한 저항이다.

"훈련 과정이 꽤 빨리 끝났네."

내 발을 붙든 소냐의 손에 힘이 꽉 들어간다. 마치 집게발 같다.

"넌 결코 그 과정을 완전히 못 마칠 테니 안됐네. 다 끝냈으면 아무리 너라도 매너를 좀 배웠을 텐데."

여전히 내 다리를 붙든 채로, 그녀는 어깨에 얼굴을 문질러 뺨에 튄 은색 피를 닦으려고 애를 쓴다.

내가 마지막으로 소냐를 보았던 것은 고작 몇 달 전이다. 소냐의 할머니 에이라와 에반젤린과 나란히 서서, 검정색 옷차림을 차려 입고 왕을 향해 애도했다. 그녀는 보울 오브 본즈에서 나를 지켜보았던 수많은 이들 중에 하나였으며, 내가 죽는 모습을 보길 원했다. 그녀의 가문은 신체뿐만이 아니라 정신에도 작동하는 능력으로 유명하다. 모든 것을 감시하고, 비밀들을 찾아내도록 훈련받는다. 메이븐이 모두에게 나의 존재는 속임수이며 진홍의 군대가 왕궁에 잠입시키기 위해 보낸 것이라고 설명했을 때, 소냐가 그의 말을 믿었으리라고 생각되지는 않는다. 그리고 이제부터 일어날 일 또한 믿을 거라고 생각되지도 않고.

"네 할머니를 봤어."

나는 소냐에게 말을 건넨다. 감히 쓰기엔 위험한 카드다. 그녀의 흠결 없는 평정 상태는 전혀 변하지 않지만, 내 다리를 잡고 있는 손아귀 힘이 아주 약간이라도 약해지는 것 같다. 다음 순간 소냐는 턱을 기울인다. *계속해*, 그렇게 말하고 싶은 것이다.

"코로스 감옥에서. 그녀는 침묵하는 돌 때문에 굶주리고, 약해진 상태였어."

*지금 나처럼 말이야.*

"난 그녀의 탈출을 도왔어."

누군가는 나를 거짓말쟁이라고 부를 수도 있겠다. 하지만 소냐는 침묵을 지킨 채, 나를 보지 않고 아무 곳이나 시선을 향하고 있다. 다른 사람 눈에는 아마도 아무 관심 없는 모습으로 보일 것이다.

"네 할머니가 거기 얼마나 오래 있었는지는 모르겠어, 하지만 네 할머니는 다른 사람들 이상으로 잘 싸웠어."

이제 그녀의 모습을 기억하고 있다. 그녀의 모습은 내 기억들 너머로 번쩍하고 떠오른다. 팬서(흑표범이라는 뜻—옮긴이)라는 자신의 위명에 걸맞게 악랄한 힘으로 싸우던 나이 든 여인. 그녀는 심지어 면도날처럼 날카롭던 무기가 내 목을 쳐내기 전에 내 생명을 구해 주기까지 했다.

"그럼에도 불구하고, 프톨레무스가 그녀를 끝장냈어. 놈이 내 오빠를 죽이기 바로 직전이었지."

소냐는 시선을 바닥으로 떨어뜨린다. 눈썹이 미세하게 찌푸려져 있다. 소냐의 온몸이 딱딱하게 굳는다. 잠시 나는 소냐가 울지도 모르겠다고 생각하지만, 곧 터질 것 같던 울음은 결코 나오지 않는다.

"어떻게?"

나는 간신히 소냐의 말을 알아듣는다.

"목을 관통했어. 순식간이었어."

다음 순간 그녀는 매우 잘 조준해서 나를 철썩 때리지만, 그 손길에는 그다지 센 힘이 실려 있지 않다. 이 지독히 끔찍한 궁전 안의 다른 것들이나 마찬가지로, 일종의 쇼다.

"계속 그렇게 추잡한 거짓말로 스스로를 속여 보시지, 배로우."

그녀는 야유로 우리 대화를 종료한다.

그들은 나를 침실 바닥에 쿵 하고 내던지고, 네 명의 아벤 경비들이 내 위로 퍼붓는 밀려오는 무게감에 양 뺨이 찌르르하다. 달걀과 클로버는 차림이 조금 구깃구깃해 보이지만, 그들이 입은 부상이 무엇이었든 힐러들이 이미 다 고쳐 준 상태다. 저들을 죽이지 않고 지나간 건 참 안된 일이었다.

"날 봐서 쇼크 좀 왔어?"

나는 그들을 향해 느릿느릿 말하며, 그 끔찍한 유머에 빙그레 미소까지 짓는다.

대답하듯 아기 고양이가 강제로 내게 진홍색 드레스를 입힌다. 나는 그들 모두 앞에서 억지로 발가숭이가 된다. 그녀는 창피를 주기 위해 시간을 들인다. 내 낙인 위를 쓸고 지나가는 옷은 따끔거린다. *메이븐의 M, 괴물(monster)의 M, 살인(murder)의 M.*

아기 고양이가 내 가슴에 연설문 카드를 떠밀 때까지도 내 입안에서는 여전히 보안 요원의 피 맛이 느껴진다.

＊ ＊ ＊

은혈 궁중 사람들이 하나도 빠짐없이 왕궁의 공식 알현실로 호출당해 온 모양이다. 하이 하우스들은 평상시의 모임 속에서 서로를 압박한다. 모든 색깔들은 맹공격을 하며 보석과 비단의 불꽃놀이를 펼친다. 나도 그 혼돈에 한몫을 하며, 수집품에 피처럼 붉은색을 더한다. 알현실의 문이 내 뒤로 봉인되며 닫히고, 나는 그들 중 최악의 무리와 함께 갇힌다. 각각의 가문들이 내가 지나가도록 갈라서자, 입구에서부터 왕좌에 이르는 긴 복도가 생겨난다. 내가 지나가는 동안 그들은 수군거리면서 내 모든 결함을 지적하고 루머를 속삭인다. 나는 얘기들 중에서 소식 한 토막을 잡아챈다. 당연히 저들이라면 오늘 아침에 일어난 내 작은 모험담에 대해서 몽땅 알고 있겠지. 아벤 경비대들이 둘은 앞에, 둘은 뒤에 서서 여전히 죄수인 내 현재 상태를 충분히 확인시켜 주는 중이다.

그러니 메이븐의 최신 거짓말은 이번 기회에 선보일 것은 아닌 모양이다. 나는 메이븐의 동기, 그의 머릿속 미로가 어떻게 조작되고 변형되는 것인지를 추리해 보려고 노력한다. 그는 틀림없이 자신이 그들에게 할 말이 치를 대가의 무게를 재 보았을 것이고, 그러고 나서 이토록 맛있는 비밀이 위험을 무릅쓸 가치가 있을 때에야 가까운 귀족들을 불러들이기로 결심했을 것이다. 그들은 메이븐이 자신들에게 거짓말하지 않는 이상에야, 메이븐이 어떤 거짓말을 하든 신경도 쓰지 않을 것이다.

전처럼, 그는 회색 석판으로 된 왕좌에 앉아서 양손으로 왕좌의 팔걸이를 움켜쥐고 있다. 감시병들이 그의 뒤쪽 벽에 줄 서서 자리하고 있다. 반면 에반젤린은 자랑스러운 모습으로 그의 왼쪽을 차지하고 있다. 복잡한 은색 비늘로 된 길게 트인 드레스 위로 망토를 걸친 에반젤린은 치명적인 별처럼 반짝인다. 그녀의 오빠, 프톨레무스는 새로 갑옷을 맞춰 입고는 자신의 여동생과 왕 모두에 대한 보호자 격으로 가까이 서 있다. 쓸쓸하도록 친숙한 또 다른 얼굴 하나가 메이븐의 오른쪽을 차지하고 있다. 그는 무장하지도 않았다. 그에게 는 갑옷이 필요 없다. 그의 정신이 무기이자 방패이니까.

샘슨 메란더스가 나를 향해 미소를 짓고, 시야 위로 내가 세상에 서 제일 싫어하는 색인 어두운 푸른색과 하얀색이 뒤섞인다. 심지어 은색까지. *난 도살자야.* 그는 심문 전에 내게 경고했다. 그건 거짓말 이 아니었다. 나는 결코 그가 나를 저며 낸 방식에서 완전히 회복하 지 못할 것이다. 그는 나를 피가 완전히 마를 때까지 후크에 매달아 둔 돼지처럼 다루었다.

내가 나타난 것을 알아차린 메이븐이 기뻐한다. 그때와 같은 스 코노스 힐러가 내 머리를 만져서, 기진맥진한 몰골 위로 화장을 후 려치는 사이에 내 머리를 깔끔한 말총머리로 묶어 뒤로 늘어뜨렸다. 그녀는 오래 머무르지 않았지만, 나는 가급적 그녀에게 붙어 있고 싶었다. 그녀의 손길은 차갑고 안정감을 주었으며, 내가 결말이 뻔 한 도주에서 얻은 멍들을 몽땅 다 고쳐 주었다.

수십의 은혈들 눈앞에서 걸어가는데도 불구하고, 다가가는 동안 아무 공포가 안 느껴진다. 두려워할 더 끔찍한 일들은 따로 있다. 예 를 들자면, 위쪽의 카메라들 같은 것. 저것들은 아직 내게 단련되어 있지 않지만, 곧 그렇게 될 것이다. 나는 그 생각을 간신히 꾹꾹 소 화시킨다.

메이븐이 손바닥을 드는 동작 하나로 나와 아벤 경비들을 갑자기 멈춰 세운다. 아벤들은 그 의미가 무엇인지 아는 듯 바로 내 옆에서 벗어나, 나머지 몇 미터를 나 혼자 걸어가도록 남기고 사라진다. 그 순간 카메라의 전원이 켜진다. 내가 홀로 걷는 모습을 보이기 위해서. 경비도, 사슬도 없이 은혈들 사이에 자유롭게 서 있는 적혈의 모습을 보이기 위해서. 그 장면은 모든 곳으로 방송이 될 것이다. 내가 사랑하는 모든 이들에게, 그리고 내가 지키고자 희망하였던 누군가에게. 이 간단한 조치는 수십 신혈들을 불행한 운명으로 몰고 가기 충분할 뿐만 아니라 진홍의 군대에 강력한 한 방을 때릴 것이다.

"앞으로, 메어."

메이븐의 목소리다. 메이븐이지만, 메이븐이 아니다. 내가 알고 있다고 생각했던 그 소년. 온화하고, 부드럽다. 메이븐은 멀리 치워졌지만 언제든 끌어올 준비를 하고 있다가 내게 무기처럼 그 목소리를 사용했다. 그 목소리가 마음속 깊이 나를 후려친다. 그러리라는 것을 메이븐 역시 잘 알고 있듯이. 나도 모르게, 더 이상 존재하지도 않는 소년에 대한 익숙한 갈망을 느끼고 만다.

내 발걸음이 대리석 위에 울린다. 예전에 의전 수업에서, 고인이 된 레이디 블로노스는 궁정에서 내 표정을 어떻게 유지해야 할지 가르치려고 했었다. 그녀가 이상적으로 생각했던 표정은 냉정함을 넘어 차갑고, 무감정한 것이었다. 난 거기에 비하면 아무것도 아니어서, 그런 가면의 아래로 삐끗하고픈 욕구와 맞서 싸운다. 대신에, 나는 내 겉모습을 메이븐도 만족시키고 어떻게든 나라가 이것이 결코 내 선택이 아니었음을 알 수는 있을 정도의 무언가가 되도록 애를 쓴다.

여전히 미소를 지은 채, 샘슨은 옆으로 한 걸음 비키며 왕좌 옆에 공간을 만든다. 그의 의도에 몸이 떨리지만, 그래도 반드시 해야만 한다. 나는 메이븐의 오른쪽 옆자리에 선다.

이건 도대체 무슨 그림이 될 것인가. 은색을 차려입은 에반젤린, 붉은색을 입은 나, 그리고 그 사이에 검정색으로 휘감은 왕이라니.

# 제7장

# 카메론

소위 "번개 경보"가 이라벨의 주요층 전체에, 비계로 된 층계참을 따라 위 아래로, 복도들 사이로 앞뒤로 메아리친다. 메어에 관한 정보를 뭐라도 새로 받을 수 있을 정도로 중요하다고 간주되는 우리들 중 일부를 찾아서 심부름꾼들이 뛰쳐나온다. 보통 난 중요한 순위는 아니다. 누구도 나를 끌고 저기 아래로 내려가서 나머지 메어의 클럽 멤버들과 함께 보고를 듣자고 하지는 않는다. 심부름꾼 아이들은 나중에야 날 찾아서, (보통은 일하는 중이다.) 종이를 건네주는데, 거기에는 귀중하신 배로우 씨의 감옥 일과에 대해서 진홍의 군대의 스파이들이 뭐라도 염탐해서 모은 정보들이 들어 있다. 쓸모없는 것이다. 메어가 뭘 먹었는지, 그녀를 지키는 경비들의 교대는 어떤지, 뭐 그런 종류다. 하지만 오늘의 심부름꾼인 기름진 검정 생머리에 적갈색 피부를 한 여자애는, 내 팔을 잡아끈다.

"번개 경보예요, 콜 양. 나랑 같이 가요."

그 애는 단호하고 역겨울 정도로 감상적인 태도로 말한다.

내 주요 관심사는 병영에서 일하면서 열기나 얻는 거지, 메어가 오늘 화장실을 몇 번이나 들락거렸는지 알고 싶은 게 아니라고 받아치고 싶은데, 그 애의 상냥한 얼굴에 충동을 참고 만다. 팔리는 분명히 망할 이 기지에서 가장 귀여운 애를 골라서 내게 보낸 것이 틀림없다. *저주할 테다.*

"알았어, 갈게."

나는 씩씩대면서 장비들을 도로 통에 집어넣는다. 그 애가 내 손을 잡는데, 순간 모레이가 떠오른다. 모레이는 나보다 키가 작았고, 우리가 어린 시절 조립 라인에서 일하던 아이였을 때, 시끄러운 기계음이 그 앨 무섭게 할 때마다 내 손을 잡고는 했다. 하지만 지금 이 작은 여자애에게서는 전혀 공포의 기색이 느껴지진 않는다.

그 애는 구부러진 복도를 따라 나를 끌고 가는데, 어느 길로 가야 하는지를 아는 게 자랑스러운 모양이다. 그 애가 허리에 두르고 있는 빨간색 넝마를 보니 인상이 찌푸려진다. 이 애는 반역도가 되겠다고, 그들의 전술 본부에서 홀로 살아가겠다고 선서하기에는 너무 어리다. 하지만 생각해 보니, 내가 처음으로 일하러 보내진 것은 다섯 살이었고, 그때 난 쓰레기 더미에서 조각들을 골라내는 일을 했다. 애는 그때 내 나이의 두 배인걸.

그 애에게 어쩌다 여기까지 흘러오게 됐는지 물어보려고 입을 열다가, 생각을 고쳐먹는다. 뭐 따지고 볼 것도 없이 아마도 이 애의 부모님이, 자기들 삶의 선택이든 아니면 자기들 삶의 결말이든 뭐 때문에 한 결정일 것이다. 이 애의 부모님이 어디에 있을지 궁금하다. 내 부모님에 대해서 궁금한 것과 마찬가지로.

*4번 5번 복도랑 지하 7번에는 전선 피복을 벗겨야 해. A 병영은 온기가 필요하고.* 갑작스럽게 찾아오는 통증을 줄여 보려고 항상 늘어나기만 하는 해야 할 일 목록을 되뇌어 본다. 부모님의 얼굴을 밀어내자 생각에서 그분들이 지워진다. 운반 트럭을 모시던 아빠, 아빠의 손은 언제나처럼 운전대를 잡고 계시겠지. 공장에서 내 옆자리에서 작업하시던 엄마, 엄마의 속도는 언제나 내가 결코 따라갈 수 없게 빨랐다. 우리가 당신 곁을 떠날 때에, 엄마는 아프셨다. 엄마의 어두운 피부색은 거의 회색으로 변했고 머리카락은 가늘어졌다. 두 분에 대한 기억에 숨이 막힐 것 같다. 두 분은 모두 내가 닿을 수 없는 곳에 계시다. 하지만 모레이는 아니다. 모레이는 닿을 수 있다.

*4번 5번 복도랑 지하 7번에는 전선 피복을 벗겨야 해. A 병영은 온기가 필요하고.* 모레이를 구해야만 해.

우리가 복도를 따라 중앙 관제실에 도착할 때쯤 킬런도 동시에 도착한다. 킬런의 전담 심부름꾼은 긴 팔다리를 휘적대는 남자애에게 뒤처지지 않으려고 그 뒤를 따라 시끌벅적하게 코너를 돌아 달려오고 있다. 킬런은 분명 맨 위층 지상에, 다가오는 겨울의 얼어붙을 것 같은 공기 속으로 다녀온 모양이다. 킬런의 뺨은 추위로 인해 붉게 혈색이 돈다. 그가 걸으면서 털모자를 벗자 비뚤빼뚤한 황갈색 머리 타래가 드러난다.

"캠."

우리의 길이 교차하는 곳에 잠깐 멈추며 킬런이 내게 고개를 까딱인다. 공포로 몸을 부르르 떠는 킬런의 눈동자가 복도의 형광등 아래 생생한 녹색으로 빛난다.

"무슨 일 같아?"

나는 어깨를 으쓱한다. 나는 관계자들 중에서 메어에 대해 가장 적게 아는 사람이다. 심지어 사람들이 왜 나를 귀찮게 계속 핵심 인원으로 쳐 주는지도 모르겠다. 아마도 내게 소속감을 주기 위한 것이겠지. 모두가 내가 여기 있기를 싫어한다는 것을 알지만, 사실 내게는 달리 갈 데도 없다. 뉴타운으로 돌아갈 수도, 초크로 갈 수도 없다. 꼼짝할 수가 없다.

"전혀 모르겠어."

나는 대꾸한다.

킬런은 자신의 심부름꾼을 힐끗 보더니, 미소를 지어 보인다.

"고마워."

그는 친절하지만 더 이상 관심을 두지 않는 어조로 말한다. 심부름꾼 아이는 그 힌트를 알아듣고는 안심한 듯 돌아선다. 나도 내 심부름꾼에게 똑같이, 감사의 미소를 지으며 고개를 까딱해 보인다. 여자애 역시 다른 방향을 향하고, 구부러진 복도를 돌아 사라진다.

"이런 일을 시작하기엔 쟤들 너무 어리지 않아."

나는 참으려 애를 썼지만 숨 죽여 속삭이고 만다.

"우리 때만큼 어리지도 않지, 뭘."

킬런의 대꾸에 나는 인상을 쓴다.

"그건 그래."

지난 몇 달쯤의 시간 동안, 킬런에 대해서 충분히 알게 되면서 나는 그가 여기 아래에 사는 누구보다도 더 믿을 만한 사람이라는 걸 깨달았다. 우리 둘의 삶은 매우 닮아 있다. 킬런은 어린 나이에 도제 수업을 시작했고, 그리고 나처럼, 킬런은 자신을 징병에서부터 지켜 주는 직업의 사치를 누렸다. 규칙이 우리 둘 모두에게 바뀌고, 번개 소녀의 궤도에 끌려와 끝장나기 전까지 말이다. 킬런은 자신이 이곳에 있는 것이 선택이었다고 반박할지도 모르겠으나, 내 생각은 다르다. 그는 메어의 가장 친한 친구였고, 그리고 그녀를 따라서 진홍의 군대에 왔다. 이제 눈 먼 완고함으로(킬런이 도망자 신세라는 것은 언급할 필요도 없고) 그는 여기 머무르고 있는 것이다.

"하지만 우린 뭔가에 세뇌당했던 건 아니었다고, 킬런."

다음 발자국을 내딛을지 망설이면서, 나는 계속 말한다. 관제실 경비들이 몇 미터 떨어진 곳에서 조용하게 문 앞에 서 있는 자신들의 의무를 다하며 기다리고 있다. 그들은 우리 둘 다를 지켜보고 있다. 나는 그 기분이 싫다.

킬런은 기묘하고 슬퍼 보이는 비뚤어진 미소를 짓는다. 그의 눈길이 문신이 새겨진 내 목에, 내가 영구적으로 직업과 사는 곳을 새긴 내 목에 떨어진다. 검정색 잉크는 내 어두운 피부 위에서도 선명하게 드러나 있다.

"아니야, 우리도 그랬어, 캠."

그가 조용하게 대꾸한다.

"가자."

그는 내 어깨에 팔을 두르고, 자기랑 나를 모두 앞으로 끈다. 문 양쪽에 선 경비들이 우리를 통과시킨다.

관제실은 내가 지금까지 본 중에서 가장 붐비고 있다. 모든 기술직들이 앉아서 완전 넋이 빠진 상태로, 방의 앞쪽에 있는 여러 대의 스크린에 집중하고 있다. 모든 화면이 같은 장면인데, 불타는 왕관, 노르타의 상징인 붉은색, 검정색, 그리고 은색의 화염이다. 대개 저 상징은 공식 방송의 사이에 놓는 책꽂이 같은 것인지라, 내 생각에 메이븐 정권에서 내놓은 최신 메시지를 막 보게 될 참인 듯한데. 그렇게 생각한 사람이 나뿐인 건 아니다.

"메어를 보게 될 건가 봐."

속삭이듯 뱉는 킬런의 목소리는 갈망과 공포 양쪽 모두로 가라앉는다. 화면에서, 영상이 조금 흔들린다. 얼어붙은 채로, 정지한다.

"우리가 대체 뭘 보게 되는 거지?"

"누굴 보게 될까 쪽에 가까울 것 같은데."

나는 방을 한번 훑어보면서 대꾸한다. 보자, 칼은 이미 여기에 와 있군. 방의 뒤쪽에서 냉정하게 팔짱을 끼고, 다른 모든 사람들과 거리를 두고 있다. 내가 자기를 쳐다보고 있다는 걸 느꼈을 텐데도, 고개를 까닥이는 것 이상은 아무 행동도 하지 않는다.

실망스럽게도, 킬런이 손을 흔들어 칼을 부른다. 칼은 잠시 망설이더니, 응답하듯 사람들로 가득 찬 방을 부드럽게 지나쳐 이쪽으로 온다. 무슨 이유인지는 몰라도, 이 번개 경보에 많은 사람들이 관제실로 불려왔는데, 그들 모두가 킬런만큼이나 안절부절못하고 있다. 대부분의 사람을 알아볼 순 없어도, 몇 명의 신혈들이 이 혼합체 속에 끼어 있다. 래시와 타히르가 통신 장비를 갖추고 평상시 앉던 의자에 앉아 있는 모습, 내니와 에이다가 서로 함께 앉아 있는 모습이 보인다. 칼처럼, 그들은 자신들에게 관심이 쏠리지 않도록 뒤쪽 벽을 차지하고 있다. 왕자가 가까이 오자, 적혈 경비대들은 거의 펄쩍 뛰어 비켜난다. 그는 그 사실을 무시하는 척 한다.

칼과 킬런은 희미한 미소를 주고받는다. 두 사람의 일상적인 라이벌 관계는 오래전에 사라지고, 다가올 공포가 그 자리를 차지했다.

"대령이 자기 궁둥이를 조금만 빨리 움직였으면 좋겠네."

내 오른쪽에서 목소리가 불쑥 끼어든다.

둥그런 배에도 불구하고 주목을 받지 않기 위해 최선을 다하며 쭈뼛쭈뼛 우리에게 다가오는 팔리의 모습을 보기 위해 몸을 돌린다. 커다란 상의로 배를 거의 가리고는 있지만, 이런 환경에서 비밀을 계속 유지하기란 쉬운 일이 아니다. 팔리는 거의 4개월이 가까워지고 있고, 누가 그 사실을 알든 신경 쓰지 않는다. 심지어 지금도, 그녀는 한 손에는 감자튀김이 쌓인 접시를, 나머지 한 손에는 포크를 들고 있다.

"카메론, 여, 친구들."

그녀는 순서대로 우리에게 고개를 끄덕이며 덧붙인다. 나도 인사를 하고, 킬런도 그렇게 한다. 그녀는 칼에게 조롱하듯 포크로 거수경례를 해 보이고, 칼은 짜증스러운 끙 소리를 낸다. 칼이 어찌나 턱을 세게 다무는지, 이가 산산조각 날 것 같다.

"대령은 여기서 먹고 잘 줄 알았는데. 늘 하던 대로 말이야. 우리가 필요로 할 때면 늘 여기 있잖아."

시선은 화면에 고정한 채로, 내가 대꾸한다.

다른 때였다면, 그의 부재가 하나의 계책일 거라고 의심했을 터였다. 아마도 누가 책임자인지 우리에게 알게 할 목적일 거라고 말이다. 우리 중 어느 누가 그 사실을 잊을 수나 있긴 한가 말이지만. 심지어 은혈 왕자이자 장군인 칼의 경우라도, 아니면 무시무시한 능력들을 갖춘 신혈들의 지휘자에게라도, 그는 어쨌든 어떻게든 자기 카드를 가까스로 유지하니까. 여기, 진홍의 군대에서, 이 세계에서, 정보는 어떤 것보다도 중요한 것이기 때문이며, 그리고 그가 우리 모두를 계속 지배할 수 있을 정도로 충분히 잘 알고 있기 때문이다.

그 사실은 충분히 존경할 만하다. 기계의 부품들이란 다른 부속품들이 뭘 하는지 알 필요가 없는 법이다. 하지만 난 그저 기어에 불과한 존재가 아니다. 더 이상은 아니다.

대령이 양옆에 메어의 오빠들을 단 채로 들어온다. 여전히 메어의 부모님의 모습은 보이지 않는다. 그분들은 어두운 붉은 머리를 한 메어의 여동생과 함께 어디 먼 곳에 안전하게 모셔져 있다. 한 번쯤 메어의 여동생과 정신없이 붐비는 복도에서 너무나 빨리 스친 적이 있는데, 뭐라도 물어볼 정도로 가까이 갈 수가 없었다. 당연히 나도 소문은 들은 바 있었다. 다른 기술자들이나 군인들 사이에 떠도는 속삭임 말이다. 한 보안 요원이 그 애의 발을 부서뜨렸다든가, 여름 궁전에서 메어에게 엎드려서 빌라고 했다든가 하는. 어쨌든 그 비슷한 무슨 이야기였다. 킬런에게 진실이 무엇인지 물어볼 수도 있겠지만 그건 꼭 인정머리 없는 짓처럼 느껴진다.

관제실의 사람들은 우리가 여기 대체 뭘 보러 온 건지 대령이 말해 줬으면 하는 마음으로, 하나같이 대령을 보러 몸을 돌린다. 그 바람에 우리는 모두 똑같은 반응을 보이고 만다. 또 다른 은혈 하나가 대령을 따라 이미 붐비고 있는 방으로 들어서는 순간, 숨이 막힐 듯 헉 하고 숨을 들이키거나 놀란 표정이 된다.

매번 그를 볼 때마다, 나는 그를 증오하고 싶다. 그는 메어가 나를 자기 일에 끌어들이도록 한 원흉이자, 나를 감옥으로 돌아가도록 한 원흉이며, 내가 살인을 하게 만든 원흉이고, 이 남자의 하찮은 마른 잔가지가 살아남도록 하기 위해서 다른 이들이 죽어야만 했던 원흉이다. 하지만 이 모든 선택들은 그가 한 것이 아니었다. 그는 내가 그랬던 것처럼 그저 죄수였고, 코로스 감옥의 감방 안에서 침묵하는 돌에 둘러싸인 채 느리고 짓눌린 죽음을 맞도록 예정된 처지였다. 번개 소녀가 그를 사랑한 것은 그의 잘못이 아니지만, 그는 그 사랑이 함께 가져온 저주를 견뎌야만 한다.

줄리언 제이코스는 다른 신혈들과 함께 뒷벽에 기대 찌그러져 있지도, 자신의 조카인 칼의 옆 자리를 차지하지도 않는다. 대신에 그는 대령의 옆에 붙어서 있고, 군중들은 그가 이 방송을 잘 볼 수 있도록 자리를 양보한다. 그가 자리를 잡는 동안, 나는 그의 어깨를 바라본다. 그의 자세에서는 퇴폐적인 은혈들의 냄새가 난다. 쭉 뻗은 등은 완벽하다. 심지어 누가 입어 낡아 해진 싸구려 옷을 입고도, 회색 머리카락과 우리 모두가 겪고 있는 지하 생활로 인한 창백하고 차가운 낯빛에도, 그가 어떤 존재인지는 부정할 수가 없다. 다른 사람들도 나와 똑같은 감상을 느낀다. 그의 주변의 군인들은 허리에 찬 총을 만지작대면서 한 눈을 그 은혈 남자에게 고정하고 있다. 그에 관한 소문은 좀 더 비판적이다. 그는 칼의 삼촌이자 죽은 왕비의 오라비이자 메어의 옛 선생이었다. 털실 사이에 낀 강철로 된 실처럼 우리 같은 계층과 얽힌 셈이다. 섞여 있다고 한들, 위험하고 쉽게 자유를 찾을 수 있는 상대.

사람들 말이, 그는 눈을 맞추고 얘기를 해서 사람을 자기 맘대로 조종할 수 있다고 한다. 왕비가 그랬던 것처럼. 많은 이들이 여전히 할 수 있는 것처럼.

내가 앞으로 결코, 절대 내 등을 맡기지 않을 사람이 하나 더 늘어난 셈이다. 정말 긴 목록이다.

"봅시다."

줄리언의 등장으로 생겨난 낮은 웅성거림을 잘라내며 대령이 소리친다. 화면이 하얘지면서 반응한다.

모두가 침묵한 사이, 메이븐 왕의 얼굴이 우리 모두의 앞에 등장한다.

은혈 궁정의 심장부 깊숙한 곳에 놓인 거대한 왕좌에 앉아 있는 메이븐 왕은 매력적으로 보인다. 그는 눈을 크게 뜨고 유혹하는 듯한 눈길을 보낸다. 그의 정체가 뱀이란 사실을 알기에, 나는 그의 잘 고른 위장막을 무시할 수 있다. 하지만 혼돈의 가장자리에 놓인 왕국을 위해서 자신이 할 수 있는 것은 무엇이든 하려고 하는 의무감에 가득 찬, 소위 위대한 어린 소년 왕의 가면을 대부분의 국민들은 꿰뚫어 보지 못할 거라는 사실이 쉽게 상상이 간다. 메이븐의 외모는 괜찮다. 칼처럼 체격이 좋은 것은 아니지만, 부드러운 광대뼈와 윤기 나는 검정 머리칼을 가진 잘 빠진 조각품 같다. 잘생긴 종류가 아니라, 아름다운 쪽이다. 누군가가 쪽지를 휘갈기는 소리가 들린다, 아마도 화면에 나오는 모든 것이 녹화되고 있을 것이다. 나머지 모두는 그저 자유롭게 지켜보는 채로, 도대체 어떤 공포물을 메이븐이 상연하려는 것인지에 집중하고 있다.

그가 앞으로 몸을 기울이며 한 손을 쭉 뻗더니, 누군가를 부르려고 일어선다.

"앞으로, 메어."

카메라가 돌더니, 매끄럽게 왕의 앞에 서 있는 메어의 모습을 향해 회전한다. 넝마를 입고 있을 거라고 생각했는데, 그녀가 입고 있는 것은 내가 꿈에도 상상해 본 적 없는 화려한 의상이다. 메어의 전신을 피처럼 붉은 보석들과 수놓아진 비단이 감싸고 있다. 뭔지는 몰라도 이걸 위해 모인 은혈 군중들을 가르며 거대한 복도를 따라 메어가 걷는 동안 그 모든 보석들이 번쩍인다. 목에 맨 줄도, 사슬도 더 이상 없다. 다시 한 번 나는 가면 안쪽을 들여다본다. 다시 한 번 나는 왕국 전체가 그러기를 바란다……. 하지만 다른 사람들이 어떻게 알겠는가? 사람들은 우리만큼 메어를 알지 못하는데. 사람들은 한 걸음 내딛을 때마다 매 순간 메어의 어두운 눈동자에 번뜩이는 그림자를 보지 못하는데. 메어의 홀쭉한 뺨. 불만스럽게 꼭 다문 입술. 경련하는 손가락. 꽉 다문 턱. 그리고 그것들은 오직 내가 알아차린 것들이다. 칼이나 킬런이나 메어의 오빠들이 번개 소녀에게서 볼 수 있는 것들을 또 누가 알 수 있을 것인가?

메어의 목 아래부터 손목과 발목까지를 드레스가 가리고 있다. 아마도 멍, 흉터, 그리고 왕이 그녀에게 찍은 낙인을 숨기려는 의도일 것이다. 이것은 절대 그냥 드레스가 아니다. 이건 연극 의상이다.

메어가 왕에게 다가설 때 공포로 인해 숨을 헉 들이마신 건 나뿐이 아니다. 왕이 그녀의 손을 잡고, 그녀는 그의 손가락이 가까이 닿자 망설인다. 아주 찰나의 조각에 불과한 순간이지만, 이미 우리가 알고 있는 사실을 굳히기에는 충분하다. 이건 그녀의 선택이 아니다. 아니면 설사 이것이 그녀의 선택이라고 할지라도, 그렇다면 나머지 반대편 선택지는 아마도 아주, 아주 더 나쁜 것이었으리라.

열기의 흐름이 공기 중에 파동친다. 킬런이 최선을 다해 주의를 끌지 않고 칼의 곁에서 게걸음으로 물러나려고 하다가 거의 나를 들이받다시피 한다. 나도 할 수 있는 한 최선을 다해 공간을 만든다. 일이 안 좋게 흘러갈 때에 불을 뿜는 왕자님 가까이 있고 싶은 사람은 아무도 없을 것이다.

메이븐은 몸짓을 할 필요도 없다. 메어는 그가 자신에게 바라는 것이 무엇인지 이해할 만큼 충분히 메이븐과 그의 계획을 안다. 카메라 장면이 뒤로 물러나면서 그녀가 그의 왕좌 오른편으로 움직이는 모습을 잡는다. 우리가 지금 지켜보고 있는 것은 절대적인 힘에 대한 연출이다. 한편에는 에반젤린 사모스, 왕의 약혼녀이자 힘과 외모를 갖춘 미래의 여왕이, 반대편에는 번개 소녀가. 은혈과 적혈.

다른 귀족들, 하이 하우스의 위대한 자들은 연단 한쪽에 몰려 서 있다. 내가 모르는 이름과 얼굴들이지만 여기 많은 사람들이 마찬가지일 거라고 확신한다. 장군, 외교관, 전사, 고문. 그들 모두가 우리의 완벽한 전멸을 가리킨다.

왕은 다시 왕좌에 앉아, 느릿하게 눈을 카메라에, 우리들에게 고정한다.

"다른 모든 말을 하기에 앞서, 이 연설을 시작하기에 앞서, (그는 자신감 있고 거의 매력적으로 보이는 태도다.) 짐은 우리의 국경을 지키기 위해 봉사하고 있는 이들, 현재에도 이 나라 안팎의 적들에 맞서서 방어하고 있는 이들, 이를 위해 싸우고 있는 모든 남자와 여자들, 은혈과 적혈들에게 감사를 표하고 싶소. 코르비움의 군인들이어, 진홍의 군대가 벌이는 끊임없고 개탄스러운 테러 공격에 저항하고 있는 충성스러운 전사들이어, 나는 그대들에게 경의를 표하오, 짐은 그대들과 함께하고 있도다."

"거짓말."

방 안의 누군가가 그렇게 으르렁거리지만, 그들은 곧 재빨리 숨을 죽인다.

화면 안에서, 메어는 그 감정을 공감하는 것처럼 보인다. 그녀는 경련하지 않기 위해서, 자신의 감정을 얼굴이 배신하지 않게 하기 위해서 최선을 다한다. 그 작업은 성공한다. 거의. 홍조가 그녀의 목까지 스멀스멀 올라오지만, 높은 칼라에 부분적으로 가려진다. 충분히 높지는 않았지만. 메이븐이 메어의 감정을 가리려면 아마 그녀의 머리를 가방에 집어넣어야 할 것 같다.

"최근, 짐의 자문 위원회와 노르타의 궁중의 수많은 숙고 후에, 스틸츠의 메어 배로우는 왕국에 거역하는 죄인으로 고발되었소. 그녀는 살인과 테러의 혐의로 우리 앞에 섰으며, 우리는 그녀가 우리의 뿌리를 갉아먹는 쥐들 중 가장 나쁜 무리라고 믿었소."

메이븐은 힐끗 메어를 향해 시선을 돌리는데, 침착하고 집중하고 있는 표정이다. 얼마나 여러 번 그 표정을 연습했을지, 알고 싶지도 않다.

"처음 짐의 사촌들인 메란더스 하우스에 의해 행해진 심문 이후, 그녀의 형벌은 일생을 감옥에서 맞이하는 것이었소."

왕의 언급에, 어두운 푸른색 옷차림의 남자가 한 발 앞으로 나온다. 그는 메어에게서 고작 십몇 센티미터 떨어진 곳으로 다가서는데, 자신이 고른 어느 부위든 메어를 만질 수 있을 정도로 가까운 거리다. 메어는 그대로 자리에서 얼어붙더니, 그가 자기를 찌르기라도 하는 것처럼 온몸을 딱딱하게 움찔댄다.

"저는 메란더스 하우스의 샘슨입니다, 제가 메어 배로우의 심문을 진행했습니다."

앞쪽에서, 줄리언이 한 손을 입에 올린다. 그의 감정이 흔들린다는 것을 보여 주는 유일한 순간이다.

"위스퍼로서, 제 능력은 대부분의 죄수들이 방패로 쓰는 보통의 거짓말이나 주제를 돌리는 변명을 우회할 수 있게 해 줍니다. 그래서 메어 배로우가 우리에게 진홍의 군대의 진실과 그들이 주는 공포에 대해서 이야기했을 때, 저는 그녀를 믿지 않았음을 고백합니다. 저는 여기서 공식적으로 증언하고자 합니다, 메어 배로우를 의심했던 것은 잘못이었습니다. 제가 그녀의 기억 속에서 본 것들은 고통스럽고 등골이 서늘한 것들이었습니다."

또 한 번 속삭임이 방 안을 휘돌고, 또 한 번 헉 하는 숨소리도 뒤따른다. 긴장감이 여전히 뚜렷하지만, 그럼에도 불구하고 혼란 또한 마찬가지다.

대령은 몸을 펴고 팔짱을 낀다. 그들이 모두 자신들이 지은 죄에 대해서 생각 중이며, 그리고 이 샘슨이라는 바보가 뭐라고 계속 떠벌릴 것인지 궁금해 하는 중일 것이라고 확신한다. 한쪽에서는, 팔리가 포크로 자신의 입술을 두드리며 눈을 가늘게 뜬다. 그녀는 조용하게 욕설을 뱉는데, 왜인지 물어볼 수가 없다.

메어는 턱을 움직이는데, 왕의 신발에 대고 토하고 싶은 것 같은 모양새다. 그녀가 진짜 그러고 싶을 거라는 데 돈을 걸 수도 있다.

"나는 자진하여 진홍의 군대에 갔습니다. 그들은 내게 나의 오빠가 군대에서 복무 중에, 짓지도 않은 죄로 처형당했다고 말했어요."

입을 연 메어의 목소리는 쉐이드 배로우에 대한 언급과 동시에 갈라진다. 옆에서, 호흡이 빨라진 팔리가 손을 배 위로 올려 둥글게 만다.

"진홍의 군대는 내게 오빠의 죽음에 대한 복수를 원하는지 물었습니다. 난 그렇다고 했어요. 그래서 나는 그들의 대의에 충성을 맹세했고, 그렇게 나는 태양의 홀에 국왕 처소의 하인으로 잠입해 들어왔습니다.

나는 궁전에 적혈 스파이로 들어왔지만, 심지어 나 자신도 내가 무언가 전혀 다른 존재라는 것을 알지 못했습니다. 퀸스트라이얼 행사 동안에, 나는 내가 어쨌든 전기적인 능력을 갖고 있다는 것을 알게 되었어요. 상의 끝에, 고인이 되신 티베리아스 선왕 전하와 엘라라 선왕비께서는 나를 받아들여서 내가 어떤 존재인지 조용하게 배울 수 있도록 하고, 희망적으로는, 내 능력이 어떤 것인지 내게 가르치기로 결정하셨죠. 그분들은 나를 보호하기 위해서 은혈인 척 위장하도록 하셨습니다. 그분들은 능력을 가진 적혈이란 잘해 봐야 괴물 대접이며, 최악의 경우에는 혐오의 대상이 될 수 있다는 것을 마땅히 알고 계셨으며, 그래서 내가 적혈과 은혈 모두의 편견에서부터 안전할 수 있도록 내 정체성을 숨기셨습니다. 내 피에 대해서는 메이븐 전하와, 카…… 티베리아스 왕자를 포함한 아주 적은 이들만 알고 있었습니다.

하지만 진홍의 군대가 내가 어떤 존재인지 알아차렸습니다. 그들은 나를 공공에게 노출시켜서, 왕의 신뢰를 파괴하고 동시에 나를 위험에 몰아넣고자 했습니다. 나는 억지로 그들을 위해 스파이 노릇을 해야 했으며, 그들의 명령을 따르고, 왕의 궁정으로 그들이 침투할 수 있도록 도와야 했습니다."

그 다음에 따라 온 격렬한 항의의 아우성은 아까보다 더 커졌지만, 쉽게 가라앉힐 수 있는 성질이 아니다.

"이것 참 꽤나 인상 깊은 헛소리네."

킬런이 으르렁댄다.

"나의 궁극적인 임무는 진홍의 군대에 은혈 동맹을 얻는 것이었습니다. 나는 티베리아스 왕자를 목표로 삼도록 지시받았습니다. 그는 교활한 전사이자 노르타 왕좌의 후계자였죠. 그는……."

메어는 망설이고, 그녀의 눈은 우리의 것을 뚫을 것만 같이 바라본다. 그녀의 눈동자는 이리저리 흔들리며, 뭔가를 찾는 듯하다. 칼이 고개를 숙이는 것이 곁눈질로 보인다.

"그는 쉽게 설득되었습니다. 그를 설득할 방법을 알아내었을 때, 나는 태양 저격 사건으로 알려진 진홍의 군대의 작전을 돕게 되었고, 그 사건으로 11명이 사망했죠, 또한 아케온 브리지의 폭파도 도왔습니다.

그리고 티베리아스 왕자가 부친을 살해했을 때, 메이븐 왕께서는 자신이 할 수 있다고 생각된 유일한 선택지에 따라서 재빨리 행동했습니다."

메어의 목소리는 높고 불안정하다. 그녀의 옆에서, 메이븐은 살해당한 아버지에 대한 언급에 슬퍼하는 것처럼 보이기 위해서 최선을 다하고 있다.

"전하께서는 슬퍼하셨고, 우리는 아레나에서의 처형을 선고받았죠. 우리는 진홍의 군대 덕분에 살아서 도망칠 수 있었습니다. 진홍의 군대는 우리 둘 다를 노르타의 해변에서 떨어진 근거지 섬으로 데려갔습니다.

나는 그곳에서 죄수로 붙잡혀 있었으며, 티베리아스 왕자도 마찬가지였습니다. 그리고 나는 내가 잃었다고 생각했던 오빠를 그곳에서 찾았지요. 나처럼, 오빠 역시 능력을 갖고 있었고, 나처럼, 오빠역시 진홍의 군대에게 겁을 먹고 있었습니다. 그들은 자신들이 신혈이라고 부르는 우리들을 죽이려는 생각이었어요. 나와 같은 다른 이들이 존재한다는 것을 알게 되었을 때, 그리고 진홍의 군대가 그들을 사냥하여 전멸시키려는 생각이라는 것을 알았을 때, 나는 오빠와 다른 몇 명의 이들과 함께 가까스로 그곳을 탈출하였습니다. 티베리아스 왕자는 우리와 함께했어요. 이제 나는 그가 자신의 동생에게 대항할 군대를 만들기 위해서 그랬다는 것을 알겠습니다. 몇 달 뒤에, 진홍의 군대는 우리 모두를 찾아냈고, 그리고 그들은 우리가 찾아낼 수 있었던 몇몇 능력을 가진 적혈들을 살해했습니다. 내 오빠는 그 혼란 속에서 살해당했지만, 나는 혼자서 탈출했어요."

처음으로, 칼에게서 뿜어져 나온 것이 아닌 열기가 방 안을 덮는다. 모두가 분노로 끓어오른다. 이건 메어가 아니다. 이것이 그녀의 말일 수가 없다. 하지만 그럼에도 불구하고, 나 역시 나머지 다른 사람들만큼이나 화가 난다. 어떻게 메어가 이런 말을 자기 입 밖으로 내뱉을 수가 있단 말인가? 나라면 메이븐이 시킨 거짓말을 입 밖에 낼 바엔 차라리 피를 뱉겠다. 대체 메어는 무슨 선택을 한 거람?

"달리 갈 곳도 없는 채로, 나는 메이븐 왕에게로, 그것이 무엇이든 그가 내게 보여 주었던 정의에게로 돌아왔습니다."

눈물이 뺨을 타고 방울방울 흐를 때까지 그녀의 의지는 조각조각 부서진다. 말하기 부끄럽지만, 다른 무엇보다도 바로 그 눈물 때문에 메어는 말을 제대로 잇지 못한다.

"나는 이제 여기 이곳에 자발적인 죄수로 서 있습니다. 내가 저지른 모든 일들에 대해 죄송할 따름입니다. 하지만 나는 진홍의 군대와 미래에 대한 그들의 끔찍한 희망을 멈출 수 있는 것은 무엇이라도 할 준비가 되어 있습니다. 그들에게 사람들은 지배의 대상일 뿐이며, 그들은 자신들이 아닌 누구도 대표하고 있지 않습니다. 그들은 다른 모두를 죽입니다, 자신들의 길에 서 있는 모두를요. 자신들과 다른 모두를 말입니다."

마지막 말들은 메어의 목에 단단하게 들러붙어, 나오기를 거부하려고 한다. 메이븐은 왕좌에 고요하게 앉아 있지만, 그의 목이 조금 움직인다. 카메라에는 잡히지 않을 정도의 소음으로, 자신의 요구사항에 맞춰 끝을 보라고 메어를 재촉한 것이다.

메어 배로우는 턱을 들고 앞을 바라본다. 그녀의 눈동자는 분노로 검게 보인다.

"우리, 신혈들은, 그들의 새벽에는 맞지 않습니다."

고함과 항의의 소리가 방을 폭발시킬 듯 채우고, 메이븐 왕을 향해서, 메란더스 위스퍼를 향해서, 심지어 그런 말들을 뱉은 번개 소녀를 향해서 온갖 외설스러운 욕설이 난무한다.

"……사악한 짐승 같은 왕……."

"……나 같으면 저 말을 할 바에는 차라리 자살을……."

"……거의 꼭두각시……."

"……배신자 같으니, 정말……."

"……그녀가 은혈들 노래를 따라하는 게 처음이 아닌……"

킬런이 처음으로 그 소란을 깨고, 양손을 주먹 쥔 채 말한다.

"당신들은 정말 메어가 이걸 원해서 한 거라고 생각해요?"

킬런의 음성은 모두에게 잘 들릴 정도로 커다랗지만, 거슬릴 만큼은 아니다. 그의 얼굴은 좌절감에 붉어져 있고, 칼이 그의 옆에 선 채 한 손을 그의 어깨에 얹고 있다. 적잖은 수의, 대부분은 더 어린 축의 대원들이 조용해진다. 그들은 당황하고, 미안한 듯하고, 심지어는 18살짜리 소년의 질책에 부끄러움마저 느끼는 듯하다.

"조용히, 모두!"

대령이 나머지 모두를 입 다물게 하며 천둥처럼 외친다. 그는 부조화스러운 눈으로 한번 쓱 훑어본다.

"버릇없는 애새끼가 아직 말하는 중이잖아."

"대령……."

칼이 으르렁거린다. 그의 어조는 명료한 위협을 담고 있다.

그에 대한 대답 대신, 대령은 화면을 가리킨다. 메어가 아니라, 메이븐을 가리킨 말이었다.

"……진홍의 군대의 테러에서부터 달아나는 어떤 이들에게도 보호처를 제공하겠소. 그리고 그대들 중에서 신혈들이여, 대량 학살에 지나지 않는 것으로 보이는 무언가로부터 숨어 있다면, 짐의 문은 그대들에게 열려 있노라. 짐은 아케온의, 하버 베이의, 델피의, 그리고 서머튼의 왕궁에, 또한 노르타 요새의 군대에도, 그대들 종족을 학살로부터 보호할 것을 지시하였다. 그대들 또한 보호해야 할 나의 국민들이며, 나는 내가 가진 모든 것을 동원하여 그 일을 행할 것이다. 메어 배로우는 그대들 중 우리와 함께할 처음이 아니며, 마지막도 아닐 것이다."

그는 우쭐한 듯이 대담하게도 한 손을 메어의 팔에 얹는다.

그러니까 이게 그저 한 남자애 이상 별 것도 아니던 인간이 왕이 되는 과정이구나. 메이븐은 끝을 모르고 무자비할 뿐만 아니라 분명히 영리하기까지 하다. 내 안에 웅크리고 있는 분노가 아니었다면, 분명 감명을 받았을 것이다. 당연하게도, 그의 계략은 진홍의 군대에 있어 문제들을 야기할 것이다. 개인적으로는, 나는 저 밖에 여전히 남아 있는 신혈들이 더 걱정된다. 우리를 설득하고 데려온 사람은 메어이며 결국 그 문제에 있어서 선택의 여지는 없었지만 우리는 그녀의 반역도들이니까. 이제 선택지는 더욱더 좁아졌다. 진홍의 군대 아니면 왕이라. 양쪽 모두 우리를 무기로 여기고 있다. 양쪽 모두 우리를 죽일 것이다. 하지만 오직 한 가지가 우리를 사슬로 묶어 둘 것이다.

어깨 너머로 힐끗 시선을 돌려 에이다를 찾아본다. 그녀의 눈은 화면에 고정되어 있는데, 별 다른 노력 없이도 모든 순간과 어조들을 후에 면밀히 살펴보기 위해서 기억하고 있을 것이다. 나처럼, 그녀는 얼굴을 찌푸린 채 여기 있는 사람들 중 아무도 아직은 하고 있지 않을 깊은 걱정에 빠져 있다. 우리 같은 사람들에게 도대체 무슨 일이 벌어질 것인가?

"진홍의 군대는 들으라, 나는 단 한 가지만을 알리고자 한다."

왕좌에서 일어난 메이븐이 덧붙인다.

"그대들의 새벽은 어둠보다 나을 것이 없도다. 그리고 그것은 결코 이 나라를 차지하지 못하리라. 우리는 최후까지 싸울 것이다. 힘과 권력을."

연단에서, 알현실의 나머지 방을 가로질러, 그 문구가 모두의 입에서 메아리친다. 메어의 입도 포함이다.

"힘과 권력을."

그 장면은 잠시 멈춘 채로, 우리 모두의 뇌리를 파고든다. 적혈과 은혈이, 번개 소녀와 메이븐 왕이, 그들이 우리라고 말하고 있는 거대한 악에 대항하기 위해 연합했다. 그게 메어의 선택이 아닌 줄이야 알겠지만, 그래도 여전히 메어가 잘한 건 아니다. 메이븐이 그녀를 죽이지 않는다면 이용해 먹을 거라는 사실을 메어는 깨닫지 못했을까?

*메어는 메이븐이 그런 짓을 할 거라고 생각하진 못했을 거야.* 칼이 전에 메어의 심문에 대해 얘기하며 그런 말을 했다. 칼과 메어는 모두 메이븐이 관련되기만 했다 하면 약한 모습을 보이고, 결국 그

약점이 계속해서 우리를 감염시키고 있다.

노치에서, 메어는 내 능력을 키워 주기 위해서 최선을 다했다. 나는 여기서도 할 수 있을 때면 자신들의 한계를 배우고 있는 다른 신혈들과 함께 연습을 한다. 칼과 줄리언 제이코스가 도와주려고는 하지만, 나와 다른 많은 이들은 그들의 교육을 신뢰하기를 꺼려하고 있다. 게다가, 나는 날 도와 줄 다른 사람을 이미 찾아 두었다.

내 능력이 제어하지 않는다면 만만치 않을 정도로 자라났다는 것을 알고 있다. 그 능력이 느껴진다, 피부 아래에서 재촉하고 있는, 내 주변의 혼란을 잠재우게 할 행복한 공허가. 그것의 애걸에 맞서 나는 주먹을 꼭 쥐고 침묵을 뒤로 몰아낸다. 이 방의 사람들에게 내 분노를 퍼부을 수는 없다. 이 사람들은 적이 아니다.

연설이 끝났다는 뜻으로 화면이 검정색으로 변하자, 십수 명은 되는 목소리들이 동시에 떠들기 시작한다. 칼은 주먹으로 자기 앞의 책상을 쾅 하고 때리더니, 몸을 돌려 중얼중얼 혼잣말을 한다.

"지겹게 봤어."

방 밖으로 나가기 전에 그렇게 말한 것 같다. *멍청하기는. 그는 자기 동생을 안다. 그는 메이븐의 말들을 여기 있는 어떤 누구보다도 더 잘 해부할 수 있다.*

대령 또한 그 사실을 안다.

"그를 도로 데려오시오."

그는 줄리언에게 몸을 기울이고는 조용하게 속삭인다. 그 은혈은 고개를 끄덕이더니 자신의 조카를 찾아오려고 부드럽게 움직인다. 많은 이들이 말을 멈추고 그가 가는 모습을 지켜본다.

"팔리 대위, 자네 생각은?"

대령의 날카로운 목소리는 모두의 주의를 있어야 할 곳으로 돌려 놓는다. 그는 팔짱을 낀 채 얼굴을 자신의 딸에게로 돌린다.

팔리는 재빨리 집중하는데, 겉보기에는 연설에 영향을 받은 것 같지는 않다. 그녀는 감자를 한 입 삼킨다.

"자연스러운 대처로는 우리도 방송을 하는 겁니다. 메이븐의 주장을 반박하고 나라 전체에 우리가 구한 이들을 보여 주지요."

우리를 선전용으로 이용한다. 메이븐이 메어에게 하고 있는 것과 정확하게 같은 일. 카메라 앞에 떠밀려서 내가 간신히 참고 있으며 완전히 믿을 수도 없는 사람들이 써 준 미사여구를 강제로 읊어야 한다는 생각에 위장이 조여 온다.

그녀의 아버지가 고개를 끄덕인다.

"나도 동의……."

"하지만 전 그것이 올바른 대처 방법이라고 생각하지 않습니다."

대령은 망가진 한쪽 눈의 눈썹을 들어올린다.

그녀는 그것을 계속하라는 신호로 받아들인다.

"그건 그저 말에 불과할 겁니다. 결국에는 아무 쓸모도 없고, 현재 일어나고 있는 계획에도 도움이 되지 않겠죠."

그녀는 손가락으로 입술을 두드리는데, 머릿속에 굴러가는 생각의 바퀴가 보일 것만 같다.

"메이븐은 계속 떠들도록 두고, 그 사이 우리는 우리 일을 계속 하는 겁니다. 우리가 코르비움에 침투한 것이 이미 왕에게는 중압감으로 작용하고 있습니다. 그가 그 도시를 정확하게 지명한 것을 보셨죠? 코르비움의 군대를요? 그는 사기를 북돋우려고 하고 있습니다. 만약 그 행동이 필요치 않다면 그 일을 왜 했겠습니까?"

방의 뒤편으로, 줄리언이 한 손을 칼의 어깨에 올린 채 돌아온다. 두 사람은 키가 같다. 비록 칼이 자기 삼촌보다 20킬로그램은 더 나갈 것처럼 보이긴 하지만 말이다. 코로스 감옥은 분명히 그곳이 우리 모두에게 했던 것처럼 줄리언에게서도 대가를 받아갔다.

팔리가 계속해서 말한다.

"코르비움에 대한 정보를 얻은 것도 소득이 있습니다. 그리고 그곳이 노르타의 군대에 갖는 중요성은, 은혈들의 사기는 언급할 것도 없이, 그곳을 더욱 완벽한 장소로 만들어 주죠."

"뭘 위한 완벽한 장소?"

내가 묻는 소리에, 방 안의 모두가 놀라고 나 스스로도 놀란다.

팔리는 만족스러운 듯 내게 직접 대답한다.

"첫 번째 공격을 위한 장소로. 노르타의 왕에게 진홍의 군대가 공식적으로 전쟁 선포를 하는 거지."

목 졸린 듯한 비명이 칼의 입에서 터져 나오는데, 딱히 왕자나 군인에게서 기대할 만한 종류의 것이 전혀 아니다. 그의 얼굴은 창백하고 눈은 공포의 감정으로 커다랗다.

"코르비움은 성채 도시야. 오직 전쟁에서 살아남기 위한 목적으로 지어진 도시지. 거기에는 천 명은 되는 은혈 요원들이 있고, 훈련받은 군인들도……."

"준비하고. 레이크랜즈와 싸우고. 해자 뒤에 서서 지도 위에 장소들을 체크하고."

155

팔리가 받아친다.

"내가 틀렸다면 말해 봐, 칼. 너희 종류들도 자기들만의 벽 안에서 싸울 준비를 하고 있다고 어디 말해 보시지."

칼이 팔리에게 쏘아 보내는 시선으로 사람도 벨 수 있을 것 같은데, 팔리는 굳건히 서 있다. 어느 쪽이냐 하면 오히려 반대하는 사람이 등장하니 더 강해지는 느낌이다.

"자살이야, 그런 방법으로는 너든 누구든."

그가 그녀에게 말한다. 그녀는 그 노골적인 책략을 소리 내어 웃어 넘기며 그를 더 몰아붙인다. 그는 자기 자신을 잘 다스리는 중이다, 타오르기를 꺼려하는 불의 왕자라고나 할까. 그는 으르렁거린다.

"난 이 일에 끼어들지 않을 거다. 네가 나에게서 무슨 기밀을 뽑아내기를 기대했든 그거 없이 코르비움 공격 잘해 보길 빈다."

팔리의 감정은 은혈 하나의 능력에 좌우되지 않는다. 어쨌거나 아무리 팔리의 얼굴이 빨개진다고 한들, 방이 그녀 때문에 불타는 일은 없다.

"쉐이드 배로우 덕분에, 난 이미 필요한 건 다 가졌거든!"

그 이름은 보통은 분위기를 심각하게 만드는 효과가 있다. 쉐이드를 기억하는 일은 그가 어떻게 죽었는지, 그리고 그 일이 그가 사랑했던 사람들에게 어떤 효과를 미쳤는지 기억하는 일이기도 하다. 메어의 경우, 그 일 이후 메어는 자신의 친구와 가족을 같은 운명에서 구하기 위해서 자신을 교환 대상으로 기꺼이 내던질 수 있는 차갑고 텅 빈 사람으로 변했다. 팔리의 경우, 그 일 이후 팔리는 목표를 추구하는 파트너를 잃고 혼자가 되었으며, 진홍의 군대 외에는 아무

것에도 신경 쓰지 않는 사람이 되었다. 쉐이드가 죽기 전에 내가 그들 모두를 오래 알았던 것은 아니지만, 심지어 나조차 그전의 그들이었던 사람을 그리워한다. 쉐이드의 상실은 그들 양쪽 다를 바꾸었고, 그것은 결코 더 나은 방향이 아니었다.

팔리는 쉐이드의 기억이 몰고 올 고통 속으로 스스로를 밀어넣는데, 그건 오직 칼의 코를 납작하게 만들기 위해서다.

"우리가 쉐이드의 처형을 조작하기 전에, 쉐이드는 코르비움에서 활동하는 중요한 첩보원이었어. 그는 자신의 능력을 이용하여 우리에게 제공할 수 있는 한 많은 정보를 주었지. 이 일에 있어서 우리가 쓸 수 있는 유일한 패가 너일 거라는 생각은 단 한순간도 하지 마."

팔리는 차분하게 말한다. 그러고 나서 그녀는 대령에게로 몸을 돌린다.

"저는 총 공격을 제안합니다. 신혈들을 적혈 군인들과 이미 도시 안에 침투해 있는 우리쪽 사람들과 함께 활용하지요."

*신혈들을 활용한다.* 그 말들은 찌르고, 베고, 그리고 불타올라 입안에 쓴 맛을 남긴다.

아무래도 내가 이 방을 쿵쾅대며 뛰쳐나갈 차례가 온 거 같다.

내가 떠나는 모습을 보며 칼은 입을 단호하고 확고한 선으로 앙다문다.

*너만 극적으로 굴 수 있는 거 아니거든.* 그를 뒤에 남긴 채 방을 나서며 나는 생각한다.

# 제8장
# 메어

아벤들이 연단에서 나를 옮기기 쉽도록 움직인다. 달걀과 트리오는 내 팔을 잡고, 아기 고양이와 클로버가 뒤에 남는다. 그들이 시선 밖으로 나를 데리고 가는 동안 내 몸은 마비 상태에 있다. *내가 뭘 어째야 하지? 알고 싶다. 이 일은 어떻게 흘러갈까?*

어디선가 사람들이 보았을 것이다. 칼, 킬런, 팔리, 내 가족들이. 그들이 이 장면을 보았다. 수치 때문에 이 진절머리 나도록 훌륭한 드레스 위로 거의 토할 뻔한다. 메이븐의 아버지가 시켜서 조치의 문구, 진홍의 군대의 행동에 대한 대가로 수많은 이들을 징병하도록 운명지었던 그 내용을 읽었을 때보다도 더 기분이 엉망이다. 적어도 그때엔, 모두가 그 조치가 내가 한 일이 아니란 것을 알고 있었다. 나는 그저 전달자였다.

아벤들이 나를 앞으로 민다. 내가 왔던 쪽 길은 아니고, 왕좌 뒤로 문을 지나서, 내가 본 적이 없는 방으로 향한다.

처음 든 생각은 상판이 대리석으로 된 긴 테이블과 플러시 천을 씌운 고급 의자가 십수 개 있는 것으로 보아서 분명 또 다른 회의실이구나 하는 것이다. 의자 한 개가 돌로 되어 있다. 회색으로 된 차가운 구조물이다. 메이븐의 것이다. 방은 환하게 밝혀져 있고, 저 멀리 강과 함께 왕궁의 벽과 눈 덮인 숲이 빼곡한 부드럽게 경사진 언덕들을 내려다보고 있다.

지난 해 킬런과 나는 여윳돈을 벌어 보겠다고 정직한 일에 대한 열망으로 동상의 위험도 무릅쓰고 강의 얼음을 자르는 일을 했다. 고작 다시 얼릴 용도의 얼음을 부수는 일에 대한 대가로 동전이나 받는 건 시간 낭비라는 깨달음을 얻을 때까지 그 일은 일주일가량 이어졌다. 그게 고작 1년 전의 일이라니, 낯설다. 한참 멀게만 느껴지는데.

"죄송합니다."

부드러운 목소리가 그늘진 곳에 놓인 유일한 의자에서 흘러나온다. 몸을 돌리자, 한 손에 책을 든 채 의자에 구부리고 앉아 있는 존이 보인다.

시어, 예언자. 그의 붉은 눈은 내가 이름을 붙일 수도 없는 어떤 내면의 빛으로 빛난다. 나는 그가 나처럼 신기한 능력을 가진 신혈이자 우리의 동맹이라고 생각했었다. 그는 아이즈보다 더 강력하며, 어떤 은혈이 할 수 있던 것보다 더 먼 미래를 볼 수 있다. 지금 그는 내 앞에 적으로 서 있다. 메이븐의 편에 서서 우리를 배신했다. 그의 시선은 마치 뜨거운 바늘로 피부를 찌르는 것 같다.

내가 친구들을 코로스 감옥으로 이끌게 한 이유이자, 내 오빠가 죽게 된 이유. 그를 보는 순간 얼음장 같던 마비는 밀려나고 생생한 번개의 열기와 함께 공허함 같은 것이 그 자리를 메운다. 할 수 있는 온 힘을 다해서 그의 얼굴에 주먹을 날리는 것이 내 유일한 소망이다. 대신 그를 향해 으르렁거리는 것으로 만족하기로 한다.

"메이븐이 자기 애완동물에 몽땅 목줄을 메어 두는 건 아니라니 다행이네요."

존은 그저 눈을 깜빡인다.

"당신이 지난 번 봤을 때처럼 그렇게 눈 먼 상태가 아니라서 다행이네요."

내가 그의 옆을 지나는 순간 그가 대꾸한다.

우리가 처음 그와 만났을 때, 칼은 미래에 대한 수수께끼를 풀려고 애를 쓰다가는 미쳐 버릴 거라고 우리에게 경고했다. 그의 말은 완벽하게 옳았다, 난 결코 다시는 저 덫에 걸리지 않을 것이다. 그의 신중하게 선택된 단어들을 낱낱이 해체하고 싶은 욕구를 누르면서 나는 몸을 돌린다.

"원하는 만큼 나를 무시하세요, 배로우 양. 난 당신의 관심사가 아니지요."

그가 덧붙인다.

"여기서는 단 한 사람만이 당신의 관심사일 테니까요."

나는 어깨 너머로 휙 시선을 보낸다. 뇌가 반응하기도 전에 근육이 먼저 움직인다. 물론 존이야 내 목에서부터 단어들을 훔쳐서 내가 꺼내기도 전에 말하겠지.

"아니에요, 메어, 당신을 의미한 것이 아닙니다."

우리는 존을 뒤로 한 채, 내가 이끌려 가는 곳이 어디인지는 몰라도 아무튼 계속 이동한다. 침묵은 존의 존재만큼이나 고문이어서, 나는 그의 말에만 집중하게 된다. 존이 말한 단 한 사람은 메이븐을 의미한 거야, 나는 깨닫는다. 그 말이 함축하고 있는 바를 추측하는 건 그리 어렵지 않다. 그건 경고다.

나의 조각들이, 작은 조각들이, 여전히 소설을 사랑하고 있는 것들이 있다. 유령 하나가 내가 감히 헤아릴 수도 없는, 살아 있는 한 소년의 안에 있다. 그 유령이 내가 고통스러운 꿈에서 헤맬 때에 내 침대 곁을 지켜 주었다. 그 유령은 자신이 할 수 있는 한, 그래, 할 수 있는 한, 내 마음을 샘슨에게서 지켜주었고, 불가피한 고문을 미뤄 주었다.

그 유령은 나를 사랑하고 있다, 자신이 할 수 있는 중독된 방식 안에서.

그리고 그 독이 내 안에서 작동하고 있음을 느낀다.

내가 의심했던 것처럼, 아벤 경비들은 나를 내 감옥의 침실로 데려가는 것이 아니다. 궁전 이쪽 날개에 있는 이토록 많은 회의실과 연회장으로 가지를 뻗은 문과 복도들을 주의 깊게 확인하고 경로를 기억하려고 애를 쓴다. 왕실의 방들답게 매 순간 점점 더 전의 것보다 더 화려해진다. 하지만 내 흥미를 끄는 것은 가구들보다는 방 전체를 지배하고 있는 색조 쪽이다. 붉은색, 검정색, 그리고 위풍당당한 은색…… 당연하게도 캘로어 하우스의 색이 군림하고 있다. 또한 남색도 있다. 순간 위장에 토할 것 같은 느낌이 든다. 그건 엘라라를 위한 상징이다. 그녀는 죽었지만, 여전히 여기에 존재한다.

마침내 작지만 매우 잘 갖춰진 서재에 멈춘다. 저녁노을의 빛이 무거운 커튼을 기울여 비추며 역광을 드리운다. 먼지 티끌들이 붉은 빛 사이로 춤을 추고, 꺼져 가는 불 위로는 재가 보인다. 피처럼 붉은색에 둘러싸여 있으니 심장 안에 들어온 것처럼 느껴진다. 여긴 메이븐의 서재다. 광택이 도는 책상 뒤의 가죽 의자를 차지하고 싶은 충동을 억누른다. 그의 것 중 무언가를 내 것으로 만드는 것. 그건 기분을 낮게 해 줄 수도 있겠지만, 아마도 잠시뿐일 것이다.

대신에 나는 할 수 있는 한 관찰하고, 눈을 크게 뜬 채 몰입해서 주변을 둘러본다. 검정색과 반짝거리는 은색의 실로 작업된 진홍색 태피스트리들이 캘로어 가의 선조들의 초상화와 사진들 사이에 걸려 있다. 메란더스 하우스의 흔적은 여기까지는 미치지 않은 모양으로, 유일하게 아치형 천장에 매달린 푸른색과 하얀색의 깃발만 보인다. 다른 왕비들의 색도 남아 있는데, 어떤 것은 밝고, 어떤 것은 바랬고, 어떤 것은 잊혔다. 제이코스 하우스의 황금색만이 예외다. 그 색은 아예 존재하지도 않는다.

칼의 어머니인 코리앤의 존재는 이곳에서 지워졌다.

나는 뭘 찾고 있는 중인 건지도 분명히 알지 못한 채로 재빨리 그림들을 살펴본다. 메이븐의 아버지를 제외하면 어떤 얼굴도 익숙하지 않다. 그의 그림은 나머지 것들보다 크고, 빈 벽난로 위에서 이쪽을 쏘아보고 있기에 못 알아볼 수가 없다. 애도의 표시로 여전히 검은 휘장이 둘러져 있다. 그는 불과 몇 달 전에 죽었다.

그의 얼굴에서 칼이 보인다. 메이븐도 보인다. 똑같이 쭉 뻗은 콧

날, 높은 광대뼈, 그리고 두껍고 윤기 나는 검은 머리카락. 다른 캘로어 왕들의 사진들로 판단해 보건대, 가문의 특성인가 보다. 그중에서 티베리아스 5세라고 붙어 있는 사람은 특히 매우 잘생겼는데, 거의 놀라울 만큼 그렇다. 하지만 뭐, 화가들이 자기들 초상화의 주제를 못생기게 그리고 돈을 받은 건 아니지 않을까.

칼의 모습을 찾아볼 수 없다는 점이 놀랍지는 않다. 그의 어머니처럼, 칼 역시 존재가 지워졌다. 몇몇 공간이 눈에 띄게 비어 있다는 점으로 봐서는, 아마도 한때는 저 자리를 차지하고 있었지 않았나 싶다. 왜 안 그랬겠는가? 칼은 자기 아버지의 적자였고, 그가 가장 아끼던 아들이었다. 메이븐이 자기 형의 그림을 내린 것이 놀랍지는 않다. 의심할 여지 없이 그는 그것들을 불태웠을 것이다.

"머리는 어때?"

나는 달걀에게, 내가 다 알고 있지 하는 것처럼 텅 빈 미소를 지어 보인다.

그는 대답 대신 시선을 보내고, 나는 더 크게 미소를 짓는다. 그를 바닥에 깔아뭉개고 감전시켜서 의식을 잃게 했던 일의 기억을 보물로 간직해야지.

"더 이상 흔들리진 않아?"

그의 몸이 털썩 드러눕던 순간을 흉내 내느라 손을 펄떡이며 나는 밀어붙인다. 여전히 반응은 없지만 그의 목은 분노의 열기로 푸른 회색을 띈다. 그거면 내게는 충분한 즐거움이다.

"망할, 그놈의 스킨 힐러들 솜씨도 좋지."

"재미있어?"

메이븐이 혼자 들어오는데, 그의 존재감은 아까 왕좌에서 그가 연기했던 존재와 비교하면 이상하게 작게 느껴진다. 그의 감시병들이 근처에 있을 것이다, 아마 바로 서재 바깥에 있겠지. 그는 그들 없이 아무 곳이나 다닐 정도로 어리석지 않다. 한 손을 움직이는 동작으로, 그는 아벤 경비병들을 방에서 물린다. 그들은 쥐들만큼이나 빠르게, 재빠른 속도로 사라진다.

"달리 즐거운 게 별로 없어서."

나는 그들이 사라지는 동안 말한다. 오늘 수천 번이나 그랬듯, 나는 족쇄의 존재를 저주한다. 그것들만 아니라면, 메이븐은 자기 어머니처럼 죽은 목숨이었을 텐데. 대신에, 그것들 때문에 나는 강제로 그의 모든 거짓된 영광과 함께 그를 견뎌야만 한다.

메이븐은 그 어두운 농담을 즐기는 듯이 나를 향해 커다란 미소를 짓는다.

"심지어 나조차 너를 변화시키지 못하다니 좋은걸."

그 말에 나는 아무 반응도 하지 않는다. 메이븐이 내게 영향을 미친 것이 몇 번이나 되는지, 예전에 나였던 그 소녀를 몇 번이나 파괴했는지 나로서는 셀 수조차 없는데.

내 의심대로, 그는 여봐란 듯이 책상으로 다가가서는 연습된 차가운 우아함으로 자리에 앉는다.

"내 무례를 사죄해야만 하겠지, 메어."

순간 메이븐이 소리 내어 웃음을 터뜨리는 바람에, 나는 내 머리에서 눈알이 빠져 달아나기라도 했나 싶다.

"네 생일이 한 달 전이었잖아, 그리고 너한테 아직 아무것도 선물

하지 못했어."

아벤들에게 그랬던 것처럼 그는 내게 자신의 앞에 있는 의자에 앉으라는 손짓을 해 보인다.

놀라고, 몸도 떨리고, 아까의 그 작은 공연의 여파로 여전히 무감각한 상태인 채로, 나는 그의 요구에 따른다.

"정말이지, 네가 어떤 새롭고 끔찍한 걸 내게 선물하려고 계획 중인지는 모르겠지만 안 받아도 돼, 정말."

나는 투덜거린다.

그의 미소가 더 커진다.

"너도 좋아할 거야, 약속해."

"왜인지 나는 못 믿겠는데."

활짝 웃으며 그는 책상의 서랍을 연다. 격식을 차리지 않고, 그가 나에게 비단 조각을 건네준다. 검은색이고 반쪽에 붉은색과 금색의 꽃이 수놓아져 있다. 나는 그것을 탐욕스럽게 잡아챈다. 지사의 수공예품이다. 손가락 사이로 만져 본다. 메이븐이 갖고 있는 사이 끈적끈적하고 손상되고 오염된 뭔가로 변질된 건 아닐까 싶은 생각이 듦에도 불구하고, 그것은 여전히 매끄럽고 차갑다. 하지만 실의 모든 매듭마다 지사의 조각이 있다. 그 맹렬한 아름다움 안에 든 완벽함이, 한 점 나무랄 데 없는 부분이, 동생과 가족을 상기시킨다.

메이븐은 몇 번이고 그 비단 조각을 돌려 보는 나를 지켜본다.

"그건 네가 처음 체포되었을 때에 너한테서 인수했던 물건이야. 네가 의식이 없던 동안에."

*의식이 없던 동안.* 나 스스로의 육체 안에 갇혀서 발신기기의 무

게에 짓눌려 고문당하던 그때.

"고마워."

나는 억지로 딱딱하게 뱉는다. 뭐라도 메이븐에게 고마워 할 어떤 이유라도 있다면 말이지만.

"그리고……."

"그리고?"

"질문을 한 번 할 기회를 줄게."

나는 혼란에 빠져 눈을 깜빡인다.

"넌 뭐든 하나 질문을 할 수 있어, 그리고 난 그 질문에 진실되게 대답할게."

잠시 동안, 그 말을 믿을 수가 없다.

*난 약속을 지키는 사람이야, 내가 그러고 싶을 때면.* 그는 예전에 그렇게 말했고, 그걸 고수했다. 만약 그가 자신의 약속을 지킨다면, 이것이야말로 진짜로 선물이 될 터였다.

첫 번째 질문은 생각하기도 전에 떠오른다. *다들 살아 있어? 정말로 그들이 살아서 그곳을 떠나도록, 거기서 달아나도록 놓아 줬어?* 더 생각해 보지도 않고 그 말들이 입술 사이로 흘러나와 질문을 낭비할 뻔한다. 당연히 그들은 달아났을 것이다. 만약 칼이 죽었다면, 내가 알고도 남았을 테니까. 메이븐은 훨씬 흡족해 했을 테고, 아니면 누군가 뭐라도 내게 말했을 것이다. 그리고 그는 진홍의 군대에 대해서 너무 많이 염려하고 있다. 만약에 다른 사람들이 내 뒤를 따라 잡혔더라면, 그는 아마도 더 많은 정보를 얻었을 테니 덜 염려하게 되었을 것이다.

메이븐은 머리를 기울인 채 쥐를 바라보는 고양이처럼 내가 생각하는 모양을 쳐다본다. 그는 이 일을 즐기고 있다. 피부 위를 벌레가 기어가는 듯한 기분이 든다.

*왜 내게 이런 기회를 줘? 왜 내가 질문을 할 수 있게 해 주는데?* 낭비에 가까운 또 다른 질문이다. 이 질문에 대한 대답이라면 이미 내가 알고 있기 때문이다. 메이븐은 내가 생각했던 사람은 아니지만 그렇다고 해서 내가 그를 전혀 몰랐던 것도 아니다. 이게 도대체 무슨 일인 건지 나 나름대로 짐작가는 바가 있는데, 솔직히 차라리 내 추측이 틀렸으면 싶다. 이건 메이븐 식의 해명이다. 자신이 무슨 일을 하려는 것인지 그리고 왜 그걸 계속 하려는지 나를 이해시킬 방법이다. 내가 용기를 그러모아서 결국 어떤 질문을 할지 메이븐은 알고 있다. 그는 왕이자, 하지만 또한 그저 소년이며, 스스로가 만든 세상에 혼자이다.

"얼마가 그녀의 작품이었어?"

그는 움찔하지도 않는다. 놀라기엔 나를 너무 잘 아니까. 더 바보 같은 여자애라면 감히 믿고 싶었을 것이다…… 그는 그저 사악한 여자의 꼭두각시였고, 이제는 버려지고, 이제는 표류하고 있다고. 그 흔적이 이어지고 있는 탓에 그는 그저 어떻게 변해야 할지 모르는 거라고. 다행히, 난 그렇게까지 멍청하지는 않다.

"있지, 난 걷는 게 느렸어."

메이븐은 더 이상 나를 보고 있지 않다. 그의 시선은 우리 위의 푸른 깃발을 향해 있다. 하얀색 진주와 흐릿한 보석들로 장식된, 엘라라 왕비의 기억 속 먼지들을 그러모을 목적의 값비싼 것들.

"의사들도, 심지어 아버지도, 어머니에게 때가 되면 괜찮아질 거라고 말씀드렸대. 언젠가는 순식간에 걷게 될 거라고. 하지만 '언젠가'란 어머니께는 충분히 빠르지 않았어. 어머니는 무능력하고 느린 아들을 가진 왕비는 될 수 없으셨던 거지. 코리앤이 왕국에 형 같은 왕자, 항상 미소 짓고 얘기하고 잘 웃는 완벽한 왕자를 선물한 뒤에는 안 되는 거였어. 어머니는 내 유모를 해고하고 내 단점들을 모두 그녀의 탓으로 돌리고는, 직접 내가 설 수 있도록 만들겠다고 자청하셨어. 사실 난 기억은 안 나, 그런데 어머니께서 그 이야기를 너무나 여러 번 해 주셨거든. 어머니께서는 그게 당신께서 얼마나 나를 사랑하는지 보여 준다고 생각하셨어."

왜인지는 이해할 수 없지만 두려움이 내 속에 차오른다. 일어나서, 이 방을 걸어 나가서 나를 기다리고 있는 경비병들의 품으로 돌아가라고 뭔가가 내게 경고한다. *또 다른 거짓말이야, 또 다른 거짓말이라고.* 스스로에게 되뇐다. *예술적으로 조각된, 오직 메이븐만이 할 수 있는 거짓말이야.* 메이븐은 날 보지도 못한다. 분위기에서 수치심이 느껴진다.

그의 완벽한 눈은 얼음 광택으로 만들어져 있지만, 나는 예전부터 그의 눈물에 몸이 굳고는 했다. 첫 눈물은 어두운 속눈썹에 걸려 흔들리는 수정 방울이 된다.

"난 아기였어, 어머니는 자신의 방식을 내 머릿속에 망치로 쾅쾅 두드려 박으셨지. 어머니는 내 몸이 서도록, 걷도록, 쓰러지도록 하셨어. 어머니는 그 일을 매일 하셨어, 어머니가 방에 들어오는 순간 내가 울음을 터뜨릴 때까지 말이야. 내가 스스로 그 일을 배울 때까지. 공포에서 벗어나는 것. 하지만 역시 그래서는 안 되는 거잖아. 어머니가 아기를 붙들 때마다 아기가 울음을 터뜨리는 것도."

그는 머리를 흔든다.

"결과적으로 어머니는 공포 역시 치워내셨지. 다른 많은 것들에 그러셨던 것처럼."

그의 눈이 어두워진다. 그가 속삭인다.

"그중에 얼마가 나였냐고 물었지. 일부는. 충분할 정도로."

*하지만 다는 아니었잖아.*

더 이상 이걸 참을 수가 없다. 균형이 맞지 않는 감정에 휩싸여서, 족쇄의 무게와 심장을 죄는 아픔으로 기울어진 채로, 나는 비틀대며 의자에서 일어난다.

"여전히 이걸 그녀 탓으로 돌릴 수는 없어, 메이븐."

나는 뒤로 물러나면서 그에게 낮게 화를 낸다.

"죽은 여자 때문에 네가 이 모든 짓을 벌이게 된 거라고? 나한테 거짓말 하지 마."

그의 눈물은 찾아왔던 것만큼이나 빠르게 사라져 버린다. 마치 처음부터 존재하지도 않았던 것처럼 지워져 버렸다. 가면의 금은 가려지고 닫혔다. *좋아.* 내게는 그 아래 존재하는 소년을 보고 싶은 마음이 없다.

"그러지 않아."

그는 천천히, 날카롭게 대꾸한다.

"그분은 이제 돌아가셨어. 내 선택들은 내 자신의 것이야. 그 점은 분명하게 확신할 수 있어."

메이븐의 왕좌. 대회의실에 놓인 그 의자. 그의 아버지가 앉을 때 쓰던 다이아몬드 유리로 기교를 부려 장식하거나 벨벳을 사용한 것과 비교하자면 평범한 물건이다. 돌덩어리를 깎아서 만든 단순한 물건, 보석도 귀한 금속도 쓰지 않았다. 그리고 이제 나는 그 이유를 알겠다.

"침묵하는 돌. 너는 모든 네 결정들을 바로 거기 앉아서 정하는 거구나."

"너라면 안 그러겠어? 메란더스 하우스가 그렇게 가까이에서 음흉하게 웃으며 쳐다보고 있는데?"

그는 뒤로 기대면서, 한 손으로 턱을 받친다.

"연장자의 충고라면서 속삭이는 말들을 질릴 만큼 들어왔다고. 일평생 지속될 만큼 충분히."

"잘됐네. 더 이상 네 악행을 남 탓 할 수는 없을 거 아냐."

나는 그에게 쏘아붙인다.

그의 입 한쪽에 약하고 잘난 체하는 미소가 걸린다.

"너야 그렇게 생각하겠지."

할 수 있는 힘을 다 내서 그를 확 붙들고는 저 머리통을 꽉 쥐어박아서 저놈의 미소를 얼굴에서 지워 버리고 싶은 충동을 간신히 참는다.

"내가 널 죽일 수만 있었다면 이 모든 일도 다 끝장났을 텐데."

"어떻게 그렇게 아픈 말을 다해."

그는 즐거운 표정으로 혀를 끌끌 찬다.

"그러고 나서 어쩔 건데? 너의 진홍의 군대로 돌아가기라도 하게?

내 형에게로? 샘슨이 네 생각 속에서 형을 여러 번 보았다던데. 꿈에
서. 기억에서도."

"너 여전히 칼에게 집착 중인 거야? 심지어 지금까지도? 네가 이
겼는데도?"

이건 내놓기 쉬운 패다. 그의 미소가 나를 짜증나게 하는 만큼이
나, 나의 능글맞은 미소 또한 메이븐에겐 거슬릴 것이다. 서로를 찌
르는 법이라면 우리 둘 다 차고 넘치게 알고 있다.

"그거 참 신기하네, 형을 좋아하려고 그렇게나 열심히라니."

이번에 벌떡 일어서는 것은 메이븐의 쪽이다. 메이븐은 내 눈을
마주보려고 일어서면서 책상 위에 손을 세게 내려친다. 그의 입술
한구석이 비틀리더니, 얼굴에 씁쓸한 경멸이 떠오른다.

"나는 형이 결코 할 수 없었을 일들을 하는 중이야. 형은 명령을
따르지, 하지만 선택을 할 줄은 몰라. 너도 그 점이라면 나만큼이나
잘 알잖아."

그의 눈이 벽 위의 빈 공간을 스친다. 칼의 얼굴을 찾는 것이다.

"네가 아무리 형이 멋지다고 생각한다고 한들, 그렇게나 정중하
고, 용감하고, 그리고 완벽하다고 여긴다고 한들. 형은 내가 될 수 있
는 것보다 더 못한 왕이 되었을 거야."

거의 동의하긴 한다. 나는 꽤 긴 몇 달 간을 칼이 진홍의 군대와
은혈 왕자 사이의 길을 따라 걸으며, 누군가를 죽이기도 거부하고
우리를 막는 것도 거부하며 결코 한 편이나 반대쪽으로 기울어지지
않는 모습을 지켜봐 왔다. 심지어 공포나 불의를 목격했음에도 불구
하고, 그는 여전히 태도를 정하지 않았다. 하지만 그는 메이븐이 아

니다. 그는 메이븐이라는 악에 비교하면 손톱도 못 미친다.

"지금까지 누군가 칼을 묘사할 때 완벽하다는 표현을 쓰는 걸 들어 본 건 딱 한 명한테였는데, 그게 너야."

나는 그에게 차분하게 말한다. 그런 내 태도는 그를 더 화나게 할 뿐이다.

"난 네가 칼이 관계된 일이라면 어느 정도 집착을 보인다고 생각해. 그것도 네 어머니 탓으로 돌릴 거야?"

사실 농담하려던 거였는데, 메이븐에게는 전혀 그렇지 않았던 모양이다. 그의 시선이 아주 잠시지만 흔들린다. 놀랄 만한 순간이다. 나도 모르게 눈이 커다래지고 심장이 가슴에서 뚝 떨어지는 게 느껴진다. 메이븐은 몰라. 메이븐은 자기 마음 중에서 어느 게 자기의 진심이고 어느 게 그녀의 손으로 만들어진 건지 정말로 모르는 거야.

"메이븐."

방금 내가 우연히 알아 버린 사실 때문에 생긴 두려움으로, 속삭이지 않을 수가 없다.

메이븐은 한 손으로 어두운 머리카락을 쓸더니, 끝 부분이 설 때까지 머리타래를 잡아당긴다. 기묘한 침묵이 퍼지고, 우리 두 사람 모두가 그것을 느낀다. 내가 가서는 안 될 어떤 곳을 헤매다가 정말로 들어가고 싶지도 않은 장소에 무단침입 해 버린 것만 같은 기분이다.

"가."

그가 마침내 말한다. 단어들이 덜덜 떨린다.

나는 내가 할 수 있는 것들을 생각하며 움직이지 않는다. *나중을*

*위해서야.* 스스로에게 속삭인다. 걸어서 나가기에 너무 몸이 지친 탓이 아니야. 저 유령 왕자에게 또 한 번 믿을 수 없을 정도로 동정심을 느꼈기 때문도 아니라고.

"가랬잖아."

칼의 분노가 방을 열기로 채우는 것을 겪은 적이 있다. 메이븐의 분노는 차갑고, 내 척추를 타고 한기가 흐른다.

"저들을 더 오래 기다리게 하시면, 상황이 악화될 거예요."

에반젤린 사모스는 정말 최고이자 최악의 타이밍을 안다.

그녀는 평상시처럼 금속과 거울로 된 폭풍 속에서 활활 타오르며 등장한다. 그녀의 긴 망토가 꼬리처럼 따라온다. 방의 붉은 빛이 그녀의 옷에 비치면서 진홍색과 선홍색으로 반짝거리고, 매 발걸음마다 번뜩인다. 가슴 안에서 쿵쾅대는 심장을 붙들고 그녀를 지켜보는 동안, 그녀의 망토가 쪼개지더니 내 눈앞에서 다시 모양을 만들며 각각의 반쪽이 근육질 다리를 감싸는 형태가 된다. 그녀는 내가 지켜보도록 내버려둔 채 비웃음을 짓는다. 그 사이 궁정에 걸맞은 드레스는 인상적인 갑옷으로 변신한다. 그것은 또한 치명적으로 아름답고 여왕이 될 만한 가치가 있다.

전에도 그랬듯이, 나는 그녀의 문젯거리가 아니기에 그녀는 자신의 관심을 내게서 돌린다. 그녀는 공기 중에 흐르는 이상한 긴장된 기류나, 메이븐의 어찌할 바를 모르는 태도를 놓치지 않는다. 그녀가 눈을 가늘게 뜬다. 나처럼, 그녀도 그 광경을 지켜본다. 나처럼, 그녀도 이 상황을 자기 이득을 위해 사용할 것이다.

"메이븐, 제 말 들으셨나요?"

그녀는 대담하게 몇 걸음 더 나아가 책상을 돌아서 그의 옆에 선다. 메이븐은 몸을 기울여서, 에반젤린의 한 손을 소리 없이 재빨리 피한다.

"관료들이 기다리고 있어요, 그리고 제 아버지도……."

사나운 기세로 메이븐이 책상에서 종이 한 장을 움켜쥔다. 아래쪽의 현란한 서명으로 판단하건대, 아마도 탄원서 종류 같다. 그는 에반젤린을 바라보더니, 종이를 자신의 몸에서 멀찍이 든 채로 손목을 재빨리 움직여 팔찌에서 불꽃을 일으킨다. 팔찌에서 두 개의 둥근 불꽃이 타오르더니, 버터를 가르는 뜨거운 칼처럼 탄원서를 타고 춤을 춘다. 종이는 재가 되어 바스라지며 빛나는 바닥 위로 먼지를 남긴다.

"그대의 아버지와 그의 꼭두각시들에게 내가 그의 제안을 어떻게 생각하는지 전해."

그의 행동에 얼마나 놀랐는지는 몰라도, 그녀는 전혀 그런 감정을 보이지 않는다. 대신에 그녀는 코웃음을 치고는 자신의 손톱을 들여다본다. 나는 그녀를 곁눈질로 보면서 숨이라도 크게 쉬었다가는 그녀가 나를 공격할지도 모른다는 생각에 계속 경계한다. 나는 조용히 눈만 크게 뜬 채, 저 탄원서를 좀 일찍 알아차렸으면 좋았을걸 생각한다. 거기 뭐라고 적혀 있었는지 알 수 있다면 좋겠다.

"조심하세요, 친애하는 전하."

에반젤린이 결코 사랑스럽지 않은 목소리로 말한다.

"지지자가 없는 왕이란 더 이상 왕이 아니랍니다."

그는 그녀에게 몸을 돌리는데, 그녀가 채 준비도 되기 전에 그녀를 붙들 수 있을 정도로 충분히 재빨리 움직인다. 그들은 같은 높이에 가까이 마주한 채 거의 눈을 맞대고 서 있다. 불과 철. 그녀가 메이븐에게, 저 소년, 자신이 훈련 수업에서 함께 운동장을 돌곤 했던 그 왕자에게 움찔할 거라고는 생각되지 않는다. 메이븐은 칼이 아니다. 하지만 그녀는 눈꺼풀을 약하게 실룩이고, 은백색 피부 위로 대조적으로 솟은 검은 속눈썹은 자신이 숨기고 싶은 공포의 은색을 배신하고야 만다.

"내가 어떤 왕인지 잘 알고 있다고 추정하지 마, 에반젤린."

그의 안에서 그의 어머니의 음성을 듣는 순간, 그 사실에 우리는 둘 다 놀란다.

다음 순간 그는 나에게 다시 눈길을 돌린다. 바로 한순간 전의 혼란스럽던 소년은 다시 사라지고, 돌로 된 몸에 얼어붙은 시선을 한 존재로 대체되었다. *너에게도 똑같이 적용되는 말이야.* 그의 표정이 말하고 있다.

이 방에서 달아나는 것만이 내가 유일하게 원하는 것임에도 불구하고, 나는 뿌리라도 박힌 듯이 그대로 서 있다. 그가 내게서 모든 것을 빼앗았지만 내 공포나 내 자긍심만은 그에게 주지 않을 것이다. 지금은 달아나지 않을 것이다. 에반젤린의 앞이라면 더더욱.

그녀는 다시 나를 보고, 눈으로 내 겉모습을 샅샅이 훑는다. 내가 어떻게 보일지 기억을 되살려 본다. 그녀는 틀림없이 힐러의 손길 아래로도, 지난 탈출 시도에서 얻은 멍들과 내 눈 아래 영구적으로 자리잡은 그늘을 볼 것이다. 그녀가 내 날개뼈에 시선을 둘 때, 왜인지 이해하는 건 한순간이면 충분하다. 그녀의 입술이 아주 조금이만 벌어지고, 그 안에는 오직 놀라움만이 담겨 있다.

화가 나고, 수치스러워서 나는 낙인 위로 내 드레스의 옷깃을 잡아당겨 가린다. 하지만 결코 그녀에게서 시선을 돌리지 않을 것이다. 그녀 또한 내 자존심을 가져가지는 못한다.

"경비."

메이븐이 마침내 문 쪽에 대고 소리를 높인다. 아벤 경비들이 대답하고, 장갑을 낀 손들이 나를 데려가려고 뻗는 순간 메이븐이 턱으로 에반젤린을 가리킨다.

"그대도."

그녀는 당연하게도 그 점을 잘 받아들이지 못한다.

"저는 전하께서 그저 나가라고 명령을 내리실 수 있는 그런 죄수가 아니……."

아벤 경비들이 나를 잡아당겨 문 밖으로 끌어낼 때 미소가 나온다. 문이 천천히 닫히는 동안 우리 뒤로 에반젤린의 음성이 메아리친다. 행운을 빌어. 나는 생각한다. 메이븐은 너보다 나를 더 신경 쓰는걸.

내 경비들은 나를 억지로 빠른 속도로 계속 걸어가게 한다. 이렇게 움직임을 방해하는 드레스를 입고서는, 그것은 말보다 행동하기 훨씬 더 어려운 일이지만, 나는 가까스로 해낸다. 지사의 비단 조각이 피부에 닿는 느낌이 부드럽다. 나는 그것을 주먹에 꼭 쥔다. 천에서 나는 냄새를 맡으며 여동생의 어떤 자투리라도 좇고 싶은 욕구를 누른다. 흘깃 시선을 뒤로 해서, 정확히 우리의 괴상한 왕과 함께 관객을 기다리고 있을 누군가를 보기라도 하길 희망한다. 대신에 그저 검정색 가면에 불꽃 망토를 걸치고 서재 문의 경비를 서고 있는 감시병들만이 보인다.

문이 폭력적으로 확 비틀리며 열리고, 쾅 하는 소리와 함께 세게 닫히기 전에 경첩이 튀어 오르며 떨린다. 귀족으로 자란 소녀, 에반젤린에게는 자기 성질을 누르기 어려운 시간인 모양이다. 나의 옛날 에티켓 선생님인 레이디 블로노스가 어떻게든 한 번이라도 에반젤린을 가르친 적이 있었을지 궁금하다. 그 장면을 상상하다가 거의 웃음이 터질 뻔하는 바람에, 나는 드물게 미소를 짓고 만다. 미소를 짓자 찌르는 듯한 감각이 오지만, 신경 쓰지 않으련다.

"비웃음은 아껴두지 그래, 번개 소녀."

에반젤린이 속도를 두 배로 내며 으르렁거린다.

그녀의 그런 반응은 나를 부추길 뿐이다. 위험한 일이겠지만 나는 등을 돌리며 노골적으로 소리 내어 웃는다. 내 경비들 중 어느 쪽도 한 마디도 하지 않지만, 그들은 속도를 조금 더 낸다. 심지어 아벤 경비들이라고 해도 실랑이를 벌이고 싶어서 몸이 근질근질한 짜증난 마그네트론을 시험해 보고 싶진 않은가 보다.

에반젤린은 어쨌든 나를 따라잡아서는 매끄럽게 달걀을 따돌리고 내 앞을 가로막는 데 성공한다. 아벤 경비들은 나를 붙든 채로 덜컥 멈춘다.

나는 내 양팔을 잡고 있는 경비들을 가리키며 말한다.

"전혀 모르나 싶어 말하는 건데, 난 좀 바쁘거든. 내 스케줄 표에는 말다툼 같은 일에 할애할 공간이 진짜로 없어서 말이야. 맞서 싸워 줄 다른 누구는 딴 데 가서 알아 봐."

그녀의 미소가 입고 있는 갑옷의 비늘만큼이나 날카롭고 환하게 번뜩인다.

"그렇게 과소평가 할 것까지야. 아직 네 안에는 싸울 힘이 넘치도록 남아 있을 텐데."

다음 순간 그녀가 몸을 앞으로 기울이더니, 메이븐에게 했던 것처럼 내 공간으로 불쑥 발을 디딘다. 자신이 나를 두려워하지 않는다는 것을 간단한 방법으로 보여 주려는 것이다. 나는 똑바로 서서 움찔하지 말자고 다짐한다. 심지어 그녀가 꽃에서 꽃잎이라도 뜯듯이 자기 갑옷에서 면도칼 비늘을 잡아 뜯을 때조차 말이다.

"적어도 난 그걸 바라거든."

그녀가 속삭이듯 말한다.

에반젤린은 손을 신중하고 빠르게 휙 움직이더니, 내 드레스의 목 깃을 잘라내어 선홍색으로 수가 놓인 조각을 벗겨낸다. 피부 위로 찍힌 M자의 낙인을 가리고 싶은 충동을 애써 누르지만, 당황으로 인한 홍조가 목을 타고 기어오르는 것이 느껴진다.

그녀의 눈이 메이븐의 흔적이 남긴 거친 선을 좇아서 달라붙는다. 다시 한 번 에반젤린은 꼭 놀란 것처럼 보인다.

"사고였던 것처럼 보이진 않는데."

"뭔가 다함께 관찰이라도 하고 싶은 거야?"

나는 앙 다문 이 사이로 웅얼거린다.

에반젤린이 환하게 미소 지으며 자기 몸에 비늘을 되돌려 놓는다.

"너랑 같이는 아니고."

에반젤린은 유예라도 하듯 우리 사이에 귀중한 십몇 센티미터의 간격을 두고 물러난다.

"일레인?"

"응, 이브."

목소리가 대답한다. 어디선지도 모르게.

에반젤린의 뒤에서 일레인 헤이븐이 얇은 공기에서 빠져나오는 것 같은 모습으로 형체를 갖추는 순간 나는 너무 깜짝 놀라서 뛰어오를 뻔한다. 빛을 다룰 수 있는 능력자인 쉐도우, 그것도 자기 자신을 안 보이게 만들 수 있을 정도로 강력한 쉐도우다. 그녀가 얼마 동안이나 우리와 함께 있었던 것인지 궁금하다. 어쩌면 서재에 들어갔었을 수도 있다. 에반젤린이랑 같이 또는 심지어 그녀가 들어오기 전부터 그랬을 수도 있다. 그 모든 시간을 쭉 지켜보고 있었을 수도 있다. 어쩌면 일레인은 내가 여기 온 순간부터 유령처럼 내 곁에 있었을 수도 있다.

"누구 네 목에 방울 달려고 했던 사람 없었어?"

불편한 티를 내지 않으려고 나는 톡 쏘아 붙인다.

일레인은 입을 꾹 다문 채 예쁜 미소를 입으로만 지어 보인다.

"한두 번."

소냐처럼, 일레인 역시 익숙하다. 우리는 많은 날을 함께 훈련을 했고, 항상 사이가 나빴다. 일레인은 에반젤린의 친구들 중 하나로, 걔들은 미래의 왕비와 동맹 관계로 지낼 정도로 충분히 영리한 여자애들이었다. 헤이븐 하우스의 레이디답게 그녀의 드레스와 보석들은 깊은 검정색이다. 애도의 뜻이 아니라 자기 가문의 색상에 대한 존경심이다. 일레인의 머리카락은 내 기억 그대로 빨강색으로, 어둡

179

고 각 진 눈과는 대조적인 밝은 구릿빛이다. 흐릿하게 보이는 피부는 완벽하고 결점이 없다. 일레인 주변의 빛은 세심하게 조절되어 천국의 빛 같은 효과를 준다.

"여기서 볼일은 끝이야."

에반젤린이 날카로운 시선을 일레인에게로 돌리며 말한다.

"지금으로서는 말이야."

그녀는 자기 의도를 분명히 하려는 듯이 뒤돌아 한번 찌르는 듯한 눈빛을 던진다.

# 제9장

# 메어

인형이 되는 것은 이상한 일이다. 나는 극장보다는 선반에서 더 많은 시간을 보낸다. 하지만 명령을 받으면, 나는 메이븐의 지시에 따라 춤을 추고…… 메이븐은 내가 그렇게 하는 한 자신이 합의한 사항을 유지해 준다. 결국에, 그는 자기 말대로 약속을 지킨다.

첫 번째 신혈이 하버 베이의 궁전 오션 힐에 있는 피난처를 찾고, 메이븐은 약속했던 대로 소위 진홍의 군대의 테러로부터 자신이 할 수 있는 모든 보호 조치를 베푼다. 며칠이 지나서 그 가난한 남자 모리탄은 호위를 받으며 아케온으로 와서 메이븐에게 자신을 소개한다. 이건 괜찮은 방송감이다. 이제 궁정에는 그의 신분과 능력이 모두 꽤 잘 알려졌다. 많은 사람들이 놀랐는데, 모리탄은 캘로어 하우스의 자손들처럼 버너다. 하지만 칼이나 메이븐과 달리, 그는 불꽃을 만들어 내는 팔찌가 필요 없고, 심지어 점화조차 필요 없다. 그의 불은 능력에서 오는 것으로, 독자적인 능력이라는 점에서 내 번개와 마찬가지다.

메이븐의 왕족 수행단들 나머지와 함께 금칠 한 의자에 앉아서 나는 그 모습을 지켜봐야만 한다. 시어인 존은 내 옆에 붉은 눈을 뜨고 조용히 앉아 있다. 은혈의 왕에게 합류한 최초의 두 신혈로서, 우리는 에반젤린과 샘슨 메란더스 다음으로 메이븐의 옆자리를 차지하는 영광을 누린다. 하지만 모리탄만이 우리에게 뭐라도 관심을 보인다. 궁정 사람들의 수많은 시선과 열 대도 넘는 카메라들 앞에서 우리에게로 다가오는 동안, 그의 시선은 내게만 고정되어 있다. 그는 두려움에 몸을 떨지만, 내 존재가 주는 어떤 위안이 그가 달아나지 않고 계속 걷도록 도와준다. 분명히 그는 메이븐이 시켜서 내가 말한 내용을 믿는 것이다. 그는 진홍의 군대가 우리 모두를 사냥하고 있다고 믿는다. 그는 심지어 무릎을 꿇고 메이븐의 군대에 합류할 것을 맹세하고, 은혈 장교들과 함께 훈련을 받겠다고 말한다. 왕과 그의 나라를 위해 싸우겠노라고.

침묵과 고요를 유지하는 것은 더 어려운 부분이다. 모리탄의 여위고 긴 체형, 황금빛 피부와 다년간의 하인 생활로 굳은살이 박인 손들에도 불구하고, 그는 덫으로 바로 기어들어오는 작은 토끼처럼 보인다. 내가 말 한마디만 잘못 뱉어도 덫이 튀어오를 것이다.

더 많은 이들이 뒤를 따른다.

하루하루가 지나고, 몇 주가 흐른다. 때로는 한 명이, 때로는 열몇 명이 온다. 왕국의 모든 구석에서부터 찾아온 그들은 소위 그들의 왕이 주는 안전이라는 것을 향해 달아난다. 대부분은 두려워하기 때문이지만, 일부는 이곳에서 자리를 갖길 원할 정도로 어리석다. 차별의 삶을 뒤로 하고 불가능한 자들이 되고 싶어서. 그들을 탓할 수는 없다. 결국 우리는 일생 동안 은혈들이란 우리의 주인이자 우리보다 더 나은 자들, 우리의 신들이라고 배우며 살아 왔다. 그리고 지금 그들은 우리에게 자기들 천국에서 살게 해 주겠다며 자비를 베푼다. 누군들 그 손길을 마다하겠는가?

메이븐은 자신의 역할을 잘 해낸다. 그는 환하게 미소를 지으며 그들 모두를 형제이자 자매라고 부르며 끌어안는데, 대부분의 은혈들이라면 혐오감을 내비쳤을 그 행동에 어떤 수치심이나 공포심도 보이지 않는다. 궁정 사람들은 메이븐의 뒤를 따르지만, 그들은 보석 장식된 손 뒤에 숨긴 코웃음이나 찌푸린 얼굴을 티낸다. 이 모든 것이 가식에 불과하고 진홍의 군대를 잘 겨냥한 한 방에 불과할지라도, 그들은 싫은 것이다. 더 나아가, 그들은 두려워한다. 많은 신혈들이 훈련받지 않았음에도 은혈들의 것보다 더 강력한 능력을 지녔거나 그들의 이해도를 넘어선다. 그들은 언제든 발톱으로 할퀼 준비가 된 늑대들 같은 눈으로 지켜본다.

처음으로 나는 관심의 중심에서 벗어난다. 내게 대단한 이점이라는 점은 말할 것도 없고, 한숨을 돌릴 수 있을 기회이다. 누구도 번개를 불러낼 수 없는 번개 소녀에게 관심을 두지 않는다. 나는 내가 할 수 있는 일을 한다. 할 수 있는 일이 거의 없기는 해도, 결코 하찮지는 않다. 나는 귀를 기울인다.

에반젤린은 철 가면의 허울에도 불구하고 따분함을 참을 줄을 모른다. 좌석의 팔걸이를 두드리는 그녀의 손가락은 일레인이 근처에 있을 때만, 자신에게 속삭이거나 자신을 건드릴 때에만 유일하게 멈춘다. 하지만 그럼에도 그녀는 감히 쉴 생각은 없는 듯하다. 그녀는 언제나 자기 칼날만큼이나 날카로운 상태다. 왜 그런지 짐작하는 건 어렵지 않다. 심지어 죄수로 지낼 때조차, 왕실 결혼식에 대해서는 거의 아무런 얘기도 들리지 않았다. 그리고 그녀가 분명히 왕과 약혼한 사이임에도, 그녀는 여전히 왕비가 되지 못하고 있다. 그 사실이 그녀를 두렵게 만든다. 에반젤린의 얼굴에서, 태도에서, 지난 번 것보다 점점 더 복잡하고 점점 더 장엄해지는 번쩍대는 의상의 퍼레이드에서 나는 그 점을 느낀다. 그녀는 이름만 없을 뿐 실질적으로는 왕관을 쓴 거나 마찬가지인데, 그럼에도 그 이름이야말로 그녀가 무엇보다도 원하는 것이다. 그녀의 아버지도 그것을 바라고 있다. 볼로는 검정 벨벳과 은색 양단을 휘감고 눈부신 차림새를 한 채 에반젤린의 옆에 유령처럼 출몰한다. 자기 딸과는 달리, 그의 차림새에서는 어떤 금속도 보이지 않는다. 사슬이나 반지조차 없다. 무기처럼 보이는 차림새를 갖춰 위험해 보일 필요가 그에게는 없다. 조용한 태도와 어두운 망토는 그를 귀족이라기보다는 처형인처럼 보이게 한다. 메이븐이 도대체 어떻게 볼로의 존재감이나 볼로의 눈에 떠오르는 꾸준하고 집중력 있는 허기를 견뎌낼 수 있는지 모르겠다. 그를 보면 나는 엘라라가 생각난다. 항상 왕좌를 바라보면서, 그것을 차지할 기회만을 노리고 있던 그녀가.

메이븐도 알고는 있지만 그걸 신경 쓰지는 않는다. 그는 볼로에게 필요한 만큼의 존경을 보이지만 그 이상은 없다. 그리고 그는 에반젤린을 일레인의 번쩍거리는 동반자로 버려둔 채, 미래의 자기 아

내가 그에게 전혀 관심이 없다는 사실에 명백히 기뻐하는 모양새다. 그의 관심은 분명히 다른 곳에 있다. 신기한 일이지만 그건 내가 아니라, 자기 사촌인 샘슨이다. 나 역시 내 안의 가장 깊은 부분을 고문했던 그 위스퍼를 무시하느라 힘든 시간을 보낸다. 나는 늘 그의 존재를 의식하고 경계하며, 저항할 힘이 거의 없음에도 불구하고 할 수만 있다면 그의 속삭임들을 느끼지 않으려고 애를 쓴다. 메이븐이야 그 부분을 걱정할 필요는 없다. 침묵하는 돌로 만든 자기 의자에 앉아 있는 한은 말이다. 그게 그를 안전하게 지켜 준다. 그게 그를 비어 있게 한다.

처음 왕자비가 되는 훈련을 받았을 때(이 말 자체가 좀 웃기다.), 둘째 왕자와 약혼했기 때문에 난 매우 적은 모임에만 참석했다. 무도회들이 있었고, 그래, 수많은 연회들도 있었지만, 이토록 감금에 가까울 정도로는 아니었다. 이제 나는 탄원하는 사람들, 정치인들, 동맹을 맺기를 간청하는 신혈들의 말에 귀 기울이며 얼마나 많은 횟수를 메이븐의 잘 훈련된 애완동물처럼 강제로 그의 옆에 앉아 있었는지 셀 수조차 없다.

오늘도 완전히 똑같은 하루 같다. 리프트 지역의 총독인 라리스 하우스의 로드가 사모스가 소유하고 있는 광산을 수리하기 위해서 국고금을 달라고 잘 연습한 간청의 말들을 끝낸다. 그는 볼로의 꼭두각시 인형 중 하나다. 그가 등 뒤로 달고 있는 줄이 선명하다. 메이븐은 그 제안을 다시 보겠다는 약속과 함께 손짓 하나로 그의 일을 쉽게 미룬다. 메이븐이 내게는 약속을 지키는 사람이라고 해도, 궁중에서는 그러지 않는다. 그 제안서가 결코 읽힐 일이 없다는 것을 깨달은 총독의 어깨는 낙담으로 푹 떨어진다.

최신 궁중식 앙상블 의상에 맞춰 계속 유지해야만 하는 경직된 포즈는 말할 것도 없고, 딱딱한 의사 때문에 내 등은 이미 통증을 호소하는 상태다. 수정과 레이스. 당연하지만 늘 그렇듯 붉은색이다. 메이븐은 내게 붉은색 옷을 입히는 것을 아주 사랑한다. 그는 그 색이 나를 생기 넘치게 보이게 한다고 말한다. 매일매일 시간이 흐를수록 생명력이 내게서 줄줄 새어나가고 있음에도 말이다.

궁중 사람들이 모두 매일 참석할 필요가 있는 건 아니라서, 오늘 알현실은 반쯤 비어 있다. 그럼에도 불구하고 연단은 여전히 붐빈다. 왕의 옆에 함께하기를 선택한 이들은 메이븐의 왼쪽과 오른쪽 옆을 차지하고서는 자기들 자리를 자랑스럽게 뽐낸다. 이것이 또 다른 전국 방송에 출현할 기회라는 것은 말할 필요도 없다. 카메라가 돌아가기 시작하는 것으로 봐서, 틀림없이 더 많은 신혈들이 올 것이다. 또 다른 죄책감과 수치의 날들을 운명으로 받아들이고 포기하려는 마음에 한숨이 흘러나온다.

커다란 문이 열리는 순간 위장이 뒤틀린다. 그들의 얼굴을 기억하고 싶지 않아서 시선을 낮춘다. 대부분은 망할 모리탄의 예를 따를 것이고 자기들 능력을 이해해 보려는 시도로 메이븐의 전쟁에 동참할 것이다.

내 옆의 존이 늘 그렇듯 경련한다. 그의 가늘고 긴 손가락이 바짓가랑이 한쪽을 따라 선을 그리는 모습이 눈에 들어온다. 책의 페이지를 마구 획획 넘기는 사람처럼 손가락은 앞뒤로 획획 움직인다. 그는 아마도 그들이 만들고 바꾸는 사이 미래를 구성하는 잠정적인 실의 흐름을 읽고 있을 것이다. 그가 무엇을 보고 있는지 궁금하다. 감히 묻는 일은 없겠지만. 난 결코 그의 배신을 용서하지 않을 것이다. 회의실에서 그의 곁을 스쳐지나갔던 그때 이후로 적어도 그는 내게 말을 걸 시도조차 하지 않는다.

"모두 환영한다."

메이븐이 신혈들에게 말한다. 잘 훈련된 흔들림 없는 그 목소리는 알현실을 통해 전달된다.

"걱정하지 마라. 그대들은 이제 안전하다. 그대들 모두에게 약속하노니, 진홍의 군대는 결코 여기 그대들을 위협하지 못할 것이다."

최악이다.

나는 카메라에서 얼굴을 숨긴 채로 계속 고개를 숙이고 있다. 피가 솟아서 귓가로 몰리고, 심장을 망치로 치듯 둥둥 두드린다. 메스껍다. 토할 것 같다. *뛰어!* 머릿속으로 소리를 지른다. 어떤 신혈도 지금으로서는 알현실에서 달아날 수도 없을 것인데 말이다. 메이븐과 신혈들만 아니라면 어디든, 저들을 둘러싸고 있는 보이지 않는 감옥만 아니라면 무엇이든 괜찮을 것 같아 시선을 돌린다. 눈을 에반젤린에게로 향하자, 그녀가 나를 되쏘아본다는 결과만 얻는다. 그녀는 이번만큼은 히죽대며 웃고 있지 않다. 에반젤린의 얼굴은 무표정하고 텅 비어 있다. 그녀는 나보다는 더 이런 일에 익숙하다.

걱정으로 인한 긴 밤과 고통 없는 고문으로 인한 더 긴 낮들을 보내는 사이, 내 손톱은 망가지고 큐티클이 다 까져 있다. 나를 건강해 보이게 만들어 주는 스코노스 힐러가 언제나 손을 체크하는 것만은 잊는다. 방송을 지켜보는 이들 중 어떤 누구라도 좋으니 제발 내 손을 봐 주기를.

옆에서는 왕이 이 지긋지긋한 연극을 이어나가는 중이다.

"음?"

네 명의 신혈들이 자기소개를 하는데, 다들 전 사람보다 더 긴장하는 것 같다. 그들의 능력은 종종 깜짝 놀라는 헉 소리나 어쩔 줄 모르는 속삭임을 불러온다. 이건 꼭 음침한 버전의 퀸스트라이얼 복사본처럼 느껴진다. 신부의 관을 위한 능력 공연 대신에, 신혈들은 살기 위해서, 자신들이 안식처라고 생각하는 것을 메이븐의 품에서 얻어내기 위해서 공연을 한다. 지켜보지 않으려 하지만, 내 눈은 동정이나 공포를 찾아 뻗어나가고 만다.

처음은 칼에게 비견될 정도로 이두박근이 발달된 체격이 좋은 여성으로, 망설이면서 벽을 통과해서 걷는다. 그냥 곧장 관통한다. 마치 금박을 입힌 나무와 장식을 한 몰딩이 공기라도 되는 것처럼. 그에 매혹된 메이븐의 찬사와 함께, 그녀는 다음으로 감시병 하나에게 똑같이 한다. 순간 그 감시병은 움찔하는데, 그의 검정 가면 아래로도 인간성이 있다는 게 처음 느껴진다. 어쨌거나 그에게는 전혀 아무런 해가 없다. 도대체 그녀의 능력이 어떤 원리로 작동하는 건지 나는 전혀 모르겠다. 줄리언이 생각난다. 그는 진홍의 군대와 함께 있고, 어쩌면 방송들을 매번 지켜보고 있을 것이다. 만약에 대령이 허락한다면 말이지만. 대령은 내 은혈 친구들의 팬은 아니니까.

나이 든 남자 두 명이 여자의 뒤를 따른다. 먼 곳을 보는 듯한 시선에 어깨가 넓고, 하얀 머리카락의 베테랑들이다. 그들의 능력은 내게는 익숙한 것이다. 이가 없고 키가 작은 쪽은 케샤, 내가 몇 달

전에 데려왔던 신혈들 중 하나랑 같다. 그녀는 생각만으로도 물건이나 사람을 폭발시킬 수 있었음에도, 코로스 감옥을 습격할 때 살아남지 못했다. 그녀는 자신의 능력을 싫어했다. 그건 피비린내 나고 폭력적인 능력이다. 그 신혈 남자는 눈을 깜빡이는 동작만으로 의자를 조각으로 만들어 버린다. 그는 고작 의자를 파괴했을 뿐임에도 불구하고, 역시 별로 그 사실에 행복해 보이지는 않는다. 그의 친구는 목소리가 부드럽고, 자신이 소리를 조절할 수 있다는 이야기를 하기 전에 스스로를 테렌스라고 밝힌다. 파라처럼. 내가 데려왔던 또 다른 사람. 그녀는 코로스에 가지 않았다. 그녀가 여전히 살아 있다면 좋겠다.

마지막은 또 다른 여자로 아마도 우리 엄마 또래 같은데, 그녀의 땋은 검정색 머리 사이에 회색이 섞여 있다. 그녀는 움직임이 우아하고, 잘 훈련된 하인의 조용하고 품격 있는 걸음걸이로 왕에게 다가온다. 에이다처럼, 윌시처럼, 한때는 내가 그랬던 것처럼. 우리 중 많은 이들이 그랬던 것처럼 그리고 여전히 그런 것처럼. 그녀는 깊숙이 절을 한다.

"전하."

조용하게 말하는 그녀의 목소리는 여름 바람처럼 부드럽고 겸손하다.

"저는 할리, 이그리에 하우스의 하인입니다."

메이븐은 그녀에게 서라고 손짓하며 가짜 웃음을 뒤집어쓴다. 그녀는 지시대로 한다.

"그대는 이그리에 하우스의 하인이었지."

그가 부드럽게 말한다. 다음 순간 그는 작은 군중 속에서 이그리에 하우스의 수장을 찾아 할리의 어깨 너머로 고개를 끄덕인다.

"그녀를 안전히 데려와 준 것에 감사를 전하네, 레이디 멜리나."

키가 크고 새 같은 얼굴을 한 여자가 메이븐이 그 말을 하기도 전에 그의 말을 알고 이미 절을 하고 있다. 아이즈라서, 그녀는 즉각적인 미래를 볼 수 있다. 어쩌면 그녀는 자기 하인이 스스로의 능력을 깨닫기도 전에 그걸 이미 보았을지도 모른다.

"그래서, 할리?"

그녀의 눈이 아주 잠깐 내 쪽을 스친다. 그녀의 살펴보는 시선을 내가 견딜 수 있기를. 하지만 그녀는 내 공포라든가 내가 가면 아래 어떤 감정을 숨기고 있는지를 찾는 것이 아니다. 그녀의 눈이 다시 먼 곳으로 돌아가더니 뭔가를 보면서도 동시에 아무 것도 보지 않는 표정이 된다. 할리가 입을 연다.

"그녀는 온갖 종류의 전기를 생산하고 다룰 수 있습니다. 이 능력에는 아직 이름이 없네요."

다음 순간 그녀가 존을 본다. 똑같은 표정이 그녀를 스친다.

"그는 운명을 봅니다. 길이 가는 한은, 아무리 길더라도 사람은 그걸 따라 걸어가지요. 이 능력에는 이름이 없군요."

메이븐이 호기심 어린 표정으로 눈을 가늘게 뜬다. 메이븐과 똑같은 기분이라는 것이 너무나 혐오스럽지만 나 역시 마찬가지다.

어쨌든 그녀는 계속해서 바라본 다음에 말하기를 반복한다.

"그녀는 자기장을 조작하여 금속으로 된 물질을 제어하네요. 마그네트론입니다."

"위스퍼."

"쉐도우."

"마그네트론."

"마그네트론."

메이븐의 조언자들이 선 곳을 따라서 그녀는 쭉 이어나가며 별다른 어려움 없이 그들 능력의 이름을 짚어낸다. 메이븐은 약간은 재미있어하는 표정으로 몸을 앞으로 기울인다. 본능적인 호기심에 머리는 한쪽으로 기울인 상태다. 그녀는 거의 눈도 깜짝하지 않고 사람들을 들여다본다. 많은 사람들이 어머니 없이는 메이븐이 멍청이에 불과하며, 자기 형처럼 천재 군인도 아니라고 생각하지만, 그렇다면 그의 장점은 무엇인가? 그들은 전술이 단순히 전장에서만 통하는 것이 아니란 것을 잊고 있는 것이다.

"아이즈. 아이즈. 아이즈."

그녀는 자기의 전 주인들을 가리키며 그들에게도 이름을 붙이더니 고개를 옆으로 떨어뜨린다. 그녀는 불신이 뒤따를 것이라고 예상한 듯 주먹을 쥐었다 폈다 한다.

"그래서 그대의 능력은 다른 능력들을 감지하는 것이로군?"

메이븐이 마침내 한쪽 눈썹을 들어올린 채 말한다.

"네, 전하."

"연기하기 쉬운 능력이로군."

"네, 전하."

그녀는 더 부드러운 음성으로 인정한다.

이건 별다른 어려움이 없이 할 수 있는 일이다. 그녀의 위치에 있는 사람이라면 특히 더 그렇다. 그녀는 하이 하우스에서 시중을 들고, 요즘은 궁정에도 자주 드나들었을 것이다. 다른 사람들이 무엇을 할 수 있는지 기억하는 것은 쉬운 일이었을 것이다. ……하지만 존까지도? 내가 아는 한, 그는 메이븐의 진영에 합류한 최초의 신혈로서 찬미받고 있지만 그렇다고 해서 많은 사람들이 그의 능력을 알고 있으리라고는 생각되지 않는다. 메이븐은 자신이 내리는 결정에 충고를 하는 붉은 피를 가진 이와 관계하고 있다는 사실을 사람들이 알기를 원치 않을 테니까.

"계속 하게."

그는 어두운 속눈썹을 추켜세운 채로 그녀를 선동한다. 계속 공연을 해 봐.

그녀는 그의 명령에 따른다. 오사노스 님프들, 웰르 그린워든들, 홀로 온 램보스 스트롱암. 하나 다음 또 하나, 하지만 그들은 가문의 색에 맞는 옷을 입고 있고, 그리고 그녀는 하인이다. 그녀는 이런 것들을 잘 알고 있다. 그녀의 능력은 잘 쳐 봐야 말 뿐인 트릭이고, 최악의 경우 거짓말 혹은 사형 선고로 끝날 것이다. 메이븐의 턱에 조금씩 힘이 들어갈수록 그녀는 자기 목에 칼날이 드리워진 기분일 것이다.

뒤쪽에서, 붉은색과 푸른색 옷을 입은 아이럴 가문의 실크가 일어나더니 걸어가면서 자기 코트를 똑바로 한다. 내가 그걸 알아차린건 그 사람 발걸음이 이상했기 때문이다. 실크들이 그렇듯이 물 흐르는 듯한 움직임이 아니다. 이상하다.

그리고 할리도 그것을 알아차린다. 그녀는 아주 잠깐 몸을 떤다.

그녀의 목숨이거나 그의 목숨일 수 있는 순간.

"저 여자는 자기 얼굴을 바꿀 수 있습니다. 이 능력에는 이름이 없습니다."

그렇게 속삭이는 그녀의 손가락이 공기 중에서 떨린다.

궁중에서 흔히 들리던 속삭임들이 메아리도 없이 훅 불어 끈 촛불처럼 딱 멈춘다. 침묵이 내려앉는다. 내 심장만이 침묵을 깨고 쿵쿵쿵 울려 퍼진다. *저 여자는 자기 얼굴을 바꿀 수 있습니다.*

몸이 아드레날린으로 부르르 떨린다. *달려요!* 소리 지르고 싶다. *달아나요!*

감시병들이 그 아이럴 로드의 팔을 붙들고 앞으로 행진해 올 때, 나는 맘속으로 애원한다. *제발 아니기를. 제발 아니기를. 제발 아니기를.*

"나는 아이럴 하우스의 아들이오."

남자가 감시병들의 손아귀에서 벗어나려고 애를 쓰면서 으르렁거린다. 아이럴 사람이라면 미소 한 번이면 몸을 비틀어 빠져나올 테니, 바로 그렇게 할 수 있을 것이다. 하지만 그이든 그녀든 이 사람은 그렇게 하지 못한다. 위장이 철렁하고 내려앉는다.

"여러분은 *내* 말보다 저 거짓말쟁이 적혈 노예 계집의 것을 믿는 것이오?"

심지어 메이븐이 말하기도 전에 샘슨이 스위프트만큼이나 빠르게 반응한다. 그는 허기로 번뜩이는 푸른 눈으로 연단에서 몇 걸음을 내려간다. 내 걸 탐한 이후로 별로 뇌를 많이 맛보지 못한 모양이다. 퍽 하는 소리와 함께 아이럴의 아들은 발을 헛디디며 무릎을 꿇고 머리를 숙인다. 샘슨이 그의 정신을 두들긴 것이다.

다음 순간 그의 머리카락이 회색으로 물들고 짧아지며, 다른 얼굴을 가진 다른 머리로 서서히 변한다.

"내니."

내가 헉 하고 숨을 뱉는 소리가 남의 것처럼 귀에 들린다. 용감하게 올려다보는 나이 든 여인의 눈은 크고 겁먹었으나 낯익다. 내가 그녀를 뽑았고, 노치로 데려왔으며, 그녀가 신혈 꼬맹이들과 다툼을 벌이고 자기 손자들에게 하듯이 이야기를 들려주는 모습을 지켜봤던 기억이 선명하다. 호두처럼 주름지고, 우리 중 누구보다도 나이 들었으나 항상 누구보다도 먼저 작전에 뛰어들고는 했다. 조금이라도 가능했다면 달려가서 그녀를 끌어안았을 것이다.

대신에, 나는 무릎을 꿇고 메이븐의 손목을 그러쥔다. 전에 단 한 번 그러했던 것처럼, 나는 애걸한다. 폐는 재와 차가운 연기로 가득 차고, 머리는 비행기가 추락할 때처럼 여전히 빙빙 돌고 있다.

드레스가 솔기를 따라 찢어진다. 이건 무릎을 꿇으라고 만들어진 옷이 아니다. 내게 맞지 않다.

"제발, 메이븐. 그녀를 죽이지 마요."

나는 공포에 질려 숨을 들이쉬며 그에게 간청한다. 그녀의 목숨을 구하기 위해서 할 수 있는 것은 무엇이든 한다.

"그녀는 쓸모가 있어요, 유용할 거예요. 그녀가 무엇을 할 수 있는지 보……."

그는 나를 밀어낸다. 그의 손바닥이 내 낙인에 닿는다.

"저 여자는 내 궁정에 들어온 스파이야. 안 그런가?"

그럼에도 불구하고 나는 간청한다. 내니의 영리한 입이 그녀를 제대로 정말로 죽게 만들기 전에 내가 말을 해야 한다. 이번만큼은 여전히 카메라가 돌아가고 있기를, 제발.

"진홍의 군대가 그녀를 배신하고, 그녀에게 거짓말을 하고 오해를 심었어요. 그건 그녀의 잘못이 아니잖아요!"

왕은 발치에서 살인이 벌어지려는데 서지도 몸을 낮추지도 않는다. 왜냐하면 침묵하는 돌로 된 왕좌를 떠나는 것이 두렵기 때문이다. 그 텅 빈 공허함과 안전 속에서 결정을 내리려는 것이다.

"전쟁 중의 규칙은 명확하다. 스파이는 즉결 처분한다."

"몸이 아프면, 우린 누구를 탓해야 하나요? 몸인가요 아니면 병균인가요?"

내가 따지자 그가 나를 내려다본다. 나는 무의미함을 느낀다.

"그대는 제대로 작동하지 못한 치료제를 원망해야겠지."

"메이븐, 이렇게 애원할게……."

울기 시작한 게 언제인지도 모르겠는데 당연하게도 나는 울고 있다. 그녀뿐만이 아니라 나 자신 때문에도 터져 나온 것이라서, 수치스러운 눈물이다. 이것은 구제의 시작이었다. 이것은 나를 위한 것이었다. 내니가 내 기회였다.

시야가 흐릿하고, 눈가는 안개가 낀 것 같다. 샘슨이 그녀가 알고 있는 것을 파고들려는 열망에 한 손을 든다. 이 일이 진홍의 군대에 얼마나 큰 충격을 줄 것인지 궁금하고, 어떻게 그들이 이런 짓을 할 정도로 어리석을 수 있는지 모르겠다. 이 무슨 위험한 짓거리며, 이 무슨 낭비란 말인가.

"일어나라. 새벽은 적혈처럼 붉게 타오르니."

내니가 뱉듯이 중얼거린다.

다음 순간 그녀의 얼굴이 마지막으로 바뀐다. 우리 모두가 알아볼 수 있는 얼굴로.

샘슨이 놀라서 반쯤 뒤로 물러서고, 메이븐은 울음 비슷한 종류의 무언가가 끊기는 듯한 소리를 낸다.

엘라라가 바닥에서부터 살아 돌아온 유령처럼 우리를 돌아본다. 그녀의 얼굴은 번개로 인해 심하게 망가지고 훼손된 상태다. 눈 한 쪽은 사라졌고, 다른 한쪽은 불쾌한 은색으로 충혈되어 있다. 그녀의 입은 비인간적인 경멸을 띠며 오므라든다. 그녀가 이미 죽었다는 사실을 알고 있음에도 불구하고, 그 장면에 내 안에 공포심이 솟아난다. 내가 그녀를 죽였다는 걸 아는데도.

그건 영리한 계략이다. 그 계략으로 그녀는 한 손을 입에 올릴 시간을 벌고 꿀꺽 삼킨다.

전에도 자살 약을 본 적이 있다. 눈을 꾹 감지만, 다음에 무슨 일이 일어날지 알고 있다.

샘슨이 고문을 하는 편이 나았을 것이다. 그리고 그녀의 비밀은 비밀로 남았다. 영원히.

# 제10장
# 메어

내 방 책꽂이에 있는 모든 책들을 쫙쫙 뜯어서, 조각조각 갈가리 찢어발긴다. 책등을 부러트리고, 페이지들을 뜯어내고, 아, 책들에 상처를 내고 피를 내고 싶다. 내 몸에 상처를 내고 피를 흘리고 싶다. 내가 살아 있기 때문에 내니가 죽었다. 내가 여기에 살아 있는 몸으로, 덫 위에 놓은 먹이가, 진홍의 군대를 자기들 피난처에서 끌어내는 미끼가 되어 있기 때문에.

갈 곳 없는 파괴의 시간을 몇 시간 보낸 후에, 잘못 생각했다는 걸 깨닫는다. 진홍의 군대가 이 일을 했을 리가 없다. 대령도, 팔리도, 나를 위해서 그럴 리가 없다.

"칼, 이 멍청한, 멍청한 개자식아."

누구에게랄 것도 없이 내뱉는다.

당연하게도 이 일은 그의 생각이었을 것이다. 이게 그가 배워 온 방식이다. 어떤 대가를 치르든 승리하라. 제발 더 이상은 나를 위해서 이런 불가능한 값을 치르는 일을 그가 계속하지 않기만을 바랄 뿐이다.

밖에서는 다시 눈이 내리고 있다. 눈의 차가움 같은 건 느낄 수가 없다. 오직 내 안의 추위만이 느껴질 뿐.

∗ ∗ ∗

아침에 일어나자 나는 여전히 드레스를 입은 채로, 바닥에서 일어난 기억이 없음에도 침대 위에 누워 있다. 망가진 책들은 사라졌고, 내 삶에서부터 세심하게 쓸려 나갔다. 찢어진 종이의 아주 작은 조각조차 남아 있지 않다. 하지만 책꽂이는 비어 있지 않다. 가죽 장정의 책들이 새것부터 낡은 것까지 십수 권이나 공간을 채우고 있다. 그것들 역시 파괴해 버리고 싶은 욕구에 휩싸인 채 달려들다가 발을 헛디디기까지 한다.

처음 움켜잡은 책은 추레한 것으로 표지가 세월을 탔고 해졌다. 원래는 노란색, 아니 어쩌면 금색이었을 것 같다. 사실 아무 상관도 없다. 나는 책을 펴고, 한 손으로 종이 다발을 움켜잡으며 그것도 나머지 것들처럼 찢어 버리려고 한다.

익숙한 손 글씨에 나는 그 자리에서 얼어붙는다. 깨달음과 동시에 심장이 뛰어 오른다.

*줄리언 제이코스의 소유임.*

무릎이 더 이상 움직이지 않는다. 부드러운 쿵 소리와 함께 나는 엎어지면서 지난 몇 주간 보아 온 것 중 가장 편안함을 주는 물건 위로 몸을 구부린다. 그의 이름의 선을 따라서 손가락을 더듬어 본다. 줄리언이 이 글씨들 위로 튀어오를 수 있다면 좋겠다. 내 머릿속이 아니라 어디 다른 곳에서부터 그의 목소리를 들을 수 있다면 좋겠다. 나는 페이지를 팔랑거리며 더 많은 그의 흔적을 찾는다. 스치듯 지나가는 단어들 각각이 그의 온기를 전하며 메아리친다. 노르타의 역사와 형성, 300년 동안 노르타를 지배한 은혈 왕과 왕비들의 이야기가 타오르듯 지나간다. 어떤 곳에는 줄이 쳐 있고 어떤 곳에는 주석이 달려 있다. 불쑥 등장하는 줄리언의 새로운 흔적마다 가슴이 행복으로 조여든다. 이런 상황임에도 불구하고, 내 고통스러운 흉터에도 불구하고, 나는 미소를 짓는다.

다른 책들도 같다. 전부 줄리언의 것이고, 그가 가지고 있던 훨씬 더 커다란 수집품의 일부분이다. 나는 굶주린 애처럼 그것들을 그러모은다. 그가 제일 좋아하던 분야는 역사이지만, 책들 중에는 과학 책도 끼어 있다. 심지어 소설도 있다. 유일한 소설책에는 이름이 두 개 쓰여 있다. *줄리언으로부터, 코리언에게.* 나는 그 글자들을 바라본다. 이 궁전 전체에 유일하게 남은 칼의 어머니의 흔적이다. 그것을 조심스럽게 돌려놓으면서, 손가락으로 전혀 갈라진 적이 없는 책등을 쓰다듬는다. 그녀는 이걸 전혀 읽지 않았다. 어쩌면 읽을 기회조차 없었을 것이다.

마음 깊은 곳에서, 이 모든 일들이 나를 행복하게 했다는 것이 증오스럽다. 메이븐이 무엇을 내게 주어야 할지 알 만큼 나를 충분히 알고 있다는 사실도 증오스럽다. 이것들은 의심의 여지도 없이 그에게서부터 나온 것이니까. 그가 할 수 있는 유일한 형태의 사과일 것이며, 아마도 내가 받아들일 수도 있을 유일한 것이기도 하다. 하지만 나는 받아들이지 않을 테다. 당연히 받아들일 수 없다. 그 빠른 깨달음에 입가에서 미소가 가신다. 왕과 관계된 것이라면 그것이 무엇이든 증오 외의 것을 느끼게 둘 수야 없다. 그의 간교한 수작은 자기 어머니의 것만큼 완벽하지는 않지만, 그럼에도 여전히 그런 수작이 있음을 알겠다. 나는 결코 그것에 끌려 다니지 않을 것이다.

잠시 동안, 나는 다른 것들에게 그랬던 것처럼 책들을 갈가리 찢을까 곰곰이 생각한다. 메이븐에게 내가 그의 선물을 어떻게 생각하는지 보여 주고 싶다. 하지만 그저 그렇게 할 수가 없다. 손가락들은 종이 위에서 우물쭈물 댄다. 찢는 건 이렇게 쉬운데. 결국 나는 그 책들을 하나씩 책장에 꽂는다.

책들을 파괴할 수가 없어서, 나는 대신에 옷으로 목표를 바꾼다. 몸을 감싸고 있는 루비로 장식된 천을 뜯어낸다.

아마도 지사와 같은 누군가가 이 드레스를 만들었을 것이다. 열정적인 손과 예술가의 눈을 가진 적혈 하인이 이토록 아름다운 무언가를 완벽하게 바느질하면서 어떤 은혈이 이걸 입게 될 거라는 생각에 끔찍해 했을 것이다. 그 생각에 슬픔을 느낄 수도 있겠지만, 지금 내 몸을 타고 흐르는 것은 오직 분노다. 더 이상은 울지 않는다. 어제 이후로는 더 이상.

다음 의상이 돌처럼 무표정한 얼굴의 클로버와 아기 고양이의 손에 들려 침묵 속에서 배달되자, 나는 망설임이나 불평 없이 옷에 몸을 쑤셔 넣는다. 블라우스는 루비, 가닛, 오닉스 같은 값비싼 보석 장식들이 점처럼 박힌 것으로, 길고 끌리는 소매가 달려 있는 줄무늬 검정 비단 옷이다. 바지도 일종의 선물인데, 편안하다는 면에서 합격점을 줄 만큼 충분히 헐렁하다.

스코노스 힐러가 그 다음에 등장한다. 그녀는 나와 눈을 맞추지 않으려고 애를 쓰며, 지난밤의 절망적인 눈물바다로 인한 헐떡거리는 증세와 지끈거리는 두통을 모두 치료한다. 사라처럼 그녀는 조용하고 숙련된 솜씨를 가졌고, 그녀의 짙은 남빛 손가락은 내 아픔을 따라서 빠르고 가볍게 움직인다. 그녀는 재빠르게 작업한다. 나도 그렇다.

"말은 할 수 있어요, 아니면 엘라라 왕비가 당신 혀도 잘랐어요?"

그녀는 내가 지금 무슨 이야기를 하고 있는지 알고 있다. 그녀의 시선이 흔들리고, 놀라서 빠르게 깜빡거리는 속눈썹도 흔들린다. 그럼에도 불구하고, 그녀는 말을 하지 않는다. 매우 잘 훈련을 받은 모양이다.

"잘 생각했네요. 내가 마지막으로 사라를 보았을 때가, 내가 사라를 감옥에서 구해 줬을 때였거든요. 혀를 없애는 걸로는 충분한 벌이 못 되었던 모양이죠."

힐끗 시선을 그녀의 뒤로 보내니, 클로버와 아기 고양이가 쳐다보고 있다. 힐러처럼, 그들도 내게 집중하고 있다. 그들 능력의 차가운 파동이 내 족쇄에서 일정하게 박자를 맞춰 맥동하는 침묵의 돌과 함께 느껴진다.

"거기 감옥에는 수백 명의 은혈들이 잡혀 있었어요. 많은 이들이 하이 하우스 출신이었고. 최근에 친구들 중에 없어진 사람 없어요?"

이곳에서 내게 주어진 무기는 많지 않다. 하지만 시도는 해 봐야 한다.

"입 그만 다물어, 배로우."

클로버가 으르렁댄다.

클로버의 입을 연 것만으로도 소기의 성과는 얻은 셈이다. 나는 밀어붙인다.

"내 생각에 어린 왕이 피에 굶주린 폭군이라는 걸 아무도 신경 안 쓰는 것처럼 보인다는 게 참 이상한 것 같은데. 하지만 뭐 나야 적혈이니까. 나야 당신네 사람들을 전혀 이해 못하지."

약이 바짝 오른 클로버가 나를 그 힐러에게서 떼어 내며 떠미는 순간 나는 웃음을 터뜨린다.

"그 정도 힐링이면 충분합니다."

그녀가 화난 어조로 낮게 말하더니 나를 방에서 끌고 나온다. 클로버의 녹색 눈에서 분노의 빛이 튀지만 동시에 혼란도 엿보인다. 자기 회의다. 그녀를 꾀어내려는 내 방식이 먹혀서 생겨 난 작은 금이다.

누구도 나를 구하기 위해서 위험을 짊어져서는 안 된다. 나는 내 스스로가 구해야 한다.

"무시해."

아기 고양이가 자기 동료를 향해 말한다. 그녀의 목소리는 높고 숨소리가 섞여 있으며 독기가 뚝뚝 흐른다.

"너희 둘에게는 정말로 얼마나 영광이겠어."

그들이 긴 익숙한 복도를 따라서 나를 끌고 가는 동안 나는 계속 말을 한다.

"적혈 쥐새끼 누군가를 돌보는 일이라니. 걔 식사를 치우고, 걔 방도 깔끔히 정리하고. 메이븐이 자기가 원하면 자기 인형을 가질 수 있게 말이야."

그 말에 더 화가 난 그들은 내게 더 거칠게 군다. 그들은 속도를 더 빨리 하고, 나를 계속 가라고 밀어붙인다. 우리는 오른쪽 대신에 갑자기 왼쪽으로 도는데, 이건 내게는 기억도 희미한 왕궁의 다른 부분으로 향하는 길이다. 거주 구역, 왕족이 사는 곳이다. 나도 한때 이곳에서 살았다, 고작 아주 잠깐이기는 해도.

벽감 속에 있는 동상을 지나는 순간 심장 소리가 빨라진다. 내가 아는 물건이다. 내 방, 예전의 침실이 몇 개의 문만 지나가면 있다. 칼의 방도 그렇고, 메이븐의 방도 있다.

"이제 그렇게 수다스럽지 않네."

클로버가 하는 말이 멀리서 들리는 것처럼 느껴진다.

창문을 통해서 빛이 들어온다. 신선한 눈 위로 반사되는 태양 빛은 두 배는 강렬하다. 나는 전혀 평정심을 찾지 못한다. 알현실에서, 서재에서, 차라리 내가 연극을 하는 중일 때는 메이븐을 다룰 수 있었다. 하지만 홀로, 완전히 홀로일 때는? 옷 아래로 그가 남긴 낙인이 욱신거리며 화끈댄다.

어떤 문 앞에서 멈추고 안쪽 응접실로 들어서는 순간, 나는 내 실수를 깨닫는다. 안도감이 전신에 퍼진다. 메이븐은 이제 왕이다. 그가 거주하는 방들은 더 이상 여기가 아니다.

그러나 에반젤린이 살고 있다.

그녀는 기이할 정도로 물건이 거의 없는 응접실의 가운데에 앉아 있고, 비틀린 금속 조각들이 그녀 주변에 흩어져 있다. 금속은 색상과 재질이 다양하다. 철, 청동, 구리. 그녀의 손은 부지런히 움직이며 크롬에서부터 꽃을 만들어 내고 은과 금으로 꼰 줄을 구부려 꽃을 묶는다. 수집품에 추가할 또 하나의 왕관인가 보다. 아직도 쓰지 못하고 있는 또 하나의 왕관.

두 명의 조수가 그녀를 기다리고 있다. 남자와 여자인데, 평범한 옷차림이지만 그들의 옷에는 사모스 하우스의 색으로 줄무늬가 새겨져 있다. 나는 그들이 적혈이라는 사실을 깨닫고 깜짝 놀란다.

"쟤 좀 남 앞에 내놓을 만하게 만들어 줘 봐."

에반젤린은 쳐다보기도 귀찮다는 듯이 말한다.

적혈들이 아래로 내려오더니 내게 거울 앞으로 오라고 손짓한다. 거울을 보는 순간 나는 일레인도 이곳에 있다는 것을 알아차린다. 그녀는 만족스러운 고양이처럼 태양 빛 아래에 긴 소파 위로 늘어져 있다. 나와 그녀의 눈이 마주친다. 그녀의 시선에는 질문도 공포도 없다. 그저 무관심만이 가득하다.

"밖에서 대기해도 좋아요."

내게서 시선을 떼며 일레인이 아벤 경비들에게 말한다. 그녀의 붉은 머리는 빛을 받아서 물로 된 불처럼 요동친다. 내 끔찍한 몰골에 대해서라면 충분한 핑계야 있음에도, 일레인의 존재에 나는 타인의 시선을 의식하게 된다.

에반젤린이 동의의 뜻으로 고개를 끄덕이자, 아벤 경비들이 줄을 지어 나간다. 둘 다 내 쪽으로 언짢은 시선을 던진다. 나는 탐욕스럽게 그 시선을 들이키며 훗날의 즐거움으로 남긴다.

"누구 설명할 사람 없어?"

대답이 없을 것을 알지만, 나는 조용한 방에 대고 묻는다.

나머지 둘은 함께 웃음을 터뜨리더니 날카로운 시선을 주고받는다. 나는 이 방 상황을 살필 기회를 얻는다. 다른 문이 있는데, 아마도 에반젤린의 침실로 통하는 것일 터이다. 창문들은 추위 때문에 굳게 닫혀 잠겨 있다. 그녀의 방은 익숙한 정원을 바라보고 있는데, 나는 내 감옥 침실이 그녀의 방과 마주하고 있음을 깨닫는다. 그 사실에 나는 몸을 떤다.

놀랍게도, 쨍그랑 소리와 함께 에반젤린이 작업하던 것을 떨어뜨린다. 왕관은 그녀의 능력 없이는 형태를 유지하지 못하고 산산이 부서진다.

"손님을 맞는 것은 왕비의 의무지."

"글쎄, 난 손님이 아니고 너도 왕비가 아니고, 그러니까……."

"제발 네 머리가 네 입만큼만 빨랐으면 좋겠다."

그녀가 받아친다.

적혈 여자가 빠르게 눈을 깜빡이고, 마치 우리 대화가 자기를 상처주기라도 한 것처럼 몸을 움찔거린다. 사실, 당연히 그들은 그럴 터이므로, 지금이라도 덜 멍청하게 굴기로 결심한다. 나는 더 멍청한 생각들이 새어나가지 않도록 입술을 꼭 깨물고, 두 적혈이 자기일을 하게 내버려 둔다. 남자가 내 머리를 만지고 빗질하고 나선처럼 감는 사이에 여자 쪽은 내 얼굴을 만진다. 은혈로 만드는 페인트는 아니지만 그녀는 붓을 사용해서 내 눈을 따라서 검정 선을 조금 그리고 입술에는 붉은색을 칠한다. 야한 광경이다.

"그만하면 됐어."

일레인이 여자의 뒤편에서 말한다. 적혈은 재빨리 물러나고 손은 옆구리에 착 붙인 채로 절을 한다.

"앨 너무 잘 대해 주는 것처럼 보일 순 없어. 왕자들은 그런 걸 이해 못할 거야."

내 눈이 커다래진다. 왕자들. 손님. 이제 나는 도대체 누구의 앞을 행진해야 하는 걸까?

에반젤린이 알아차린다. 그녀는 크게 코웃음을 치더니 일레인을 향해 청동 꽃을 빠르게 휙 던진다. 그건 일레인의 머리 위 벽에 꽂히지만, 일레인은 신경도 쓰지 않는다. 그녀는 그저 꿈꾸는 듯한 한숨만 내쉰다.

"말하는 내용에 신경 좀 써, 일레인."

"재도 잠시 후면 다 알게 될 텐데, 뭐. 무슨 해가 있겠어?"

그녀는 쿠션에서 몸을 일으키고는 능력을 써서 번쩍거리는 몸을 쭉 편다. 에반젤린의 눈이 그녀의 움직임을 좇다가 일레인이 내 쪽으로 방을 가로질러 오자 날카롭게 빛난다.

일레인은 거울 옆에 서더니 내 얼굴을 들여다본다.

"오늘은 처신 잘 할 거지, 그렇지?"

만약 일레인의 완벽한 치아를 내 팔꿈치로 세게 치면, 에반젤린이 얼마나 빨리 내 피부를 벗겨낼지 궁금하다.

"그럴게."

"좋아."

다음 순간 그녀는 사라진다. 시야에서는 그렇지만 감각에서까지는 아니다. 그녀의 손은 여전히 내 어깨를 잡고 있다. 경고다.

나는 일레인의 몸이 있던 곳을 보다가 다시 에반젤린에게 시선을 돌린다. 그녀는 바닥에서 몸을 일으키고, 그녀의 드레스는 그녀의 주변에 고여 있다가 수은처럼 흐른다. 분명히 그러고도 남겠지만.

그녀가 나를 향해 걸어오자 나는 움찔하고 만다. 하지만 일레인의 손이 계속 내가 움직이지 못하도록, 에반젤린이 내려다볼 수 있도록 내가 똑바로 서 있도록 붙들고 있다. 에반젤린의 입 구석이 움직인다. 그녀는 내가 두려워하는 모습을 보는 걸 좋아한다. 그녀가 한 손을 들고 내가 움찔하자, 그녀는 입을 벌리고 미소를 짓는다. 하지만 나를 때리는 대신에, 그녀는 귀 뒤로 머리 가닥을 넘겨준다.

"실수하지 마, 이건 다 날 위한 거니까. 네가 아니라."

에반젤린의 말이 도대체 무슨 소리인지 하나도 모르겠지만 일단 나는 어쨌든 머리를 끄덕이고 본다.

＊＊＊

에반젤린은 알현실이 아니라 메이븐의 개인 침실로 향한다. 감시병들이 평소보다 더 인상적인 태도로 문을 지키고 있다. 들어가자, 심지어 창문에까지 그들이 배치되어 있다. 내니의 침투 이후에 추가로 생긴 조치이다.

지난번에 이곳을 지날 때에 존이 홀로 방을 차지하고 있었다. 이번에도 그는 이곳에, 조용히 구석 자리를 차지하고서는 방에 있는 대여섯 정도 되는 사람들 옆에 겸손한 얼굴을 하고 있다. 옆구리에 자기 아들 프톨레무스를 끼고는 조용한 검은 거미처럼 있는 볼로 사모스의 모습에 나는 몸을 떤다. 당연하게도, 이곳에는 샘슨 메란더스도 있다. 그는 내게 음흉한 시선을 보내고, 나는 그가 내 머릿속을 휘젓고 다닌 기억에서부터 스스로를 보호할 수라도 있는 듯이 그의 시선을 피하며 눈을 내리깐다.

메이븐이 홀로 앉아 있을 거라고 생각했건만 대리석 테이블의 저 먼 끝에 두 명의 남자가 그의 양옆에 바싹 붙어 앉아 있다. 양쪽 다 묵직한 모피와 부드러운 스웨이드로 재단된 옷을 입고 있는데, 그들의 옷은 이곳이 겨울을 매우 잘 막아내고 있음에도 불구하고 극도의 추위에서 버티기 위한 의상처럼 보인다. 반짝 빛나는 보석처럼 그들의 피부는 깊은 남빛을 띠고 있다. 오른편의 사람은 머리를 땋았고 금과 터키석 조각으로 된 구슬들을 복잡한 소용돌이무늬로 박아 넣었다. 반면 왼쪽의 사람은 길고 빛나는 머리카락 위에 백색 석영을 깎아 만든 꽃 피는 듯한 형태의 왕관을 쓰고 있다. 분명 왕족이다. 하지만 우리나라의 왕족은 아니다. 노르타 출신 사람이 아니다.

메이븐이 한 손을 들더니 그에게 다가가는 에반젤린을 가리켜 보인다. 겨울 태양의 빛 속에서, 그녀는 반짝거린다.

"제 약혼녀, 사모스 하우스의 레이디 에반젤린입니다. 그녀는 번개 소녀이자 진홍의 군대의 수장인 메어 배로우를 사로잡는 데에 매우 중대한 역할을 했지요."

에반젤린은 자기 역할을 연기하며 둘에게 절을 한다. 그들 또한 머리를 숙여서 맞절을 하는데, 그들의 행동은 길고 유연하다.

"축하를 전합니다, 레이디 에반젤린."

왕관을 쓴 쪽이 말한다. 그는 심지어 에반젤린의 손을 잡으려고 한 손을 내민다. 그녀는 그가 자기 손가락에 키스하도록 둔 채, 그 관심에 활짝 웃는다.

에반젤린이 내 쪽으로 시선을 보내는 순간, 내게 합류하라는 뜻임을 알겠다. 마지못해 그녀의 뜻에 따른다. 그들은 내게 호기심을 느끼고 나를 넋을 잃고 관찰한다. 나는 고개를 끄덕이지도 않는다.

"이 사람이 번개 소녀입니까?"

다른 쪽 왕자가 말한다. 어두운 피부와는 대조적으로 그의 이가 달처럼 하얗게 번뜩인다.

"이 소녀가 전하께 그토록 많은 곤란을 준 그자라고요? 그리고 전하께서는 이 소녀를 살려 두셨고요?"

"그렇게 하신 것은 당연합니다."

그의 동포가 떠들어댄다. 그가 일어서자, 나는 그가 2미터도 넘게 크다는 사실을 깨닫는다.

"이 소녀는 놀라운 미끼입니다. 정말로 전하 말씀처럼 그녀가 중요한 존재라면, 테러리스트들이 진짜 구출 작전을 여태 시도하지 않았다는 건 좀 놀랍기는 하지만요."

메이븐은 어깨를 으쓱한다. 그에게서 조용한 만족의 분위기가 줄줄 풍긴다.

"내 궁정은 매우 잘 방어되고 있습니다. 침투는 사실상 거의 불가능하지요."

흘깃 그에게 시선을 던지자 그와 눈이 마주친다. *거짓말쟁이.* 그는 방금 그 말이 우리 둘 사이의 무슨 비밀스러운 농담이라도 된다는 것처럼 거의 능글맞은 웃음을 내게 보낸다. 나는 그를 향해 침을 뱉고 싶은 익숙한 충동을 애써 누른다.

"피에드몬트였다면 우리는 이 소녀를 모든 도시의 거리마다 끌고 다녔을 겁니다. 우리의 국민들에게 이와 같은 사람들이 어떻게 되는지 보여 줘야지요."

석영 왕관을 쓴 왕자가 말한다.

*피에드몬트.* 그 단어가 머릿속에 종처럼 울린다. 그러니까 이들은 피에드몬트의 왕자들인 것이다. 나는 머릿속을 더듬어 그 나라에 대해서 알고 있는 것들을 기억해 보려고 애를 쓴다. 노르타의 동맹국, 우리와 남부 경계를 맞대고 있는 나라. 왕자들의 연합이 다스리는 곳. 내가 아는 모든 것은 줄리언이 가르쳐 준 것들이다. 하지만 내가 더 알아낸 것들도 있긴 하다. 턱 섬에 있을 때에 화물들이 피에드몬트에서 훔쳐온 보급품이라는 사실을 발견했던 것이 여전히 기억난다. 그리고 팔리가 진홍의 군대가 거기서도 퍼져나가고 있다는 힌트를 주기도 했다. 노르타의 가장 가까운 동맹을 통해서 자기들의 반역을 열심히 퍼뜨리고 있다고 말이다.

"말은 할 줄 압니까?"

왕자가 메이븐과 에반젤린을 번갈아 바라보면서 계속 말한다.

"불행하게도요."

에반젤린이 날카롭게 히죽대며 대꾸한다.

양쪽 왕자가 모두 그 말에 소리 내어 웃고, 메이븐도 마찬가지다. 방의 나머지 사람들도 세트처럼 따라하며, 자기들의 군주이자 주인에게 영합한다.

"자 그러면, 다라에우스 왕자? 알렉산드렛 왕자?"

메이븐은 각각을 순서대로 시선으로 압도한다. 그는 자기의 왕 역할을 자랑스럽게 연기 중이다, 나머지 두 왕족이 자기 나이와 몸집의 두 배임에도 불구하고 말이다. 어떻게든 그를 그들과 비교하게 된다. 엘라라가 확실히 그를 잘 가르쳤다.

"그대들은 죄수를 보고 싶었다고 했지요. 그리고 이제 봤군요."

이미 꽤 가까이 서 있던 알렉산드렛 왕자가 부드러운 손길로 내 턱을 붙든다. 그의 능력이 뭘지 궁금하다. 어떻게 하면 그를 겁에 질리게 만들 수 있을지도 궁금하다.

"정말로요, 전하. 질문 몇 가지를 해도 될까요, 친절하게 저희에게 기회를 허락하신다면 말입니다만."

요청에 가까운 단어를 덧씌우기는 했지만, 실제로 이건 요구나 마찬가지다.

"전하, 제가 이미 그녀가 아는 것들을 말씀드렸지 않습니까."

샘슨이 자기 의자에서부터 발언한다. 그는 나를 가리킬 수 있을 정도로 몸을 기울인다.

"메어 배로우의 마음에 관한 거라면 어떤 것도 제 탐색을 피할 수 없었습니다."

동의의 뜻으로 고개를 끄덕일 수도 있었겠지만, 알렉산드렛의 손아귀가 나를 여전히 단단히 붙들고 있다. 나는 그가 내게서 원하는 것이 정확히 무엇일지 추측해 보려고 시선을 그와 맞춘다. 그의 눈은 심연과도 같아서 읽을 수가 없다. 나는 이 사람을 모르고 내가 이용할 수 있을 뭔가도 전혀 찾을 수도 없다. 그의 손길은 꼭 피부에 벌레가 기어가는 느낌이라서 번개를 꺼내서 우리 사이에 조금만이라도 거리를 벌릴 수 있다면 좋겠다. 그의 어깨 너머로 다라에우스가 나를 좀 더 잘 볼 수 있는 위치로 움직인다. 다라에우스의 머리에 달린 금 구슬들이 겨울 빛을 반사하여, 그의 머리칼은 반짝거리며 환하게 빛난다.

"메이븐 왕이시어, 우리는 그녀의 입에서 직접 듣고 싶은 것이 있습니다."

다라에우스가 메이븐에게로 몸을 기울이면서 말한다. 그러더니 그는 미소를 지으며 편안한 카리스마를 최대한 내보인다. 다라에우스는 아름답고, 자기 외모를 잘 이용할 줄 안다.

"브라켄 왕자의 요청입니다, 전하께서도 이해하시지요. 단지 몇 분이면 됩니다."

*알렉산드렛, 다라에우스, 브라켄.* 나는 그 이름들을 기억에 단단히 새긴다.

"하고 싶은 질문을 하시오."

메이븐의 손이 의자 가장자리를 꼭 붙든다. 모든 사람이 계속 미소를 짓고 있는데, 어떤 미소도 그보다 더 가짜처럼 보일 수도 없을 것 같다.

"바로 여기서."

꽤 긴 시간이 흐르고, 다라에우스가 받아들인다. 그는 공손한 절을 하며 머리를 숙인다.

"잘 알겠습니다, 전하."

다음 순간 그의 몸이 흐릿해지고 내가 거의 그 움직임을 볼 수도 없을 정도로 빠르게 이동한다. 그는 갑자기 내 바로 옆에 서 있다. 스위프트. 쉐이드 오빠처럼 빠르지는 않지만, 깜짝 놀란 내 몸에 아드레날린이 돌게 만들 정도로는 충분히 빠르다. 여전히 알렉산드렛이 무엇을 할 수 있는지는 모르겠다. 그가 위스퍼는 아니기를, 그런 고문을 더는 마주할 필요는 없기만을 바랄 뿐이다.

"진홍의 군대가 피에드몬트에서도 작전을 벌이고 있나?"

알렉산드렛이 묻는다. 그는 깊은 눈으로 나를 뚫을 것처럼 바라보면서 불길하게 다가온다. 다라에우스와는 다르게, 그는 미소조차 짓지 않는다.

뭔가 내 정신 속으로 침입해 들어오는 또 다른 정신의 기색이 느껴지길 기다린다. 그러나 그 공격은 결코 찾아오지 않는다. 족쇄……. 이것들이 내 침묵의 고치 속으로 다른 능력의 침입을 허용하지 않는 것이다.

입을 열자 목소리가 갈라져 나온다.

"무슨?"

"나는 피에드몬트에서 벌어지는 진홍의 군대의 계획들에 대해서 네가 아는 것들을 듣고 싶다."

내가 지금까지 겪어야만 했던 모든 심문들이 전부 위스퍼에 의한 것이었다. 누군가가 내게 자유롭게 질문을 던지고 내 두개골을 쪼개서 열지 않고도 내 대답을 신뢰하려고 한다는 것은 기이하게 느껴진다. 샘슨이 이미 왕자들에게 자신이 알고 있는 정보들을 모두 말했지만 그들은 샘슨의 말을 믿지 못하는 것이 아닐까 생각해 본다. 영리하다, 내 이야기가 샘슨의 것과 일치하는지 보려고 하다니.

"진홍의 군대는 비밀을 지키는 일에 능하지."

나는 생각을 흐릿하게 만들며 대꾸한다. 거짓말을 할까? 만약 메이븐과 피에드몬트 사이에 불신의 불길이 있다면 내가 그곳에 더 많은 연료를 붓는 걸까?

"그들의 작전에 관계된 정보를 나는 많이 얻지 못했어."

"네 작전이겠지."

알렉산드렛은 눈썹을 찌푸리고 이마 중앙에 깊은 주름을 잡는다.

"너는 그들의 리더였다. 네가 우리에게 쓸모없을 거라고 믿을 수는 없다."

쓸모없다. 두 달 전까지 나는 번개 소녀, 인간의 모습을 한 폭풍이었다. 하지만 그 전의 나는 그가 말한 대로였다. 모두에게 그리고 모든 것에, 심지어 내 적들에게조차 나는 쓸모없는 존재였다. 스틸츠 시절에는 그것이 몸서리치게 싫었다. 이제는 그 점이 기쁘다. 은혈에게 있어 내가 휘두르기 마땅치 않은 무기가 된다면.

"난 그들 리더가 아니야."

나는 알렉산드렛에게 말한다. 뒤에서 메이븐이 움직이는 소리, 자기 의자에 깊숙이 앉는 소리가 들린다. 그가 창피해하고 있다면 좋겠다.

"난 심지어 그들 리더를 만나 본 적조차 없어."

그는 나를 믿지 않는다. 하지만 그는 어차피 그 전에 들은 이야기들 또한 믿지 않고 있다.

"피에드몬트에는 얼마나 많은 정보원들이 돌아다니고 있지?"

"몰라."

"누가 너희들에게 자금을 대고 있나?"

"모른다고."

손가락과 발가락에 오싹 소름이 돋기 시작한다. 아주 작은 감각이다. 유쾌한 감각은 아니지만 불편한 감각도 아니다. 몸이 무감각해지는 것과 비슷하다. 알렉산드렛은 결코 내 턱을 놓아 주지 않는다. 족쇄구나, 나는 속으로 생각한다. 그것들이 나를 알렉산드렛에게서 지켜주고 있다. 그래야만 한다.

"마이클 왕자와 샤를롯타 공주는 어디에 있지?"

"그 사람들이 누군지도 몰라."

*마이클, 샤를롯타.* 기억할 이름들이 늘어난다. 소름은 지속되고, 이제는 팔과 다리까지 번진다. 나는 이 사이로 숨을 쉿 뱉는다.

그가 집중하느라 눈을 가늘게 뜬다. 그가 내게 행사하려는 능력이 무엇이든간에 그것으로부터 파생될 고통의 폭발에 나는 스스로를 대비시킨다.

"몬트포트 자유 공화국과 접촉한 적이 있나?"

그럼에도 불구하고 소름은 참을 만하다. 내 턱을 꽉 죄는 손길만이 유일하게 고통스럽다.

"그래."

나는 뱉는다.

다음 순간 그가 물러나고, 비웃음과 함께 내 턱을 놓아 준다. 그가 흘깃 내 손목을 보더니, 족쇄를 보기 위해 억지로 내 소매를 걷어 올린다. 그가 찌푸리는 사이 팔과 다리가 찌르르하던 감각이 점차 희미해진다.

"전하, 침묵하는 돌로 된 족쇄 없이 그녀에게 질문을 할 수 있는지 궁금합니다만?"

요청으로 위장한 또 다른 요구다.

이번에, 메이븐은 그의 말을 거절한다. 내 족쇄가 없어지면, 그의 능력도 풀려날 것이다. 그것은 내가 침묵의 우리 안에 있음에도 약간이나마 뚫고 들어왔다. 풀려나게 된다면 어마어마할 것이다. 고문일 것이다. 다시.

"그건 안 될 것 같습니다. 족쇄를 풀어 주기에는 그녀가 너무 위험한 존재라서."

메이븐은 그렇게 말하며 퉁명스럽게 고개를 흔든다. 그를 향한 그 모든 증오에도 불구하고, 조금이나마 고마운 마음이 든다.

"그리고, 왕자께서 말씀하신 대로, 그녀는 유용한 존재입니다. 그대가 그녀를 부수게 둘 수야 없지요."

메이븐의 말에 샘슨은 혐오를 숨길 생각도 하지 않고 끼어든다.

"누군가는 해야 하지요."

"그대들께나 브라켄 왕자를 위하여 내가 더 해 드릴 일은 없겠습니까?"

메이븐은 자기 악마 사촌의 말을 누르며 더 큰 소리로 계속 말한다. 그는 의자에서 몸을 펴더니 한 손을 이용해서 자기 예복 위에 달린 휘장과 배지들을 바로 한다. 하지만 그는 한 손을 여전히 의자에 댄 채 침묵하는 돌의 팔걸이를 꽉 붙들고 있다. 그것이 그의 닻이자 보호막이다.

다라에우스는 양쪽 왕자를 대표할 만큼 충분히 깊숙이 숙여 절을 하면서 다시 미소를 짓는다.

"연회에 관한 소문을 들었습니다."

메이븐이 내 쪽으로 날카로운 미소를 보내며 대답한다.

"이번만큼은 그 소문이 사실이랍니다."

* * *

레이디 블로노스는 동맹국의 왕족들을 즐겁게 하는 법에 대한 수업을 가르쳐 준 적이 없다. 무도회라든가, 내가 의도치 않게 엉망으로 만든 퀸스트라이얼 행사라면 몰라도, 이런 종류의 연회는 결코 본 적이 없다. 아마도 메이븐의 아버지가 겉으로 보이는 것에는 관심이 없는 타입이었기 때문이겠지만, 메이븐은 뼛속 깊이 자기 어머니의 아들인가 보다. *권력이 있어 보이는 것이 권력이 있는 것이란다.* 그녀가 전에 말한 적이 있다. 오늘 그는 그 교훈을 가슴으로부터 실천 중이다. 메이븐의 고문들, 피에드몬트에서 온 손님들, 그리고 나는 나머지 모든 사람들을 내려다볼 수 있는 곳에 놓인 긴 테이블에 착석한다.

한 번도 발을 디뎌본 적이 없는 무도회장이다. 이 방은 알현실, 화랑, 그리고 화이트파이어 궁에 존재하는 연회를 위한 나머지 방들 전부를 왜소해 보이게 만든다. 전 궁중 사람들이 몽땅, 모든 귀족 남녀와 그들의 방계 가족들까지도 전부 손쉽게 들어갈 크기다. 이곳은 3층 높이로 되어 있고, 수정과 색깔 유리들로 된 창문들이 높이 솟은 채로 각각 하이 하우스들의 색들을 묘사하고 있다. 그 결과 검정색 화강암으로 결이 있는 대리석 바닥 위로 열 몇 개는 되는 무지개가 호를 그리고, 각각의 빛의 줄기는 나무, 새, 태양빛, 별자리, 태풍, 불, 폭풍 그리고 또 다른 열 몇 개는 되는 은혈의 힘에 대한 상징들이 작업되어 있는 샹들리에의 다이아몬드 면을 통과하며 프리즘처럼 흔들린다. 현재의 위태로운 처지만 아니었더라면 천장을 바라보면서 식사 시간을 전부 보냈을 것이다. 적어도 이번에는 내가 메이븐의 옆자리가 아니다. 왕자들이 오늘 밤에는 그 일을 담당하고 있다. 하지만 존이 내 왼쪽이고 에반젤린이 내 오른쪽이다. 그들 중 누구도 실수로라도 건드리지 않으려는 마음에 나는 계속 팔꿈치를 옆구리에 날카롭게 붙이고 있다. 에반젤린이 나를 찌를 수도 있고, 존이 또 역겨운 예감을 공유할 수도 있으니까.

다행스럽게도 음식은 괜찮다. 나는 억지로 음식을 먹고, 술은 멀리한다. 적혈 하인들이 계속 돌아다니고, 어떤 잔도 결코 비는 법이 없다. 그들 중 누구와라도 시선을 맞춰 보려고 애를 쓰다가 10분만에 결국 포기한다. 하인들은 영리하고, 목숨을 걸고 나를 흘긋이라도 바라보는 위험을 무릅쓸 의지도 없다.

나는 눈을 앞에 고정한 채, 테이블을 헤아려 보고, 하이 하우스들을 헤아려 본다. 모두가 이곳에 와 있다. 그리고 메이븐이 유일하게 혼자서 대표하고 있는 캘로어 하우스가 있다. 그는 사촌도 없고 내가 아는 바 아무 가족도 없다. 뭐 틀림없이 존재하기야 할 테지만 말이다. 하인들처럼, 아마 그들도 메이븐의 질투어린 노여움과 왕좌를 부들대며 붙들고 있는 손길을 피할 정도로는 충분히 영리한 거겠지.

아이럴 하우스는 그들을 대표하는 파랗고 빨간 생동감 넘치는 색상에도 불구하고 더 작아 보이고 좀 생기 없어 보인다. 그들 중 많은 수가 자리에 없는 듯 보이는데, 대체 얼마나 많은 아이럴들이 코로스 감옥에 보내진 것인지 궁금하다. 아니면 어쩌면 궁정에서 멀리 달아났을 수도 있다. 그럼에도 소냐는 여전히 이곳에 남아 있는데, 그녀의 자세는 우아하고 숙련되어 보이지만 이상하게 긴장한 상태다. 그녀는 요원 제복을 번쩍이는 드레스로 갈아입고 루비와 사파이어로 목깃을 장식한 눈부시게 멋진 의상의 나이 든 남자 옆에 앉아 있다. 아마도 그의 전임자에 이어 그녀의 가문의 새로운 로드가 된 사람인 모양이다. 그의 전임자인 팬서는 바로 몇 발자국 떨어진 곳에 앉아 있는 남자에게 살해당했다. 소냐가 가족들에게 내가 자기 할머니와 프톨레무스에 대해 한 이야기를 전했을지 궁금하다. 그들이 신경 쓰고 있을까?

소냐가 날카로운 시선으로 올려다보며 나와 눈을 맞추는 바람에 깜짝 놀라고 만다.

내 옆에서, 존이 길고 낮은 한숨을 내쉰다. 그는 진홍빛 와인이 든 잔을 한 손으로 들고, 나머지 손으로는 디너 나이프를 멀리 치운다.

"메어, 제가 작은 부탁을 드려도 될까요?"

그가 차분하게 말한다.

그의 목소리까지도 내게는 혐오스럽다. 비웃음과 함께, 나는 내가 발휘할 수 있는 모든 독기를 담아서 그를 돌아본다.

"뭐라고요?"

뭔가 날카로운 소리와 함께, 내 광대뼈를 따라서 고통이 후끈 치

밀어·오른다. 피부가 잘리고, 살이 불타는 감각. 나는 그 감각에 홱 움직이고, 옆으로 떨어지면서 겁에 질린 짐승처럼 몸을 피한다. 내 어깨가 존과 충돌하고, 그는 앞으로 부딪히면서 와인을 엎지르고 훌륭한 테이블보를 온통 적신다. 피도 퍼진다. 많은 피가 흐른다. 따뜻하고 젖은 느낌이 들지만, 나는 색을 보려고 고개를 내리지 않는다. 내 눈은 에반젤린에게, 테이블에서 일어서서 한 손을 내밀고 있는 그녀에게 꽂혀 있다.

총알이 그녀 바로 앞 허공에 붙들린 채 마구 떨리고 있다. 그것이 내 광대뼈를 스치고 지난 물건이라는 것을, 그리고 더 최악의 상황이 벌어질 수도 있었음을 추측할 수 있다.

에반젤린이 주먹을 꽉 쥐자 총알은 날아온 곳으로 거꾸로 로켓처럼 돌아가고, 그 차가운 금속 조각을 뒤쫓아 그녀의 드레스에서도 폭발하듯 금속이 퍼지기 시작한다. 빨갛고 파란 형체들이 금속 폭풍을 통과하며 어떻게 이리저리 흔들리면서, 피하고, 아래로 피하고, 모든 공격을 안팎으로 피하는지 그 모습을 나는 공포에 가득 찬 채 지켜본다. 그들은 심지어 에반젤린이 만든 금속 발사체들을 잡아서 도로 던지기까지 하는데, 그 흐름은 다시 폭력적이고 번뜩이는 춤이 된다.

공격을 시작한 것은 에반젤린만이 아니다. 감시병들도 앞으로 달려와서, 높은 테이블을 감싸더니, 우리 앞에 벽을 만든다. 몇 년에 걸친 끈질긴 훈련의 결과로 만들어진 그들의 움직임은 완벽한 모양을 이룬다. 하지만 그들의 능력치에는 차이가 있다. 그리고 누군가는 자기 가면들을 벗어 던지고, 불꽃 망토도 버린다. 그들은 서로에게 달려든다.

하이 하우스들도 똑같이 한다.

지금까지 결코 이 순간처럼 공격에 무방비하게 노출된 기분, 이처럼 무기력한 기분을 느껴 본 적이 없었다. 그리고 그 말조차 부족하다. 내 앞에서, 신들이 대결을 펼치고 있다. 나는 눈을 크게 뜨고 그 모든 광경을 다 보기 위해 애를 쓴다. 이 일을 이해해 보려고 노력한다. 이런 비슷한 일조차 상상해 본 적이 없다. 아레나에서 벌어지는 전투가 무도회장 한가운데서 일어나다니. 갑옷 대신에 보석들을 걸친 채로.

충격적인 노란 덩어리가 된 아이럴과 헤이븐과 라리스 가문이 이게 대체 무슨 일인지는 몰라도 이 일의 한 축을 담당하고 있음은 분명해 보인다. 그들은 서로 등을 맞대고, 상대를 돕는다. 라리스 윈드위버가 아이럴 실크를 날카롭고 세찬 바람과 함께 방의 한쪽에서 다른 한쪽으로 이동시키며 마치 실크들이 살아 움직이는 화살인 것처럼 휘두르는 사이, 아이럴은 치명적인 정밀함으로 총을 쏘고 칼을 던진다. 헤이븐들은 전부 사라졌는데, 어쨌든 우리 앞의 감시병들 몇 명이 보이지 않는 공격에 맞아서 쓰러진다.

그리고 나머지는, 나머지는 무엇을 해야 할지 판단을 하지 못하고 있다. 사모스라든가, 메란더스라든가, 대부분의 경비 요원과 감시병들 같은 일부는 높은 테이블 위에서 공격을 주고 받으며 메이븐을 (지금 내 눈에는 그가 안 보인다.) 지키기 위해 돌진한다. 하지만 대부분은 놀란 얼굴로 이런 엉망진창 속을 헤치며 걸어가 자기들 목을 걸고 싶지는 않다는 마음을 드러낸 채로 뒤로 물러선다. 그들은 방어는 하지만 그밖에는 아무것도 하지 않는다. 그들은 조수의 흐름을 지켜볼 따름이다.

심장이 가슴 속에서 뛰어오른다. 이건 내게는 기회다. 이런 혼란 속에서는, 아무도 나를 알아차리지 못할 것이다. 족쇄들조차 내 도둑으로서의 본능이나 재능을 빼앗지는 못했으니까.

메이븐이든 누구든 다른 사람을 신경 쓰는 일에 기력을 낭비하지 않고, 나는 바닥을 떠나서 자리를 잡는다. 내 앞에 무엇이 있는지에만 집중한다. 가장 가까운 문. 그 문이 어디로 통하는지는 몰라도, 어쨌든 저 문이 나를 이곳에서 탈출하게 해 줄 것이고 그거면 충분하다. 이동하면서 나는 테이블에서 나이프를 챙겨서 내 족쇄의 잠금장치를 따는 작업에 착수한다.

어떤 사람이 내 앞으로 선홍색 피를 꼬리처럼 흘리면서 달아난다. 그는 절뚝거리지만 빠른 움직임으로, 문을 통해서 몸을 굽히고 빠져나간다. 존이다. 자기 살 길을 찾는 중이다. 그는 미래를 보니까. 당연히 여기서 빠져나갈 최적의 길을 알 수 있을 것이다.

내가 그를 따라갈 수 있을지 궁금하다.

다 합쳐서 세 발자국을 떼자마자 감시병 하나가 나를 뒤에서 꽉 붙드는 바람에 나는 그 의문에 바로 답을 얻는다. 그는 내 팔을 옆구리에 꼭 누르고 단단히 붙든다. 나는 절망을 넘어 치밀어 오르는 엄청난 분노에, 떼쓰는 아이처럼 끙 소리를 내면서 손에서 칼을 떨어뜨린다.

"아니, 아니, 안 돼지."

샘슨이 내 길을 가로막으며 말한다. 감시병이 어찌나 꽉 잡고 있는지 샘슨이 나타나는데 몸을 움찔하지도 못했다.

"그렇게 놔둘 수야 없지."

이제 정확히 이게 무슨 일인지 알겠다. 구출 작전이 아니었다. 나를 위한 것이 아니었다. 쿠데타, 암살 시도였다. 저들은 메이븐을 잡으러 왔던 것이다.

아이럴, 헤이븐, 그리고 라리스는 이 전투를 이길 수가 없다. 그들은 수적으로 열세고, 자기들도 그걸 알고 있다. 그들은 그 점에 대비했다. 아이럴은 책략가이자 첩보원이다. 그들의 계획은 제대로 움직인다. 그들 대부분은 부서진 창문을 통해서 이미 도주하고 있다. 나는 말문이 막힌 채로 그들이 허공을 향해 몸을 내던진 후 돌풍을 잡아타고 날아서 사라지는 모습을 지켜본다. 그들 모두가 성공한 것은 아니다. 노르누스 스위프트가 몇 명을 붙들고, 다라에우스 왕자도 그에 동참한다. 어깨에 긴 칼이 박힌 채인데도 말이다. 헤이븐들은 일찌감치 몸을 빼낸 것 같기는 하지만 한두 명은 깜빡거리며 메란더스 위스퍼들의 맹습에 공격을 받아 피를 흘리거나 죽어가는 모습으로 도로 나타난다. 다라에우스가 너무 빨라 흐릿해 보이는 팔을 뻗어서 누군가의 목 부근을 붙든다. 그가 힘을 주자, 헤이븐 하나가 존재를 드러낸다.

감시병들 중 돌아선 자들(그들은 모두 라리스와 아이럴이었는데) 또한 성공하지는 못한다. 그들은 분노하지만 두려워지는 않는 모습으로 자기들 결정에 이글대면서 무릎을 꿇는다. 신기하게도 가면을 벗으니, 그렇게까지 무서워 보이지는 않는다.

뭔가 콰르륵 하는 소리가 내 주의를 끈다. 감시병이 돌아서서, 나

223

도 한때 연회 테이블이었던 것의 중앙을 볼 수 있게 된다. 메이븐의 자리가 있었던 곳에 사람들 한 떼가 둘러싸고 있는데, 일부는 경호 중이고 일부는 무릎을 꿇고 있다. 그 사람들의 다리 사이로, 그가 보인다.

그가 입은 총상 부위 위를 힘을 주어 누르려고 애쓰고 있는 가장 가까운 감시병의 손가락 사이로 은색의 피가 목에서부터 부글대며 솟구친다. 메이븐은 눈을 굴리고 입을 움직인다. 그는 말을 할 수가 없다. 심지어 비명도 지를 수가 없다. 헉 하는 소리 비슷한 종류의 어떤 젖은 소음이 그가 만들어 낼 수 있는 전부다.

감시병이 나를 단단히 붙들고 있어서 다행이다. 아니면 그에게 달려갔을 테니까. 내 안의 무언가가 그에게로 달려가고 싶다. 일을 끝내기 위해서인지, 그를 죽여 편하게 하기 위해서인지, 나는 모르겠다. 양쪽 모두를 똑같은 무게로 소망한다. 그의 눈을 들여다보고 그가 나를 영원히 떠나는 것을 바라보고 싶다.

하지만 나는 움직일 수가 없고, 그리고 그는 죽지 않을 것이다.

스코노스 스킨 힐러, 나를 치료했던 그 힐러가 그의 옆으로 무릎을 꿇은 채 미끄러지듯 앉는다. 그녀의 이름은 렌(굴뚝새라는 뜻이 있음 — 옮긴이)이었던 것 같다. 그녀는 자기랑 이름이 똑같은 그 새처럼 작고 재빠르다. 그녀는 손가락을 빠르게 움직인다.

"빼내요, 내가 전하를 맡을게요!"

그녀가 외친다.

"지금 당장, 빼요!"

프톨레무스 사무스가 자기 경비와 간호를 팽개치고 쭈그리고 앉는다. 그의 손가락이 경련하자 메이븐의 목에서 총알이 빠져나온다. 동시에 은색의 신선한 피 분수가 치솟는다. 메이븐은 비명을 지르려 하지만 자기 피가 입을 온통 적시고 있다.

눈썹을 찌푸린 채, 스킨 힐러는 양손을 그의 상처에 대고 작업한다. 그녀는 자신보다 그가 더 중요하다는 것처럼 몸을 구부린다. 이 각도에서는 그 아래 피부까지는 보이지 않지만, 피가 더 이상 솟구치지 않는다. 그를 거의 죽일 수도 있었을 상처가 나았다. 근육과 혈관과 살들은 도로 다시 짜이고, 그 조직은 새것처럼 훌륭할 터이다. 흉터도 남지 않는다. 기억은 남겠지만.

길고 숨이 멎을 것 같던 순간 후에, 메이븐은 거칠게 자기 발로 일어서고, 그의 양손에서 불길이 폭발하듯 일어나서 그의 수행원들은 비틀거리며 뒤로 물러난다. 그의 앞에 있던 테이블이 메이븐의 불길이 뿜은 분노와 힘의 후폭풍에 말려 휙 젖혀지며 폭발한다. 테이블은 엄청난 소리를 내며 떨어지고는, 파랗게 타오르는 술 웅덩이를 뱉어낸다. 나머지도 메이븐의 분노를 먹이 삼아 불이 붙는다. 그리고, 메이븐의 두려움도.

그런 상태의 메이븐에게로 다가갈 정도로 뻣뻣한 신경을 지닌 자는 볼로가 유일할 것이다.

"국왕 전하, 저희가 전하를 대피시킬 수 있도록……."

번뜩이는 눈으로, 메이븐이 돌아선다. 그의 머리 위에서 샹들리에의 전구가 스파크 대신에 불꽃을 내뿜으면서 폭발한다.

"내게는 달아날 이유가 없다."

이 모든 것이 극히 짧은 순간에 일어난다. 온통 부서진 유리에 뒤집힌 테이블들, 그리고 몇 구의 매우 훼손된 시신들까지, 연회장은 도살장으로 보인다.

알렉산드렛 왕자도 그중 하나다. 그는 미간에 총알구멍이 파인 채로 자기 주빈석에 고꾸라져 있다.

나는 그의 죽음은 애도하지 않는다. 그의 능력은 고통이었다.

＊ ＊ ＊

자연스럽게, 그들은 나를 제일 먼저 심문한다. 이 지경에 이르니 심문에 익숙해져야겠다 싶다.

기력이 다 빠지고 감정적으로 지친 채, 나는 샘슨이 놓아주는 순간 차가운 돌바닥에 푹 쓰러진다. 막 달리기라도 한 것처럼 숨이 거칠다. 헐떡거림을 멈추고, 품위와 감각 조각 몇 개라도 붙들기 위해 나는 심장 박동을 정상으로 돌리려고 애를 쓴다. 아벤들이 족쇄를 다시 제대로 잠그고, 열쇠는 가져간다. 족쇄는 안도이자 짐이다. 보호막이자 감옥이다.

우리가 지금 물러나 있는 곳은 거대한 회의실로, 월시가 진홍의 군대를 보호하려고 자살하던 모습을 지켜보았던 바로 그 방이다. 감시병들은 그때 일로 교훈을 배웠는지, 죄수를 단단히 붙들고 어떤 움직임도 허락하지 않는다. 메이븐은 의석에 앉아서 양옆에 볼로와 다라에우스를 대동하고는 음흉한 시선을 아래로 던진다. 후자의 경우 생생한 분노와 슬픔 사이에 있는 고통으로 씩씩거리고 있다. 그의 동포 왕자가 죽었다. 그는 메이븐에 대한 암살 시도였다고 내가 알고 있는 바로 이 일 때문에 죽었다. 슬프게도 실패한, 바로 그 시도 때문에.

"배로우는 이 일에 대해서 아는 것이 없습니다. 하우스들의 반역이나 존의 배신 어느 쪽도 알지 못합니다."

샘슨이 방에 들리도록 말한다. 이 끔찍한 방은 대부분의 자리가 빈 채로 문을 꼭 걸어 잠그고 있으니 좀 작게 보인다. 메이븐의 최측근만이 남아서 지켜보며 머리를 굴리고 있다.

자리에 앉은 채, 메이븐이 비웃는다. 거의 살해당할 뻔했는데도 별로 겁먹어 보이지 않는다.

"그래, 이건 진홍의 군대가 저지를 법한 일이 아니었다. 그들은 이런 식으로 움직이지 않아."

다라에우스가 자기 매너나 미소를 몽땅 잊어먹은 듯이 끼어든다.

"그거는 모르는 일입니다. 전하께서 뭐라고 말씀하시든 그것과 상관없이, 전하는 그들에 대해 아무것도 모르시는군요. 진홍의 군대가 만약에 은혈과 동맹을……."

"더럽네요."

에반젤린이 메이븐의 왼쪽 어깨 뒤 자기의 자리에서 받아친다. 그녀에게는 의석도 지위도 없기에 그녀는 빈자리가 그토록 많이 있음에도 불구하고 서 있어야만 한다.

"신들은 벌레들과 동맹을 맺지 않습니다, 하지만 그들도 물릴 수야 있겠지요."

"예쁜 아가씨 입에서 나오는 예쁜 말이로군."

다라에우스는 노골적으로 그녀의 말을 묵살하며 말한다. 그녀는 씩씩댄다.

"나머지는요?"

메이븐의 손짓에 다음 심문이 본격적으로 시작된다. 헤이븐의 쉐도우가 그녀가 달아나지 못하도록 단단히 붙들고 있는 트리오의 손에 끌려나온다. 능력이 사라지자 그녀는 희미하게 보인다. 그녀의 아름다운 가문의 메아리다. 그녀의 붉은 머리카락은 평소의 진홍색 번쩍거림이 없어지고 나니 어둡고 칙칙하게 보인다. 샘슨이 그녀의 관자놀이에 손을 올리자, 그녀는 비명을 지른다.

샘슨은 아무 감정 없이, 오직 따분함만을 보이며 말한다.

"그녀는 자기 여동생, 일레인에 대해 생각하고 있습니다."

에반젤린의 응접실에서 미끄러지듯 움직이던 일레인의 모습을 본 것이 고작 몇 시간 전이다. 그때 그녀는 곧 닥칠 암살에 대해서 아는 것이 있다는 티를 전혀 내지 않았다. 하지만 좋은 전략가라면 누구라도 그럴 것이다.

메이븐도 그걸 깨닫는다. 그는 에반젤린을 분노가 부글대는 시선으로 바라본다.

"레이디 일레인이 자기 하우스의 대다수와 함께 탈출했으며 수도에서 달아났다고 들었다. 그대는 그들이 어디로 달아났을지 뭐라도 짐작 가는 바가 있나?"

에반젤린은 시선을 앞에 둔 채, 아슬아슬한 곡예를 한다. 그녀의 아버지나 오빠가 그토록 가까이 있다 하더라도, 만약 메이븐이 분노를 터뜨리겠다고 마음을 먹는다면 누가 그녀를 구해 줄 수 있을지 모르겠다.

"아뇨, 제가 어떻게 알겠어요?"

그녀는 갈고리 같은 손톱을 살피며 대수롭지 않다는 듯 말한다.

"왜냐하면 그녀는 그대 오라비의 약혼자이며 그대의 매춘부였으니까 말이지."

왕은 아무 감정을 내비치지 않은 채 대꾸한다.

만약 에반젤린이 수치를 느꼈거나 심지어 사죄할 마음이 들었다고 한들, 그녀는 결코 그런 기색을 내보이지 않는다.

"아, 그거."

그녀는 심지어 예상했던 일이라도 된다는 듯이 코웃음을 친다.

"일레인이 제게서 대단히 얻어낼 정보가 뭐 있었겠어요? 전하께서 제가 의회나 정치에서 멀어지도록 획책하시는데. 어느 편인가 하면 오히려, 일레인으로서는 전하께 호의를 베푼 셈이죠, 제가 유쾌하고 만족한 상태로 남아 있도록 해 주었으니."

그들의 다툼은 내게 또 다른 왕과 왕비, 메이븐의 부모가 진홍의 군대가 태양의 홀에서 열렸던 파티를 공격한 뒤에 벌이던 싸움을 연상시킨다. 그들은 서로를 찢어발기고 후일에 써 먹기 위해서 상대에게 깊은 상처를 남겼다.

"그렇다면 심문을 진행하기로 하지, 에반젤린, 두고 보자고."

그는 보석으로 치장한 한 손으로 가리키며 쏘아붙인다.

"제 딸 중 누구도 결코 그런 일을 겪을 수는 없습니다."

볼로가 천둥처럼 끼어들지만, 그 말은 거의 위협처럼 들리지 않는다. 그저 사실이다.

"에반젤린은 이 일에 아무 관련이 없으며, 저 애는 자기 목숨을 걸고 전하를 수호하기까지 했습니다. 에반젤린과 제 아들의 재빠른 행동이 아니었다면…… 음, 그 말을 하는 것조차 반역죄로군요."

그 늙은 원로는 그 생각만으로도 엄청나게 역겹다는 듯이 주름진 하얀 피부를 찡그린다. 마치 메이븐이 죽었다면 자기가 기뻐하지 않았을 거라는 듯이.

"국왕 전하 만세."

바다 한가운데에서, 헤이븐 여자가 트리오를 떨쳐내려고 애를 쓰면서 으르렁댄다. 그는 그 여자가 계속 무릎을 꿇고 있게 단단히 그녀를 누른다.

"그래, 국왕 전하 만세!"

그녀가 우리를 쳐다보면서 말한다.

"티베리아스 7세! 국왕 전하 만세!"

칼.

메이븐이 그의 의자 팔걸이에 주먹을 세게 내리치며 벌떡 일어선다. 방이 활활 탈 거라고 생각했는데, 어떤 불도 피어오르지 않는다. 그럴 수 없다. 그가 침묵하는 돌 위에 앉아 있는 한은 불가능하다. 유일하게 그의 눈만이 이글거리며 타오른다. 다음 순간, 느리게, 광기 어린 미소를 지으면서, 메이븐이 소리 내어 웃기 시작한다.

"이 모든 게…… 그 때문이라고?"

그가 히죽대며 말한다.

"내 형은 왕을, 우리 아버지를 살해했고, 내 어머니의 살해에 일조했으며, 이제 나를 살해하려고 하고 있지. 샘슨, 계속하지."

그는 머리를 사촌의 쪽으로 기울인다.

"반역자에게는 어떤 자비나 회한도 없다. 특히 멍청한 자들에게는 더더욱."

나머지 사람들은 심문이 지속되는 걸 지켜보면서 그 헤이븐 여자가 자기 파벌에 대한 비밀들, 자기들의 목표, 자기들의 계획에 대해 뿜어내는 걸 귀 기울여 듣는다. 메이븐을 그의 형으로 대체하기 위해서. 왕이 되기 위해 태어난 칼을 왕으로 만들기 위해서. 모든 일들을 원래 그랬어야 했던 그대로 돌리기 위해서.

그 모든 일이 진행되는 동안, 나는 왕좌에 앉은 소년을 바라본다. 그는 자기 가면을 유지하고 있다. 턱에는 힘을 주고, 입술은 얇고 자비 없는 선을 그리며 꼭 다물고 있다. 손가락은 침착하고 등은 꼿꼿하다. 하지만 그의 시선이 흔들린다. 그의 눈에 있던 뭔가가 멀리 사라졌다. 그리고 그의 목깃에, 아주 엷은 회색의 홍조가 올라와서 그의 목과 귀 끝을 물들인다.

그는 무서운 것이다.

잠시 동안, 그 사실이 즐겁다. 다음 순간 나는 생각한다. 괴물은 겁에 질렸을 때 가장 위험하다는 것을.

# 제11장

# 카메론

내가 *고드름으로* 변한다고 하더라도, 트라이얼 뒤편에 남고 싶었다. 공포 때문이 아니라, 내 논점을 인정해 줬으면 싶었기 때문이다. 난 배로우가 자기를 그렇게 쓰라고 허락해 줬던 것과는 다르게, 이용해 먹기 좋은 무기 같은 게 아니다. 누구도 내게 어디로 가라든가 무엇을 하라고 말할 수 없다. 그거라면 이미 실컷 겪었다. 내 인생 전부를 그렇게 살아 왔다. 그리고 내 안의 모든 본능이 진홍의 군대가 코르비움에서 벌일 작전에서 빠지라고 경고했다. 군인들을 몽땅 삼켰다가 뼈만 뱉어내는 그 성채 도시 말이다.

내 동생, 모레이만 아니었다면, 이제 고작 몇 킬로미터 떨어진 곳에, 여전히 해자 안에 붙잡혀 있는 그 애만 아니었다면. 내 능력에도 불구하고, 그를 구하려면 내게는 도움이 필요하다. 그리고 내가 이 멍청한 진홍의 군대에게서 뭐라도 얻어내려면, 나 또한 대가로 뭔가

232

를 내 놓아야만 할 것이다. 팔리는 그 점을 분명히 했다.

나는 그녀가 좋다. 그때의 "활용" 발언에 대해서 사과를 한 지금은 더 좋아졌다. 그녀는 자기가 의미한 바를 이야기한다. 그럴 권리라면 다 갖췄지만, 그녀는 맥이 빠져 지내지는 않는다. 칼과는 다르다. 매번 구부러진 곳이 나올 때마다 곱씹으면서 돕는 것도 거절하고, 그러다가 다음 순간에 자기가 그러고 싶은 기분이 들면 갑자기 동의하는 그런 인간하고는. 추락한 왕자는 정말 사람을 기진맥진하게 만드는 타입이다. 어떻게 메어는 그를, 아니면 빌어먹을 편만 선택하는 그의 무능함을 견뎠는지 도통 모르겠다. 더구나 자기가 고를 수 있는 쪽이 오직 한 편밖에 없는 이런 특별한 상황에서 말이다. 심지어 지금 그는 코르비움의 은혈들을 보호하고 싶은 마음과 그 도시를 두 쪽으로 찢어 버리고 싶은 마음 사이에서 방황하며 고함을 지르고 있다.

"성벽을 장악해야 돼."

그는 팔리와 대령 앞에 서서 중얼거린다. 우리는 최종 목적지로부터 몇 킬로미터 떨어진 곳에 있는, 방어가 조금 낮은 보급용 도시인 로캐스타의 본부에서 작전을 수행하는 중이다.

"성벽을 장악하면 도시를 완전히 뒤집을 수도…… 성벽을 치워 버릴 수도 있지. 코르비움을 쓸모없게 만들 수 있어. 모두에게."

나는 빈 방에 멍청하게 앉아서, 에이다 옆에 앉아 고개만 오락가락하며 이야기를 듣고 있다. 이건 팔리의 생각이다. 나와 에이다는 좀 더 잘 보이는 이들, 그러니까 신혈들과 적혈들 양쪽 모두에게 잘 알려진 두 명이다. 이 모임에 우리를 포함시키는 것은 집단의 나머지 사람들에게 강력한 메시지를 보낸다. 에이다는 크게 뜬 눈으로 모든 단어와 태도를 기익하면서 바라본다. 보통 내니가 우리와 함께 하곤 했지만, 내니는 이제 없다. 그녀는 작은 여성이었지만, 그녀의 빈자리는 매우 큰 구멍으로 남았다. 그리고 그게 누구 탓인지는 뻔하다.

나는 칼의 등을 태울 듯이 노려본다. 내 능력이 찌릿찌릿하게 느껴지지만, 그를 무릎 꿇게 만들고 싶은 욕구를 억누른다. 그는 메어를 위해서는 우릴 제물로 바칠 테지만, 세계의 나머지를 위해서는 자신의 것을 바치지 않을 것이다. 아케온에 잠입하는 것은 내니가 한 선택이었지만 그것이 그녀의 생각이 아니란 사실을 모두가 안다.

팔리도 나만큼이나 그 사실에 화가 나 있다. 그녀는 칼에게 말을 할 때조차 거의 그의 얼굴을 쳐다보지도 않는다.

"지금 중요한 질문은 우리 쪽 사람들을 얼마나 효과적으로 보낼 수 있는지야. 성벽 위에 있는 사람들 모두에게 집중할 수는 없어, 아무리 그들이 중요하다고 해도."

"제 계산으로는, 어떤 시간대이든 1만 명의 적혈 군인들이 코르비움을 점거하고 있습니다."

에이다의 그 겸손함에 웃음을 터뜨릴 뻔한다. *제 계산으로는.* 그녀의 계산이 완벽하다는 것은 모두가 안다.

"군대 의례에 따르면 10명마다 한 명의 요원이 배치되도록 되어 있으므로, 그것은 즉 도시 안에서 적어도 1000명의 은혈들을 맞닥뜨리게 된다는 뜻이에요. 지휘부나 행정부를 계산에 넣지 않더라도 말이지요. 그들을 무효화시키는 것이 우리의 목적이 되어야 합니다."

칼은 에이다의 완벽하고 논쟁의 여지없는 지성에도 확신을 하지 못하고 팔짱을 낀다.

"잘 모르겠군. 우리의 목표는 코르비움을 파괴하고, 메이븐의 군대 심장부를 치는 거다. 그 일은…… (그는 더듬는다.) 양쪽 모두에의 대학살 없이는 불가능해."

자기가 우리 쪽에 벌어질 일을 우려하기라도 하는 것처럼 말하시네. 우리 중 누가 죽으면 걱정하기라도 할 것처럼.

"1000명이나 되는 은혈들이 지켜보고 있는 도시를 어떻게 파괴하려는 계획인데?"

나는 대답을 얻을 수 없을 것을 알면서도 큰 소리로 묻는다.

"조용히 앉아서 지켜봐 달라고 왕자님이 부탁하기라도 할 건가?"

"당연하지만 저항하는 자와는 싸울 것이다."

대령이 끼어든다. 그는 감히 그렇게 주장이라도 하겠다는 듯한 태도로 칼을 응시한다.

"그리고 그들은 저항할 거야. 우리도 아는 사실이지."

"그런가?"

칼의 어조는 조용하지만 우쭐한 느낌이다.

"메이븐의 궁중 사람들 일부가 지난주에 그를 살해하려고 했다. 하이 하우스들 간에 분열이 있다면, 군대에도 반드시 분열이 생겼을 거야. 적어도 코르비움에서는 전면 공격은 분열된 그들을 통합하는 효과를 줄 뿐이야."

내 조소가 방에 메아리친다.

"그래서, 뭐, 기다리라고? 메이븐이 자기 상처를 핥고 다시 뭉칠

235

수 있게? 그에게 숨 고를 시간을 주라는 거야?"

"그에게 스스로 목 매달 시간을 주는 거지."

칼이 받아친다. 그는 나를 마주 쏘아본다.

"그에게 더 많은 실수를 할 시간을 줘. 이제 그는 그의 유일한 동맹인 피에드몬트와도 얇은 얼음막 위에 서게 됐고, 하이 하우스 세 곳이 공개적으로 반역을 저질렀지. 그들 중 하나는 거의 모든 공군을 손에 넣고 있는 곳이고, 다른 하나는 어마어마한 정보망을 가지고 있어. 그에게 여전히 우리와 레이크랜즈라는 골칫거리가 있다는 건 언급할 필요도 없겠지. 그는 두려울 거고, 허둥지둥하고 있을 거다. 나라면 지금 그의 왕위를 물려받고 싶지도 않을 거라고."

"정말로?"

팔리가 가벼운 목소리로 묻는다. 하지만 그 말은 방을 칼날처럼 가른다. 그 단어들이 그를 찌른다. 누구라도 그걸 볼 수 있을 정도다. 왕족으로 받은 훈련이 그의 얼굴을 고요하게 유지하도록 도와주지만 그의 눈동자는 주인을 배신한다. 그의 눈은 형광등 아래에서 번뜩인다.

"거짓말 하지 마, 아케온 밖의 다른 소식들에 무관심하다고 말해보시지. 라리스랑 아이럴이랑 헤이븐이 네 동생을 죽이려고 시도했던 이유 말이야."

그는 마주본다.

"그들은 메이븐이 자기 힘을 남용하고 자신의 사람들을 살해하는 폭군이기 때문에 쿠데타를 벌인 것이다."

나는 주먹으로 의자 팔걸이를 쾅 하고 찍는다. 그가 이 사건을 놓고 자기 식대로 놀게 둘 수야 없다.

"그들은 너를 왕으로 만들고 싶었기 때문에 봉기한 거라고!"

나는 고함을 친다. 놀랍게도, 그는 움찔한다. 아마도 그는 단순한 말 뒤로 공격이 따를 거라고 예상했나 보다. 하지만 나는 어려울지는 모르지만, 능력을 억누른다.

"'티베리아스 7세 만세.' 그게 암살자들이 메이븐에게 한 말이라고. 화이트파이어 궁에 있던 우리 첩보원 말로는 분명했대."

그는 길고 절망스러운 한숨을 내쉰다. 그는 이 대화로 인해 늙어 보인다. 눈썹을 찌푸리고, 턱에는 힘이 단단히 들어갔다. 근육이 목에 솟아나고, 손은 주먹을 말아 쥔다. 그는 막 고장이라도 날 것 같은…… 아니면 폭발할 것 같은 기계이다.

"그건 예상 밖이네."

그가 중얼거린다. 그런다고 뭐라도 더 나아지기라도 할까.

"결국 계승 위기가 있었군. 하지만 누구에게든 나를 도로 왕좌에 앉힐 실현 가능한 방법은 없어."

팔리가 머리를 기울인다.

"만약 그들이 그럴 수 있으면?"

조용하게, 나는 그녀를 응원한다. 그녀는 메어가 그랬던 것처럼 왕자의 책임을 면하게 해 주질 않는다.

"만약 그들이 네 소위 그, 날 때부터의 권리대로 말이야, 이 모든 일을 끝내는 데에 대한 대가로 왕관을 내민다면, 그럼 어쩔 건데, 받아들일 거야?"

캘로어 하우스의 추락한 왕자는 그녀를 믿어지지 않는다는 듯이 똑바로 쳐다본다.

"아니."

그는 메어만큼 훌륭한 거짓말쟁이는 아니다.

✳ ✳ ✳

"인정하기는 싫지만, 기다리라는 부분에 있어서는 칼의 말에 일리가 있어."

나는 팔리가 내게 따라 준 차를 거의 토해낸다. 재빨리 나는 금방이라도 무너질 듯한 테이블 위로 이 빠진 찻잔을 돌려놓는다.

"진지하게 하는 말은 아니겠지. 어떻게 그를 믿을 수 있어?"

팔리는 앞뒤로 왔다 갔다 하면서 긴 몇 걸음만에 작은 방을 가로지른다. 한 손으로는 움직이는 동안 내내 허리를 마사지하면서 아픈 곳 중에 하나를 해결한다. 머리카락은 매일 길어지고 있고, 좀 이상한 길이이기는 하지만 그녀는 뒤로 땋아 내린 채 지내고 있다. 내 자리에 앉으라고 할까 했지만, 요즈음 그녀는 별로 앉는 걸 좋아하지 않는다. 그녀는 자기 위안 겸 신경질적인 에너지 발산을 위해 계속 걸어다니려고 한다.

"당연히 나는 그를 믿지 않아."

그녀는 페인트가 벗겨진 벽들 중 하나를 약하게 걷어차며 대꾸한다. 그녀의 좌절은 감정들만큼이나 높이 달린다.

"하지만 칼과 관련해서 믿는 것들이 몇 가지 있긴 해. 가령 칼이 특정 사람들이 관계된 부분에 있어서는 특정 방식으로 행동한다는 건 믿을 수 있거든."

"메어 말이구나."

*명백하다.*

"메어랑 그의 동생. 한 명에 대한 그의 애정이 다른 쪽에 대한 증오를 꽤 잘 속이고 있지. 그게 우리가 그를 붙잡아두는 유일한 방법일 거야."

"그냥 이제 가라고 해. 그냥 가서 다른 은혈들 몇 명 좀 더 짜증나게 만들고 메이븐의 옆구리에 낀 가시처럼 되라고 해. 여기에는 칼이 필요 없다고."

팔리는 소리 내어 웃음을 터뜨리는데, 요즘 팔리의 웃음은 씁쓸한 소리를 낸다.

"그래, 내가 사령부에다 꼭 그대로 말할게, 우리의 가장 잘 알려진 정당한 첩보원을 발로 차서 쫓아냈다고. 참 잘도 받아들여지겠다."

"칼이 정말로 우리와 함께하는 것도 아니……."

"음, 메어도 정말로 메이븐과 함께하는 것은 아니지, 하지만 사람들은 그것도 이해하는 것처럼은 안 보이잖아, 그렇지 않아?"

팔리의 말이 옳다고 할지라도, 나는 쏘아본다.

"우리가 칼을 데리고 있으면 있을수록, 사람들은 주목할 거야. 아케온에 대한 첫 시도를 우리가 얼마나 끔찍하게 망쳤는지랑은 상관없이, 우린 결국 은혈 왕자를 우리 편에 데리고 있는 게 되는 거지."

"빌어먹게 쓸모없는 왕자라고."

"짜증나고, 불만만 많고, 진정으로 아주 골칫거리기는 하지만……
쓸모없지는 않아."

"아, 그래? 내니를 죽음으로 밀어 넣은 거 말고, 그가 최근에 우리를 위해서 한 일이 뭐가 있는데?"

"내니는 강제로 아케온에 들어간 게 아니야, 카메론. 그녀는 자기 스스로 결정을 내렸고 그 결과로 죽었어. 때때로 그런 일도 일어나는 법이야."

엄마처럼 말하지만, 팔리는 사실 나보다 그렇게 나이가 많지 않다. 많이 쳐 봐야 22살일 것이다. 팔리의 모성 본능이 일찍 눈을 뜨고 있나 보다.

"게다가 사실 칼이 덜 적대적인 은혈들에게도 점수를 좀 따고 있거든. 몬트포트에서도 그에게 관심이 있어."

몬트포트. 미스터리한 자유 공화국. 래시와 타히르 쌍둥이는 그곳을 자유와 평등의 안식처로 묘사한다. 거기서는 적혈, 은혈, 그리고 아든트(그들이 신혈을 부르는 말이다.) 들이 함께 평화롭게 살 수 있다고 한다. 믿기 힘들 정도로 불가능한 곳이다. 하지만 그렇기는 해도, 그들이 보내는 돈, 그들이 주는 보급품, 그들의 지원만큼은 믿을 수밖에 없다. 어떤 면에서 우리가 갖고 있는 자원 대부분은 그들이 주는 것이다.

"그 사람들 원하는 바가 뭔데? 홍보 포스터 모델?"

나는 컵 속의 차를 후후 불어 소용돌이치게 해서, 열기가 내 얼굴로 올라오도록 한다. 여기는 이라벨만큼 춥지는 않지만, 겨울은 여전히 로캐스타의 안전 가옥에도 스멀스멀 돌아다니고 있다.

"비슷한 거지. 사령부에서 별별 소리가 다 나오고 있어. 그거 대부분을 명확히 아는 건 아니야. 사령부에서는 메어를 원했지만……."

"메어는 좀 다른 일에 정신이 팔려 있지."

메어 배로우에 대한 언급은 쉐이드에 대한 기억만큼 팔리에게 영향을 끼치지는 않지만, 어쨌든 고통이 잠깐이나마 그녀의 얼굴을 쓸고 지나간다. 그녀는 당연하게도 그 사실을 숨기려고 애를 쓴다. 팔리는 외부에 영향을 받지 않는 것처럼 보이기 위해서 애를 쓰고, 대개는 성공한다.

"그러니까 정말로 메어를 구출할 방법이 없는 거구나."

나는 속삭인다. 팔리가 고개를 끄덕이는 순간, 놀랍게도 갑자기 가슴속에서 격렬하게 슬픔이 일어나는 걸 느낀다. 메어가 정말 짜증 나기는 했어도, 나는 여전히 그녀가 돌아왔으면 좋겠다. 우리에게는 그녀가 필요하다. 그리고 긴 몇 달이 지나는 동안, 나는 *나도* 메어를 필요로 한다는 걸 깨달았다. 메어는 다르다는 것이 어떤 것인지를 알고 있었고 자기 같은 누군가를 찾아서, 같은 척도 안에서 두려워하거나 두려움의 대상이 되었다. 대부분의 경우에는 거들먹거리는 멍청이였지만 말이다.

팔리는 차를 한 잔 더 따르기 위해서 서성거림을 멈춘다. 컵에서 김이 솟아서 뜨거운 허브 향기와 함께 방을 메운다. 그녀는 컵을 든 채 마시지는 않고, 자기 방 벽에 높이 자리한 안개 낀 창문으로 다가간다. 창으로는 태양빛이 번지고 있다.

"우리가 가진 것들로 무엇을 할 수 있을지 모르겠어. 코르비움에 침투하는 건 아케온과 비교하자면 쉬운 편이야. 그건 총공격이어야 할 테고, 우리가 발휘할 수도 없는 종류의 것일 테지. 특별히 지금처럼, 내니와 그 암살 시도 후에는 말이야. 메이븐 궁정의 보안은 지금 최고 등급이고…… 감옥보다도 살벌해. 만약에…….”

“만약?”

“칼은 우리에게 기다리고 했지. 코르비움의 은휠돌이 서로 맞서게 두라고. 우리가 다른 일을 하기 전에 메이븐이 먼저 실수를 하게 만들라고.”

“그리고 그러면 메어에게도 도움이 될 거야.”

팔리는 고개를 끄덕인다.

“메어로서도 피해망상에 빠진 왕의 약하고 분열된 궁정에서 탈출하는 편이 더 쉽겠지.”

그녀는 건드리지도 않은 찻잔을 보면서 한숨을 쉰다.

“지금으로서는 메어를 구할 수 있는 건 오직 자신뿐이야.”

대화는 쉽게 전환된다. 메어가 돌아오기를 원하는 것만큼이나, 내가 바라는 대상이 있다.

“이제 우리, 초크에서는 얼마나 멀리 떨어져 있지?”

“또 이 얘기야?”

“언제나 이 얘기지.”

나는 일어나려고 테이블을 밀친다. 일어나야만 할 것 같다. 나는 팔리만큼이나 키가 크지만, 항상 그녀가 나를 내려다본다는 느낌을 받는다. 나는 어리고, 훈련도 받지 않았다. 내가 살던 빈민가 밖의 세상에 대해서는 잘 알지도 못한다. 하지만 그것이 내가 여기 앉아서 명령에 따라야 한다는 뜻은 아니다.

“당신 도움이나 진홍의 군대의 도움을 바라는 게 아니야. 그냥 지도 한 장, 어쩌면 총 하나 정도만 줘도 돼. 빌어먹을 나머지 문제는 내가 알아서 해결할게."

그녀는 눈 하나 깜빡이지 않는다.

"카메론, 네 동생은 군대로 파견되었어. 그냥 이를 뽑는 거랑은 차원이 달라."

나는 옆구리에서 주먹을 꼭 쥔다.

"내가 여기 앉아서 칼이 자기 바퀴나 굴리는 꼴을 보려고 여기까지 온 힘을 다해 온 건 줄 알아?"

지금까지 수도 없이 한 지겨운 논쟁이다. 그녀는 쉽게 나를 입 다물게 만든다.

"음, 네가 죽으려고 여기까지 온 힘을 다해 온 게 아니라는 건 확실히 알지."

그녀는 침착하게 대꾸한다. 그녀의 넓은 어깨는 도전하듯 조금 위로 솟는다.

"네 능력이 얼마나 강력하든 아니면 치명적이든 간에, 그게 정확하게 일어나게 될 일이야. 그리고 심지어 네가 한 다스의 은혈들을 너랑 같이 데려간다고 해도, 네가 아무것도 얻지 못하고 죽도록 내버려 둘 순 없어. 알아듣겠어?"

"내 동생은 아무것도가 아니야."

나는 투덜거린다. 팔리의 말이 맞지만, 그걸 인정하고 싶지는 않다. 대신에, 나는 그녀의 눈을 피해 벽을 본다. 손가락으로 페인트를 벗겨내어, 짜증스럽게 던져내 버린다. 아이같은 행동이지만, 기분이 조금은 나아진다.

"당신은 내 대장이 아니잖아. 당신은 내 삶에 이래라 저래라 참견

할 수 없어."

"그 말은 맞아. 난 네게 그저 뭔가를 지적하고 싶은 기분인 친구일 뿐이지."

그녀가 움직이는 소리, 삐그덕대는 바닥 위로 무겁게 울리는 발소리가 들린다. 하지만 그녀의 손길은 가볍고, 그녀의 손은 어깨 위로 살짝 스칠 뿐이다. 그녀의 움직임은 기계 같다. 다른 사람을 어떻게 위로해야 할지 전혀 모르는 것 같다. 스산하게도, 그녀가 도대체 어떻게 따뜻하고 잘 웃던 쉐이드 배로우와 침대는커녕 대화를 공유할 수 있었던 것인지 궁금해진다.

"네가 메어에게 했던 이야기 기억해. 우리가 너를 처음 찾았을 때. 비행기에서, 넌 신혈을 찾는 메어의 행동이, 그들을 구하는 게, 잘못이라고 했지. 피로 인한 구별을 지속할 뿐이라고. 적혈의 한 종류를 다른 하나 위에 올릴 뿐이라고. 네 말이 옳았어."

"이 문제는 그거랑 달라. 나는 그저 내 동생을 구하고 싶은 거야."

팔리가 코웃음을 친다.

"나머지 사람들은 어떻게 여기 온 거라고 생각하는 거야? 친구를, 형제자매를, 가족을 구하기 위해서. 우리 자신을 구하기 위해서 말이야. 우리 모두 여기에 각자 이기적인 이유들로 오게 된 거야, 카메론. 하지만 그런 이유에 현혹되면 안 돼. 우린 대의를 생각해야만 해. 더 나은 것. 그리고 너는 여기서, 우리와 함께 더 많은 일들을 해낼 수 있어. 우리는…… 너를 잃을 수 없어."

*너도. 너도 잃을 수는 없어.* 그 말은 입 밖으로는 나오지 않고 공기 중에만 매달려 있다. 어쨌든 나는 알아듣는다.

"틀렸어. 난 여기 선택해서 온 게 아니야. 난 끌려왔다고. 메어 배로우가 날 억지로 끌고 왔고, 당신들 모두가 그 일에 동조했잖아."

"카메론, 그 카드 이제 너무 많이 써 먹은 거 아니야? 넌 이미 오래 전에 여기 남기로 선택했잖아. 넌 돕기로 선택했어."

"그래서 당신이라면 뭘 선택할 건데, 팔리?"

나는 그녀를 마주본다. 그녀는 내 친구일지도 모르겠지만, 그렇다고 해서 내가 물러서야만 하는 것은 아니다.

"뭐라고?"

"당신이라면 더 나은 것을 선택할래? 아니면 쉐이드를 선택할래?"

그녀가 아무 말 없이 초점 없는 눈을 미끄러뜨릴 때, 나는 내 질문에 답을 얻는다. 그녀가 우는 걸 보고 싶지는 않아서 나는 몸을 돌려 문으로 향한다.

"훈련해야 되어서."

나는 누구에게랄 것도 없이 말한다. 그녀가 여전히 듣고 있었을 것 같지는 않다.

＊＊＊

로캐스타 안전 가옥에서 하는 훈련은 훨씬 어렵다. 여기 근처에는 충분한 장소가 없고, 내가 아는 대부분의 공작원들이 이라벨에 남겨진 것은 말할 것도 없다. 예를 들어, 킬런이 그렇다. 그가 몹시도 바랐음에도, 킬런은 전면전에 임할 준비가 전혀 되어 있지 않음은 물론이고 기댈 만한 능력도 없다. 그는 뒤에 남겨졌다. 하지만 나의 훈련 담당은 아니었다. 어쨌든, 그녀는 은혈이고, 그리고 대령은 그녀를 자기 눈 밖에 둘 수는 없었던 것이다.

사라 스코노스가 보강된 창고의 지하에서 기다리고 있다. 이 방은 신혈들의 연습을 위한 용도다. 지금은 저녁 식사 시간이니, 이 특정 보호처에 있는 다른 신혈들은 나머지 사람들과 함께 위층에서 식사를 하고 있을 것이다. 딱히 우리에게 그다지 많은 공간이 필요하지 않지만, 우리만 쓰는 공간이 있다.

그녀는 책상다리로, 콘크리트 벽과 한 세트인 콘크리트 바닥에 손바닥을 대고 앉아 있다. 필요하려면 사용할 준비를 한 노트도 거기 있다. 들어가는 내 모습을 시선으로 좇는 것이 내가 그녀에게서 받을 수 있는 유일한 인사다. 현재로서는 우리에게 합류한 다른 스킨 힐러가 없기 때문에, 그녀는 여전히 벙어리 상태다. 익숙해졌다고 생각하지만, 홀쭉한 뺨과 없어진 혀를 볼 때면 움츠리게 된다. 보통 때처럼, 그녀는 내 그런 태도를 못 알아차린 척하며 자기 앞의 공간을 가리킨다.

나는 그녀가 지시하는 대로 앉아서, 달아나거나 공격하고 싶은 익숙한 충동을 누른다.

그녀는 은혈이다. 그녀는 내가 두려워하고, 증오하고, 경배하도록 자라온 것의 총화다. 하지만 줄리언에게나 칼에게와는 달리 사라 스코노스를 경멸하는 마음은 들지가 않는다. 그녀를 동정하기 때문은 아니다. 내 생각에는…… 그녀를 이해할 수 있기 때문 같다. 무엇이 옳은 것인지를 알고 그것 때문에 무시 받거나 벌을 받게 되는 것에서 오는 절망을, 나는 이해할 수 있다. 은혈 감독관을 버릇없이 바

246

라봤다는 이유로 배급을 반만 받았던 경험이 몇 번이었던지 셀 수도 없을 정도다. 상황에 맞지 않는 말을 했던 경우도. 사라의 말이 세도 중이던 왕비를 겨냥한 것이었다는 점만 제외하면 그녀도 마찬가지다. 그리고 그 때문에 사라는 영원히 말을 빼앗기게 되었다.

그녀는 말을 할 수는 없지만, 원하는 바를 소통할 수 있는 수단을 가지고 있다. 그녀는 내 무릎을 두드리더니 자기 회색 눈동자를 마주보게 한다. 다음 순간 그녀는 얼굴을 기울이고 한 손을 가슴 위로 올린다.

나는 그녀가 원하는 바를 알아차리고 그 동작을 따라한다. 나는 그녀의 숨소리에 맞춘다. 고르게 연속해서, 꾸준하고 깊은 숨을 쉰다. 평정을 위한 이런 동작들은 내 머릿속을 빙글빙글 돌고 있는 생각들을 몰아내도록 도와준다. 정신을 비우고, 대개는 무시하고 있는 것들을 느끼도록 한다. 내 능력은 항상 그렇듯이 피부 아래에서 웅웅거리고 있고, 이제 나는 스스로 그걸 느껴 본다. 사용하지는 않고, 그 존재를 인지하는 것이다. 내 침묵의 능력은 여전히 내게는 새로운 것으로, 다른 기술들처럼 알아내야만 한다.

꽤 긴 시간 동안 호흡을 한 후에, 그녀는 다시 날 톡톡 쳐서 올려다보게 한다. 이번에 그녀는 자신을 가리킨다.

"사라, 내가 오늘은 정말로 그럴 기분이 아닌데요."

그렇게 입을 여는데, 사라는 한 손으로 공기 중에 자르는 동작을 해 보인다. 입 다물어. 평소랑 똑같다.

"정말로요. 당신을 다치게 할지도 몰라요."

그녀는 목구멍 깊숙이 코웃음을 치는데, 그건 그녀가 만들어 낼 수 있는 몇 가지 안 되는 발성 중 하나다. 거의 웃음소리처럼 들리기도 한다. 다음 순간 그녀가 자기 입술을 두드리며, 어둡고 능글맞은 웃음을 짓는다. 더 아픈 일도 겪었다는 뜻이다.

"좋아요, 난 경고했어요."

나는 한숨을 쉰다. 나는 더 깊숙한 자세를 취하며 조금 꼼지락댄다. 다음 순간 나는 눈썹을 찌푸리고, 내 능력이 내 주변으로 헤엄쳐 나와 깊게, 퍼져나가도록 한다. 그것이 그녀를 건드릴 때까지. 그리고 침묵이 내려앉는다.

능력이 사라를 때리는 순간, 그녀의 눈이 커진다. 처음에는 찌르르한 정도다. 적어도 그저 찌르르한 정도였으면 한다. 나는 그냥 연습을 좀 하고 싶은 거지, 그녀가 굴복할 때까지 두들겨 패고 싶은 건 아니다. 태풍을 불러낼 수 있었던 메어를 생각해 본다. 또한 칼은 화염을 만들 수 있다. 하지만 두 사람 다 폭발하지 않고 가볍게 대화하는 것은 어려워했었다. 제어는 폭력적인 힘보다 더 많은 연습이 필요하다.

내 능력이 깊어지자, 그녀는 한 손가락을 들어 불편의 정도를 알려 준다. 나는 능력을 계속해서, 하지만 일정하게 그대로 유지하려고 애를 쓴다. 그건 조수를 붙들고 있는 거랑 비슷하다. 침묵에 당하는 것이 어떤 기분일지 나는 모르겠다. 코로스 감옥에서도 침묵하는 돌은 내게 먹히질 않았지만, 그것은 내 주변의 모든 사람들의 숨을 막히게 하고, 고갈시키고…… 그리고 느리게 죽였다. 나는 똑같이 할 수 있다. 1분 뒤에, 그녀가 두 번째 손가락을 든다.

"사라……?"

다른 손으로 그녀는 계속하라고 지시한다.

어제의 훈련을 떠올려 본다. 다섯 개 손가락 레벨에서 그녀는 바닥에 쓰러졌다. 그러고도 내게는 더 밀어붙일 힘이 남아 있었다. 하지만 우리의 유일한 스킨 힐러를 정상 생활이 불가능하게 만드는 것은 현명한 일도, 내가 원하는 바도 아니다.

은빛 홍조가 그녀의 뺨을 물들이는데, 그녀가 다른 손가락을 들기도 전에 지하실의 문이 흔들리며 열린다.

내 집중력과 침묵의 힘이 깨지는 동시에, 그녀의 입에서 안도의 숨소리가 흘러나온다. 우리 두 사람의 얼굴이 방해꾼에게로 휙 돌아간다. 그녀가 드문 미소를 보이는 반면, 나는 상대를 쏘아본다.

"제이코스. 우린 훈련 중이에요, 눈치 못 챘을까 봐 말하는 건데."

나는 그의 쪽에 대고 불평한다.

그의 입 한쪽이 휙 움직이고, 아마 경멸 비슷한 표정을 지으려다가, 그는 곧 삼간다. 나머지 우리들처럼, 그도 이곳 로캐스타에 온 후더 좋아 보인다. 공급이 훨씬 쉽게 오는 곳이다. 옷의 질도 나아져서, 추위에 대항하기 좋게 누빔에 안감이 덧대어진 것으로 바뀌었다. 음식은 푸짐해졌고 방은 따뜻해졌다. 줄리언의 피부색도 돌아왔고, 그의 회색으로 얼룩덜룩한 머리도 윤기가 돈다. 그는 은혈이다. 번창하려고 태어난 종족이다.

"아, 이런, 내가 너무 바보 같았군요. 난 당신이 여기 차가운 콘크리트 바닥에 재미로 앉아 있는 줄로만 알았지 뭡니까."

그가 대꾸한다. 분명히 우리 사이에 애정이라고는 눈 씻고 찾아볼 수가 없다. 사라가 그를 쳐다본다. 미약한 동작이지만 어쨌든 그를

249

조금 부드럽게 만들기는 한다.

"사과할게요, 카메론."

그가 재빨리 덧붙인다.

"그저 사라에게 얘기할 게 좀 있어서요."

사라가 질문의 의미로 눈썹을 움직인다. 내가 일어나 가려고 하자, 그녀는 나를 멈춰 세우더니, 고개를 기울여서, 줄리언에게 계속하라고 요청한다. 그는 그녀가 관계된 일이라면 항상 따른다.

"궁정에서 대탈주가 있었어. 메이븐이 수십은 되는 귀족들을 추방했는데, 그들 대부분이 그의 아버지의 오래된 보좌관들과 칼에게 여전히 충성심을 품고 있었을 부류의 사람들이야. 그건…… 처음에 기밀 문서를 보았을 때는 믿을 수가 없었어. 그런 건 한 번도 본 적이 없어."

줄리언과 사라는 이것이 무슨 의미인지 생각하면서 서로의 시선을 마주한다. 줄리언과 사라의 오래된 친구들인 은혈 로드와 레이디들에게 무슨 일이 있었는지, 나는 아무것도 궁금하지 않다.

"메어는요?"

나는 크게 묻는다.

"그녀는 여전히 거기 있어요, 여전히 죄수죠. 그리고 우리가 반역을 저지른 하우스들로부터 얻어낼 수 있는 더 많은 증거들을 고려해볼 때에……."

그는 한숨을 지으며 고개를 젓는다.

"메이븐은 이미 전쟁 중입니다, 그리고 이제 그는 폭풍을 준비하고 있어요."

나는 바닥 위로 몸을 움직여서, 체중을 옮겨 좀 더 편안한 자세를 취한다. 그의 말이 맞다. 차가운 콘크리트는 불편하다. 여기에 익숙해져야 할 것이다.

"메어를 구하는 건 불가능하다는 건 이미 우리도 알고 있어요. 이 일이 다른 어느 부분에 영향을 미치나요?"

"음, 좋은 소식과 나쁜 소식이 있지요. 메이븐의 적들이 늘어나면 우리에게 그의 손길 너머에서 일을 벌일 수 있는 기회를 더 많이 주게 되겠죠. 하지만 그는 이미 안전을 위해 똘똘 뭉친 채로, 보호를 위한 자기 둥지 속으로 후퇴했어요. 결코 그에게 개인적으로 닿을 수는 없을 겁니다."

내 옆에서, 사라가 목구멍에서 낮은 울음소리를 낸다. 우리 모두가 생각하고 있는 것을 그녀는 말로 표현할 수가 없는 것이다. 나도 그렇다.

"또한 메어에게도요."

줄리언은 냉철한 눈빛으로 고개를 끄덕인다.

"당신 훈련 성과는 좀 어떤가요?"

그는 주제를 순식간에 바꾸고, 나는 대답을 더듬고 만다.

"하, 할 수 있는 최선의 범위에서 괜찮아요. 여기 선생님들이 많은 건 아니니까요."

"그거야 당신이 내 조카랑 훈련하는 걸 거절했기 때문이지요."

"다른 사람들이 할 수 있잖아요."

내 목소리에 날이 서는 걸 무시하면서 말한다.

"어쨌든 그를 죽이지 않겠다고는 약속 못하겠으니, 날 유혹하지 마요."

사라는 비난하듯 혀를 쯧쯧 차지만, 줄리언은 손을 흔들며 그녀를 무시한다.

"괜찮아, 정말로. 당신은 내가 이해 못할 거라고 생각하겠지만, 내가 당신 관점을 이해 못할 거라고 말입니다, 그리고 당신 생각이 맞긴 해요. 하지만 난 정말로 최선을 다하고 있어요, 카메론."

그는 여전히 책상다리로 앉아 있는 우리를 향해서 용감한 걸음을 딛는다. 나는 그것이 마음에 들지 않아서, 재빠르게 손을 딛고 일어나며 내 본능에 나를 맡긴다. 만약 줄리언에게 이토록 가까이 접근하게 된다면, 준비된 상태이고 싶다.

"당신은 날 두려워할 필요가 전혀 없어요, 약속할게요."

"은혈들의 약속은 아무 의미 없어요."

쏘아붙일 필요는 없다. 그 말들은 자체로 이미 충분히 날카롭다.

놀랍게도, 줄리언은 미소를 짓는다. 하지만 그 표정은 텅 비어 있고, 공허하다.

"아, 내가 그걸 몰랐네."

그는 나에게라기보다는, 좀 더 자기 자신과 사라에게 하는 듯이 말한다.

"그 분노를 계속 잘 유지해요. 사라는 동의하지 않겠지만, 당신이 그 능력에 고삐를 채우고 싶다면 다른 무엇보다도 분노가 제일 도움이 될 겁니다."

이런 남자에게서 충고를 듣고 싶지 않은 만큼이나, 그 충고를 받아들이지 않을 수가 없다. 그는 메어를 훈련시켰다. 그가 내 능력이

자라도록 도와주는 걸 거부한다면 멍청한 일일 것이다. 그리고 분노라면 내가 이미 엄청나게 가지고 있는 것 아닌가.

"다른 소식은 없어요? 팔리랑 대령은 기다리는 중인 것 같던데, 아니면 당신의 조카가 그들을 기다리게 만들고 있든가요."

"그래요, 그가 그러는 것처럼 보이더군요."

"이상하네요. 칼은 항상 싸움을 기다리고 있는 줄 알았더니."

줄리언이 다시 한 번 낯선 미소를 지어 보인다.

"당신이 기계들을 다루도록 훈련받으며 자란 것처럼 칼은 전쟁을 다루도록 훈련받으며 자랐으니까요. 하지만 당신도 공장으로 돌아가고 싶지는 않겠죠, 안 그런가요?"

대답은, 어떤 대답도, 그저 목구멍에 들러붙어 있다. *난 노예였어, 강제로 동원되었다고, 그게 내가 아는 전부였으니까.*

"잘난 척 하지 마요, 줄리언."

대신에 앙 다문 이 사이로 내뱉는다.

그는 그저 어깨만 으쓱한다.

"난 당신 관점을 이해하려고 노력 중입니다. 칼의 것도 이해하려고 조금은 노력해 봐요."

다른 때였다면 나는 화나고 방어적인 태도가 되어 방을 쿵쾅대며 뛰어나갔을 것이다. 망가진 퓨즈나 벗겨진 전선에서 위안을 찾으면서. 대신에 나는 사라 옆의 내 자리에 뒤로 물러나며 앉는다. 줄리언 제이코스는 나를 야단맞은 아이처럼 종종대며 사라지게 할 수 없을 것이다. 줄리언보다 더 못된 감독관들이랑 수도 없이 겪은 일이다.

"난 아기들이 빛도 보지 못하고 죽는 걸 봤어요. 신선한 공기도 마셔 보지 못한 채로요. 당신 종족을 위한 노예들이죠. 당신은요? 만약 본 적이 있다면, 그때 당신은 내게 관점에 대해서 가르칠 수 있을 거예요, 제이코스 경."

나는 그에게서 몸을 돌린다.

"왕자가 마침내 편을 고르거든 그때 알려 줘요. 그가 제대로 된 쪽을 고른다면 말이지만."

다음 순간 나는 사라를 향해 고개를 끄덕인다.

"다시 할 준비 됐나요?"

# 제12장

# 메어

몇 달 전에, 진홍의 군대가 자기들의 귀중한 무도회를 공격한 것에 놀라서 태양의 홀에서 달아나던 은혈들은 연합해서 행동했다. 우리는 함께 떠났고, 하나가 되어, 수도에서 다시 합치기 위해서 잇달아 강 아래로 향했다. 이번은 그때와 같지 않다.

메이븐은 무더기로 사람들을 해고한다. 난 그런 정보를 알 수 있는 처지는 아니지만, 수가 점점 줄어드는 것으로 자연스레 알 수 있다. 몇몇 나이 든 고문들이 사라졌다. 재무상, 몇몇 장군들, 다양한 의회의 구성원들. *자기 직위에서 해임된 것*이라고 소문이 돈다. 하지만 나는 그 말에 속지 않는다. 그들은 칼과 가까웠던, 그의 아버지와 가까웠던 이들이다. 메이븐은 영리하게도 그들을 믿지 않았고, 무자비하게도 그들을 제거했다. 그들은 죽거나 실종되진 않는다. 메이븐도 또 다른 가문 전쟁을 촉발할 정도로 어리석지는 않다. 하지만 전혀 과장하지 않고 표현해도, 매우 과단성 있는 행보다. 체스판의 말들처럼 자기 앞의 장애물들을 쓸어내 버리다니. 그 결과로 연회장은 이 빠진 입을 보는 것 같이 된다. 매일이 지날수록 점점 더 구멍이 드러난다. 떠나라는 말을 듣는 사람들 대부분은 나이가 많고, 오래된 동맹을 지지하는, 좀 더 많이 기억하고 새 왕은 덜 신뢰하는 남자와 여자 들이다.

누군가는 이걸 두고 아이들의 궁정이라고 부르기 시작한다.

많은 남녀 귀족들이 왕에 의해서 궁정을 떠나지만 그들의 아들과 딸 들은 남는다. 요청. 경고. 위협.

인질들.

그의 증폭되는 편집증 속에서 메란더스 하우스조차 달아나지 못한다. 오직 사모스 하우스만이 전체가 살아남았으며 그들 중 누구도 메이븐의 휘몰아치는 해고의 희생물이 되지 않는다.

그들은 여전히 여기에 남아 굳건한 충성심을 보인다. 아니면 적어도 그렇게 보이는데 성공한다.

그것이 아마도 메이븐이 나를 요즘 더 자주 호출하는 이유일 것이다. 내가 너무 많이 그를 만나고 있는 이유. 나는 그가 신뢰할 수 있는 충성심을 보유한 유일한 사람이기에. 그가 정말로 잘 알고 있는 유일한 사람이니까.

그는 함께 아침식사를 하는 동안 맹렬한 속도로 보고서들을 훑어본다. 보고서의 내용이 무엇인지 보려고 시도하는 건 쓸모없는 짓이다. 그는 보고서를 다 보고 나면 뒤집어서 테이블 위 자기 옆자리에 내 손이 닿지 않도록 조심스럽게 내려놓는다. 보고서를 읽는 대신에, 나는 그를 읽어야만 한다. 그는 여기 자신의 개인 식당에서만큼은 침묵하는 돌로 주변을 두르려고 애쓰지 않는다. 심지어 감시병들조차 밖에서 대기한다. 모든 문과 키 큰 유리창 양옆마다 장승처럼 서 있기는 하지만. 나는 그들을 보지만, 그들은 우리의 말을 들을 수 없다. 메이븐의 의도대로다. 그는 제복 상의의 단추를 끄르고, 머리는 헝클어진 상태다. 이렇게 이른 아침에는 왕관도 쓰지 않는다. 내 생각에는 여기가 메이븐의 작은 안식처, 아마도 스스로를 안전한 기분이라고 속일 수 있는 장소가 아닐까 싶다.

그는 거의 내가 상상했던 소년처럼 보인다. 자기 자리에 만족하며 결코 자기 것이 될 리가 없는 왕관에 대한 부담 같은 것은 없는, 두 번째 왕자.

내 물 잔의 테두리 너머로, 그의 얼굴 위로 스치는 모든 순간과 갑자기 떠오르는 감정들을 지켜본다. 눈을 가늘게 뜨고, 턱에 힘을 준다. 나쁜 뉴스군. 다크서클도 돌아왔고, 앞에 놓인 접시들에 달려들어 두 사람 몫은 됨직한 음식들을 먹어치우고 있음에도 그는 나날이 말라가는 것처럼 보인다. 메이븐이 암살 시도에 대한 악몽을 꾸는지 궁금하다. 내 손에 죽은 어머니에 대한 악몽은 어떨까. 자기 행동의 결과로 죽은 아버지는? 추방되었음에도 여전히 위협적인 형은? 메이븐은 자신이 칼의 그림자라고 말했었는데, 지금은 칼의 쪽이 그림자가 되어서 메이븐의 부서질 것 같은 왕국의 모든 모퉁이마다 유령처럼 출몰하고 있다니 웃기다.

추방당한 왕자에 대한 보고가 사방에서 들어오는데, 심지어 내가 그 소식들을 들을 수 있을 정도로 심하게 퍼져 있는 모양이다. 칼이 하버베이, 델피, 로캐스타에 나타났다는 것부터, 심지어 국경을 넘어 레이크랜즈로 달아났다는 암시를 남긴 불확실한 정보도 있다. 이런 루머들 중 어느 것이(만약 있다 친다면) 진짜인지 솔직히 잘 모르겠다. 어쩌면 몬트포트에 있을 수는 있겠다. 저 먼 땅으로 안전을 찾아 떠나갔을 수도 있다.

이곳이 메이븐의 장소, 메이븐의 세계임에도 나는 이 안에서 칼을 본다. 티 하나 없이 깔끔한 제복, 훈련하는 군인, 타오르는 촛불, 금박을 입힌 벽에 걸린 초상화와 가문의 색들. 빈 응접실을 보면 춤 연습을 하던 순간이 떠오른다. 곁눈질로 메이븐을 흘깃 본다면, 그때로 돌아간 척도 할 수 있을 것 같다. 그들은 어쨌든 반씩 피를 나눈 형제이니까. 두 사람의 겉모습에는 비슷한 구석이 있다. 어두운 머리카락, 우아한 선을 지닌 왕족의 얼굴. 하지만 메이븐은 좀 더 창백하고, 더 날카로우며, 비교하자면 해골이나 다름없다. 몸이나 영혼이나 말이다. 그의 속은 텅 비었다.

"네가 그렇게 빤히 쳐다보면 네가 내 눈에 비친 잔영이라도 읽을 수 있는 건지 궁금해져."

메이븐이 갑자기 큰 소리로 혼잣말을 한다. 그는 뭘 들고 있는지 숨긴 채로 자기 앞에 들고 있는 종이들을 팔랑대며 들여다본다.

나를 깜짝 놀라게 하려는 시도였다면 실패다. 대신에, 나는 토스트 위에 어마어마한 양의 버터를 펴 바른다.

"만약에 내가 거기서 뭐라도 읽을 수 있는 게 하나 있다면, 그건 네가 텅 비었다는 거야."

나는 모든 의미를 담아 대꾸한다.

그는 움찔하지도 않는다.

"넌 아무 쓸모도 없는 인간이고 말이지?"

나는 눈을 굴린 다음 족쇄를 아침 식사가 차려진 테이블 위로 바보처럼 툭툭 친다. 금속과 돌은 문을 두드리는 것처럼 나무 위에 쿵 소리를 낸다.

"우리 대화 참 재미있다."

"네가 네 방 쪽을 더 선호한다면……."

그가 경고한다. 그가 매일 날리는 또 다른 공허한 위협이다. 다른 대안보다는 이쪽이 더 낫다는 것을 우리 둘 다 알고 있다. 적어도 지금은 나는 내가 뭔가 유용한 일을 하고 있는 척이라도 할 수 있고, 그는 자기 스스로 지은 이 우리 속에서 완전히 혼자는 아닌 척을 할 수 있다. 우리 둘 다에게 그렇다.

심지어 족쇄에도 불구하고, 이곳은 잠들기가 쉽지 않다. 그 말은 생각할 시간이 아주 많다는 뜻이다.

그리고 계획하기도.

줄리언의 책들은 위안이 될 뿐만 아니라 도구도 되어 준다. 우리가 서로 얼마나 긴 거리를 떨어져 있는지도 모르겠을 정도로 떨어져 있는 지금에서도, 그는 나를 여전히 가르치고 있다. 잘 보존되어 있는 그의 글귀들에는 내가 배우고 활용할 새로운 교훈들이 있다. 첫 번째 교훈은(그리고 가장 중요한 것은) 분열시키고 지배하라는 것이다. 메이븐이 이미 내게 써먹은 바 있는 전략이다. 이제 내가 보답을 되돌려 줄 차례다.

"존을 쫓는 시도를 하고 있긴 해?"

암살 시도를 탈출에 활용한 신혈에 대해 처음 언급한 내 질문에 메이븐은 정말로 놀란다. 내가 아는 바, 그는 아직 잡히지 않았다. 좀 씁쓸하다. 내가 성공하지 못한 곳에서 존은 달아났다. 하지만 동시에, 기쁘기도 하다. 존은 메이븐 캘로어의 옆에서 멀리 떨어졌으면 싶은 부류의 무기이기에.

아주 짧은 시간 만에 회복한 메이븐은 다시 식사를 시작한다. 그는 에티켓 같은 건 저 멀리 던져 버리고 베이컨 조각을 입안에 쑤셔 넣는다.

"너나 나나 그놈이 쉽게 찾을 수 있을 만한 사람이 아닌 거 알고 있잖아."

"하지만 찾고는 있구나."

"그놈은 자기 왕에 대한 공격이 있을 것을 알고 있으면서도 아무것도 하지 않았어. 그건 살인죄나 마찬가지야. 놈은 아이럴, 헤이븐, 그리고 라리스 하우스와 공모한 거야."

메이븐이 감정을 전혀 드러내지 않은 채 말한다.

"그럴 리가. 만약 존이 그들을 도왔다면, 그 사람들은 성공했을 텐데. 아쉽다."

그는 예의 바르게 공격을 무시한 다음, 식사와 읽기를 계속한다.

나는 머리를 기울여 내 어두운 머리카락이 한쪽 어깨로 쏟아지게 한다. 회색 끝부분은 점점 퍼지면서, 힐러의 최선의 노력에도 불구하고 위쪽으로 뻗어가고 있다. 심지어 스코노스 하우스조차 이미 죽은 것을 고칠 수는 없다.

"존이 내 생명을 구했어."

파란 눈이 내 눈과 마주한 채 시선을 꼭 붙든다.

"공격이 있기 바로 몇 초 전에, 그가 내 주의를 끌었어. 그 바람에 고개를 돌렸거든. 안 그랬다면⋯⋯."

나는 광대뼈를 따라서 손가락을 움직인다. 총알이 내 머리를 부수는 대신에 오직 내 뺨을 긁고 지나가기만 한 곳이다. 상처는 나았지만, 기억은 남았다.

"그가 본 미래가 무엇이든간에, 거기에 내가 할 역할이 있는 게 틀림없어."

메이븐이 내 얼굴을 바라본다. 눈이 아니라, 내 머리를 없애버릴 수 있었던 총알이 지나간 그 자리를 보고 있다.

"어떤 이유에선지, 너는 죽게 내버려 두기 힘든 사람이긴 하지."

메이븐 때문에, 그 화려한 왕실 행사 때문에, 나는 작고 씁쓸한 웃음을 터뜨리고 만다.

"뭐가 그렇게 웃겨?"

"그 동안 몇 번이나 날 죽이려고 했었어?"

"딱 한 번이야."

"그럼 그 소리 내는 기계는 뭐였는데?"

그 기억에 손가락이 떨린다. 그 장치가 주던 고통이 마음속에 여전히 선명하게 남아 있다.

"그냥 게임의 일부였나?"

또 다른 보고서가 햇빛 속에서 펄럭이더니 겉면을 아래로 해서 놓인다. 그는 다음 보고서를 들기 전에 손가락을 핥는다. 그저 사무적인 태도. 그저 보여 주기 위한 것이다.

"그 기계는 널 죽이려고 설계된 물건이 아니야, 메어. 그건 필요할 경우에 그저 널 무력화시키려는 용도야."

이상한 표정이 그의 얼굴에 스친다. 거의 으스대는 것에 가까운데, 정확하지는 않다.

"심지어 내가 그걸 만든 것도 아니고."

"분명 그렇겠네. 넌 아이디어가 반짝이는 타입은 아니니까. 그럼 누군데, 엘라라?"

"사실 그건 형이 만든 거야."

아. 나는 그에게서 시선을 떼고 아래를 내려다본다. 자제를 하려면 혼자만의 시간이 필요하다. 배신감이 안에서부터 나를 쿡쿡 찌른다. 잠시만 이러기를. 지금 화를 내는 건 아무 소용이 없다.

"형이 그 얘길 안 했다니 믿을 수가 없네."

메이븐이 밀어붙인다.

"보통 형은 자기 일을 자랑스러워하니까. 영리한 물건이긴 했어. 난 별로 관심은 없지만. 그 물건이라면 진작 없애라고 했지."

그의 눈이 내 얼굴을 더듬는다. 내 반응을 굶주린 듯이 살핀다. 심장이 갑작스럽게 널을 뛰고 있음에도 불구하고 나는 표정을 바꾸지 않고 버틴다. 그 기계가 사라졌다. 또 하나의 작은 선물, 유령이 보내는 또 하나의 메시지다.

"그렇지만 네가 협조를 그만두겠다고 나오면, 그 기계는 쉽게 다시 만들 수 있어. 형이 친절하게도 적혈 쥐새끼들 무리랑 함께 달아나면서 그 기계의 설계도를 남겨뒀거든."

"탈출한 거지."

나는 중얼거린다. *계속해. 그가 너를 떨쳐 버리지 않게 해.* 무관심한 척 가장하면서, 나는 남은 음식들을 접시 가장자리로 밀어놓는다. 메이븐이 그러길 바라는 대로 상처 입은 것처럼 보이기 위해서, 하지만 정말로 그 느낌을 느끼지는 않기 위해서 최선을 다한다. 계획을 밀어붙여야 한다. 대화의 주제를 바꾸고 싶다면 바꿔야겠지.

"네가 억지로 칼을 밀어냈잖아. 그래서 칼의 자리를 차지하고, 정확하게 칼이랑 똑같이 되려고."

메이븐 역시 나처럼, 자기가 얼마나 짜증이 났는지를 숨기려고 억지로 소리 내어 웃는다.

"솔직히 너는 형이 왕관을 썼을 때에 어떤 모습이 되었을지 전혀 모르잖아."

나는 의자 뒤로 몸을 기대며 팔짱을 낀다. 딱 내가 원하는 대로 흘러가고 있다.

"그는 아마 에반젤린 사모스랑 결혼했을 테고, 쓸모도 없는 전쟁을 계속하고, 그리고 나라 전체가 화나고 억압받은 사람들로 가득 차는 것을 무시하고 살았겠지. 좀 익숙하게 들려?"

메이븐이 사람 형상을 한 뱀인지는 몰라도, 그런 메이븐조차 이 말에는 반박하지 못한다. 그는 보고서를 자기 앞에 철썩 내려놓는다. 너무 빠르다. 아주 잠깐, 그가 그걸 다시 엎어두기 전까지 보고서의 윗면이 보인다. 고작 몇 개의 단어만 흘깃 눈에 들어온다. *코르비움. 사상자들.* 메이븐은 내가 보고서를 보는 모습을 알아차리고는, 짜증스런 한숨을 낮게 뱉는다.

"그러면 뭐 도움이 되기라도 할 것 같아? 넌 아무 데도 안 갈 건데, 뭐 하러 이걸 신경 써?"

그가 조용하게 말한다.

"네 말이 맞겠지. 내 삶은 아마도 그렇게 길진 않을 테니까."

내가 동의하자 그가 고개를 기울인다. 걱정으로 그가 눈썹을 찌푸린다. 그게 걱정이기를 바란다. 내게는 그의 걱정이 필요하니까.

"왜 그런 말을 해?"

나는 천장을 올려다보면서 우리 위의 정교한 몰딩과 샹들리에를 살핀다. 샹들리에는 작은 전구들로 반짝거리고 있다. 저걸 느낄 수 있다면 얼마나 좋을까.

"에반젤린이 날 살려 두지 않을 걸 너도 알잖아. 개가 왕비가 되면…… 난 끝난 거지, 뭐. 에반젤린의 삶에 내가 굴러들어간 이래로 개는 그걸 쭉 바라 왔을걸."

목소리가 떨리고, 나는 할 수 있는 모든 공포를 내 대사에 밀어 넣는다. 잘 먹혔으면 좋겠다. 그가 날 믿어야 할 텐데.

메이븐이 나를 향해 눈을 깜빡인다.

"넌 내가 에반젤린에게서 너를 보호할 거라고는 생각 안 해?"

"그렇게 할 수 있을 것 같지 않은데."

손가락으로 입고 있는 드레스를 가리킨다. 궁정 활동을 위해 만들어졌던 옷들만큼 아름답지는 않지만, 과한 것이기는 마찬가지다.

"너도 나도 왕비가 살해당하는 것이 얼마나 쉬운 일인지 알고 있잖아."

감히 시선을 마주쳐 보라는 듯이 그가 계속 나를 바라보는 동안, 공기 중에 열기로 인한 파문이 인다. 자연스러운 본능이 마주 보라고 하지만, 나는 그에게서 먼 쪽으로 몸을 기울이며 그를 바라보지 않는다. 그게 그를 더 화나게 할 것이다. 메이븐은 관중을 사랑하니까. 순간이 늘어나고, 나는 포식자의 앞에 놓인 먹이가 된 것 같은, 벌거벗은 채로 그의 앞에 노출된 것 같은 기분이 든다. 여기서는 그게 내 전부다. 우리에 갇히고, 억압되고, 속박된 상태. 내게 남은 것이라고는 그저 내 목소리, 그리고 내가 알고 있다고 믿고 싶은 메이븐의 조각들뿐이다.

"에반젤린은 널 건드리지 않을 거야."

"그럼 레이크랜즈는?"

나는 고개를 뒤로 휙 젖힌다. 공포가 아니라 좌절에서 나온 분노의 눈물이 눈에서 샘솟는다.

"그들이 이미 부서지고 있는 너의 왕국을 찢어놓으면? 그들이 이 끝없는 전쟁을 이긴 다음에 너의 세상을 숯만 남을 때까지 태우면 어떻게 되는데?"

몸서리치는 한숨을 크게 내쉬면서 나는 스스로를 비웃는다. 눈물은 이제 마구 흘러내린다. 그래야만 한다. 나 자신의 모든 구석과 함께 눈물 역시 내다 팔아야만 한다.

"그럼 우리는 함께 보울 오브 본즈에 사이좋게 양옆으로 매달려 죽음을 맞게 되겠지."

메이븐의 얼굴에서 약간의 색이 사라지는 것으로, 나는 그가 나와 같은 것을 생각했음을 알 수 있다. 그 생각이 그를 영원히 괴롭히고, 피 흘리는 상처로 남을 것이다. 그래서 나는 칼날을 비튼다.

"너는 내전의 경계에 있잖아. 나라도 그걸 알겠어. 여길 살아서 빠져나갈 수 있는 계획이 있는 척할 의미가 뭐가 있어? 에반젤린이 나를 죽이거나, 아니면 전쟁이 그렇게 할 텐데."

"이미 말했지만, 그런 일이 벌어지게 두지 않을 거야."

그의 쪽으로 으르렁거리며 말을 뱉기 위해서는 연기를 할 필요도 없다.

"네 입에서 나오는 말을 내가 대체 어떻게 다시 믿을 수 있겠어?"

그가 일어서자 내 안을 채우는 차가운 공포도 전혀 거짓이 아니다. 그는 테이블을 돌아서, 군더더기 없고 우아한 걸음걸이로 내게로 건너온다. 나는 떨지 않기 위해서 온몸의 근육을 단단하게 굳힌 채 긴장한다. 하지만 어쨌든 결국 떨고 만다. 그가 날 불안하게 만드는 부드러운 손으로 내 얼굴을 붙들고, 양 엄지손가락으로 턱 아래를 단단히 잡고 손가락이 목 정맥에서 딱 십몇 센티미터 떨어진 곳을 파고드는 순간, 나는 한 대 날릴 마음의 준비를 단단히 한다.

메이븐의 키스는 그가 찍은 낙인보다도 더 불타오른다.

내 입술 위에 닿은 그의 입술이 주는 감각은 가장 최악의 폭력이다. 하지만 그를 위해서, 내가 필요한 것을 위해서, 나는 양손을 무릎 위에서 주먹을 꼭 쥔다. 손톱이 그의 것 대신에 내 살을 파고든다. 그의 형이 믿었던 것을 그 역시 믿어야만 한다. 전에 내가 칼이 나를 선택하게 만들려 애썼던 방식대로, 그도 나를 선택할 필요가 있다. 그럼에도 불구하고, 도무지 입을 열 수는 없어서, 나는 턱에 단단히 힘을 준 채로 버틴다.

메이븐이 키스를 멈춘다. 나는 그가 자기 손가락 아래로 내 피부에 돋아난 소름을 눈치 채지 못하기를 빈다. 대신에 그는 내가 잘 숨겨 둔 거짓말을 찾아서 내 눈을 들여다본다.

"난 내가 사랑했던 다른 사람들 모두를 잃었어."

"그래서 그게 누구 잘못인데?"

어쨌든, 그는 나보다도 더 몸을 떤다. 그는 물러나며 나를 놓아주고, 손가락으로 다른 손가락을 긁는다. 그 동작을 알아본 순간 나는 깜짝 놀란다. 나도 저 동작을 한다. 머릿속의 고통이 너무 끔찍해서, 다른 곳으로 정신을 돌려야 할 때에 저렇게 한다. 내가 쳐다보는 것을 알아차린 그가 동작을 멈추더니 할 수 있는 한 단단하게 옆구리를 잡는다.

"그분은 내 습관을 많이 없앴지. 그런데 이 습관만은 못 고쳤어. 어떤 건 항상 다시 돌아오더군."

그가 인정한다.

"그분."

엘라라. 나는 그녀의 작품을 바로 앞에서 보고 있다. 그녀가 스스로 사랑이라고 불렀던 고문을 통해서 왕으로 조각해 낸 소년.

그가 느릿하게 자리에 앉는다. 내 시선이 그를 불안하게 하는 걸 알기에, 나는 계속 쳐다본다. 나 때문에 그는 균형을 잃고는 하는데, 그렇지만 정확히 왜 그러지는 여전히 이해할 수가 없다.

*내가 사랑했던 다른 사람들 모두.*

내가 어떻게 저 문장 속에 포함될 수 있는지 모르겠다. 하지만 그 이유가 내가 여전히 숨 쉬고 있는 까닭이라는 것은 안다. 조심스럽게, 나는 대화를 다시 칼에게로 돌린다.

"네 형은 살아 있잖아."

"불행하게도 그렇지."

"그리고 더 이상 그를 사랑하지 않아?"

그는 나를 올려다보지도 않지만, 그의 눈은 다음 보고서 위를 떠돌다가 한 곳에 고정된다. 그가 놀랐거나, 심지어 슬프기 때문도 아니다. 어느 쪽이냐 하면 혼란스러운 표정에 가까운데, 빠진 조각이 많은 퍼즐을 풀려고 애를 쓰는 꼬마처럼 보인다.

"그래."

그가 마침내 말한다. 거짓말이다.

"난 네 말 안 믿어."

나는 그에게 말한다. 심지어 머리까지 젓는다.

왜냐면 나는 두 사람이 어땠는지 고스란히 기억하고 있기 때문이다. 함께 나머지 세상에 맞서 일어났던 형제이자, 친구였음을. 아무리 메이븐이라고 할지라도 그런 것에서부터 완전히 자유로울 수는 없다. 아무리 엘라라라고 할지라도 그런 종류의 결합을 깨뜨릴 수는 없다. 메이븐이 아무리 여러 번을 칼을 죽이려고 시도했다고 할지라도, 메이븐도 자신들이 한때 어땠었는지를 부인할 수는 없다.

"네가 원하는 대로 믿어, 메어."

앞서와 마찬가지로, 메이븐은 무관심한 척하면서 이 일이 자신에게는 아무 의미도 없다고 확신시키려고 격하게 애를 쓴다.

"내가 나의 형님을 사랑하지 않는다는 게 사실이라는 걸 나는 알고 있으니까."

"거짓말 하지 마. 나도 형제들이 있어. 좀 복잡한 사이기는 해, 특별히 나랑 내 여동생 같은 경우는 말이야. 그 애는 항상 나보다 재능이 넘치고, 모든 면에서 나보다 더 우수하고, 더 친절하고, 더 영리했지. 모든 사람들이 나보다 그 애를 더 좋아해."

나는 내 오래된 공포들을 뭉쳐서 메이븐의 거미줄 안으로 던진다.

"그게 뭔지 잘 아는 사람으로서 말하는 거야. 형제들 중 하나를 잃는 건…… 오빠를 잃는 건……."

숨이 턱 막히고 마음은 어지럽다. *계속해. 고통을 이용해.*

"그 고통은 다른 것과는 비교가 안 돼."

"쉐이드. 맞지?"

"오빠 이름을 네 입에 올리지 마."

나는 순간 내가 뭘 하고 있었는지도 잊어버리고 쏘아붙인다. 상처가 너무 생생하고, 날것 그대로다. 그는 내 태도를 예상했던 것처럼 받아들인다.

"어머니께선 네가 그에 관한 꿈을 꾸곤 한다고 말씀하셨어."

그의 말에 나는 그 기억에, 그리고 머릿속에 남은 그녀에 대한 생각에 움찔한다. 여전히 그녀의 손길이 느껴진다. 내 두개골 벽면을 긁는 칼날 같은 손톱이.

"하지만 그것들은 전혀 꿈만은 아니었을 거라고 생각해. 그건 정말로 그였지."

"엘라라가 정말 모두에게 그렇게 했어? 어떤 것도 그녀에게서부터 안전한 것이 없었던 거야? 네 꿈들까지도?"

그는 대꾸하지 않는다. 나는 더 밀어붙인다.

"나에 대한 꿈을 꾼 적도 있어?"

다시 한 번 나는 미처 알아차리지도 못한 사이에 그를 베어낸다.

그는 시선을 떨어뜨려서 자기 앞에 놓인 빈 접시를 내려다본다. 그는 한 손을 들어 자기 물 잔을 쥐지만, 마음을 바꾼다. 잠시 손가락을 떨더니, 그는 그것들을 눈 밖으로 멀리 떠밀어 버린다.

그가 마침내 말한다.

"알 수 있다면 좋겠지. 난 꿈을 안 꿔."

나는 코웃음을 친다.

"그건 불가능해. 아무리 너 같은 사람이라고 해도 말이야."

어두운 무언가, 슬픈 무언가가 그의 얼굴을 경련하며 지나간다. 그는 턱에 힘을 주고 목을 까딱거리면서 자신이 말해서는 안 될 말들을 삼키려고 애를 쓴다. 그 말들이 어쨌든 그에게서 터져 나온다. 그가 손을 다시 테이블에 올리더니 약하게 두드린다.

"예전에는 악몽들을 꿨었어. 어머니는 내가 아이였을 때에 그런 부분들을 가져가 버리셨지. 샘슨이 말했던 것처럼, 내 어머니께서는 정신을 수술하는 의사셨거든. 그분은 알맞지 않다고 생각되는 부분은 무조건 절제해 버리셨지."

최근 몇 주간은 내가 느껴오던 차가운 공허함 대신 흉포하고 불같은 분노가 그 자리를 차지했다. 하지만 메이븐이 말을 하는 동안, 그 얼음들이 다시 돌아온다. 그것은 내 혈관을 타고 흐르는 독이자 전염병이다. 그가 하려고 하는 말들을 듣고 싶지 않다. 그의 사과와 설명은 내게 아무것도 아니다. 그는 여전히 괴물이며, 항상 괴물이었다. 그럼에도 불구하고 나는 듣고 있는 내 자신을 멈출 수가 없다. 어쩌면 나 역시 괴물이 될 수 있었기 때문인지도 모르겠다. 잘못된 기회를 만났더라면. 누군가가 나를 부서뜨렸다면, 그가 부서진 것처럼, 그렇게.

"형님. 아버님. 나도 한때는 두 사람을 사랑했지. 그때의 기억이 여전해."

그가 손으로 버터나이프를 꽉 쥐더니 그 뭉툭한 날을 바라본다. 그것을 자신에게 쓰고 싶은 것인지 아니면 죽은 어머니에게 쓰고 싶은 것인지 궁금하다.

"하지만 그 감정이 느껴지지는 않아. 사랑이 더 이상은 존재하지를 않지. 형님이나 아버님 어느 쪽에도 말이야. 대부분의 것들에도 그렇고."

"그렇다면 도대체 왜 날 여기에 붙잡아 두는 건데? 아무것도 느껴지지 않는다면 말이야. 왜 날 그냥 죽이고 이 모든 걸 끝장내 버리지 않아?"

"어머니는 그런…… 특정 종류의 감정들을 없애느라 매우 힘든 시간을 보내셨어."

그가 내 눈을 마주보며 시인한다.

"어머니께서는 먼저 아버지께 그 일을 시도하셨거든. 아버지가 코리앤을 향한 사랑을 잊으실 수 있도록. 그건 일을 더 악화시키기만 할 뿐이었어. 게다가 (그는 웅얼거린다.) 어머니는 항상 비탄에 잠기는 쪽보다는 그편이 낫다고 말씀하셨지. 고통이 널 강하게 만들어 줄 거다. 사랑은 너를 약하게 만든다. 그리고 어머님 말씀이 옳았어. 나는 심지어 널 알기 전부터 그 사실을 배웠지."

또 다른 이름 하나가 허공에 걸린 채, 메이븐의 입 밖으로 나오지 않고 남는다.

"토마스."

전선에 있던 소년. 아무 소용도 없는 전쟁에서 희생된 또 다른 적혈. *내 첫 번째 진짜 친구.* 메이븐이 내게 그런 말을 했었다. 이제야 그 말들 사이에 숨은 무엇이 있었음을 알겠다. 말하지 않았던 이야기들. 메이븐은 *그가 날 사랑한다고 했던 것처럼* 그 아이도 사랑했던 것이다.

"토마스."

메이븐이 따라 읊는다. 나이프를 쥐고 있는 그의 손아귀 힘이 단단해진다.

"난 그때……."

다음 순간 그가 눈썹을 찌푸리고, 눈 사이에 깊은 주름이 진다. 그는 다른 손을 관자놀이에 올리더니 나는 이해할 수 없는 고통을 없애기 위해 마사지를 한다.

"어머니는 그곳에 안 계셨어. 그 애를 만나신 적도 없지. 어머니는 알지 못하셨어. 그 애는 심지어 군인도 아니었거든. 그건 그냥 사고였지."

"넌 그를 구하려고 했다고 했잖아. 경호원들이 네가 못하게 막았다고."

"본부에서 일어난 폭발 사고였어. 보고서는 레이크랜즈에서 보낸 스파이들 짓으로 마무리됐지."

어디선가 시계가 똑딱 하고 움직인다. 메이븐이 무슨 말을 할지, 자기 가면 뒤의 모습을 얼마나 드러내 보일지 결정하는 동안, 침묵이 늘어진다. 하지만 가면이라면 이미 사라졌다. 그는 오직 나와 함께 있는 순간에만 자신을 모두 드러낸다.

"거기엔 우리 둘만 있었어. 나는 통제를 잃었지."

그가 내게 말할 수 없는 것들을 눈앞에 떠올려본다. 어쩌면 탄약 창고였을지도 모른다. 아니면 심지어 가스 배관일 수도 있다. 양쪽 다 오직 화염 한 방이면 충분했을 것이다.

"나는 타지 않았지. 그 애만 그랬어."

"메이븐……."

"나의 어머니조차 그 기억을 잘라내지는 못하셨어. 심지어 그분조차 내가 잊게 해 주실 수는 없었지, 내가 어머니께 애걸했음에도 말이야. 나는 어머니가 그 고통을 내게서 가져가 버리셨으면 했고, 어머니는 수도 없이 시도하셨지. 대신에, 그 기억은 점점 더 악화되기만 했어."

그가 어떻게든 내 질문에 대답을 하려는 중이라는 걸 깨닫지만, 나는 똑같은 질문을 던진다.

"제발 날 보내 줄래?"

"안 보내."

"그럼 넌 나도 죽게 만들 거야. 그 애처럼."

열기가 방 안을 타닥 소리를 내며 채우고, 척추를 따라서 땀이 흐른다. 그는 너무 빨리 일어나다가 의자를 뒤로 밀치고, 의자는 세차게 바닥에 부딪히며 넘어진다. 그가 주먹으로 테이블 상판을 내려치고, 갈퀴처럼 접시며 유리잔들과 보고서들을 바닥으로 쓸어내 버린다. 종이들은 잠시 펄럭대면서 허공을 부유하다가 조각난 유리와 도자기 더미 위로 표류하며 내려앉는다.

"안 그래."

그가 낮은 목소리로 으르렁거리고, 어찌나 낮은지 메이븐이 방을 가로질러 사라지는 사이 나는 그 말을 간신히 들을 수 있다.

아벤들이 방에 들어와서 나를 팔 아래로 붙들어서 종이들이 가득한 식탁에서 끌어낸다. 그 모든 것들이 닿기 직전에 손가락 사이로 빠져나간다.

✳ ✳ ✳

보통은 청문회와 궁중 소집으로 세심하게 짜여 있는 메이븐의 스케줄이 그날 나머지 시간 동안 중지란 것을 알게 된 뒤 솔직히 좀 놀랐다. 우리의 대화가 내 예상보다 훨씬 더 강력한 효과를 보인 모양이다. 그의 부재로 인해 나는 내 방에 갇힌 채 줄리언의 책만 보며 보낸다. 오늘 아침의 기억들을 생각하지 않으려고 애를 쓰며 나는 억지로 독서를 하려고 해 본다. 메이븐은 거짓말 재능이 넘치고, 나는 그가 하는 말은 한 마디도 믿을 수 없다. 심지어 그가 진실을 말했다고 할지라도 말이다. 심지어 그가 자기 어머니의 간섭의 산물이며 특정 방향으로만 자라도록 강제된 가시 돋친 꽃이라고 할지라도 말이다. 그것이 무얼 바꿀 수는 없다. 메이븐이 나와 다른 많은 이들에게 저지른 그 모든 일들을 잊을 수야 없다. 내가 그를 처음 만났을 때, 그의 고통의 감정이 나를 현혹했다. 그는 그림자 속에 있는 소년이었고, 잊힌 아들이었다. 나는 메이븐의 안에서 나 자신을 보았다. 언제나 우리 부모님의 세계 안에서 빛나는 별이던 지사에 이어서 항상 두 번째이던 나 자신을. 지금은 그조차 모든 것이 설계된 것이었음을 안다. 그는 나를 사로잡아서 왕자의 덫 속에 빠뜨렸다. 이제 나는 왕의 우리 안에 있다. 하지만 메이븐도 마찬가지이다. 내 사슬은 침묵하는 돌이다. 그의 것은 왕관이다.

노르타는 리프트 지역의 사모스 왕국에서부터 도시 국가 델피에 이르는 크기의, 다양한 더 작은 지역과 연방들로 구축되었다. 아케온의 은혈 군주이자 재능 있는 책략가였던 시저 캘로어는 피에드몬트와 레이크랜즈의 연합 공격이라는 떠오르는 위협에 맞서 분열된 노르타를 연합했다. 스스로 왕위에 오른 후, 그는 자신의 딸 줄리아나를 피에드몬트를 지배하는 최고 왕자 가리온 사반나와 혼인시켰다. 이 행동으로 캘로어 하우스와 피에드몬트 왕자들 사이에 지속적인 동맹을 굳건하게 만들었다. 캘로어와 피에드몬트 왕족에게서 나온 많은 자녀들이 이후 수 세기 동안 결혼으로 인한 동맹을 지속했다. 시저 왕은 노르타의 번영기를 가져왔고, 그와 함께, 노르타의 달력은 그의 치세의 시작을 "신력기원(New Era)" 혹은 NE로 구분을 짓기로 한다.

그 구절을 독파하기 위해서 세 번이나 시도를 했다. 줄리언의 역사책들은 내가 학교에서 배워야 했던 것들보다도 훨씬 더 난해하다. 생각이 계속 부유한다. 검은 머리카락, 푸른 눈. 메이븐이 나에게조차 보이고 싶어 하지 않았던 눈물. 그건 또 하나의 연기였을까? 만약 그랬다면 나는 뭘 어째야 할까? 만약 그렇지 않다면 뭘 어째야 하고? 내 심장은 메이븐 때문에 깨지고, 메이븐 때문에 단단해진다. 이런 생각은 억지로라도 그만둬야겠다.

대조적으로, 새로 형성된 노르타와 팽창 중이던 레이크랜즈의 관계는 악화되었다. 신력기원 두 번째 100년간 국경을 따라 이어진 프레이리와의 전쟁들로, 레이크랜즈는 미노완 지역에 있는 필수적인 경작지들과 함께 그레이트 리버 강(또한 미스 강으로도 불리는)의 지배권 또한 잃게 된다. 기근의 위협과 적혈 반란과 함께, 전쟁에 따른 조세 또한 노르타와의 경계를 따라 팽창을 하도록 부추겼다. 양쪽 경계에서 작은 충돌이 계속되었다. 유혈 사태가 악화되는 것을 막기 위해서 노르타의 왕 티베리아스 3세와 레이크랜즈의 왕 원캐드 시그넛은 메이븐 폭포의 중간 지점에서 역사적인 정상회담을 가졌다. 협상은 빠르게 파기되었고, 결국 NE 200년에, 양쪽 왕국은 그들의 외교적인 관계를 무너뜨린 책임이 상대방에 있다고 비난하면서 전쟁을 선언한다.

웃음을 터뜨리지 않을 수가 없다. 어쩌면 바뀌는 것이라고는 아무것도 없나 보다.

이 글을 쓰고 있는 지금 시대에도 레이크랜즈 전쟁이라고, 또한 레이크랜즈의 침략이라고 알려져 있는 갈등은 여전히 지속되고 있다. 죽음으로 대가를 치른 은혈들의 수는 대략적으로 50만 명에 이르며, 그들 대부분이 전쟁의 최초 10년 동안에 사망했다. 적혈 병사들에 관한 정확한 기록은 남아 있지 않으나, 사망자의 총합은 5000만 명이 넘을 것으로 추정되며 사상자는 그 수의 두 배가 넘을 것으로 생각된다. 레이크랜즈와 노르타 양쪽의 사상자는 그들의 적혈 인구수에 비례하여 동등하다.

인정하는 것보다 훨씬 더 시간이 걸리기는 해도, 그 숫자들을 머릿속에서 긁어낸다. 거의 100번도 더 넘게. 이 책이 줄리언이 아닌 다른 누구의 것이었다면, 분노 속에서 내동댕이쳤을 텐데.

한 세기 동안의 전쟁과 무용한 유혈 사태.

어째서 누구도 그런 것들을 바꿀 수 없는 걸까?

처음으로 나는 메이븐의 왜곡하고 계획을 세우는 능력에 기대려는 마음을 발견한다. 아마도 메이븐이라면 방법을 찾아서 다른 사람이 그 전에 결코 상상하지도 못했던 길을 세울 수 있을 텐데.

# 제13장
# 메어

　한 *주가 지날 때까지* 나는 다시 방을 나갈 수 없다. 비록 줄리언의 책들이 메이븐이 준 선물이었고, 메이븐이 내게 갖고 있는 괴상한 소유욕을 상기시킨다고 해도, 그 책들이 있어서 고마웠다. 책들이 나의 유일한 동반자다. 이곳에서 만날 수 있는 단 하나의 친구다. 나는 책들을 지사의 비단 조각과 함께 내 곁에 둔다.

　시간과 함께 책장도 넘어간다. 나는 역사를 파고들며 갈수록 점점더 믿기 힘들어지는 단어들 속을 여행한다. 300년 동안 이어진 캘로어 왕가 이야기나 수세기에 걸친 은혈 군 지도자 얘기라면…… 이건 나도 인지 가능한 세계다. 하지만 더 나가면, 어두침침한 것들이 등장한다.

　소위 개혁기라고 불리는 시기의 기록은 매우 드물지만, 그럼에도 대다수의 학자들은 근대 노르타 달력에 의하면 구력기원(Old Era, OE) 1500년 전후의 어느 때에 그 시기가 시작되었다는 점에 동의한다. 개혁기는 대재앙의 시기로 즉시 이어지거나, 연속되었거나, 그 바로 앞 시기였다. 기록들은 대부분 완전히 파괴되었거나, 유실되었고, 현재로서는 읽기 불가능한 것들이다. 복원된 기록들은 면밀하게 연구되고 있으며, 델피에 있는 왕립 기록보관소에 보관되어 있다. 인근 왕국들 역시 유사한 기관을 세워 보관 중이다. 대재앙 역시 선(先)은혈족 신화와 병행된 현장 조사에서 상정된 사건들까지를 활용하여 긴 시간에 걸쳐 연구된 주제다. 이 글을 쓰고 있는 지금에서는, 인류 최후의 전쟁, 지리학적인 변동, 기후 변화, 그리고 또 다른 자연적인 재해들의 조합이 거의 인류의 종말을 불러왔다는 것이 정설이다.

최초로 발견되어 번역된 기록의 날짜는 대략 구력기원 950년으로 쓰여 있지만, 정확한 연도는 입증할 수 없다. **바 램블러의 재판**이라는 한 자료는 재건되던 중의 델피에서 고발된 한 도둑의 재판 시도에 관한 불완전한 기술이다. 바는 이웃의 수레를 훔친 죄목으로 고발되었다. 재판 과정 동안, 바는 자신의 사슬을 "마치 그것이 나뭇가지로 된 것처럼" 부러트리고는 물 샐 틈 없는 경비를 뚫고 탈출했다고 기록되어 있다. 이 기록은 은혈이 자신의 능력을 선보인 최초의 기록으로 보인다. 오늘날에는, 램보스 하우스가 그로부터 스트롱암의 혈통을 이어받았음을 주장하고 있다. 그러나 이 주장은 **힐만, 트리언트, 데이비스의 재판**이라는 또 다른 재판 기록 때문에 반박된다. 그 기록에서는 델피의 세 남자가 바 램블러의 살해죄로 재판을 받았으며, 당시 램블러는 자손이 없는 것으로 기록되었다. 세 남자는 무죄 선고를 받고 훗날 "램

블러 혐오"를 없앤 공적으로 델피이 영예 시민으로 찬양받았다.(**델피의 기록과 저술들**, Vol.1)

바 램블러의 일화가 유일한 사건은 아니었다. 많은 초기 저술이나 기록들은 은색 피를 가진 능력자 인간들의 인구 증가에 이어진 공포와 박해를 서술하고 있다. 대부분은 보호를 위해 함께 무리를 지었고, 적혈이 지배하고 있는 도시들 밖에서 공동체를 형성했다. 개혁기는 은혈 공동체들의 봉기와 함께 종말을 맞았다. 일부는 적혈들의 도시와 함께 결합하여 살아갔으나 대부분은 결국 붉은 피들이 차지하고 있던 것들을 능가하게 되었다.


은혈들이 적혈들 손에 박해받았다. 그 생각에 소리 내어 웃고 싶다. 너무 어리석다. 불가능하다. 살아 있는 동안 내내 그들은 신이며 우리는 벌레들이라고 배우면서 지내왔는데. 그 반대가 진실이었던 세계가 어떤 모양새일지 가늠할 수조차 없다.

이것들은 줄리언의 책이다. 그는 이 책들을 공부하면서 여기서 어떤 가치를 보았다. 그럼에도 불구하고 계속 나아가는 것은 불안하지만, 나는 그 후의 시대까지 계속 읽어나간다. 신력기원, 캘로어 왕들. 내가 이해할 수 있는 문명 속에서 알고 있는 이름과 장소들.

하루는 배달된 옷이 평소보다도 더 평범한 것이다. 멋보다는 실용성을 위해 만들어진 편안한 것이다. 처음 생각은 뭔가 잘못된 게 아닐까 하는 것이다. 신축성 있는 바지, 드문드문 작은 구멍마다 루비 구슬이 장식된 검정 재킷, 그리고 놀라울 정도로 실용적인 부츠를 입으니 나는 거의 보안 요원처럼 보인다. 광이 나지만 낡은 가죽, 굽도 없고, 정확하게 딱 잘 맞는 데다가 발목의 족쇄에도 여유로운 공간. 손목에 차고 있는 족쇄도 장갑을 끼니 보통 때처럼 잘 가려진다. 안에 털을 댄 장갑이라니. 추위를 막을 용도다. 심장이 쿵쿵 뛰어오른다. 장갑 때문에 이렇게 신이 나 본 적도 없는 것 같다.

"밖에 나가는 거야?"

숨도 못 쉬고 아기 고양이에게 묻고 만다. 그녀가 얼마나 나를 잘 무시하는지 잠깐 잊었다. 그녀는 실망시키지 않고, 나를 이 호화로운 감옥에서 데려가는 동안에도 앞만 쭉 바라본다. 클로버를 읽는 편이 늘 더 쉽다. 그녀의 비틀린 입술, 가늘게 뜬 녹색 눈이면 확인 사살로 충분하다. 거기다 이 두 사람이 두꺼운 코트에다 장갑까지 끼고 있다는 것은 말할 필요도 없겠다. 그들의 장갑은 내가 더 이상 갖고 있지도 않은 전기 능력에서 자기 손들을 보호하려고 고무로 된 것이기는 하지만.

밖이라니. 궁전의 계단을 밟던 그날 이래로 내가 맡은 거라고는 열린 창을 통해서 들어오는 산들바람 정도가 다였다. 그땐 메이븐이 내 목을 칠 거라고 생각했기 때문에 다른 생각이 전혀 들어오지 않았었다. 지금으로서는 11월의 차가운 공기를 기억할 수만 있다면, 겨울을 가져오던 칼바람을 기억할 수만 있다면 좋겠다. 서두르느라 거의 아벤 경비들을 앞지르기까지 한다. 그들은 나를 재빨리 줄 맞춰 잡아당기고 다시 자기들 속도에 맞추게 한다. 짜증나는 내리막, 외워서 다 알고 있는 계단들과 복도들이 나타난다.

익숙한 압력이 나를 누르는 느낌에 나는 어깨 너머를 힐끗 바라본다. 달걀이랑 트리오가 우리 모임에 합류하더니 아벤 경비들 뒤꽁

무늬에 붙는다. 그들은 아기 고양이와 클로버랑 하나인 것처럼 움직이며 발을 맞추어, 우리는 함께 입구의 홀을 지나 시저의 광장까지 나간다.

내 흥분이 왔던 것만큼이나 빠르게 다시 사라진다.

공포가 내 안을 갉아먹는다. 나는 메이븐을 조종해서 그가 큰 대가를 치를 실수들을 하게 만들고, 의심하고, 자기 앞에 남은 마지막 다리를 불태우게 만들고 싶었다. 하지만 어쩌면 나는 실패한 모양이다. 아마도 그가 대신 나를 불태우려나 보다.

대리석 위로 부츠가 딸깍대는 소리에 집중한다. 공포에 정신적 지주가 될 확고한 뭔가가 필요하다. 장갑을 낀 손으로 주먹을 쥐면서 제발 번개가 넘실대며 다가오기를 간청해 본다. 그 일은 결코 벌어지지 않는다.

궁전은 이상할 정도로 텅 비어 있다. 평소보다 훨씬 더 그렇다. 하인들이 아직 닫히지 않은 방들로 쥐처럼 빠르고 조용하게 드나드는 동안 문들이 재빨리 닫힌다. 그들은 가구와 미술작품 위로 하얀 천들을 펄럭대며 기묘한 수의처럼 그것들을 덮는다. 몇몇 경비들과 더 적은 수의 귀족들이 있다. 지나며 보니 그들은 어리고 눈을 크게 뜨고 있다. 그들의 가문들을, 그들의 색들을 알고 있다. 그들의 얼굴 위로 헐벗은 공포가 드러난다. 모두가 나처럼 추위를 막기 위해 기능적으로 차려입었다. 이동을 위해서.

"다들 어디로 가는 거야?"

나는 누구에게랄 것도 없이 묻는데, 그건 누구도 내게 대답을 하지 않을 것이기 때문이다.

클로버가 내 말총머리를 거칠게 잡아 당겨 강제로 똑바로 앞을 보도록 한다. 아프지는 않지만 그 행동은 거슬린다. 그녀는 결코 나를 이런 식으로 다루지 않는다. 내가 특별히 이유를 제공하지 않는 한은 말이다.

나는 재빨리 가능성들을 검토해 본다. 이건 피난일까? 진홍의 군대가 아케온에 또 다른 공격을 감행했나? 아니면 반역을 벌였던 가문들이 자기들이 시작한 일을 마무리 짓기 위해서 돌아왔나? 아니, 둘 다 아닐 것이다. 그러기엔 너무 조용하다. 무엇으로부터도 달아나는 중은 아니다.

복도를 가로지는 사이, 나는 심호흡을 하고 주위를 둘러본다. 아래로는 대리석, 위로는 샹들리에, 키 크고 번쩍이는 거울들과 금박을 입힌 캘로어 조상들의 초상화가 양쪽 벽을 따라서 줄줄이 서 있다. 붉은색과 검정색으로 된 휘장과, 은과 금과 수정들. 그 모든 것들이 아래로 부서져 내리며 나를 부서트릴 것만 같다. 거대한 경첩으로 부드럽게 열리는 금속과 유리로 된 문이 내 앞에서 흔들리며 열릴 때까지 공포가 내 척추를 타고 기어오른다. 차가운 바람의 첫 숨이 나를 정면으로 때리는 바람에, 눈에 눈물이 차오른다.

겨울 태양이 번쩍이는 광장 위로 밝게 빛나서, 순간적으로 눈이 먼다. 빠르게 눈을 깜빡이며 시야를 회복하려고 애를 쓴다. 이 장면을 1초도 놓치고 싶지 않다. 바깥세상이 점차 초점을 되찾는다. 궁전과 광장을 둘러싼 건축물들의 지붕 위로 눈이 두껍게 쌓여 있다.

나란히 줄을 선 병사들은 궁전 밖을 향해 서 있다. 그들은 흠잡을 데 없이 깔끔한 줄을 유지하고 있다. 아벤들은 두 줄로 서 있는 병사들 사이로 나를 끌고 간다. 우리는 총을 들고 제복을 입고 눈도 깜빡이지 않는 병사들을 지나친다. 나는 걸어가는 동안 어깨 너머로 시선을 돌려, 화이트파이어 궁전의 화려하고 창백한 거대한 몸체를 흘긋 훔쳐본다. 누군가 지붕을 돌아다니고 있다. 검정색 제복을 입은 요원들과 짙은 회색 옷의 군인들이다. 심지어 이 위치에서는 그들이 들고 있는 총들까지도 차가운 파란 하늘을 배경으로 선명하게 윤곽이 져 보인다. 그리고 저들은 분명 내가 늘 볼 수 있던 경비들 그 자체다. 그들은 벽들을 순찰하고, 문마다 배치되고, 몸을 숨기고 이 끔찍한 왕궁을 방어한다. 충성심과 치명적인 능력을 갖춘, 아마도 수백은 될 이들. 우리는 광장을 홀로 가로지른다. 아무도, 아무것도 없다. 이건 대체 뭐지?

우리가 지나친 건물이 뭔지 안다. 매끄러운 대리석 벽과 나선 기둥들, 그리고 수정으로 된 반구형 지붕을 가진 둥근 건물은 로열 코트로 메이븐의 즉위 이래 한 번도 쓰인 적이 없는 곳이다. 이곳은 힘의 상징으로, 거대한 홀은 하이 하우스와 그들의 식구들과 은혈 시민들의 주요 멤버들까지도 모두 앉을 수 있을 정도로 충분히 커다랗다. 이 안에 들어가 본 적은 아직 한 번도 없다. 앞으로도 결코 없기만을 바란다. 은혈들의 법이 만들어지고 잔혹한 효율성으로 적용되는 배심원들의 법정이 그 둥근 지붕 건물에서 가지를 뻗는다. 그 아치형 건물과 수정으로 된 덫 바로 옆에 있는 탓에, 트레저리 홀은 그저 흐릿해 보인다. 판으로 된 벽(좀 더 많은 대리석이 쓰였는데, 이 건물 때문에 얼마나 많은 채석장의 씨가 말랐을지 궁금해 하지 않을 수가 없다.)에 창문도 없는 이곳은 조각품들 사이에 돌덩어리처럼 앉아 있다.

노르타의 부(富)가 저기 어딘가에서 왕보다도 더 보호받으며 우리가 있는 곳 아래의 기반암보다 더 깊은 곳에 드릴로 깎아 만든 금고에 들어 있다.

"이쪽."

클로버가 나를 트레저리 방향으로 밀면서 으르렁댄다.

"왜?"

내 질문에 다시 한 번, 아무도 대답하지 않는다.

심장이 빨라지며 갈비뼈 벽을 망치처럼 두드리는 바람에, 나는 심지어 호흡을 하려고 애를 써야만 한다. 차가운 들숨이 시계 소리처럼 느껴지고, 막 빨려 들어가기 전의 순간을 침착하게 초읽기 하는 듯하다.

문들은 두껍다. 코로스 감옥에서 본 것보다도 더 두꺼운 것 같다. 하품하는 입처럼 크게 벌린 문을 보라색 제복을 입은 경비들이 지키고 서 있다. 트레저리 홀은 거대한 중앙 홀 같은 것은 없고, 그간 내가 봐 온 어떤 은혈 구조물들과도 다른 날카로운 대조를 보인다. 그저 하얀 긴 복도만이 꾸준한 나선을 그리며 아래로 구부러지며 내려가게 이어진다. 경비들이 10미터쯤마다 차렷 자세로 서 있고, 그 모습은 순백색 돌 위로 홍조처럼 보인다. 어디에 금고가 있을런지, 아니면 어디로 내가 가는 건지, 도무지 모르겠다.

정확하게 600걸음을 걸은 후에, 우리는 한 경비 앞에 멈춰 선다.

한 마디 말도 없이 그가 한 걸음 앞으로 걸어 나와 옆으로 이동하더니 손가락들을 자기 뒤의 벽에 댄다. 그가 밀자 대리석이 뒤쪽으로 30센티쯤 미끄러지며 문의 윤곽이 드러난다. 문은 그의 손길에 따라 쉽게 미끄러지더니 돌 사이로 딱 세 걸음 폭의 틈을 만들며 벌어진다. 군인은 전혀 힘들어 보이지 않는다. *스트롱암이구나.* 나는 주목한다.

돌은 두툼하고 무겁다. 공포가 요동치고, 나는 힘겹게 침을 삼킨다. 장갑 안에서 손이 땀에 젖기 시작한다. 메이븐이 마침내 나를 진짜 감옥에 넣기로 한 모양이다.

아기 고양이와 클로버가 나를 떠밀어서 경비들에게서 떼어놓으려고 하지만 나는 발로 버티고 서서 모든 관절을 걸어 잠근다.

"싫어!"

나는 고함을 지르며 그들 중 하나를 향해 어깨를 밀어붙인다. 아기 고양이는 신음하지만 멈추지 않고 계속 밀고, 그 사이 클로버는 나를 허리께에서 떼어내서 바닥에 내동댕이친다.

"이 아래에 날 가둘 순 없어!"

어떤 카드로 게임을 해야 할지, 어떤 가면을 써야 할지 모르겠다. 울어야 하나? 애걸해야 하나? 저들이 나라고 생각하는 반역자들의 여왕인 척 행동해야 하나? 어느 선택지가 날 구할 수 있을까? 공포가 감각을 지배한다. 나는 물에 빠진 여자애처럼 호흡한다.

"제발, 난…… 난……."

클로버를 넘어뜨리려고 허공을 발로 차지만, 그녀는 내 예상보다 강하다. 달걀은 내 다리를 잡고, 내 발뒤꿈치가 그의 턱을 분명히 쳤는데 그것도 무시한다. 그들은 나를 무슨 생각이나 의도도 없는 가구처럼 들고 간다.

문이 도로 닫히는 동안 나는 어떻게든 트레저리 홀의 경비를 바라보려고 애를 쓰며 몸을 뒤튼다. 그는 무심하게 콧노래를 흥얼거린다. 그에게는 근무 중의 하루일 뿐이다. 나는 이 하얀 바다에서 어떤 운명이 나를 기다리고 있을지, 똑바로 마주하기 위해서 애를 쓴다.

이 금고는 텅 비어 있다. 통로는 아까의 복도들처럼 나선형을 그리며 이어지는데, 좀 더 좁은 원을 그린다. 벽에는 아무 장식도 없다. 역겨운 형체들도, 경계선도, 심지어 경비들도 없다. 그저 머리 위의 조명과 주변을 온통 감싼 돌뿐이다.

"제발."

내 목소리가 침묵 속에서 메아리친다. 질주하는 심장 박동만이 함께 들릴 뿐이다.

나는 이 모든 일이 그저 꿈이기를 바라며 천장을 바라본다.

그들이 나를 놓는 순간, 나는 숨을 들이마셔 폐를 공기로 채운다. 이 모든 일에도 불구하고, 나는 할 수 있는 한 빠르게 몸을 굴려 일어선다. 일어서며 주먹을 꼭 쥐고, 이를 드러내며, 싸울 준비를 한다. 누구의 이라도 부러뜨리지 않고서는 그저 여기 홀로 버려지지 않을 것이다.

아벤 경비들은 즐거움 따위 없는 얼굴로 나란히 뒤로 물러선다. 아무 흥미도 없다. 그들의 관심은 내 뒤, 내 너머로 향해 있다.

내가 보게 될 것을 찾아 몸을 돌리자, 펼쳐진 것은 또 다른 텅 빈 벽이 아니라 구불구불한 플랫폼이다. 새로 지어진 것으로 다른 복도나 금고, 비밀 통로들과 연결되어 있다. 플랫폼은 선로를 내려다보고 있다.

내 머리가 점들을 선으로 연결하기도 전에, 심지어 아주 짧은 흥분의 속삭임이 마음속에서 요동치기도 전에, 메이븐이 입을 열어 내 희망을 산산조각 낸다.

"앞서가지 좀 마."

그의 목소리는 내 왼편, 플랫폼보다 더 아래에서 메아리친다. 그는 거기 서서 감시병들 한 무리들을 두른 채로 에반젤린과 프톨레무스와 함께 기다리는 중이다. 그들 모두가 나처럼 코트를 차려 입고 추위를 막으려 풍성한 털을 두르고 있다. 흑담비 모피를 두른 두 사모스 남매는 눈부시게 화려하다.

메이븐이 나를 향해 걸음을 내딛는다. 그는 늑대의 자신감을 비추며 환하게 미소 짓는다.

"진홍의 군대만 기차를 설계할 수 있는 능력이 되는 건 아니지."

＊ ＊ ＊

언더트레인은 덜덜대고 불꽃을 튀겼으며 온통 녹이 슬어 있었고, 심지어 그 깡통 고물차는 금방이라도 용접이 떨어져 나가 쪼개질 것만 같았다. 그럼에도 불구하고, 나는 언더트레인 쪽이 이 매력 넘치는 민달팽이보다 더 맘에 든다.

"물론 나한테 영감을 준 건 네 친구들이야."

내 맞은편의 안락한 좌석에 앉아서 메이븐이 말한다. 그는 자신이 아주 자랑스러운 듯 여유를 부린다. 오늘은 정신적인 상처 같은 건 하나도 안 보인다. 상처들을 조심스럽게 숨겼거나, 아니면 옆으로 잘 치워 뒀거나 지금 이 순간만큼은 생각이 안 나는 모양이다.

자리에서 몸을 웅크리고 싶은 열망을 누르느라, 양발을 바닥에 단단하게 고정한다. 뭐가 잘못 돌아가게 되면, 바로 뛸 준비가 되어 있어야 할 테니까. 궁전에서 그랬던 것처럼 메이븐의 기차를 구석구석 주의해 보며 도움이 될 만한 어떤 곳이 있나 살펴본다. 아무것도 찾을 수가 없다. 창문도 없고, 긴 객차의 양끝에는 감시병들과 아벤 경비병들이 자리하고 있다. 객차는 응접실처럼 꾸며져 있다. 그림에, 천을 씌운 의자들과 소파들에, 심지어 천장에는 기차의 움직임에 따라 딸랑대는 소리를 내는 수정 전구까지 매달려 있다. 하지만 그 모든 은혈스러운 것들과 함께, 틈을 찾을 수는 있다. 페인트는 막 말랐다. 냄새가 난다. 기차는 새로 만든 것으로, 아직 테스트도 안 한 것이다. 객차의 다른 쪽 끝에서, 에반젤린의 눈이 앞뒤로 흔들리며 침착해 보이고 싶은 그녀의 시도를 배신한다. 기차의 흔들림에 그녀의 몸이 달가닥거린다. 아마도 에반젤린이라면 이놈의 모든 조각들이 고속으로 움직이는 것을 전부 느끼고 있을 것이다. 참 익숙해지기 힘들 감각이다. 나 또한 항상 언더트레인이나 블랙런 비행기 같은 거대한 기계들의 맥박을 감지하고는 했음에도, 결코 그 감각에 익숙해질 수가 없었다. 내가 전기 혈관을 느낄 수 있다면, 아마도 에반젤린은 금속 혈관을 느낄 수 있을 터이다.

그녀의 오빠가 그 옆에 앉아서 나를 쏘아보고 있다. 그는 한두 번 움직이면서 그녀의 어깨를 툭툭 친다. 그의 존재감에 에반젤린의 공포에 질린 반응이 점차 가라앉으며 침착해진다. 만약 이 새 기차가 폭발하기라도 한다면, 저 남매야말로 파편 폭풍에서 살아남기에 가장 충분한 사람들이 아닐까 생각되지만 말이다.

"그들은 안간힘을 다해 오래된 철로를 이용해서 보울 오브 본즈에서 내얼시로 꽤나 재빠른 속도로 가까스로 달아났지, 심지어 내가 거기 도착하기도 전에 말이야. 그때 나도 나만의 탈출 경로를 작게라도 만들어 두는 게 나쁘지 않을 거라는 생각이 들더군."

메이븐은 무릎을 손가락으로 두드리며 계속 말을 잇는다.

"넌 나의 형님이 나를 타도하기 위한 시도로 어떤 새로운 혼합물을 만들어낼 수 있을지 아마 결코 상상도 하지 못할 거야. 준비가 최선이지."

"그래서 지금 넌 뭐 때문에 달아나는 건데?"

나는 목소리를 낮추려고 애를 쓰면서 웅얼거린다.

메이븐은 그저 어깨만 으쓱이며 웃음을 터뜨린다.

"그렇게 너무 침울하게 굴지 마, 메어. 나는 우리 둘 다에게 인심을 베푸는 중이니까."

미소를 지으며, 그가 자기 의자에 도로 몸을 묻는다. 그는 발을 위로 차더니, 내 옆의 좌석 위로 올린다. 나는 그 행동에 코를 찡그리며 몸을 다른 쪽으로 기울인다.

"화이트파이어 궁전의 감옥을 그토록 오래 참아낼 수밖에 없었으니까."

*감옥이라고.* 쏘아붙이고 싶은 걸 꾹 참으며 그의 비위를 맞춰야 한다고 자신을 억누른다. *네가 감옥에 대해 아는 게 뭐가 있다고, 메이븐.*

창도 없고, 어떤 방향이나 방위를 알려 줄 표지도 없기에, 우리가 어디로 향할 것인지 혹은 이 지긋지긋한 기계가 얼마나 멀리 갈 수 있는지에 대해 알 도리가 없다. 분명 언더트레인만큼이나 빠른 느낌이다. 만약 더 빠른 게 아니라면 말이다. 남쪽으로, 망가진 도시이자 심지어 진홍의 군대까지도 버린 곳인 내열시를 향해서 가는 건 아닌 것 같다. 아케온 침투 사건 이후로 터널들을 파괴하는 쇼를 메이븐이 펼쳤었으니까.

그는 내가 생각하도록 내버려 둔 채, 우리 주변의 그림을 퍼즐 조각처럼 맞추고 있는 내 모습을 가만히 지켜본다. 그는 내가 전체 그림을 완성할 만한 충분한 조각을 갖추고 있지 않다는 것을 안다. 그럼에도 불구하고, 그는 내가 시도하도록 내버려 둔 채로 더 이상의 설명을 해 주지 않는다.

몇 분이 똑딱대며 흐르고, 나는 프톨레무스에게로 주의를 기울인다. 지난 몇 달 동안 그를 향한 내 증오심은 자라나기만 했다. 그가 오빠를 죽였다. 이 세계에서 쉐이드를 데려가 버렸다. 이번 한 번만큼은, 그는 자신의 그 비늘 갑옷을 걸치고 있지 않다. 갑옷을 벗으니 더 작고, 더 약하며, 더 연약하게 보인다. 그의 목을 따서 메이븐의 새로 색칠된 벽들이 은색 피로 얼룩지는 모습을 상상해 본다.

"뭐 흥미 있는 거라도 있나?"

나와 눈을 맞추며 프톨레무스가 으르렁거리듯 말한다.

"쳐다보게 내버려 둬. 쟤로서는 그거 말고 달리 할 수 있는 일도 없잖아."

에반젤린이 말한다. 그녀는 결코 내게서 눈을 떼지 않은 채로 의자에 몸을 기대며 머리를 기울인다.

"두고 봐."

나도 되받아친다. 무릎 위에 올린 손가락들이 경련한다.

메이븐이 책망하듯 혀를 쯧쯧 찬다.

"아가씨들."

에반젤린이 응수하기도 전에, 그녀의 주의가 흐트러지고 그녀는 시선을 멀리, 벽으로, 바닥으로, 천장으로 돌린다. 프톨레무스가 에반젤린과 똑같은 행동을 한다. 나로서는 알 수 없는 무언가를 감지한 모양이다. 다음 순간 우리를 실은 기차가 느려지기 시작하고, 엔진과 기계가 철로 된 선로 위를 긁는다.

"그럼, 거의 다 온 모양이군."

메이븐이 발을 편히 내리며 말한다. 그는 내게 한 손을 내민다.

아주 잠깐, 메이븐의 손가락을 물어뜯어 버릴까 하는 생각을 즐긴다. 대신에, 나는 내 손을 얌전히 그의 손 위에 내려놓고 피부 아래로 흐르는 소름을 무시한다. 내가 일어서자, 그의 엄지가 장갑 아래 수갑의 높은 경계부를 스친다. 그가 나를 쥐고 있다는 것을 확고하게 상기시키는 존재. 그 사실을 참을 수가 없어서 메이븐에게서 몸을 떼어, 우리 사이에 장벽을 만들 듯 팔짱을 낀다. 메이븐의 밝은 눈동자 어딘가가 어두워지고, 메이븐 역시 자신의 벽을 세운다.

메이븐의 기차가 너무나 매끄럽게 멈춰선 덕택에 나는 그걸 거의 느끼지도 못한다. 아벤들도 느끼지 못한 건 매한가지이지만, 그럼에도 불구하고 재빨리 내 양옆에 붙더니 나를 익숙한 공허함으로 둘러싼다. 적어도 내게 사슬을 달거나 목줄을 매지는 않을 모양이다.

아벤들이 나를 둘러싼 것처럼 감시병들이 메이븐의 주위에 무리를 짓고, 그들의 불꽃같은 망토와 검정 가면들은 언제나처럼 불길한 느낌을 준다. 그들은 메이븐의 속도에 맞춰서 이동하고, 메이븐은 객차를 길게 가로지른다. 에반젤린과 프톨레무스가 그 뒤를 따르고, 나와 내 경비들에게 따라오라고 지시를 하자 우리가 이 이상한 행진의 꼬리를 장식한다. 우리는 문을 통과해서 한 칸을 다음 칸과 연결하는 통로를 지난다. 또 다른 문, 호화로운 가구들이 가득 찬 또 다른 길게 뻗은 공간. 이번에는 식당이다. 여전히 창문은 어디에도 없다. 우리가 어디에 있는지에 대한 실마리 또한 어디에도 없고.

다음 연결통로에서 문이 열리는데, 앞쪽이 아니라 오른쪽에서 열린다. 감시병들이 먼저 몸을 구부리고 빠져나가 사라지자, 메이븐이 뒤를 따르고, 그 다음에 나머지가 따라간다. 우리는 거슬릴 정도로 강한 전구들이 머리 위에서 빛나고 있는 또 다른 플랫폼으로 나선다. 충격적일 정도로 깨끗하지만(분명히 새로 지어진 곳이라는 점에는 의심의 여지가 없다.) 공기는 축축하게 느껴진다. 텅 빈 플랫폼에 대한 꼼꼼한 지시 사항이 있었을 테지만, 뭔가가 어딘가에서 똑똑 떨어지는 소리가 우리 주변에서 울리고 있다. 선로를 따라서 왼쪽 오른쪽으로 둘러본다. 양쪽 모두 어둠 속으로 사라진다. 이곳은 선로의 끝이 아니다. 불과 몇 달도 안 되는 시간 동안에 메이븐이 얼마나 많은 성취를 이뤄낸 것인지를 생각하자 몸이 떨린다.

우리는 위로, 계단을 따라 올라간다. 금고 입구에서부터 얼마나 오래 내려왔던가를 생각하니, 긴 계단이 있을 거라는 생각에 체념부터 하게 된다. 그래서 계단이 또 다른 문에서 금방 끝나 버리자 깜짝 놀라게 된다. 이번 문은 강화 철로 만들어진 것으로, 그 뒤에 있을 것에 대한 불길한 조짐을 팍팍 풍기고 있다. 감시병 하나가 긴 자

293

물쇠를 쥐더니 끙 하는 소리를 내며 돌린다. 거대한 기계 장치의 신음이 그에 응답한다. 에반젤린과 프톨레무스는 도울 생각이 없는 듯 손가락 하나 까딱하지 않는다. 나처럼, 그들은 희미하게 가려진 흥미 속에서 지켜보고만 있다. 그들이 나 이상 별로 아는 것이 없다는 생각이 든다. 왕이랑 그토록 가깝게 연결되어 있는 가문으로서는 이상한 일이다.

강철 문이 뒤쪽으로 흔들리자 낮의 태양빛이 쏟아지며 그 뒤로 회색과 푸른색이 드러난다. 가지를 혈관처럼 펼친 죽은 나무들이 깨끗한 겨울 하늘 속으로 뻗어 있다. 기차 벙커에서 밖으로 한 발 내딛는 순간, 나는 깊은 숨을 들이마신다. 소나무, 날카로울 정도로 맑고 차가운 공기. 우리는 상록수와 잎이 떨어진 오크 나무에 둘러싸인 빈 터에 서 있다. 아래의 대지는 얼어붙어 있고, 10센티미터가 넘게 쌓인 눈 아래로는 흙이 단단히 눌린 매끄러운 면을 만들고 있다. 발가락에는 벌써부터 눈에서 오는 한기가 느껴진다.

펼쳐진 숲에서 오는 시간을 1초라도 더 만끽하며 뒤꿈치로 바닥을 파 본다. 아벤들이 따라가라고 미는 바람에, 나는 미끄러지고 만다. 그들이 속도를 체계적으로 떨어뜨릴 정도로는 저항하지 않은 채, 나는 그저 머리만 앞뒤로 휙휙 돌린다. 방향을 가늠해 보려고 해 본다. 이제 서쪽으로 기울어지기 시작한 태양으로 판단해 보건대, 북쪽은 정확하게 내 앞이다.

4대의 군용 수송차가 부자연스러운 빛을 번쩍대면서 우리 앞의 길에서 공회전하며 기다리고 있다. 차의 엔진이 웅웅거리고, 차에서 나온 열기가 공기 중으로 수증기 기둥을 내뿜고 있다. 어느 것이 메이븐의 차인지는 매우 알아보기 쉽다. 붉은색, 검정색, 왕실 은색으로 된 불타는 왕관이 가장 큰 차의 옆면에 찍혀 있다. 거대한 바퀴와 강화 철로 된 것이 틀림없는 몸을 가진 그 차는 땅 위에서 거의 60센티미터는 되는 높이에 우뚝 서 있다. 방탄에, 불연에, 뭐든 죽음을 막는 시도는 다 되어 있겠지. 소년 왕을 보호하기 위한 것이라면 무엇이든 말이다.

그는 망설임 없이 그 위로 오르고, 그의 망토가 그 뒤로 펄럭인다. 다행스럽게도 아벤들은 나를 뒤따르게 하지 않고, 나는 힘껏 또 다른 수송차에 떠밀린다. 내가 탈 것에는 아무 마크가 없다. 몸을 구부리고 차 안으로 들어가면서 열린 하늘을 향해 마지막 시선을 보내는데, 문득 에반젤린과 프톨레무스가 자기들 차량으로 다가가는 모습이 눈에 들어온다. 검정에 은색, 금속 몸체가 온통 뾰족한 못으로 장식된 것이다. 아마도 에반젤린이 직접 꾸민 모양이다.

달걀이 마지막으로 타고 자기 뒤로 문을 닫자, 네 명의 아벤 경비들이 나를 차 안에서 붙들듯 둘러싸고, 차는 덜컥 앞으로 휘청댄다. 운전석에 한 군인이, 그의 옆에는 감시병 하나가 앉아 있다. 아벤으로 가득 찬 비좁은 여행이라니, 체념부터 든다.

그래도 적어도 이 차량에는 창문들이 있다. 활처럼 휘어 있는 친숙한 모습의 숲을 속도를 내어 통과하는 동안, 나는 눈도 깜빡이고 싶지 않은 마음으로 구경을 한다. 차가 강에 닿은 뒤에 그 옆으로 난 넓게 자갈을 깐 길에 이르자 갈망으로 가슴이 타들어 간다.

저건 캐피탈 리버 강이다. 나의 강. 우리는 북쪽으로, 로열 로드를 따라 가고 있다. 지금 당장 이들이 나를 차 밖으로 집어 던지고 먼지

구덩이 속에 내버려 두고 간다면, 나는 집으로 향하는 길을 찾을 수도 있다. 그 생각에 눈물이 샘솟는다. 집으로 돌아갈 기회를 잡으려면, 스스로 또는 누군가에게 뭘 어떻게 해야만 하는 걸까?

하지만 그곳에는 아무도 없다. 내가 걱정하고 염려할 이가 아무도 없다. 모두가 집을 떠나, 먼 곳에서, 보호를 받고 있다. 고향은 더 이상 우리가 떠나온 그곳이 아니다. 고향은 저들로부터 안전하다. 그러길 바란다.

수송차의 행렬에 또 다른 차량들이 합류하는 바람에 나는 깜짝 놀란다. 차체에 군의 상징인 검은색 칼이 그려져 있는 것으로 보아 군용 차량이다. 눈에 보이는 것만 거의 십수 대는 되는데, 그 뒤로도 더 많은 차량이 쭉 늘어서 있다. 많은 차량에 은혈 군인들이 타고 있는 것이 보이는데, 그들은 양옆에 기대어 있거나 아니면 지붕의 특별석에 벨트를 차고 앉아 있다. 그들 모두가 방심하지 않고 행동 대기 상태이다. 그들은 우리가 올 것을 알고 있었다.

로열 로드는 강둑을 따라 있는 마을들을 따라 구불구불 이어진다. 우리가 너무 남쪽에 있었기 때문에 스틸츠를 지나가려면 한참 멀었다는 것은 알지만, 그 사실이 내 흥분을 꺾지는 못한다. 강의 얕은 부분을 따라 돌출된 벽돌로 된 제분소들이 시야에 먼저 들어온다. 우리는 그쪽을 향해 곧장 속도를 내어, 번화한 제분소 마을의 교외로 들어선다. 더 많이 보고 싶은 만큼이나, 멈추지 않았으면 싶기도 하다. 메이븐이 제발 아무 분열도 만들지 말고 이곳을 그대로 통과했으면 좋겠다.

내 소원은 어느 정도 이루어진다. 호송대는 속도를 늦추지만 결코 멈추지는 않고, 번쩍이는 위협적인 자태를 과시하면서 마을의 심장부를 굴러간다. 군중들이 거리에 줄지어 나와서 우리를 향해서 손을 흔든다. 그들은 왕을 향해 연호하고, 그의 이름을 외치고, 왕을 보고 또 왕이 봐 주기를 바라며 안간힘을 쓴다. 적혈 상인들부터 제분소의 노동자들까지, 늙은이부터 젊은이까지, 수백 명의 사람들이 좀더 잘 보려고 서로를 앞으로 밀친다. 보안 요원들이 그토록 소란스러운 환영 행렬을 만들기 위해서 그들에게 압박을 가했을 것이 뻔하다. 나는 좌석에 뒤로 기대며 스스로의 모습이 보이지 않기를 바란다. 저들은 이미 메이븐의 옆자리에 앉은 내 모습을 보도록 강요당했을 것이다. 안 그래도 조작되어 있는 불길에 더 많은 연료를 끼얹고 싶지는 않다. 다행스럽게도, 누구도 내게 억지로 연기를 하라고하지 않는다. 나는 그저 앉아서 무릎 위에 얹은 손을 바라보며, 이동네를 지날 수 있는 한 빨리 지나가기만을 바란다. 궁에 있는 동안, 메이븐을 만나면서 보는 것들만 보고, 내가 메이븐에게 한 것들만을알다 보니, 메이븐이 나라의 대부분을 자기 호주머니 속에서 주무르고 있다는 사실을 쉽게 잊었다. 진홍의 군대와 그의 적들에 대한 사람들의 생각의 흐름을 돌리기 위한 그의 거대한 노력은 꽤 잘 작동하고 있는 것처럼 보인다. 이 사람들은 그의 말들을 믿는다. 아니면아마도 싸울 기회가 전혀 없었을 수도 있고. 어느 쪽이 더 나쁜 것인지는 모르겠다.

마을이 우리 뒤로 물러나고도, 환호성은 계속해서 머릿속에서 메아리친다. 이 모든 일이 메이븐을 위한 것이자, 뭔지는 몰라도 그가 다음에 해치우려는 계획을 위한 발판을 위한 것이다.

뉴타운을 지나온 것이 틀림없다, 그것만큼은 명확하다. 시야에 오염이 전혀 들어오지 않는다. 어떤 사유지들도 딱히 보이지 않는다. 내가 메리어나인 척 하던 시절, 리버 로우를 따라서 남쪽으로 이동했던 첫 번째 여행이 기억난다. 우리는 태양의 홀에서 아케온을 향해서 강을 따라 항해하며 마을, 도시, 그리고 많은 하이 하우스들이 자기들 가문의 별장들을 갖고 있던 둑을 따라서 쭉 이어지던 화려한 건물들을 지나쳤다. 줄리언이 내게 보여 주곤 했던 지도를 기억해 내려고 해 본다. 대신에, 내가 얻은 건 그저 두통뿐이다.

세 번째 환호하는 마을을 지나서 수송대가 길을 벗어나며 연결도로로 미리 연습한 대형을 이루며 들어설 때쯤 해가 낮게 기운다. 서쪽을 향해서. 안에서 자라는 슬픔의 맛을 나는 꿀꺽 삼키려 해 본다. 북쪽이 나를 잡아당기며, 내가 따를 수 없음에도 손짓을 한다. 멀리 더 멀리까지 이어지는 내가 아는 장소들.

머릿속의 나침반을 유지하려고 애를 쓴다. 서쪽은 아이언 로드. 웨스트레이크, 레이크랜즈, 그리고 초크로 이어지는 길. 서쪽은 전쟁과 폐허.

달걀과 트리오가 내가 많이 움직이게 해 주지를 않기 때문에, 잘 보려면 목을 기울여야만 한다. 문 한 쌍을 지나쳐 들어가는 동안 나는 입술을 깨물고, 간판이나 상징이 보이지 않는지 찾으려고 해 본다. 풍성하게 자란 아이비의 충격적일 정도로 푸르른 덩굴 아래로 연철 기둥들만이 보일 뿐, 아무것도 보이지 않는다. 우리는 한쪽에 저택이 있는 돌로 된 거대한 광장으로 튀어나간다. 수송대는 그 앞으로 둥그렇게 돌아서, 호를 그린 줄을 따라서 나란히 차를 세운다. 환영하는 군중들은 없지만, 경비들이 벌써 밖에 나와 기다리고 있다. 아벤들은 재빨리 움직여 나를 차 밖으로 안내한다.

매력적인 붉은 벽돌에 하얀색 테두리를 두르고, 꽃을 피운 화분들이 내걸린 반짝이는 창문들이 줄지어 있으며 세로로 홈이 파진 기둥들과 화려한 발코니들을 갖춘 집을 올려다본다. 저택의 가운데에는 내가 본 중에 가장 거대한 나무가 불쑥 솟아 있다. 나무의 가지들은 각진 지붕 위로 호를 그리며 뻗어 있다. 나무는 건물과 함께 자라고 있는 듯하다. 잔가지나 나뭇잎 하나 없이, 살아 있는 한 점의 예술품처럼 완벽하게 조각된 모습이다. 하얀 꽃과 향기로운 냄새로 볼 때, 내 생각에 이 나무는 목련이다. 한순간 나는 지금이 겨울이라는 것마저 잊는다.

"환영합니다, 전하."

내가 전혀 모르는 목소리다.

내 나이의, 키가 크고, 호리호리하며 이곳에 쌓여 있어야 마땅했을 눈만큼이나 창백한 소녀 하나가, 우리 차에 합류했던 수많은 차량 중 하나에서 내린다. 그녀는 이제 막 자기 차량에서 기어 내려오고 있는 메이븐에게 집중한 채로, 그의 앞에 절을 하려고 나를 스쳐 지나간다. 흘깃 본 순간 그녀가 누구인지 깨닫는다.

헤론 웰르. 아주 오래 전에 퀸스트라이얼에서 경쟁했던 소녀다. 그녀는 자기 가문 사람들이 환호하는 동안 대지에 튼튼한 나무들을 키워냈다. 다른 많은 소녀들이 그랬던 것처럼, 그녀도 왕가의 신부가 되기를, 칼과 결혼하도록 선택받기를 바랐다. 이제 그녀는 메이븐의 앞에 서서 눈은 내리깐 채, 그의 명령을 기다리고 서 있다. 그녀는 추위와 메이븐의 시선에 방어라도 하듯이 녹색과 금색으로 된 코트를 단단히 여민다.

내가 은혈들의 세상으로 억지로 편입되기 전부터 알고 있던 몇 안 되는 가문 중에 하나가 바로 웰르다. 그녀의 아버지가 내가 태어난 지역을 다스린다. 나는 그의 배가 강을 따라 지나가는 것을 바라보며, 다른 멍청한 아이들과 함께 녹색 깃발을 흔들고는 했다.

메이븐은 자기 차에서부터 저택에 이르는 짧은 길에는 불필요한 장갑을 끼며 시간을 끈다. 그가 움직이자, 검은 곱슬머리 사이에 둥지를 튼 간단한 왕관이 기울어지는 태양을 받아서 붉은색과 금색으로 깜빡이는 모습이 보인다.

"매력적인 곳이로군, 헤론."

멍청한 한담이라도 나누자는 듯이 그가 말한다. 그 말은 그의 입에서 나오니 불길하게 들린다. 위협 같다.

"감사합니다, 전하. 모든 것이 전하의 도착에 맞춰 잘 준비되어 있습니다."

교묘하게 떠밀리며 내가 다가서자, 헤론이 나를 향해 흘긋 시선을 내어 준다. 내 존재를 아는 척한 유일한 반응이다. 가냘픈 외모이지만, 그녀의 그 여윈 몸매 위로 우아함과 품위, 날카로운 아름다움이 엿보인다. 헤론의 눈이 그녀의 다른 가족들이나 그들의 능력처럼 녹색일 거라고 예상했지만, 대신에 그녀의 눈동자는 도자기 같은 피부와 적갈색 머리카락에 잘 어울리는 강렬한 푸른색이다.

나머지 차량에서도 승객들이 내린다. 더 많은 색들, 더 많은 가문들, 더 많은 경비와 군인들이 내린다. 염색한 푸른색 털과 가죽으로 된 옷을 입으니 멍청해 보이는 샘슨도 사람들 사이로 보인다. 옷 색깔에다 추위 때문인지 그는 평소보다 더 창백해 보여서, 살인 충동을 가진 금발머리 고드름 같다. 다른 사람들은 그의 가까이에 가지 않고, 그 사이 그는 어물거리면서 메이븐의 옆으로 다가간다. 한눈에도 궁중 신하들이 수십 정도라는 건 알겠다. 웰르 총독의 집이 이 사람들을 전부 재워 줄 수 있기는 한지 궁금할 정도로 충분히 많은 숫자다.

메이븐은 바쁜 속도로 움직이기 전에 샘슨의 존재를 알아차리고는 그에게 고개를 까딱해 보인 뒤, 광장에서부터 모두를 이끌고 화려하게 장식된 계단을 향해 발을 재촉한다. 헤론이 그의 바로 뒤를 따르고, 늘 그렇듯이 감시병들도 똑같이 한다. 나머지 모두가 보이지 않는 사슬에 끌려가는 것처럼 그 뒤를 따라간다.

총독일 수밖에 없을 것 같은 남자가 오크나무와 금으로 만들어진 문에서 달려 나와서는 걷는 동시에 절을 한다. 그의 집과 비교하자면 여러모로 밋밋해 보이는 남자다. 약해 보이는 뺨, 어두운 금발, 뚱뚱하지도 마르지도 않은 몸매는 극히 평범하다. 하지만 그의 옷차림은 그 모든 것을 보상할 만큼, 아니 그 이상이다. 그는 부츠를 신고, 버터처럼 부드러워 보이는 가죽 바지를 입고, 옷깃과 단에 번쩍이는 에메랄드를 달고 화려한 자수 장식이 된 재킷을 걸쳤다. 그 옷들도 그가 목에 걸고 있는 오래된 큰 메달 모양의 보석에 대면 아무것도 아니다. 자신의 고향을 지켜주는 나무의 상징을 한 그 보석 목걸이는 그가 걷는 동안 가슴 위에서 흔들거린다.

"전하, 전하를 모시게 되어 얼마나 기쁜지 모릅니다."

마지막으로 한 번 절을 하며, 그가 고함을 친다. 메이븐은 엷은 미소를 지어 보이며 기쁜 감정을 내보인다.

"이곳이 즉위 기념 순회의 첫 번째 목적지로 선택되다니 매우 영광입니다."

역겨움에 위장이 말린다. 언제나 그의 손짓과 부름에 따라서 메이븐의 몇 걸음 뒤에 앉아 전국을 행진하는 나의 모습이 와락 머릿속에 밀려온다. 방송을 타고, 카메라 앞에 서는 것도 모욕적이었지만, 사람들 면전에서? 아까의 마을 사람들 같은 군중들 앞에서? 견뎌내지 못할 것이다. 어쨌든 화이트파이어 궁전의 감옥이 차라리 나았을 것 같다.

메이븐은 총독과 손을 마주잡고, 그의 미소는 진심이라고 여겨질 법한 모양새로 커다래진다. 메이븐은 정말 연기에 능한데, 이 부분만큼은 인정해 줘야 할 것 같다.

"당연하네, 사이러스, 순회 여행을 시작하기에 더 나은 장소를 생각해 낼 수가 없더군. 헤론이 자네 칭찬을 많이 했다네."

메이븐이 헤론을 향해 손짓을 해서 옆으로 불러들인다.

그녀는 자기 아버지를 향해 눈을 반짝이며 재빨리 그 옆으로 다가간다. 안도의 표정이 그들 사이로 스친다. 메이븐이 벌이는 다른 모든 일들과 마찬가지로, 그녀의 존재는 신중하고 교묘한 책략이자 메시지다.

"그럼?"

메이븐이 저택을 가리켜 보인다. 그가 출발하자, 나머지 일행들도 계속 이동한다. 총독이 적어도 자신이 어쨌든 여기를 다스리는 사람이라고 보이기 위해서 여전히 애를 쓰면서, 재빠르게 메이븐의 주위로 붙는다.

안에서는 적혈 하인 무리들이 제일 좋은 옷을 입고 신발에 광을 낸 채 시선은 바닥에 깔고 한 줄로 벽 쪽에 서 있다. 아무도 나를 보지 않기에, 나는 그저 홀로, 총독의 저택을 보며 생각에 잠긴다. 그린 워든의 작품을 볼 수 있을 거란 예상을 했는데, 역시 전혀 실망스럽지 않다. 온갖 종류의 꽃들이 현관을 지배하고 있으며, 크리스탈 꽃병들마다 활짝 피어 있고, 벽들에는 그림들로, 천장에는 조각으로, 심지어 바닥에 돌로 모자이크 되어 있거나 샹들리에에 유리로 장식되어 있다. 향기는 압도할 정도로 흘렀어야 할 테다. 대신에, 향기는 딱 취할 정도로만 매 호흡마다 차분하게 다가온다. 나는 이 작은 기쁨을 만끽하며 깊게 숨을 들이마신다.

더 많은 웰르 하우스 사람들이 왕을 맞이하기 위해 기다리고 서서는, 왕에게 절을 하거나 예를 보이거나 메이븐이 만든 법들부터 신발에 이르기까지 모든 것을 주제로 메이븐에게 찬사를 보내려고 기를 쓴다. 그 모든 것들로 메이븐이 고통 받는 사이, 어떤 불쌍한 하인에게 벌써 자기 모피를 내다 버린 에반젤린이 합류한다.

그녀가 내 옆에 멈춰 서자 긴장이 된다. 모든 식물들이 에반젤린의 옷에 반사되면서 그녀에게 역겨운 색조를 입힌다. 그녀의 아버지가 이곳에 없다는 깨달음으로 순간 가슴이 철렁한다. 이런 행사가 있을 때면 대개 그는 에반젤린과 메이븐의 사이를 떠돌면서, 자기 딸의 기분이 끓어 넘치려고 하면 재빨리 끼어들고는 했는데. 하지만 지금 그는 이곳에 없다.

에반젤린은 아무 말도 하지 않은 채, 메이븐의 등을 바라보는 것에 만족한다. 나는 그를 지켜보는 그녀의 모습을 지켜본다. 총독이 몸을 기울여 메이븐의 귓가에 속삭이자 그녀는 주먹을 쥔다. 다음 순간 총독은 기다리고 있던 은혈들 중에 하나에게 손짓을 한다. 키가 크고 마른 그 여자는 칠흑 같은 머리카락에 급히 떨어지는 광대뼈, 차가운 황토색 피부를 하고 있다. 웰르 가문의 사람인지는 모르겠지만, 겉으로는 그렇게 보이지는 않는다. 그녀는 초록색 쪼가리 하나도 걸치고 있지 않다. 대신에, 그녀의 옷은 회청색이다. 그 여자는 머리를 딱딱하게 숙여 절을 하고, 신중하게 메이븐의 얼굴을 살핀다. 메이븐의 표정이 변하더니, 미소가 즉시 커다래진다. 그는 흥분으로 머리를 까닥이며 뭐라고 대꾸한다. 그중 한 단어가 귀에 들어온다.

"지금."

그가 말한다. 총독과 여자는 따른다.

그들은 함께 걸어가고, 감시병들이 그 뒤에 붙는다. 내가 같이 가야 하는 것인지 궁금한 마음에 아벤들을 힐긋 보지만, 그들은 움직이지 않는다.

에반젤린도 마찬가지다. 그리고 무슨 이유에선지 몰라도, 그녀의 어깨가 아래로 내려오고 몸에서는 힘이 빠진다. 그녀를 누르고 있던 어떤 무게가 사라졌다.

"그만 봐."

그녀가 내 관찰을 막으며 쏘아붙인다.

이 작고 하찮은 언쟁에서 그녀에게 승리를 양보하며 나는 고개를 떨군다. 그리고 생각을 이어나간다. *그녀는 무엇을 아는 걸까? 내가 보지 못한 무엇을 본 걸까?*

어디가 될지 모를 오늘 저녁 감옥을 향해 아벤이 나를 이끄는 동안, 내 심장은 가슴 깊숙이 침잠한다. 줄리언의 책들을 화이트파이어에 두고 왔다. 무엇도 오늘 밤 나를 위로해 주지 못하리라.

# 제14장
# 메어

*구금되기 전, 나는* 메이븐의 사냥꾼들을 피하고 신혈들을 모집하면서 몇 달간 나라를 종횡했다. 더러운 바닥에서 잤고, 훔친 것들을 먹었고, 깨어 있는 시간을 몽땅 너무 많이 느끼거나 혹은 너무 적게 느끼는 데 보내며 우리의 모든 악령들을 앞설 수 있기 위해 최선을 다했다. 난 압박감을 잘 다루지 못했다. 친구들이나 가족, 내게 가까운 모든 이들에게 문을 닫거나 그들을 차단했다. 나를 돕거나 이해하려고 하는 사람이면 누구에게든 그랬다. 당연하지만 이제는 그 사실이 후회된다. 당연하지만 노치로, 칼과 킬런과 팔리와 쉐이드에게로 돌아갈 수 있다면 좋겠다. 난 다르게 행동할 것이다. 난 달라질 것이다.

슬프게도, 어떤 은혈이나 신혈도 과거를 바꿀 수 없다. 내가 저지른 실수들은 되돌릴 수도, 잊을 수도, 무시할 수도 없다. 하지만 난 고칠 수는 있다. 지금 뭔가를 할 수도 있다.

내가 쭉 보아 왔던 노르타는, 범법자로서의 시각에서였다. 그늘에서 본 것이었다. 메이븐의 편이 되어, 그의 광범위한 수행단의 일부가 되어서 보는 것과는 낮과 밤 사이의 차이만큼이나 다르다. 코트 아래에서 몸을 떨며, 온기를 찾아 손을 마주쳐 본다. 아벤과 족쇄에서 오는 지속적인 힘들에 눌린 채라, 나는 온도에 좀 더 민감한 상태다. 메이븐을 향한 증오에도 불구하고, 오직 그가 발산하는 지속적인 열기가 주는 이점 때문에 그에게 조금씩 가까이 다가가는 내가 있다. 메이븐을 중심으로 맞은편에서, 에반젤린은 자기 거리를 지킨 채 나오는 딱 반대의 행동을 취한다. 그녀는 왕보다는 웰르 총독에게 좀 더 집중한 채, 메이븐의 연설을 방해하지 않을 정도로 낮은 목소리로 총독에게 가끔씩 말을 건다.

"그대들의 환영에 겸허해지는 만큼이나, 어리고 검증되지 않은 왕에게 보여 주는 그대들의 지지에도 그렇소."

메이븐의 목소리는 마이크로폰과 스피커를 통해 증폭된 채 메아리친다. 그는 대본 같은 건 읽지 않고, 어쨌든 발코니 아래로 도시의 광장에 붐비고 있는 모든 사람들에게 눈을 맞추고 있는 것처럼 보인다. 메이븐에 대한 거라면 뭐든지 그렇듯, 이 장소 선정도 신중하게 계획된 것이다. 우리는 극소수의 사람들이 닿을 범위보다 더 높은 곳에서, 위쪽에서 수백 명을 내려다보고 있다. 웰르 총독의 영역 안에서는 수도나 마찬가지인 이곳 아르보스의 사람들이 모여 올려다보고 있는데, 그 들어 올린 얼굴들을 보니 피부가 찔리는 듯하다. 적혈들은 더 잘 보기 위해서 서로 떠민다. 적혈들을 알아보기란 쉽다.

떼로 모여 있고, 어울리지 않는 옷들을 겹겹이 겹쳐 입고 있으며, 은 혈 시민들이 모피 속에 앉아 있는 반면 추위로 얼굴을 붉히고 있다. 검정색 제복을 입은 보안 요원들은 군중들 사이사이 점처럼 박혀 있고, 그들은 발코니와 이웃한 지붕에 장승처럼 서 있는 감시병들만큼이나 바싹 경계 중이다.

"이 즉위 기념 순회 여행이 내게 나의 왕국에 대한 깊은 이해를 불러올 뿐만 아니라 그대들에 대한 더 깊은 이해를 줄 수 있기를 희망하오. 그대들의 투쟁을. 그대들의 희망을. 그대들의 공포를. 왜냐하면 나 역시 확실히 두렵기 때문이오."

웅성거림이 아래의 군중 사이를 훑고 지나가고, 발코니 위에 모인 사람들에게도 마찬가지이다. 심지어 에반젤린은 보온을 위해 어깨에 두른 모피의 흠결 하나 없는 하얀색 옷자락 너머로 눈을 가늘게 뜬 채 메이븐을 향해 힐끗 시선을 던지기까지 한다.

"우리는 벼랑 끝에 놓인 왕국이며, 전쟁과 테러의 무게 아래 산산조각 날 위험에 처해 있소. 이 일이 일어나는 것을 막고 진홍의 군대가 스며들게 하려는 무정부주의 상태가 어떤 것이든 그것이 주는 공포에서부터 우리를 구하는 것이 나의 유일한 의무일 것이오. 아케온에서, 코르비움에서, 서머튼에서 너무나 많은 이들이 떠나야 했소. 선친(先親)과 선비(先妣)께서도 그랬지. 나의 혈육인 형이 폭도들에 의해 타락했소. 하지만 심지어 그렇다고 할지라도, 나는 혼자가 아니오. 나에게는 그대들이 있소. 나에게는 노르타가 있다오."

그는 느리게 한숨을 내쉬고, 뺨의 근육이 경련한다.

"그리고 우리는 우리 삶의 방식을, 은혈과 적혈로서의 삶을 파괴할 방법을 찾고 있는 적들에게 맞서 함께 설 것이오. 가능한 어떤 방법을 써서라도, 진홍의 군대를 뿌리 뽑는 일에 내 삶을 바치겠다고 맹세하겠소."

아래에서부터 들리는 환호성 소리가 내 귀에는 금속이 금속에 부딪히는 것처럼, 긁는 소리 같이 끔찍한 소음으로 들린다. 나는 얼굴만은 고요하게 유지한 채, 신중하게 감정을 자제한 반응을 보인다. 이 행동은 어떤 보호막만큼이나 내게 도움이 된다.

매일 그의 연설은 점점 더 빈틈이 없어진다. 그는 신중하게 선택한 단어를 칼처럼 휘두른다. 반역이나 혁명 같은 단어는 한 번도 쓰지 않는다. 진홍의 군대는 언제나 테러리스트들이다. 항상 살인자들이고. 항상 우리 삶의 방식에 대해, 그게 뭐든 간에 대항하는 적이다. 그리고 그의 부모와는 달리, 그는 적혈들을 모욕하지 않으려고 원숙하고 조심스러운 솜씨를 발한다. 순회 여행은 은혈들의 소유지와 적혈들의 도시들을 똑같이 지난다. 어쨌든 그는 양쪽 모두에서 편안하게 보이고, 그의 왕국이 제공하는 최악의 것에도 결코 움찔하지 않는다. 우리는 심지어 공장 지대의 빈민가 한 곳을 방문하는데, 결코 잊을 수 없을 그런 종류의 장소다. 나는 우리가 부실한 기숙사 건물들 사이를 지날 때나, 오염된 공기 속으로 걸어나가야 했을 때 움찔하지 않기 위해 애를 쓴다. 메이븐만이 홀로 동요하지 않는 듯 보인다. 그는 노동자들과 그들의 문신한 목을 보고도 미소를 짓는다. 그는 에반젤린처럼 입을 가리지도 않고, 나 자신을 포함하여 그토록 많은 다른 사람들처럼 냄새에 헛구역질을 하지도 않는다. 그는 내가 생각했던 것 이상으로 이 일을 잘 해낸다. 그의 부모는 할 수 없었거나 이해하길 거부했을지라도, 적혈들을 은혈의 대의로 꾀어내는 것이야말로 아마도 자신이 승리할 가장 좋은 기회임을 메이븐은 잘 알고 있는 것이다.

또 다른 적혈의 도시에서, 은혈의 저택의 계단 위에서, 그는 치명적인 길 위로 다음 벽돌을 쌓는다. 천 명의 가난한 농부들이 쳐다본다, 감히 믿을 용기도 없고, 감히 희망할 용기도 없이. 그가 대체 뭘하고 있는 것인지 심지어 나도 모르겠다.

"선친께서 만드신 '조치'는 많은 정부 관료들이 죽음을 맞이한 치명적인 공격 이후에 제정되었지. 그건 진홍의 군대의 악함을 벌주기위한 시도였지만, 부끄럽게도, 그분의 시도는 대신 그대들을 벌주었을 뿐이다."

그토록 많은 이들의 눈앞에서, 그는 고개를 숙인다. 그것은 마음을 뒤흔드는 장면이다. 은혈 왕이 적혈 군중의 앞에서 절을 하다니. 이 사람이 메이븐이라는 것을 끝도 없이 나 자신에게 상기시켜야만 한다. 이건 계략이다.

"오늘부로, 조치는 해제되고 폐지될 것임을 명하노라. 그것은 선의를 가진 왕의 실수였으나, 그럼에도 그것이 실수였다는 것에는 변함이 없다."

메이븐은 정말 아주 잠시 힐끗 내게 시선을 던지지만, 그 순간만으로도 그가 내 반응을 신경 쓰고 있다는 것을 깨닫기엔 충분하다.

조치. 15세 이하의 징병. 제한적 통행금지. 어떤 범죄건 무조건 치명적인 형벌. 모든 것들이 노르타의 적혈들이 진홍의 군대에게 등을 돌리게 만들려던 것이었다. 그 모든 것들이 즉시에 사라진다. 왕의 시꺼먼 심장 박동 한 번에. 행복한 기분이 들어야만 할 것이다. 자랑스러운 기분을 느껴야 할 것이다. 메이븐은 나 때문에 이 일을 하고 있다. 메이븐 안의 어떤 부분이 이 일이 나를 기쁘게 할 거라고 생각한 것이다. 어떤 부분이 이 일이 나를 안전하게 지킬 거라고 생각한 것이다. 하지만 자기들 압제자를 향해 환호하는 적혈들, 나의 사람들을 지켜보는 것은 오직 내 안을 공포로 채울 뿐이다. 시선을 내리자 내 손이 떨리는 것이 보인다.

*메이븐은 뭘 하고 있는 거지? 뭘 계획 중인 거야?*

그걸 알아내기 위해서는 감히 불꽃 가까이로 날 수밖에 없다.

그는 공연의 마지막을 군중 사이로 걸어 다니며 은혈들에게 그랬던 것처럼 많은 적혈들과 악수를 하는 것으로 마무리한다. 그는 사람들 사이를 쉽게 가로지르고, 감시병들은 다이아몬드 대형을 이루며 그를 호위한다. 샘슨 메란더스가 항상 그의 등을 맡는데, 얼마나 많은 사람들이 자기들 정신을 쓸고 지나가는 그의 붓질을 느낄 것인지 궁금해진다. 그는 암살 지망생에게 있어 어떤 누구보다도 더 나은 억제책이다. 에반젤린과 나는 그 뒤를 꼬리처럼 따르고, 우리 둘 다에게 경비가 붙어 있다. 항상 그렇듯, 나는 미소를 짓지도, 시선을 향하거나 누구와 접촉하지도 않는다. 상대방을 위해서도 이편이 더 낫다.

우리를 기다리고 있는 차량의 엔진은 한가로운 부르릉 소리를 낸다. 위쪽으로, 구름이 뒤덮인 하늘은 어두워지고 눈의 냄새가 난다. 경비들이 간격을 좁히며 왕이 자신의 차량에 들어갈 수 있도록 대형을 옮기는 동안, 나는 할 수 있는 한 속도를 빨리 낸다. 심장이 쿵쿵 뛰고 차가운 공기에 숨이 하얀색 김을 뿜는다.

"메이븐."

나는 크게 말한다.

군중들이 뒤에서 환호하고 있음에도, 그는 내 목소리를 듣고 차량 계단 위에서 멈춰 선다. 그는 부드럽고 품위 있는 동작으로 돌아서고, 긴 망토가 피처럼 붉은 안감을 보이며 펄럭인다. 우리 나머지와는 달리, 그는 온기를 위해 모피를 걸칠 필요가 없다.

그저 초조한 손이 뭐라도 할 일이 있어야 했기에, 나는 코트를 단단히 여민다.

"진심으로 한 말이야?"

샘슨이 자기 차량 쪽에서 내 눈을 뚫을 듯이 바라본다. 내가 족쇄를 차고 있는 동안에는 그도 내 마음을 읽을 수는 없지만, 그 말이 그가 무용지물이라는 뜻은 아니다. 내가 쓰고 싶은 가면을 만들기 위해, 나는 내 진짜 당혹스러움에 의지한다.

나는 메이븐이 관계된 일이라면 어떤 환상도 갖지 않는다. 그의 심장이 비틀렸다는 것을, 그리고 그 심장이 내게는 뭔가를 느낀다는 걸 알고는 있다. 메이븐이 없애 버리고 싶어 했지만 결코 분리하지는 못했던 무언가를. 그가 내게 자신의 차량을 손짓해 보이며 자신과 함께 타라는 태도를 취할 때, 에반젤린이 코웃음을 치거나 항의할 것이라는 생각이 든다. 그녀는 양쪽 다 하지 않은 채 자기 차량으로 휙 사라진다. 추위 속에서 그녀는 그렇게 환하게 반짝거리지는 않는다. 거의 평범한 사람인 것처럼 보인다.

아벤들은 따라오려고 시도는 하지만 따라오지 않는다. 메이븐이 그들을 한 번 쳐다보는 것으로 멈춰 세운다.

메이븐의 차량은 내가 지금까지 타 본 어떤 것과도 다르다. 운전수와 앞쪽의 경비가 승객과는 유리창으로 분리되어 있어서, 우리는 함께 고립된다. 벽과 창은 두껍고 방탄이다. 감시병들은 함께 타지 않고, 대신에 차체를 타고 올라서 모든 구석마다 방어 자세를 잡는다. 내 바로 위에 총을 든 감시병이 앉아 있다는 것을 아는 건 몹시 불안한 일이다. 하지만 내 맞은편에 왕이 앉아서 나를 빤히 쳐다보며 기다리는 것만큼 불안한 일이 또 있을까.

그는 시선을 내 손에 둔 채, 내가 얼어붙은 손가락을 서로 문지르는 모습을 바라본다.

"너 추워?"

그가 중얼거린다.

재빨리 나는 온기를 주기 위해 손을 무릎 아래에 끼운다. 차량이 앞으로 가속한다.

"정말 그 일을 하려는 거야? 조치를 끝낼 거야?"

"내가 거짓말했다고 생각하는 건가?"

어둡게 소리 내어 웃는 것밖에 할 일이 없다. 마음 뒤편에서, 무기라도 있었으면 하고 바라게 된다. 내가 자기 목을 베기 전에 그가 나를 먼저 불태울 수 있을지 궁금하다.

"네가? 그럴 리가."

메이븐은 피식 웃더니 어깨를 으쓱하고는 고급 천으로 된 의자 위로 좀 더 편한 자세를 취한다.

"말 그대로야. 조치는 실수였어. 그 법 제정은 좋은 일보다 해를

313

더 많이 끼쳤지."

"적혈에게? 아니면 너에게?"

"당연히 양쪽 다지. 할 수만 있다면 아버지께 감사를 드렸어야 마땅할 테지만. 그분의 잘못들을 바로잡는 일이 네 사람들 사이에서 지지를 일으켜 나를 돕기를 기대하고 있어."

전혀 가장이 아니라, 메이븐의 목소리에 깃든 차가운 무심함은 불편함이다. 이제 그것이 그의 아버지에 대한 기억에서 온다는 것을 알겠다. 독이 든 것들, 사랑이나 행복 따위로 얼룩진 것들.

"이 일이 끝날 때쯤 되면 너희 진홍의 군대가 많은 동조자들을 남기지 않기를 바라. 또 다른 무용한 전쟁 없이도 그들을 끝장낼 수 있게 말이지."

"사람들에게 부스러기 좀 던져 준다고 그 사람들을 달래 줄 수 있을 것 같아?"

나는 유리창을 턱으로 가리켜 보이며 위협하듯 말한다. 농장들이, 겨울이라 척박해진 땅들이 언덕 너머로 뻗어 있다.

"아, 세상에, 깜찍하기도 해라, 왕께서 내 아이의 수명을 2년이나 연장해 주셨네. 결국 그 애들이 여전히 끌려갈 처지라는 것은 문제도 아니지."

그의 피식거리는 웃음은 커지기만 한다.

"넌 그렇게 생각해?"

"그래. 그게 지금 이 왕국의 상태야. 항상 그래왔던 그대로."

"두고 보자고."

메이븐은 몸을 더 깊게 기대며, 내 옆의 의자에 한 발을 올린다.

심지어 왕관까지 벗고는 양손으로 잡고 빙글 돌린다. 낮은 조명 아래서 청동과 철로 된 불꽃이 반짝거리며 내 얼굴과 메이븐의 얼굴을 비춘다. 느리게 나는 몸을 움직여서 구석으로 바싹 붙는다.

메이븐이 말한다.

"내가 네게 어려운 교훈을 가르쳐 줬다고 생각하는데. 지난번에 너무 많은 것을 놓친 탓인가, 그래서 지금 너는 아무것도 믿으려고 하질 않아. 항상 모든 것을 지켜보고, 자기가 결코 쓰지도 못할 정보들을 찾아 헤매지. 우리가 어디로 가는 중인지 알아냈어? 아니면 왜 이러는지는?"

나는 헉 하고 숨을 쉰다. 줄리언의 교실에서 지도에 대한 시험을 받던 그때로 돌아간 기분이다. 여기에 더 많은 상금이 걸려 있는 느낌이다.

"우리는 지금 아이언 로드 위에 있고, 북서쪽을 향하고 있어. 코르비움으로 가는 중이야."

메이븐은 뻔뻔스럽게도 윙크를 한다.

"비슷해."

"우린……."

눈을 빠르게 깜빡이며 생각하려고 애를 쓴다. 지난 며칠 동안 탐욕스럽게 모아온 모든 조각들 사이로 뇌가 시끄럽게 울린다. 뉴스 파편들, 가십 조각들.

"로캐스타? 너 칼을 추적하는 중이야?"

메이븐이 즐거워하는 표정으로 더 깊숙이 뒤로 몸을 묻는다.

"좀스럽기는. 내가 왜 추방당한 우리 형에 대한 헛소문을 추적하느라 시간을 낭비해야 하는데? 내게는 끝내야 할 전쟁이 있고 막아야 할 반역이 있어."

"끝내야 할…… 전쟁?"

"너도 알겠지만, 레이크랜즈는 기회만 닥치면 우리를 날려 버릴 거야. 난 그 일이 일어나게 둘 수 없어. 특히 지금은 자기네 다발적인 문제 때문에 피에드몬트가 다른 곳에 신경을 쏟고 있지. 이 문제들을 나 스스로 해결할 수밖에."

차 안의 온기에도 불구하고, 내 앞에 앉아 있는 불의 왕의 많은 부분 덕분에 내 척추를 따라 얼음 손가락이 미끄러지는 것만 같다.

초크에 대한 꿈을 꾸고는 했다. 아버지가 다리를 잃으신 곳, 내 오빠들이 그들 인생의 많은 부분을 잃어버린 곳. 너무나 많은 적혈들이 죽어 간 곳. 재와 피로 얼룩진 불모지.

"넌 전사가 아니잖아, 메이븐. 장군도 군인도 아니잖아. 어떻게 레이크랜즈를 상대로 이길 꿈을 꿀 수가 있어, 그러니까……."

"다른 사람들이 할 수 없었는데? 아버지가 하실 수 없었는데? 형이 할 수 없었는데?"

그가 받아친다. 단어가 울릴 때마다 뼈에 금이 가는 소리가 들리는 것 같다.

"네 말이 맞아, 난 그들과는 달라. 난 전쟁을 위해 만들어지진 않았지."

만들어지다. 그토록 쉽게 그 말을 뱉다니. 메이븐 캘로어는 그 자신이 아니다. 메이븐이 내게 똑같이 말했었다. 그는 건축물이며, 자기 어머니가 첨가하고 부가한 것들로 창조된 존재라고. 기계적인,

기계, 영혼이 없는, 길을 잃은. 이런 존재가 자기 떨리는 손바닥 안에 우리 운명을 쥐고 있다는 것을 안다는 사실은 얼마나 공포스러운가.

"엄밀한 건 아니지만, 손실은 없을 거야."

둘의 주의를 모두 돌리듯 그가 웅얼거린다.

"우리 군의 예산을 간단하게 진흥의 군대로 돌릴 거거든. 그러고 나서 다음 두려워할 대상이라고 결정되는 것이 누구든 그쪽으로도. 인구 억제에 최선이라고 생각되는 길이 무엇이든……."

족쇄만 아니었다면, 내 분노가 분명히 이 차를 전기가 흐르는 고철 더미로 바꿔 버렸을 것이다. 대신에 나는 앞으로 펄쩍 뛰어, 메이븐의 목깃을 움켜쥐려고 손을 뻗은 채로 돌진한다. 손가락을 그의 상의 옷깃 아래로 꿈틀거리며 집어넣고 양 주먹으로 천을 움켜쥔다. 생각도 하지 않고, 나는 메이븐을 밀치고 떠밀고 좌석 뒤로 내리꽂는다. 그는 내 얼굴에서 한 뼘만큼 떨어진 곳에서 숨을 거칠게 쉬며 움찔한다. 그는 나만큼이나 놀란 상태다. 이건 절대 별것 아닌 일로 치부할 성질의 것이 아니다. 나는 즉시 충격으로 몸이 굳고, 움직이지도 못한 채로 공포에 마비된다.

내 눈을 똑바로 마주 바라보는 그의 속눈썹이 어둡고 길다. 메이븐의 커다래진 동공을 볼 수 있을 정도로 우리 사이는 가깝다. 여기서 사라지고 싶다. 세계 반대편으로 달아날 수 있다면 좋겠다. 느리게, 천천히, 그의 손이 내 손을 잡는다. 그의 손이 내 손목을 붙들고 족쇄와 뼈를 더듬는다. 다음 순간 그가 자기 가슴에서 내 주먹을 들어올린다. 나는 너무 공포에 질린 채라 그가 내 몸을 마음대로 움직이게 둔다. 심지어 장갑 아래로도 그의 손길이 닿자 피부 위로 뭔가

가 기어가는 것 같다. 내가 그를 공격했다. 메이븐을. 왕을. 한 마디
로도, 창문에 대고 한번 두드리는 것만으로도, 감시병이 내 척추를
뜯어낼 것이다. 아니면 메이븐이 스스로 나를 죽일 수도 있다. 산 채
로 불태울지도.

"뒤로 물러나 앉아."

속삭이는 모든 단어가 날카롭다. 내게 한 번의 기회를 주려는 것
이다.

허둥대는 고양이처럼, 나는 그의 말에 따라 다시 한 번 구석을 차
지한다.

메이븐은 나보다 더 빠르게 회복하고는 희미한 미소와 함께 머리
를 흔든다. 재빨리 그는 자기 옷을 정리하고 헝클어진 머리카락을
빗는다.

"넌 영리한 애잖아, 메어. 저 몇 가지 사실들에서 네가 결코 어떤
결론도 내린 적 없다고는 말하지 마."

가슴에 돌이라도 얹힌 것처럼 숨이 힘겹게 쉬어진다. 분노와 부끄
러움 모두로 인해서 뺨에서 열기가 솟는 것이 느껴진다.

"그들은 우리 해안가를 원해. 우리의 전력원을. 우리는 그들의 농
장, 자원을 원하고……."

금방이라도 무너질 것 같았던 학교에 앉아서 배웠던 말들을 더듬
거리며 읊는다. 메이븐의 얼굴 위로 떠오른 표정은 아까보다 더 즐
겁게 바뀐다.

"줄리언의 책에서…… 왕들이 동의하지 않았댔어. 버릇없는 아이
처럼 두 남자가 체스판 위로 논쟁을 벌였다고. 그들이 이 모든 일의

이유였지. 100년 간의 전쟁의 이유."

"줄리언이 네가 행간을 읽을 수 있도록 가르쳤다고 생각했는데. 언급되지 않은 말들을 보라고 말이야."

그가 머리를 흔들어 나를 절망시킨다.

"아무리 줄리언이라도 몇 년이나 받은 끔찍한 교육을 되돌릴 수는 없었던 모양이야. 덧붙이자면, 그것 또한 잘 이용되어 온 하나의 전략이지만."

나도 아는 사실이다. 항상 알아왔던 것, 통한해 마지않았던 것이다. 적혈들은 멍청하게, 무지한 채로 머물도록 되어 있다. 그 점이 우리가 이미 그런 것 이상으로 우리를 약하게 만든다. 나의 부모님조차 읽을 줄도 모르시질 않은가.

절망의 뜨거운 눈물이 흘러 눈을 깜빡인다. *너도 이 모든 걸 알고 있었잖아.* 나는 자신에게 말하며 침착함을 되찾으려 애를 쓴다. *전쟁은 그저 하나의 계략이고, 적혈들을 계속 지배 아래에 두기 위한 위장일 뿐이야. 하나의 갈등이 끝나게 되면, 또 다른 갈등이 항상 시작될 테지.*

그 게임이 모두에게, 그토록 오랫동안 조작되어 있었다는 깨달음에 내 안이 뒤틀린다.

"멍청한 사람들일수록 다루기 쉽지. 왜 우리 어머니께서 아버지를 그토록 오래 계속 내버려 두셨다고 생각해? 아버지는 술독에 빠진, 실연당한 얼간이에 너무 많은 것에 눈이 멀어서 일들을 그냥 그대로 내버려 두기만 하셨지. 다루기도 쉽고, 이용하기도 쉬웠어. 교묘하게 다루고 비난을 돌리기 쉬운 사람이었지."

·맹렬히 화가 나지만 감정의 증거를 가리기 위해 애를 쓰면서 나는 얼굴을 훔친다. 메이븐은 어쨌든 관찰하듯 바라보더니, 표정을 조금 부드럽게 바꾼다. 마치 그러면 뭐라도 도움이 될 거라는 듯이.

"그래서 두 은혈 왕국이 서로를 향해 적혈들을 던지는 일을 그만두려고 하면 어떻게 되는 건데? 절벽을 향해 무작위로 행진해 나가기 시작하나? 복권 뽑듯이 뽑기로 이름을 막 골라내든가?"

내가 낮게 말하자, 메이븐은 뺨에 한 손을 얹는다.

"형이 너한테 이 일에 대해서 결코 어떤 얘기도 해 준 적 없다는 걸 믿을 수가 없네. 형이 아무리 너를 위해서라도 정말로 뭘 바꿀 기회에 뛰어들지 않았다고는 하지만 말이야. 아마도 네가 진실을 받아들일 수 있을 거라고 생각 못했든가…… 아니면, 뭐, 네가 이해할 수 있을 거라고 생각 못했던 거겠지만……."

주먹으로 방탄유리로 된 창을 꽝 때리고 만다. 주먹은 즉시 욱신거리지만, 칼에 대한 어떤 생각도 떠오르지 않도록 고통 안에 나를 파묻을 수는 있다. 그게 사실이라고 해도, 가라앉는 소용돌이를 향해 나 자신을 던질 수는 없다. 한때 칼이 이 모든 끔찍한 것들을 유지하려고 하는 의지를 갖고 있었다고 해도 말이다.

"하지 마."

나는 그를 향해 쏘아붙인다.

"하지 마."

"난 바보가 아니야, 작은 번개 소녀."

메이븐이 으르렁거리는 소리는 내 목소리와 견줄 만하다.

"만약에 네가 내 머릿속에서 논다면, 나도 네 머릿속에서 노는 거

320

야. 그게 우리가 잘하는 짓이잖아."

아까까지는 추웠는데, 이제는 그의 분노에서 나온 열기가 나를 태워 버릴 듯이 위협하고 있다. 토할 것 같은 기분으로, 나는 차창의 차가운 유리에 뺨을 누르며 눈을 감는다.

"너랑 날 비교하지 마. 우린 같지 않아."

그가 콧방귀를 낀다.

"우리 같은 사람은 말이야, 모두에게 거짓말을 해. 특별히 우리 자신들에게는 더 그렇고."

다시 한 번 유리창을 주먹으로 치고 싶다. 대신에 나는 팔 아래에 주먹을 단단히 끼워 넣고 스스로를 더 작아 보이게 만들려고 애를 쓴다. 점점 더 오그라들다 보면 사라질 수 있을지도 모르겠다. 숨을 한 번 쉴 때마다, 메이븐의 차에 올라탄 것이 후회된다.

"넌 결코 레이크랜즈가 동의하게 만들 수 없을걸."

내 말에 메이븐은 목을 깊게 울리며 소리 내어 웃는다.

"웃긴걸. 그쪽은 벌써 동의했어."

나는 충격으로 눈을 크게 뜬다.

그는 기쁜 표정으로 고개를 끄덕인다.

"웰르 총독이 레이크랜즈의 정상급 장관들과의 만남을 주선했어. 그는 북쪽에 연결고리가 많았고 쉽게…… 설득되었지."

"아마도 네가 그 사람 딸을 인질로 잡고 있었으니까 그랬겠지."

"아마도."

그가 동의한다.

결국 이것이 이번 여행의 진실이다. 권력을 굳히고, 새로운 동맹을 만들어 내는 것. 팔을 비틀고 무슨 수를 써서라도 그 뜻에 따르게 하는 것. 단순히 보여 주기 이상의 무언가가 있을 거라는 건 진작 알아차렸지만, 하지만 이건…… 이건 내가 헤아릴 수도 없는 종류의 것이다. 팔리를, 대령을, 진홍의 군대에 충성을 맹세한 레이크랜즈 군인들을 생각해 본다. 휴전은 그들에게 어떤 영향을 미칠 것인가?

"그렇게 침울해 하지 마. 나는 수백만 명이 죽음을 맞은 전쟁을 끝내려는 거고, 더 이상 아무도 평화라는 단어의 의미도 알지 못하는 나라에 평화를 가져오려는 거라고. 넌 나를 자랑스럽게 여겨야 마땅해. 나에게 감사해야 마땅하지. 그렇게……."

내가 그를 향해 침을 뱉는 순간 메이븐은 손을 들어 막는다.

"정말로 너는 분노를 표현할 다른 방법을 좀 연구할 필요가 있어."

그가 자기 제복에 손을 닦으며 투덜거린다.

"족쇄부터 없애 줘 봐, 그럼 다른 방법을 바로 보여 줄 테니까."

그가 웃음을 팍 터뜨린다.

"그래, 당연히 그렇겠지, 배로우 양."

밖에서는 하늘이 어두워지고 세상이 회색으로 스러진다. 나는 손바닥을 유리창에 누르면서, 나 또한 그렇게 떨어져 사라지기를 소원한다. 아무 일도 일어나지 않는다. 나는 여전히 이곳에 있다.

"이 말을 안 할 수가 없는데, 난 정말 놀라워."

메이븐이 덧붙인다.

"네가 생각하는 것 이상으로 우리는 레이크랜즈와 공통점이 매우 많거든."

나는 턱에 힘을 주고 이를 갈며 뱉는다.

"너희 둘 다 적혈들을 노예이자 총알받이로 쓸 뿐이잖아."

메이븐은 내가 놀랄 정도로 빠르게 자리에서 일어난다.

"우리 둘 다 진홍의 군대를 끝내기를 원하거든."

\* \* \*

거의 희극이라고 할 만하다. 내가 디딘 모든 발걸음이 내 면전에서 폭발한다. 나는 킬런을 징병에서 구하려고 했고, 대신에 내 동생을 불구로 만들었다. 나는 가족을 도우려고 하인이 되었는데 몇 시간만에 죄수가 되었다. 나는 메이븐의 말들과 메이븐의 거짓된 심장을 믿었다. 나는 칼이 나를 선택할 거라고 믿었다. 나는 사람들을 자유롭게 해 주려고 감옥을 습격했고, 그 일은 쉐이드 오빠의 시체를 손에 쥐는 것으로 끝났다. 나는 내가 사랑하는 사람들을 구하고자 나 자신을 희생했다. 나는 메이븐에게 무기를 쥐어 주었다. 그리고 이제, 그의 치세를 안에서부터 좌절시키려고 애를 쓰면서, 나는 내가 무엇을 하든 더 나쁜 결과를 가져 왔다는 생각을 하고 있다. 하나가 된 레이크랜즈와 노르타는 과연 어떤 모습이 될 것인가?

메이븐이 말한 것에도 불구하고, 우리는 어쨌든 로캐스타로 향하며, 웨스트레이크 지역을 통과하는 내내 즉위 축하를 위한 더 많은 목적지들을 거치며 질주한다. 머무르지는 않는다. 메이븐의 궁중 사람들에게는 충분히 어울릴 위풍당당한 거주지가 없기 때문일 수도 있고, 아니면 단순히 메이븐이 거기서 머무르고 싶지 않기 때문일 수도 있다. 나는 이유를 모르겠다. 로캐스타는 군사 도시다. 코르비움 같은 성벽은 아니지만, 군대를 지원하기 위해 지어진 점은 똑같다. 철저하게 기능만을 추구한 흉물스러운 곳이다. 도시는 타리온 호수의 둑을 따라서 몇 킬로미터가 넘는 지역을 따라 이어지고, 아이언 로드가 그 심장부를 관통한다. 도로는 로캐스타를 칼날처럼 양분하며, 적혈들의 쪽과 부유한 은혈들의 구역을 분리시킨다. 이렇다 할 벽이 없이도, 도시가 슬금슬금 나타난다. 눈 폭풍으로 하얗게 아무것도 안 보이는 바깥에 집과 건물의 그림자가 나타나기 시작한다. 은혈 스톰들이 우리의 길을 트기 위해 작업 중으로, 왕이 스케줄을 지킬 수 있도록 고군분투하고 있다. 그들은 우리 차량의 꼭대기에 서서, 우리를 둘러싼 눈과 얼음들의 움직임을 제어하고 있다. 저들이 없었다면 날씨는 인정사정없는 겨울이 내려치는 망치처럼 더 극악했을 것이다.

그럼에도 불구하고, 눈은 차량의 창문을 후려치며 바깥세상을 보기 어렵게 만든다. 재능 넘치는 라리스 하우스에서 온 윈드위버들은 더 이상 없다. 그들은 죽거나 사라졌고, 다른 반역을 일으킨 가문들과 함께 도망쳤다. 그리고 남은 은혈들은 이 정도밖에 할 수 없다.

거의 볼 수 있는 것은 없지만, 태풍에도 불구하고 로캐스타는 계속 이어진다. 적혈 노동자들이 랜턴을 움켜쥔 채 앞뒤로 움직인다. 그들이 든 불빛들은 탁한 물속의 물고기처럼 연무 사이로 까딱거린다. 그들은 호수 근처에 사니 이런 날씨에 익숙할 것이다.

나는 긴 코트에 몸을 묻으며 코트가 피에 물든 듯한 흉물스러운 덩어리임에도 불구하고 온기에 기쁨을 느낀다. 나는 여전히 평상시 입는 흰색 옷을 입고 있는 아벤들을 흘깃 바라본다.

"겁나지 않아?"

나는 허공에 대고 지껄인다. 존재하지도 않을 반응 같은 건 기다리지도 않는다. 그들은 모두 내 목소리를 무시하는 일에 조용히 집중하고 있다.

"이런 폭풍 속에서 그런 흰 옷을 입고 있으면 당신들이 길을 잃어도 보이지도 않을 것 같은데."

나는 팔짱을 끼며 한숨을 쉰다.

"희망사항이지만."

메이븐이 탄 차가 내 앞에서 굴러가고 있다. 그 차에는 감시병들이 점점이 경비를 서고 있다. 내 코트처럼, 그들은 눈 폭풍 속에서도 모두를 위한 유도등처럼 자기들 불꽃 망토를 흩날리며 우뚝 서 있다. 시야가 제대로 확보가 되지 않을 텐데도 자기들 가면을 벗지 않는 건 좀 놀랍다. 분명히 사람이 아닌 무시무시한 존재처럼 보이는 것을 한껏 즐기는 것이 틀림없다. 또 다른 괴물들을 막기 위한 괴물들이라고나 할까.

우리의 행렬은 도시 중심부 어디쯤에서 아이언 로드에서 옆으로 벗어나, 불이 깜빡이고 있는 교차로에서 넓은 대로를 따라 속도를 줄인다. 호화로운 도시 주택들과 벽을 높인 저택들이 거리에 솟아 있고 온기가 넘치는 창문들은 유혹적이다. 앞쪽 높이 시야에 나타났다 없어졌다 하는 시계탑은 눈이 일으키는 돌풍에 의해 때때로 모호하게 보인다. 가까이 다가가자, 시계탑은 3시를 알리는 종을 치는데, 내 흉곽이 울릴 정도로 크게 종소리가 퍼진다.

매 순간 어두운 그림자들이 거리를 따라 가파르게 떨어지고 깊어지는 사이 폭풍도 점점 더 강해진다. 우리가 도착한 곳은 은혈 구역인데, 그 증거로 거리를 배회하는 후줄그레하게 젖은 적혈들이나 쓰레기가 길에 전혀 보이지 않는다. 적진이다. 마치 내가 이미 적진 안 깊숙이 들어올 수 있는 한 들어와 있지 않기라도 한 것처럼 순간 그런 생각이 든다.

궁에 있을 때에, 로캐스타에 대한, 부분적으로는 칼에 대한 소문들이 있었다. 몇몇 군인들이 그가 이 도시에 있다는 비밀 정보를 들었고, 아니면 어떤 늙은이들은 자신이 그를 보았다면서 정보에 대한 대가로 배급을 원하기도 했다. 하지만 그런 똑같은 일들이 너무 많은 곳에서 벌어졌다. 만약 칼이 정말로 이곳으로, 확고하게 메이븐의 손아귀에 놓여 있는 도시로 들어와 있다면 그야말로 어리석은 일이다. 특히 이곳은 코르비움과 너무나 가깝기까지 하다. 만약 그가 영리하다면, 멀리 달아나서 잘 숨어서 할 수 있는 한에서 진홍의 군대를 도와야 할 것이다. 라리스 하우스, 아이럴 하우스, 그리고 헤이븐 하우스가 그의 이름 아래에서, 결코 왕좌를 주장하지 않을 추방당한 왕자를 위해서 반역을 저질렀다는 것을 생각하니 기분이 이상하다. 얼마나 낭비였던가.

시계탑 아래에 있는 행정 건물은 로캐스타의 나머지와 비교하니 화려한 편으로, 화이트파이어 궁전의 기둥이나 크리스탈 장식들과 좀 더 유사한 분위기다. 행렬은 그 앞으로 미끄러져 들어가더니 멈춰서 우리를 눈 속으로 뱉어낸다.

나는 할 수 있는 최대한 빠른 속도로 계단으로 올라가면서 추위에 맞서 정말이지 짜증나는 빨간색 옷깃을 바짝 세운다. 건물 안에는 따뜻한 온기와 메이븐의 잘 계산된 말들을 듣기 위해 관객이 기다리고 있겠지. 하지만 대신에, 우리가 마주한 것은 혼돈이다.

이곳은 한때는 거대한 회관이었을 것이다. 벽마다 푹신한 천으로 만들어진 의자들이 줄지어 있었을 테지만 지금은 옆으로 치워져 있다. 주요 층에 공간을 만들어 주느라고 대부분의 의자들이 켜켜이 쌓여 있다. 피 냄새가 와락 나를 사로잡는다. 은혈로 가득 찬 공간이란 것을 감안하면 낯선 일이다.

하지만 다음 순간 나는 깨닫는다. 여기는 회관이라기보다는 병원이다.

모든 부상자들이 경비 요원들로, 깔끔하게 줄 지어 놓은 간이침대에 누워 있다. 흘깃 보는 것만으로도 삼사십 명은 되는 것 같다. 출신 색이 분명한 제복들이나 깨끗한 메달들은 많은 수의 하이 하우스 휘장들과 함께 그들이 다양한 군 계급이라는 것을 알려 준다. 어깨 위에 빨간색과 은색의 십자가로 구별되는 스킨 힐러들이 할 수 있는 한 빠르게 돌아다니고 있지만, 고작 두 명만이 담당이다. 그들은 앞뒤로 뛰어다니면서 경중에 따라서 상처를 살피고 있다. 한 명이 신음하는 남자에게서 벌떡 일어나서 기침하며 은색 피를 토하는 여자에게로 무릎을 구부린다. 여자의 뺨은 피에 젖어 금속처럼 빛난다.

"스코노스 감시병. 할 수 있는 한 돕게."

메이븐이 근엄하게 말한다.

가면을 쓴 경호원들 중에서 한 명이 지나치게 격식을 차린 절을 한 다음에 다른 왕의 수비대들에게서 떨어져 나와 대열을 이탈한다.

나머지 일행들은 안으로 밀려들어가며 안 그래도 붐비는 방을 더 붐비게 만든다. 몇 명은 예절 따위 내다 버리고 군인들을 살펴보며 자기 가족들을 찾는다. 다른 사람들은 그저 겁에 질린다. 그들 종족은 피를 흘릴 일이 없다. 적어도 이런 식으로는 아니다.

앞쪽에서 메이븐이 엉덩이에 손을 올린 채 앞뒤를 살피고 있다. 내가 그를 더 잘 알지 못했더라면, 지금 그가 영향을 받아 화가 났거나 슬픈 상태라고 생각했을 것이다. 하지만 이건 또 다른 연극에 불과하다. 이들이 은혈 요원들이라고 할지라도, 나는 그들을 향한 동정심이 차오르는 것을 느낀다.

병원의 홀은 나의 아벤 경비들이 돌로 만들어진 건 아니라는 증거가 된다. 놀랍게도, 아기 고양이가 가장 먼저 자기 집중을 깨뜨리는데, 주위를 둘러보는 그녀의 눈에 눈물이 차오른다. 그녀는 홀의 먼 끝 쪽에 시선을 고정한다. 하얀 천들이 시신들을 덮고 있다. 시체들이 십수 구는 된다.

발치에서 한 젊은 남자가 거칠게 숨을 뱉는다. 그는 가슴에 손을 대고, 무엇인지 모를 내상에 압력을 가하고 있다. 그에게 시선을 고정하고 보니, 제복과 얼굴이 낯이 익다. 나보다 나이가 많고, 고전적으로 잘생긴 얼굴이 은색 핏물에 얼룩져 있다. 검정과 금색의 하우스 색. 프로보스 하우스, 텔키. 그도 나를 알아보는 데 오랜 시간이 걸리지 않는다. 나를 알아차린 순간 그는 눈썹을 살짝 들어 올리고, 허우적거리며 숨을 한 번 더 들이마신다. 내 시선 아래에서, 그는 몸을 떤다. 그는 나를 두려워하고 있다.

"어떻게 된 거야?"

나는 그에게 묻는다. 홀의 소음 속에서, 내 목소리는 속삭임 그 이상은 되지 못한다.

왜 그가 대꾸한 건지는 모르겠다. 아마도 자기가 대답을 안 하면 내가 자기를 죽일 거라고 생각한 건지도 모르겠다. 어쩌면 정말로 무슨 일이 벌어지고 있는 것인지 누가 알아주었으면 싶었는지도 모르겠고.

"코르비움."

그가 웅얼거리며 뱉는다. 그 프로보스 요원은 숨쉬기 어려운 듯 쌕쌕대면서 다음 단어를 뱉기 위해서 애를 쓴다.

"진홍의 군대. 그건 대학살이었어."

공포에 내 목소리가 떨려서 나온다.

"어느 쪽을?"

그가 망설이고, 나는 기다린다.

마침내 그가 거친 숨을 내뱉는다.

"양쪽 다."

# 제15장

# 카메론

메이븐 왕이 망할 즉위 기념 여행을 시작하기 전까지는, 그놈의 추방당한 왕자를 어떻게 해야 움직이게 만들 수 있을지 나로서는 도무지 알 수가 없었다. 그 여행은 왕의 명확한 계략이었고, 분명히 또다른 계획이었다. 그리고 그건 정확하게 우리를 노리고 있었다. 모두가 공격이 있을 것을 예상했다. 그리고 우리는 선제공격을 해야만 했다.

한 가지에 있어서만큼은 칼이 옳았다. 코르비움의 성벽들을 차지하는 것은 우리가 취해야 할 가장 좋은 작전이었다.

그래서 그는 그 일을 이틀 전에 해냈다.

대령과 이미 성벽 도시 안에 잠입해 있던 반역도들이 힘을 합쳐 일을 벌이는 것과 함께, 칼은 진홍의 군대와 신혈 군인들로 이루어진 공격대를 지휘했다. 폭풍이 그들의 위장막이 되어 주었고, 맹공격의 충격이 우리 편이 되어 주었다. 칼은 내게 같이 가자고 물어볼 정도로 어리석지는 않았다. 나는 팔리와 함께 로캐스타에 남아 기다렸다. 우리 둘 다 뉴스가 나오길 바라며 라디오 곁을 서성거렸다. 나는 잠이 들었지만 팔리는 새벽도 되기 전에 환한 미소를 지으며 나를 깨웠다. 우리가 벽을 차지했다. 코르비움은 그 일이 일어나는 것도 보지 못했다. 도시는 혼란으로 들끓고 있었다.

그리고 우리는 더 이상 후방에 머무르지 않았다. 심지어 나조차도 그랬다. 인정하건대, 나도 참가하고 싶었다. 싸우고 싶었던 것은 아니지만, 승리란 것이 정말로 어떤 모양을 갖추고 있는지는 보고 싶었다. 그리고 당연하게도 초크에, 내 동생에게 한 발자국이라도 더 가까이 가고 싶었다. 목적의 어느 곁면만 보면 그랬다.

그래서 지금 내가 여기, 팔리의 대원들 나머지와 함께 얼굴 가득 선을 그려 넣고는 검정색 벽과 더 검은 연기들을 지켜보고 있는 것이다. 코르비움은 안으로부터 타오르고 있다. 보이는 게 많지는 않은데, 보고서들에 의하면 그렇다. 수천 명의 적혈 군인들이(일부는 진홍의 군대에 의해서 자극을 받은 사람들이다.) 칼과 대령이 공격을 하자마자 자기들 상관들에게서 등을 돌렸다. 도시는 이미 화약고나 다름없다. 불의 왕자님께서 연료를 넣고 폭발시키고 있으니 참으로 어울린다. 심지어 하루가 지난 지금까지도, 우리가 도시를 접수하는 동안 싸움은 거리마다 지속되고 있다. 상대적인 침묵을 깨트리는 간헐적인 총성이 들릴 때마다 몸이 움찔한다.

나는 멀리를 쳐다보며, 사람이 볼 수 있는 거리 그 이상을 보려고 애를 쓴다. 여기 하늘은 벌써 어둡고, 태양은 구름 가득한 회색 하늘에서 모호하기만 하다. 북서쪽으로, 재와 죽음으로 가득 찬 초크의 구름은 검정색에 무겁다. 모레이가 저기에, 어딘가에 있다. 우리의 마지막 첩보 보고서에 의하면, 메이븐이 미성년 징집을 없앴음에도 불구하고, 모레이의 부대는 움직이지 않고 있다. 그들은 제일 먼 곳에, 참호 가장 깊숙이에 있다. 그리고 진홍의 군대는 현재 모레이의 부대가 돌아올 수 있도록 기반이 될 만한 일들을 벌이는 중이다. 추위에 맞서느라 몸을 옹송그리고, 유니폼은 너무 크고 눈은 시꺼멓고 퀭한 내 쌍둥이의 모습을 머릿속에서 지워 보려고 애를 쓴다. 하지만 그 생각이 내 머리를 태우고 있다. 나는 몸을 돌려, 다시 코르비움으로, 내 손에 놓인 목표를 본다. 관심을 여기 쏟아야만 한다. 우리가 이 도시를 더 빨리 차지할수록, 우리는 더 빨리 징병된 이들이 움직이도록 할 수 있을 것이다. *그러고 나면 그 뒤는?* 스스로에게 묻는다. *그 앨 집으로 보낼 건가? 또 다른 지옥 구멍 속으로?*

머릿속의 목소리에게서 아무런 대답도 얻을 수 없다. 모레이를 다시 뉴타운의 공장들로 돌려보낸다는 생각은 거의 참을 수가 없다. 그것이 그 애를 우리 부모님께 보낸다는 의미라고 해도 말이다. 그것들은 내 다음의 목표이다, 동생을 돌려받고 난 다음의 일이다. 하나 다음에 꿀 수 있는 또 다른 불가능한 꿈이다.

"방금 두 명의 은혈이 적혈 군인 하나를 타워에서 집어던졌어요."

에이다가 쌍안경에 대고 눈을 찡그린 채 말한다. 에이다의 옆에는 팔리가 가슴 앞에 팔짱을 단단하게 긴 채 미동도 없이 서 있다.

에이다는 계속해서 벽들을 관찰하면서 신호들을 읽는다. 회색 빛 속에서 그녀의 금빛 피부는 약간 누런빛으로 보인다. 에이다가 아픈 건 아니기만을 빈다.

"저들은 자기 위치를 고수한 채로, 두 번째 성벽 뒤의 중앙 구역으로 재배치하며 모여들고 있어요. 적어도 50명은 되어 보이네요."

그녀가 웅얼거린다.

50. 공포심을 삼키려고 해 본다. 두려워 할 이유 같은 건 없다고 스스로에게 되뇐다. 우리와 그들 사이에는 군대가 있다. 그리고 아무도 내게 원치 않는 곳으로 가라고 몰아붙일 만큼 어리석지 않다. 아직까지는, 내가 받은 훈련 몇 달 동안은 그랬다.

"사상자는?"

"100명은 되는 은혈 주둔군이 죽었어요. 대부분 부상자는 나머지와 함께 황무지로 달아났고요. 아마도 로캐스타로 향했겠죠. 그리고 도시 안에는 1000명 좀 안 되는 이들이 있었어요. 많은 수들이 칼의 공격 전에 반역 쪽으로 돌아섰고."

"칼의 최신 보고서는? 탈영한 은혈들은?"

팔리가 에이다에게 묻는다.

"그것까지 포함한 계산이었어요."

그녀는 거의 짜증난다는 어조로 대꾸한다. 거의. 에이다는 우리들 중 누구보다도 기질이 침착한 편이다.

"현재 78명이 칼의 보호 아래에 억류 중이야."

나는 체중을 옮기며 허리에 손을 얹는다.

"탈영하고 투항은 좀 다르지. 그들은 우리랑 함께하고 싶은 게 아니잖아. 그들은 그저 죽음으로 인생을 끝내기 싫은 거지. 그들은 칼이라면 자비를 보일 거라고 생각한 거겠지."

"넌 그가 그들을 다 죽였으면 좋겠어? 모두가 우리에게 등을 돌리게 말이야?"

내 쪽으로 몸을 돌리며 팔리가 받아친다. 잠시 후에, 그녀는 오만하게 손을 흔들어 보인다.

"적어도 500명은 넘는 은혈들이 여전히 저기에 있고, 다시 돌아와서 우리 모두를 몰살시킬 준비를 하는 중이라고."

에이다는 우리가 치고받는 걸 무시한 채 경계심을 풀지 않는다. 진홍의 군대에 들어오기 전까지, 그녀는 은혈 총독의 하녀였다. 아마 우리들보다도 더 나쁜 상황이었을 것이다.

"프레이어 게이트 위로 줄리언과 사라가 보여요."

그녀가 말한다.

안도감을 조금 쥐어짤 수 있을 것 같은 기분이다. 칼이 우리에게 통신을 해 왔을 때, 그는 자기 팀의 사상자는 전혀 언급하지 않았지만, 아무것도 결코 확실하지 않다. 사라가 괜찮다니 기쁘다. 코르비움의 성벽들 중 동쪽 끝에 있는 검정색과 금색의 입구를 찾아보면서, 무시무시한 프레이어 게이트를 향해 눈을 찌푸리고 바라본다. 난간의 꼭대기에, 붉은색 깃발이 앞뒤로 흔들리고 있는데, 구름이 뒤덮인 하늘을 배경으로는 어렴풋한 색으로 보일 뿐이다. 에이다가 설명해 준다.

"우리를 향해 신호해 주는 거야. 안전한 통로라고."

에이다는 팔리의 명령을 기다리며 그녀 쪽을 흘긋 바라본다. 대령이 도시 안에 있기에, 팔리가 여기서는 지휘관이고 그녀의 말이 법이나 마찬가지다. 그녀가 딱히 언급한 것은 아니지만, 그녀가 결정을 내리기 전에 여러 가지 것들을 저울질 해 보고 있을 것이 틀림없다고 생각한다. 우리는 뻥 뚫린 땅을 통과해서 문으로 다가가야만 한다. 쉽게 덫에 걸릴 수 있다.

"대령이 보여?"

좋아. 팔리는 은혈을 신뢰하지 않는다. 적어도 우리 목숨을 걸고는 말이다.

"아니요."

에이다가 속삭인다. 그녀는 다시 벽들을 훑고, 그녀의 밝은 눈은 돌로 된 벽돌 하나하나를 살핀다. 팔리가 여전히 고요하고 경직된 태도로 기다리는 동안, 나는 그녀의 동작을 관찰한다.

"칼이 그들과 함께 있어요."

"좋아."

팔리는 갑자기 말하고, 그녀의 눈이 생생한 푸른색으로 확고하게 빛난다.

"움직이자."

나는 마지못해 그녀를 따른다. 사실 너무나 인정하기 싫지만, 칼은 우리를 배신할 만한 타입이 아니다. 적어도 치명적일 만큼은 아니다. 그는 자기 동생하고는 다르다. 나는 팔리의 어깨 너머로 에이다와 눈을 마주친다. 우리가 걸어가는 동안 또 다른 신혈은 자기 머리를 기울인다.

나는 주먹을 꼭 쥐고 주머니에 쑤셔 넣는다. 이런 내 모습이 뚱한 십 대처럼 보인다고 한들, 신경 안 쓴다. 그게 사실 나니까. 겁에 질리고, 뚱한 십 대. 하지만 쳐다보는 것만으로도 누군가를 죽일 수 있다. 공포가 나를 집어삼킨다. 이 도시에 대한 공포와…… 나 스스로에 대한 공포 모두가.

지난 몇 달 간의 훈련 내내 내 능력을 밖에서 사용해 본 적은 없다. 그 개자식 마그네트론들이 하늘을 날고 있던 우리 비행기를 맘대로 주무른 이후로는 말이다. 하지만 나는 침묵시키는 능력을 무기로 사용하는 것이 어떤 기분이었는지 기억하고 있다. 코로스 감옥에서, 나는 이 능력으로 사람들을 죽였다. 끔찍한 사람들이었다. 나 같은 사람들을 가둬 두고 천천히 죽이려고 했던 은혈들이었다. 그리고 그 기억은 여전히 나를 토할 것 같은 기분으로 만든다. 나는 그들의 심장이 멎는 순간을 느꼈다. 그들의 죽음이 마치 내게 일어나는 일인 것처럼 느껴졌다. 그런 힘이라니…… 나는 그 힘이 섬뜩하다. 그 힘이 내가 어떤 존재가 될 수 있을지 궁금하게 만든다. 나는 메어를, 그녀가 폭력적인 분노와 무감각한 무심함 사이에서 부딪혀 튀어나오던 방식을 떠올린다. 바로 그것이 우리들 같은 능력을 갖게 되는 대가일까? 우리는…… 텅 비든가 괴물이 되는 것 중에서 하나를 골라야만 하나?

우리는 침묵 속에서 준비를 마치고, 모두가 현재의 위태로운 위치를 과민하게 의식한다. 신선한 눈 위에서 재빨리 일어나서, 다른 사람의 발자국 위로 조심해서 발걸음을 떼놓는다. 팔리의 부대 안의 신혈들은 특히 더 신경이 곤두서 있다. 메어의 부대에 소속되어 있던 이 중 하나인 로리는 사냥개 블러드하운드의 경계심을 품고 우리를 이끈다. 그녀의 고개가 앞뒤로 휙휙 움직인다. 그녀의 감각은 놀라울 만큼 고조된 상태로, 만약 어떤 공격이 임박한다면 그녀는 그것을 보고, 듣고, 아니면 다가오는 것을 냄새라도 맡을 수 있을 것이다. 코로스 감옥의 습격 이후에, 메어가 붙들린 후에, 그녀는 자기 머리카락을 핏빛 같은 붉은색으로 물들이기 시작했다. 로리의 머리카락은 날리는 눈과 금속 하늘을 배경으로 보니 상처처럼 보인다. 나는 시선을 그녀의 어깨뼈에 맞추고, 그녀가 망설이기라도 하는 순간 달아날 준비를 한다.

심지어 임신한 상태로도, 팔리는 어떻게든 위엄을 갖추고 있다. 그녀는 등에 메고 있던 라이플을 끌어당겨 양손으로 단단히 붙든다. 하지만 그녀는 다른 사람들만큼 경계 태세를 갖추고 있지 않다. 다시 한 번 그녀의 눈동자가 초점을 잃고 매끄럽게 깜빡거린다. 그녀를 향한 슬픔이 갑자기 격렬하게 일어난다.

"여기에 쉐이드랑 같이 왔었어?"

나는 팔리에게 조용하게 묻는다.

그녀는 내 방향으로 머리를 홱 돌린다.

"왜 그런 말을 해?"

"스파이가 보기에, 당신은 때때로 읽기 너무 쉬운 상대거든."

그녀는 총의 총열을 따라 손가락을 두드린다.

"말했다시피, 쉐이드는 여전히 코르비움에 대한 정보의 가장 주요한 제공자야. 나는 쉐이드랑 여기서 작전을 수행했어. 그게 다야."

"그렇겠지, 팔리."

우리는 침묵 속에서 계속 나아간다. 숨결은 공기 중에서 김을 만들고 추위가 자리를 잡자, 먼저 발가락부터 얼얼해진다. 뉴타운에도 겨울이 찾아왔지만, 결코 이런 식은 아니었다. 오염이 뭔가 영향을 미쳤다. 공장에서 나온 열기 때문에 일할 때면 땀을 계속 흘렸고, 그건 겨울 한복판일 때도 마찬가지였다.

팔리는 태어날 때부터 레이크랜즈 사람이었으니 나보다는 이 날씨에 더 적응이 쉬울 것이다. 그녀는 눈이나 소름 돋는 추위를 알아차린 것 같지도 않다. 그녀의 마음은 명백하게 다른 어딘가를 여전히 헤매고 있다. 다른 누군가와 함께.

"내 동생을 뒤쫓지 않은 게 잘한 일 같기는 해."

조용한 가운데 내가 중얼거린다. 나와 팔리 모두를 위한 말이다. 다른 생각할 거리를 만들기 위해서.

"모레이가 여기 없어서 다행이야."

그녀는 곁눈질로 나를 힐끗 살핀다. 그녀가 의심하듯 눈을 가늘게 뜬다.

"지금 카메론 콜이 자기가 뭔가를 틀렸다고 인정하는 거야?"

"나는 자주 그러거든. 난 메어가 아니야."

다른 누군가라면 그 말이 무례한 발언이라고 했을지도 모르겠다. 대신 팔리는 미소를 짓는다.

"쉐이드도 고집이 셌지. 가족 특성인가 봐."

쉐이드의 이름이 닻처럼 작용해서 그녀를 아래로 끌어내릴 거라는 생각이 든다. 하지만 오히려 그의 이름은 그녀가 계속 움직이도록, 한 발 다음에 또 한 발을 내딛도록 만든다. 한마디가 그 뒤를 따른다.

"쉐이드를 만난 건 여기서 몇 킬로미터 떨어진 곳에서였어. 난 노르타의 암시장에서 일하는 휘슬 첩보원들을 끌어들일 예정이었거든. 이미 자리를 잡고 있는 조직들을 진홍의 군대에 더 잘 이용할 수 있도록 말이야. 스틸츠에 있던 휘슬이 이곳에 있는 몇몇 군인들이 기꺼이 참여하고 싶어 할 거라는 정보를 던져 주었지."

"쉐이드가 그들 중 하나였구나."

그녀는 생각에 잠긴 채 고개를 끄덕인다.

"그는 지원 부대와 함께 코르비움에 파견되었어. 장교의 보좌관이었지. 그에게는 괜찮은 자리였고, 우리한테는 더 괜찮은 자리였어. 쉐이드는 진홍의 군대에 수 킬로미터는 될 만큼 정보를 공급했고, 그 모든 건 내가 날랐지. 쉐이드가 더 이상 거기 있을 수 없다는 게 분명해지기 전까지 그랬어. 그는 다른 부대로 차출될 거였어. 누군가가 쉐이드가 그런 능력이 있다는 걸 알아차렸고, 놈들은 그를 처형시키려고 했지."

결코 들어 본 적이 없는 이야기다. 들어 본 사람이 있기나 할지 의심스럽다. 팔리는 자기 개인사를 기꺼이 털어놓는 그런 부류가 아니다. 왜 그녀가 지금 내게 이런 이야기를 하는 건지는 나도 잘 모르겠다. 하지만 지금 팔리가 이 이야기를 해야만 한다는 건 알겠다. 나는 팔리가 원하는 대로 할 수 있도록 계속 말하게 내버려 둔다.

"그러고 나서 쉐이드의 여동생이…… 난 쉐이드가 그렇게 공포에 질린 건 처음 봤어. 우리는 같이 퀸스트라이얼을 보았거든. 메어가 떨어지는 모습을 보고, 그리고 메어의 번개도 봤지. 쉐이드는 은혈들이 메어를 죽일 거라고 생각했어. 내 생각에, 너도 나머지 이야기라면 알 것 같은데."

그녀는 입술을 깨물고는 자기 라이플의 총신을 내려다본다.

"그건 쉐이드의 생각이었어. 우린 벌써 쉐이드를 보호하기 위해서 군대에서 빼 내려고 하고 있었거든. 그래서 쉐이드는 자기 처형 보고서를 가짜로 만들었지. 자기 스스로 그 문서 작업을 돕기까지 했다니까. 그러고 나서 쉐이드는 사라졌지. 은혈들이란 죽은 적혈들이 어떻게 됐나 확인할 정도로 신경을 쓰지도 않거든. 물론 쉐이드네 가족은 신경 썼지. 그 부분이 한동안 쉐이드를 가장 괴롭혔어."

"하지만 그래도 쉐이드는 그 일을 한 거잖아."

이해해 보려고 애를 쓰지만, 무슨 일이 있다고 하더라도 우리 가족이 이런 일을 겪게 만드는 건 상상도 가지 않는다.

"쉐이드는 그럴 수밖에 없었어. 그리고…… 그리고 그 일은 좋은 동기 부여가 되어 줬잖아. 메어가 그 일을 알아낸 다음에 우리에게 합류했으니까. 하나의 배로우를 위한 또 다른 배로우."

"그럼 메어가 했던 연설 중에 그 부분만큼은 거짓말이 아니었던 거네."

나는 메어가 억지로 해야 했던 말에 대해서, 카메라가 마치 총살을 집행하려는 부대라도 되는 것처럼 노려보면서 했던 말들에 대해서 생각해 본다. *그들은 내게 오빠의 죽음에 대한 복수를 원하는지 물었습니다.*

"메어가 개인적인 문제로 그랬다는 거 하나도 안 놀라워. 누구도 여자애한테는 어떤 진실도 말 안 해 주는 법이고."

"메어에게까지 가려면 긴 길을 돌아가야 하겠지."

팔리가 중얼거린다.

"모두에게 그렇지."

"그리고 지금 걔는 왕이랑 같이 지옥 같은 여행을 다니고 있잖아."

팔리는 계속 떠벌린다. 그녀는 기계처럼 계속 이야기를 풀어내고, 그녀의 목소리는 시간이 흐를수록 점점 더 탄력과 힘을 얻는다. 쉐이드의 유령은 사라진다.

"그 덕분에 일들이 좀 더 쉬워졌어. 여전히 지독하게 어렵지만, 물론, 그래도 매듭이 좀 느슨해진 셈이지."

"준비한 계획이라도 있어? 메어는 매일 점점 더 가까워지는 중이잖아. 아르보스, 아이언 로드……."

"걔는 어제 로캐스타에 있었어."

침묵이 우리 주변에서 사라진다. 우리 부대의 나머지 사람들이 전까지는 듣고 있지 않았다면, 확실히 지금은 귀를 기울인다. 나는 뒤를 돌아보고 에이다에게 시선을 맞춘다. 그녀는 풍나무색 눈동자를 크게 뜨고 있는데, 그녀의 완전무결한 정신 속에서 톱니가 돌아가는 모습이 실제로 보이는 것만 같다.

팔리가 계속 말을 잇는다.

"왕은 첫 번째 공격에서 달아난 부상당한 군인들을 방문했거든. 여기에 반쯤 오기 전까지는 나도 몰랐어. 만약에 알았더라면, 어쩌면……."

그녀가 나직하게 말한다.

"뭐, 지금으로서는 너무 늦었지."

"왕은 실제로 군대랑 함께 움직이잖아."

나는 팔리에게 말한다.

"경비들이 밤낮으로 메어를 감시하고. 고작 우리만 데리고 당신이 할 수 있는 일은 없었을 거야."

그럼에도 불구하고 그녀의 뺨이 달아오른다. 추위 때문은 아니다. 그녀의 손가락이 총의 개머리판을 생각 없이 두드린다.

"아마도 없었겠지."

그녀가 대꾸한다.

"아마도 없었을 거야."

더 부드럽게 덧붙이는 마지막 말은 자신을 납득시키려는 것 같다.

코르비움이 우리 위로 그림자를 드리운다. 어둑어둑한 음영 아래는 온도가 훅 떨어진다. 나는 옷깃을 목으로 더 세게 끌어당기며 옷이 주는 온기 속으로 파고들려고 애를 쓴다. 검정색 벽을 두른 크고 흉물스러운 건물은 우리를 향해 울부짖는 것처럼 보인다.

"저기. 프레이어 게이트야."

팔리가 금속 송곳니와 금색 이를 갖추고 입을 벌리고 있는 놈을 가리켜 보인다. 침묵하는 돌로 된 벽돌들이 호를 이루며 줄 서 있지만 나로서는 느낄 수가 없다. 나는 침묵하는 돌에 영향을 받지 않는다. 녹슨 것 같은 색상의 제복에 낡은 부츠를 입고 있어 적혈 병사라는 것을 알아볼 수 있는 이들이 문 위에 배치되어 있는 모습을 보니 안도감이 든다. 우리는 앞으로 나아가, 눈으로 가득한 길을 지나 코르비움의 아가리 안으로 들어선다. 팔리는 우리가 프레이어 게이트를 통과하는 순간 우리를 올려다본다. 크게 벌어진 그녀의 푸른 눈이 전율한다. 낮은 목소리로 그녀가 혼자 중얼거리는 말이 들린다.

"들어설 때는, 떠나기를 기도하리. 떠날 때는, 다시는 돌아오지 않기를 기도하리라."

듣는 사람은 없다고 할지라도, 나 역시 기도를 한다.

✳ ✳ ✳

칼은 책상 위로 몸을 굽힌 채, 손가락 관절을 나무의 평평한 부분에 누르고 있다. 갑옷은 구석에 한 더미가 되어 쌓여 있다. 그는 검정색 가죽으로 된 판들을 벗어 버린 채 그 아래에 숨어 있던 젊은 남자의 근육으로 된 건장한 몸을 보여 주고 있다. 땀 때문에 이마 위로 머리카락이 딱 들러붙어 있고, 목 아래로는 분투의 결과로 페인트가 번들거리는 선을 그리며 흘러내린 상태다. 그의 능력이 어떤 불보다도 더 이 방을 따뜻하게 데울 수 있겠지만, 열기 때문은 아니다. 아니다, 이건 공포다. 수치. 그가 몇 명이나 되는 은혈들을 어쩔 수 없이 죽였어야만 했을지 궁금하다. *충분하지는 않지.* 한편으로는 그런 마음이 든다. 그럼에도 불구하고 그를 보고 있자니, 포위 작전의 공포들이 숨김없이 쓰여 있는 그의 얼굴을 보고 있자니, 아무리 나라고 해도 멈칫할 수밖에 없다. 이 일이 쉽지 않았을 것이다. 그럴 수가 없다.

그는 아무것도 보고 있지 않고, 구릿빛 눈은 속이 빈 구멍 같다. 내가 뒤에 팔리를 꼬리처럼 달고 방에 들어갈 때도 그는 움직이지 않는다. 팔리는 대령에게로 향한다. 대령은 칼의 맞은편에 앉아서 한 손은 관자놀이에 대고, 나머지 손은 어떤 종류의 도식이거나 아마도 지도일 물건을 쓰다듬고 있다. 8각형의 모양과 벽들이 틀림없는 바깥쪽의 원들로 판단해 보건대, 아마도 코르비움인 듯하다.

에이다가 내 뒤에서 우리에게 합류할지 말지 망설이는 기척이 느껴진다. 나는 그녀를 쿡 찌른다. 그녀는 이 일에 있어 우리 누구보다도 특화되어 있고, 그녀의 정교한 두뇌는 진홍의 군대에게는 선물이나 다름없다. 하지만 하녀로서 받은 훈련은 쉽게 떨칠 수 없다.

"가 봐요."

나는 에이다의 허리를 손으로 밀며 중얼거린다. 그녀의 피부는 나만큼 어둡지는 않지만, 이런 그늘 속에서 우리는 모두 뒤섞이기 시작한다.

그녀는 작게 고개를 끄덕이고 더 작은 미소까지 지어 보인다.

"몇 번째 벽 안으로 들어간 거죠? 중앙?"

"중앙 탑일세."

대령이 대꾸한다. 그는 지도에서 해당하는 곳을 톡 때린다.

"매우 잘 요새화되어 있고, 심지어 지하층조차 그렇지. 아주 힘들게 얻은 교훈이야."

에이다가 한숨을 쉰다.

"네, 중앙은 이런 일에 대비해서 지어졌으니까요. 최후의 저항선이기도 하고, 무기와 공급도 충분하지요. 방어선은 두 배 이상이에요. 그리고 위 끝부분까지 잘 훈련받은 50명의 은혈들로 채워져 있지요. 병목 지역에서는, 그 인원의 다섯 배 정도로 생각하는 편이 맞을 거구요."

"구멍 속의 거미들 같네요."

내가 웅얼거린다.

대령은 콧방귀를 낀다.

"아마도 놈들은 서로를 잡아먹기 시작할 테지."

칼이 움찔하는 것을 눈치 채지 않는 건 불가능하다.

"보통 적들이 망치로 문을 두드리고 있을 때는 아니지. 증오할 누군가가 있으면 은혈들조차도 결속할 수 있어."

그는 책상에서 고개도 들지 않은 채, 눈을 나무에 고정하고 있다. 의미는 분명하다.

"특히 지금처럼 모두가 왕이 근처에 와 있다는 걸 아는 때라면, 그들은 기다릴 거야."

칼의 얼굴이 먹구름이 끼듯 어두워진다.

팔리가 낮은 신음소리와 함께, 칼의 말을 완성한다.

"그리고 우리는 기다릴 수 없지."

"만약 명령을 받는다면, 초크의 부대들은 하루 시간이면 이곳으로 돌아오기 위해 행군을 시작할 거예요. 더 적게 걸릴 수도 있죠…… 자극에 따라서는요."

에이다는 마지막 말들은 주저하며 말한다. 에이다가 더 자세히 설명할 필요도 없다. 벌써 나는 내 동생의 모습을 그려볼 수 있다. 엄밀히 따지면 메이븐이 발표한 새 법에 의해서 이미 자유의 몸이 되었지만, 은혈 장교들의 지휘 아래에 강제로 눈을 헤치고 달려오고 있을 모레이의 모습을. 오직 자기 자신을 자기 사람들을 향해서 내던질 목적으로.

"적혈들이라면 당연히 우리와 함께할 거예요."

머릿속의 이미지들과 싸우며 나는 큰 소리로 혼잣말을 한다.

"메이븐더러 자기 군대를 보내 보라고 해요. 그래 봤자 우리 힘만 보태주는 걸 텐데. 군인들은 여기 사람들이 그랬던 것처럼 우리에게 돌아설 걸요."

"카메론 말에도 일리가 있어……."

대령이 처음으로 내 말에 동의하며 입을 연다. 이상한 감각이다. 하지만 팔리가 그의 말을 자르고 끼어든다.

"가능성이죠. 코르비움의 주둔군의 경우 몇 달에 걸쳐서 우리가 그들을 휘젓고, 도시의 혼란을 불러오도록 선동하고, 밀어붙이고 재촉하고 이 폭발에 불을 붙였어요. 다른 부대들도 똑같을 거라고는 말 못하겠는데요. 아니면 그가 군대로 오라고 설득할 은혈들의 수에 대해서도요."

에이다가 팔리의 말에 동의하며 고개를 끄덕인다.

"메이븐 왕은 코르비움에 대해 매우 신중하게 묘사해 왔어요. 그는 이곳의 모든 일에 반역이 아닌 테러리즘이라는 색채를 씌웠습니다. 난장판이라고요. 피에 굶주린 진홍의 군대가 벌이는 대학살이라고. 부대의 적혈들이나 왕국의 적혈들은 이곳에서 벌어지는 일에 대해서 아무 것도 모를걸요."

분노로 부글대며 팔리가 배 위로 방어하듯 손을 올린다.

"만약이나 어쩌면 위에 기대다가 충분히 많은 것들을 잃었어."

"우리 모두가 그렇지."

그렇게 말하는 칼의 목소리는 다른 생각을 하는 것 같다. 마침내 그는 책상에서부터 몸을 떼고 우리 모두에게 등을 돌린다. 그는 긴 다리로 몇 걸음만에 창문으로 건너가서, 여전히 불타고 있는 도시를 바라본다.

연기가 얼음 긴 창문 위로 흔들리며 하늘에 검정색 얼룩을 만든다. 그 장면을 보니 공장들이 떠오른다. 나는 그 기억에 몸을 떤다. 목에 새겨진 문신이 찌르는 듯하지만, 구부러진 손가락으로 문신을 긁지는 않는다. 셀 수도 없을 만큼 여러 번을 부러진 손가락이다. 한 번은 사라가 손가락을 고쳐 줄까 물어 본 적이 있다. 나는 거절했다. 문신과 마찬가지로, 연기와 마찬가지로, 구부러진 손가락은 내가 온 곳이 어디인지를, 그리고 다른 누구도 견딜 수 없었던 무언가가 있었다는 것을 나 스스로에게 상기시킨다.

"이 상황에서 딱히 다른 대안이 있을 것 같지도 않은데?"

팔리가 자기 아버지의 손에서 지도를 낚아채며 묻는다. 그녀는 곁눈질로 추방당한 왕자를 흘깃 본다.

칼은 어깨를 으쓱하고, 그의 넓은 어깨의 윤곽이 둥글어진다.

"너무 많은데, 전부가 안 좋아. 만약에……."

"이곳에서 그들이 그냥 그렇게 걸어나가게 둘 순 없네."

대령이 꽥 끼어든다. 그는 짜증난 듯하다. 그들은 이 문제로 벌써 다툰 모양이다.

"메이븐이 너무 가까이 있어. 그들은 그의 편으로 달려가서 복수를 위해 돌아올 걸세. 더 많은 병사들을 데리고 말이야."

칼의 손목에 있는 번쩍이는 팔찌가 깜빡대며 재빠르게 불꽃으로 점화되더니 칼의 팔을 타고 오르며 생명을 얻는다.

"메이븐은 어쨌든 오고 있어! 당신도 그 보고서들을 보았을 텐데. 메이븐은 이미 로캐스타에 와 있고 서쪽으로 향하는 중이지. 그 애는 여기로 행진해 와서는 자기가 왜 코르비움에 온 것인지는 뒤로 감춘 채 손을 흔들고 미소를 지을 거야. 그리고 만약에 당신이 망가진 도시 안에서 늑대들로 가득찬 우리에 등을 댄 채 싸우려고 한다면 그 일은 메이븐에게 더 쉽게 돌아갈 거야!"

그는 몸을 빙글 돌려서 대령과 마주하는데, 어깨에서는 여전히 잉걸불로 인한 연기가 나는 중이다. 대개 그는 자기 옷을 살릴 정도로는 자기 자신을 잘 제어하고는 한다. 지금은 그렇지 않다. 몸에는 연기를 달고 있고, 속옷에는 새까맣게 탄 구멍이 남았다.

"두 개의 전선에서 전투를 벌이는 것은 자살이다."

"그럼 인질로서는? 자네는 탑에 있는 누구에게도 그런 가치가 없다고 말하려는 건가?"

대령이 맞받아친다.

"메이븐에게는 없지. 그는 이미 자신이 무엇하고라도 교환하고 싶었던 유일한 사람을 얻었으니까."

"그러니까 우리는 그들을 굶길 수도 없고, 놓아줄 수도 없고, 협상할 수도 없다, 라."

팔리는 손을 들어 하나씩 항목을 체크한다.

"그리고 다 죽여 버릴 수도 없고."

나는 입술에 손가락 하나를 두드리며 말한다. 칼이 놀란 얼굴로 나를 본다. 나는 그저 어깨만 으쓱 한다.

"만약 방법이 있었다면, 그리고 그게 그럭저럭 괜찮은 방법이었다면 대령이 벌써 해치웠을 거 아냐."

"에이다, 혹시 우리가 보지 못하는 다른 가능성이 보여?"

팔리가 부드럽게 재촉한다.

그녀의 눈이 앞뒤로 움직이며, 자기 기억과 지도를 동시에 훑는다. 숫자들, 전략들, 에이다의 거대한 처리 속도 속에 들어 있는 모든 것들을. 그녀의 침묵은 전혀 편안하지 않다.

"우리에게 필요한 건 그 빌어먹을 예언자 놈이야."

내가 중얼거린다. 나는 존을 만난 적은 없지만, 그 사람이 메어에게 나를 찾아서 붙잡을 수 있게 만든 사람인 건 안다. 메이븐이 보내는 방송에서 그의 모습을 충분히 여러 번 보았다.

"그 사람보고 우리 대신 일 좀 하라고 하는 거지."

내 말에 칼은 욕설을 뱉는다.

"만약 그놈이 돕고 싶었다면, 이미 여기 와 있었겠지. 하지만 그 망할 유령은 바람 속에만 있어. 심지어 자기가 달아날 때에 메어를 데리고 갈 예의조차 없는 놈이야."

"우리가 바꿀 수 없는 것에 매달리는 건 아무 쓸모도 없어."

팔리가 차가운 바닥에 대고 부츠 뒤꿈치를 긁는다.

"그래서 폭력에만 의존하는 것이 우리에게 남은 유일한 방책인가? 탑을 돌 하나하나씩 무너뜨리는 것이? 한 항아리는 될 피로 대가를 치르면서?"

칼이 다시 한 번 폭발하기 전에, 문이 확 비틀리며 열린다. 줄리언과 사라는 거의 안으로 굴러 떨어질 뻔하는데, 둘 다 눈을 크게 뜨고 은색 홍조를 띠고 있다. 대령은 놀라서 방어 자세를 취하며 벌떡 일어선다. 우리 중 누구도 은혈들이 관계된 일에 안심할 정도로 바보는 아니다. 우리의 공포는 뼛속 깊이 각인된 것이자, 피 속을 흐르는 것이다.

349

"무슨 일인가? 이렇게 일찍 심문이 끝나기라도 했나?"

대령이 붉은 한쪽 눈을 진홍색으로 번뜩이며 묻는다.

줄리언은 *심문*이라는 단어에 발끈하며 비웃음을 흘린다.

"내 질문들은 당신이 하려고 했던 것들에 비하면 자비라고 해야 겠죠."

"파하."

팔리가 코웃음을 날린다. 그는 칼에게 시선을 보내고, 칼은 그녀의 시선이 불편한 듯 몸을 움직인다.

"내 앞에서 은혈들의 자비에 대해서 떠들지 마시지."

나는 줄리언에 대해서라면 조금도 걱정하지 않고, 그를 거의 신뢰하지 않지만 사라의 얼굴에 떠오른 표정이 나를 깜짝 놀라게 한다. 그녀는 나를 바라보고 있는데, 그 회색 얼굴에는 동정과 공포가 서려 있다.

"무슨 일인데요?"

나는 오직 줄리언만이 대꾸할 수 있다는 걸 알면서도 사라에게 묻는다. 심지어 코르비움에서도, 그녀는 아직 기꺼이 그녀의 혀를 돌려 줄 스킨 힐러를 만나지 못했다. 그들 모두 아마도 중앙 탑에 있거나, 아니면 죽은 모양이다.

"매칸토스 장군은 훈련 명령을 감독합니다."

줄리언이 사라처럼 나를 망설이는 시선으로 힐끗 보며 말한다. 맥박이 귀에서 치는 것 같다. 그가 무슨 말을 하려고 하는 것이든, 맘에 안 들 것이다.

"포위 작전 직전에, 부대 중 일부가 다른 지시를 받고 불려왔습니다. 그들은 참호에 배치되기는 적절하지 않았어요. 심지어 적혈들까지도요."

피가 혈관을 내달리며 귓가에서 울부짖기 시작하고, 줄리언을 익사시킬 정도로 돌풍이 된다. 에이다가 내 옆으로 다가오는 것이, 그녀의 어깨가 내 어깨를 스치는 것이 느껴진다. 그녀는 이 이야기가 어떻게 진행될지 깨달은 것이다. 나도 그렇다.

"우리는 명부를 검색했어요. 단검 부대의 몇백 명의 아이들이 코르비움으로 다시 불려 왔습니다. 메이븐의 칙령에도 불구하고, 풀려나지 않았지요. 우리가 그들 중 대부분을 차지하기는 했지만, 하지만 일부는……."

줄리언이 말을 더듬으면서도 억지로 계속 이야기를 잇는다.

"그들은 인질들이에요. 중앙에서 살아남은 은혈 장교들과 함께 있습니다."

차가운 사무실 벽에 손을 올리고, 침착해지려고 노력해 본다. 내 침묵 능력이 피부 아래에서 압박을 해 오며 펼치고 꺼내서 방 안의 모든 것들을 덮어 버리라고 애걸한다. 보아하니 줄리언이 말을 꺼낼 것 같지 않아서 결국 내가 그 말을 꺼낸다.

"내 동생이 거기 있군요."

그 은혈 개자식은 망설이면서 말을 끊다. 마침내 그가 말한다.

"우리 생각은 그래요."

쿵쿵 뛰는 심장이 지르는 비명이 사람들 목소리를 압도한다. 방에서 뛰어나올 때 내 귀에는 아무 소리도 안 들린다. 나는 그들의 손을 피해서 관리 본부를 통과해서 달려 나온다. 만약 누가 따라왔어도 나는 몰랐을 것이다. 신경도 안 쓴다.

내 마음에 남은 유일한 것은 모레이다. 모레이와 우리 사이에 서 있는 곧 시체가 될 50명.

난 메어 배로우가 아니다. 나는 모레이를 이 상황에 내버려 두지 않을 것이다.

침묵이 내 주변을 둥그랗게 말고, 연기처럼 무겁고 깃털처럼 가볍게, 땀처럼 모든 구멍으로 뚝뚝 떨어진다. 이건 육체적인 것은 아니다. 이건 나를 위해서 속을 해체하지는 않는다. 내 능력은 살과 살을 향하는 쪽이다. 나는 연습을 계속 해 왔다. 나는 능력이 두렵지만, 동시에 능력이 필요하다. 허리케인처럼 침묵이 내 주변을 휘젓고, 자라나는 태풍의 눈처럼 나를 둘러싼다.

내가 지금 어디로 향하고 있는지는 몰라도, 코르비움은 탐색하기 쉬운 곳이다. 그리고 스스로 중심부가 어느 쪽인지 설명을 해 준다. 도시는 명령대로 매우 잘 계획된 거대한 엔진이다. 나도 알겠다. 내 발은 포장도로를 쿵쿵 두드리며 나를 바깥 방향 쪽으로 몰고 간다. 왼쪽으로는 코르비움의 높은 벽이 하늘을 긁고 있다. 오른쪽으로는 병영, 사무실, 훈련 시설들이 두 번째 고리를 구성하고 있는 화강암 벽을 따라 포개져 있다. 다음 문을 찾아야만 안쪽으로 들어갈 수 있을 것이다. 내 선홍색 스카프가 충분한 위장이 된다. 나는 진홍의 군대처럼 보인다. 나는 진홍의 군대가 될 수 있다. 너무 정신이 팔렸거나 너무 흥분했거나 자기들 한가운데를 찢어버리려는 다루기 힘든 또 하나의 반역을 신경 쓰기에는 너무 바쁜 적혈 군인들은 내가 뛰든가 말든가 내버려 둔다. 그들은 자기 상관들에게 쿠데타를 일으켰다. 나는 그들에게는 안 보이는 존재나 다름없다.

하지만 그놈의 지랄 맞은 왕자 전하, 티베리아스 캘로어에게는 아니다.

그는 내 팔을 붙들고 날 강제로 돌린다. 내 침묵이 우리 주변에서 맥동하고 있지 않았더라면, 그는 이미 불을 꺼냈을 것이다. 왕자는 우리 가속도를 이용해서 나를 뒤쪽으로 보낸 다음 내 치명적인 손을 피해서 물러설 정도로 영리하다.

"카메론!"

그가 한 손을 뻗은 채 소리친다. 그의 손가락이 깜빡이며, 공기를 갈구하는 불꽃들이 일어난다. 그가 한 발자국을 뒤로 디디며 확고하게 내 길을 막자, 불꽃은 더 세지면서 그의 팔꿈치까지 타고 오른다. 그는 갑옷을 도로 입었다. 가죽과 철로 된 판을 잘 잠그고 나자 그의 체격은 더 두툼해 보인다.

"카메론, 혼자 탑에 들어가면 넌 죽게 될 거야. 저들이 널 찢어 버릴 거라고."

"네가 뭔 상관이야?"

나는 고함을 친다. 뼈가 고정되고, 관절이 조이고, 나는 조금 더 밀어붙인다. 침묵이 그에게 닿는다. 그의 불이 펄럭거리며 타고 그가 목을 까닥인다. 그도 느끼는 것이다. 내가 칼을 아프게 하고 있다. *그대로. 꾸준하게 하는 걸 잊지 마. 너무 세게도, 너무 약하게도 안 돼.* 나는 조금 더 밀어붙이고 칼은 또 한 걸음을 뒤로 물러난다. 내가 가야 할 방향 쪽으로 또 한 걸음을 더. 두 번째 문이 그의 어깨 너머에서 나를 조롱한다.

"내가 여기 있는 건 오직 한 가지 이유 때문이야."

나는 그를 놀라게 하고 싶지 않다. 그저 그가 옆으로 비켜서길 원할 뿐이다.

"네 사람들이 내 동생을 죽이게 둘 수는 없어."

"나도 알아!"

그가 목 뒷부분에서 나오는 듯한 목소리로 으르렁거리듯 말한다. 칼과 같은 불꽃을 일으키는 사람들 부류는 모두 그의 것과 같은 눈을 가지고 있는지 궁금하다. 불길이 타는 듯 이글거리는 눈.

"나도 네가 저기 들어가려고 하는 거 알아. 그러니까 만약에 내가…… 그러니까 내가."

"그럼 날 보내 줘."

그는 결정이라는 말을 그림으로 그린 듯한 모습으로 턱에 힘을 준다. 산처럼. 불 탄 옷에 멍들고 몸은 망가지고 정신은 상처를 입었음에도, 그런 지금에조차 그는 왕처럼 보인다. 칼은 결코 무릎을 꿇을 리 없는 딱 그런 종류의 사람이다. 그런 것은 그의 안에는 없다. 그는 그런 일을 하도록 만들어지지 않았다.

하지만 다시 한 번 꺾기엔 나는 너무나 여러 번을 꺾이고 또 꺾여 왔다.

"칼, 내가 가게 내버려 둬. 동생을 구할 수 있게."

그 말은 숫제 애원처럼 들린다.

이번에 그는 앞으로 다가선다. 그의 손가락 위의 불꽃들은 너무 뜨거워서 공기들을 태울 정도로 파랗게 변한다. 그럼에도 불구하고 불꽃들은 아직 내 능력 아래에 있기에 다시 숨 쉬려고, 다시 타오르려고 기를 쓰면서 흔들린다. 내가 원하기만 한다면 나는 그 불꽃들을 혹 하고 꺼버릴 수도 있을 것이다. 나는 칼의 모든 것을 장악하고 그를 갈가리 찢고 그를 죽이고 그의 죽음의 마디마디를 느낄 수도 있을 것이다. 어느 정도는 그러고 싶은 마음도 있다. 멍청한 부분, 분노와 격노와 눈 먼 복수심에 지배당하는 부분은 그렇다. 그 부분이 내 능력에 기름을 붓고 나를 더 강하게 만들게 두되, 나를 지배하게 두지는 않는다. 사라가 내게 가르쳤던 것 그대로. 따라가기 너무 좁은 길이다.

칼은 내가 생각하는 걸 알기라도 하는 것처럼 눈을 가늘게 뜬다. 그래서 나는 그가 그 말을 뱉는 순간 깜짝 놀라고 만다. 내 심장이 쿵쾅대면서 두드리는 소리 때문에 제대로 듣지 못할 뻔한다.

"내가 돕게 해 줘."

＊ ＊ ＊

진홍의 군대에 들어오기 전에는, 동맹이라는 건 정확하게 같은 쪽에서 작전을 행하는 것이라고만 생각했었다. 똑같은 목표를 향해서 동시에 작동하는 기계처럼. 얼마나 순진해빠진 생각이었는지. 칼과 나는 보기에는 같은 쪽일지 몰라도, 우리는 절대로 같은 것을 원하지 않는다.

그는 자기 계획을 펼쳐 보인다. 전체를 세세하게. 그가 어떻게 내 분노를 이용하고, 내 동생을 이용해서 자기만의 목표를 만족시키려는 의도인지 내가 뻔히 깨달을 수 있을 만큼 충분하도록 말이다. 경비들을 유인하고, 중앙 탑에 들어가서, 네 침묵 능력을 방패로 사용하고, 그리고 은혈들이 자유에 대한 대가로 자기들 인질들을 건네주도록 해. 줄리언이 문들을 열어 줄 거고, 내가 직접 그들을 호위할 거야. 어떤 유혈사태도 없을 거야. 더 이상의 포위 작전도 없어. 코르비움은 완전히 우리 것이 될 거다.

좋은 계획이다. 은혈 주둔군들이 자유를 얻고 메이븐의 군대에 다시 합류하도록 풀려날 거라는 부분만 빼면.

나는 빈민가에서 자랐지만 멍청이는 아니다. 그리고 칼의 각진 턱과 뻐딱한 미소에 정신을 빼앗겨서 눈이 휘둥그레진 그런 여자애는 더더욱 아니다. 그의 매력에도 한계가 있다. 그는 배로우를 홀릴 수 있었는지는 몰라도, 나는 아니다.

왕자가 조금이라도 더 날을 좀 세웠더라면 좋았을 텐데. 칼은 자기를 위해서도 너무나 마음이 무르다. 그는 대령의 존재하지도 않는 자비심 아래에 은혈 군인들을 내버려 둘 수가 없는 것이다. 심지어 유일한 대안이라는 것이 그들을 놓아 주어서 우리에게 다시 맞설 수 있게 하는 것이라고 해도 말이다.

"시간이 얼마나 필요해?"

나는 묻는다. 칼의 앞에 대고 거짓말을 하는 건 그렇게 어렵지 않다. 칼도 나를 속이려고 하고 있다는 것을 아는 지금은 더욱 그렇다.

그는 미소를 짓는다. 아마도 나를 자기편으로 끌어들였다고 생각하는 모양이다. 잘됐네.

"만반의 준비를 갖추는 건 몇 시간이면 돼. 줄리언, 사라……."

"좋아. 준비될 때까지 바깥쪽 병영에서 기다릴게."

나는 몸을 돌리고 멀리서 보면 "아 그렇게 사려 깊다니." 하는 시선을 억지로 만들어 보인다. 바람이 불어와 내 머리카락을 마구 휘젓는다. 더 따뜻해졌는데, 칼 때문은 아니고 태양 때문이다. 봄이 이곳에도 결국 찾아올 것이다.

"머리 좀 식히고 싶어서."

왕자는 이해한다는 듯 머리를 끄덕인다.

그는 불타는 손을 들어서 내 어깨를 치더니 한 번 꽉 잡는다. 대답으로 나는 찡그린 표정에 가깝게 보일 것 같은 미소를 지어 보인다. 등을 돌리자마자 나는 미소를 싹 지운다. 그는 뒤쪽에 남아서, 고리 모양의 벽의 부드러운 곡면이 나를 그의 시야에서 차단하기 전까지 내 등에 구멍이 생길 정도로 뚫어져라 바라본다. 기온이 오르고 있음에도, 척추를 따라 떨림이 이어진다. 칼이 이 일을 벌이게 둘 수는 없다. 하지만 모레이가 저 탑에서 1초도 더 보내도록 하지 않을 것이다.

앞쪽에서부터 팔리가 내 방향으로 자기 몸이 허락하는 한 빠른 속도로 척척 걸어온다. 나를 발견한 순간 팔리의 얼굴이 어두워지더니, 눈썹을 어찌나 세게 찌푸리는지 얼굴 전체가 사탕무처럼 빨간색으로 변할 정도다. 그 때문에 입 양쪽으로 나 있는 진주 같은 하얀색 흉터가 평소보다 더 보기 싫게 두드러진다. 전체적으로 말하자면 매우 겁나는 모습이다.

자기 아버지만큼이나 경직된 목소리로 팔리가 쏘아붙인다.

"콜, 네가 그렇게 가서 정말로 어리석은 일을 저지르는 건 아닌지 걱정했어."

357

"안 했어."

나는 숭얼거림에 가까운 어투로 대꾸한다. 그녀는 머리를 기울이고, 나는 그녀를 따라서 움직인다.

저장실 안으로 안전하게 이동한 다음에, 나는 그녀에게 할 수 있는 한 빠른 속도로 모든 것을 이야기한다. 그녀는 그 동안 내내 씩씩거린다. 칼의 계획이 그저 짜증날 뿐, 우리 모두에게 완전한 위험은 아니라는 것처럼.

나는 몹시 화가 난 채로 이야기를 마친다.

"칼은 이 도시 전체를 위험으로 몰아넣고 있다고. 그리고 칼이 그 계획을 관철한다면……."

"나도 알아. 하지만 나도 전에 말했잖아, 몬트포트랑 사령부가 칼이 우리와 반드시 함께 있기를 원한다고. 그는 방탄이나 다름없어. 다른 사람들은 반란 중에 총에 맞을 수도 있겠지만."

팔리는 금발머리에서 조금 몇 가닥이 빠져나올 정도로 양손으로 두피를 긁는다.

"그러고 싶지는 않지만, 명령을 들을 동기는 전혀 없음에도 자기만의 정치 노선을 품고 있는 군인에게는 절대로 등을 내보이고 싶지 않지."

"사령부라고."

나는 그 단어가 너무 싫고, 그 단어가 상징하는 사람이 도대체 누구든 간에 그 사람들도 너무 싫다.

"그 사람들이 우리의 최고 관심사를 염두에도 두고 있지 않은 게 아닐까 의심되기 시작하는걸."

팔리는 부정하지 않는다.

"우리의 모든 신뢰를 계속 유지하기란 어려워. 하지만 그 사람들은 우리가 보지 않는 것, 보지 못하는 것들을 봐. 그리고 이제……."

그녀는 큰 한숨을 쉰다. 그녀의 눈이 광선이라도 쏘듯 바닥을 뚫어져라 본다.

"몬트포트가 더 많이 관계될 것 같다는 이야기를 들었어."

"그게 무슨 의미야?"

"나도 확신할 수가 없네."

나는 코웃음을 친다.

"전체 그림이 없다고? 나 지금 놀랐다."

팔리가 내 쪽을 쏘아보는 시선만으로 뼈도 자를 것만 같다.

"시스템이란 게 완벽하지는 않아, 그래도 우리를 지켜주는 거야. 그렇게 뚱한 태도로 굴 거라면, 나도 돕지 않겠어."

"아, 이제 아이디어가 생겼어?"

그녀가 어둡게 미소 짓는다.

"조금은."

＊ ＊ ＊

해릭은 경련하는 자기 기질을 버리지 못했다.

팔리가 입술을 빠르게 놀려 우리의 계획을 속삭이는 동안 해릭의 머리가 앞뒤로 까딱거린다. 그녀는 우리와 함께 탑으로 들어가지는 않을 것이지만, 우리는 들어가는 데 성공할 거라고 확신한다.

해릭은 걱정스러워 보인다. 그는 전사 타입이 아니다. 그는 코로스에도 오지 않았고, 코르비움 습격에도 참가하지 않았다. 사실 오기만 했다면 그의 환상 능력이 어마어마하게 도움이 되었을 텐데도 말이다. 그는 임신한 대장의 뒤에 꼬리처럼 달려서 나머지 우리와 함께 도착했다. 우리에게 여전히 메어가 있었던 때에, 신혈들을 합류시키던 중에 뭐가 나쁘게 돌아간 경험이 있었든가 아무튼 그에게 무슨 일이 있었던 모양이다. 그때 이후로 그는 싸움에서는 물러나서 전투의 가장 격렬한 부분 대신에 방어 등을 맡게 되었다. 나로서는 그가 부럽다. 그는 누군가를 죽인다는 것이 어떤 기분인지 알지 못할 테니까.

"인질이 얼마나 많은데요?"

목소리를 손가락만큼이나 떨면서 그가 묻는다. 겨울처럼 창백한 피부 아래로 홍조가 뺨에 번진다.

"적어도 20명이고, 우리는 그중에 하나가 내 동생이라고 생각하고 있어요."

나는 할 수 있는 한 재빨리 대답한다.

"적어도 50명은 되는 은혈 경비대도 포함해야지."

팔리가 덧붙인다. 그녀는 위험을 대충 얼버무리고 넘어가지 않는다. 그녀는 이런 일에 그를 속여서 끌어들이지 않을 것이다.

"아, 아, 참."

그가 중얼거린다.

팔리가 고개를 끄덕인다.

"당연하지만 당신에게 달린 거예요. 우린 다른 방법을 찾을 수 있

360

어요."

"하지만 다른 어떤 방법도 유혈사태를 줄일 확률은 떨어지겠죠."

"그래요, 당신의 환상 능력은……."

내가 말을 하는데 해럭이 떨리는 한 손을 들어올린다. 자기 몸만 큼이나 환상 능력도 떨리는 건 아닌지 궁금하다.

해럭이 입을 열지만 아무 말도 나오지 않는다. 나는 온몸의 신경을 몽땅 모아 해럭을 향해 애원하면서, 노심초사하며 기다린다. 그가 이 일이 얼마나 중요한지 볼 수 있어야 할 텐데. 볼 수 있어야만 하는데.

"좋아요."

나는 축하를 하고 싶은 마음을 억눌러야만 한다. 이것은 괜찮은 한 걸음일 뿐, 승리는 아니고, 모레이가 안전해지기 전까지 결코 이 점을 잊어서는 안 될 것이다.

"고마워요."

그의 손을 움켜잡자 내 손 안에서 그 손이 덜덜 떨린다.

"정말 너무 고마워요."

해럭이 눈을 재빠르게 깜빡이자, 갈색 눈이 내 눈과 마주친다.

"끝나기 전까지는 고맙다고 하지 마요."

"그거 사실이 아니죠?"

팔리가 중얼거린다. 그녀는 우리 모두를 위해서 암울한 티를 내지 않으려고 애를 쓴다. 그녀의 계획은 성급한 면이 있지만, 칼이 우리가 움직이도록 몰아붙이고 있다.

"좋아요, 따라 오세요. 이 일은 빠르고, 조용하고, 그리고 조금은 행운이 따라야 할 겁니다."

팔리가 진홍의 군대의 군인들과 우리 쪽으로 전향한 적혈들 사이를 휙휙 비키며 지나가는 동안 우리는 그녀의 뒤를 따른다. 많은 사람들이 그녀에게 경의를 표하면서 자기 눈썹을 만진다. 그녀는 이 조직에서 매우 잘 알려진 이이며, 우리는 사람들이 가진 사령부에 대한 존경심에 의존하고 있는 중이다. 걸어가는 동안 나는 땋은 머리를 잡아당겨서 할 수 있는 한 단단하게 묶는다. 그 당기는 느낌은 적당한 고통이다. 그 고통이 나를 계속 날카롭게 만들어 준다. 그리고 그 일 덕분에 손으로 할 적당한 일거리가 생긴 셈이다. 그것마저 안 했으면 나 역시 해릭처럼 손을 끔찍하게 비틀고 있었을 것이다.

팔리가 길을 안내하는 동안 아무도 우리를 문을 지날 때조차 멈춰 세우지 않아서, 우리는 곧장 중앙 탑이 희미하게 보이는 코르비움의 중심부로 빠르게 걸어간다. 검정색 화강암이 하늘을 찌를 듯 솟아 있고, 창과 발코니들이 점점이 찍혀 있다. 모두가 깨끗하게 닫혀 있고, 군사들 수십이 1층을 둘러싸고는 탑으로 들어가는 두 개의 강화 문을 감시하고 있다. 대령의 명령이 분명하다. 그는 내가 들어가기를 원하고…… 그리고 칼이 은혈들을 빼내기를 원한다는 것을 깨닫자마자 시간을 낭비하지 않고 곧장 경비를 두 배로 늘렸다. 대위는 우리는 탑으로 데려다 줄 수는 없지만, 하지만 문을 지나서 중앙 성벽에 붙어 지어진 건축물 중 하나로 데려다 준다. 도시의 나머지 부분처럼, 금과 철, 그리고 검정색 돌로 지어져 있고 환한 대낮임에도 그늘이 져 있다.

심장이 쿵쿵 울리고, 코르비움에 점점이 찍힌 많은 감옥들 중 하

나의 어둠 속으로 걸어 들어갈수록 매 걸음마다 점점 더 빠르게 뛴
다. 계획한 대로 팔리는 우리를 계단실로 안내하고, 우리는 감옥 층
까지 내려간다. 감옥 풍경을 보니 피부에 소름이 끼친다. 거의 없다
시피 한 전구의 희미한 불빛 아래에서 돌로 된 벽은 왁스처럼 보인
다. 적어도 감옥들은 비어 있다. 칼에게 항복한 은혈들은 프레이어
게이트 너머에 있고, 그들의 능력이 없어지도록 침묵하는 돌로 된
구조물 정확히 바로 위의 방에 갇혀 있다.

"해릭이랑 카메론이 잠입하는 동안 내가 더 낮은 층의 경비들의
주의를 끌게요."

목소리가 울리지 않게 애를 쓰면서 그녀가 조용하게 말한다. 팔리
는 내게 두 개의 열쇠를 매끄럽게 건네준다.

"철로 된 거 먼저."

그녀는 내 손만큼이나 커다란, 거친 검은색 금속 열쇠를 가리킨
다음, 날카로운 이를 가진 반짝이고 앙증맞은 쪽을 가리킨다.

"은으로 된 게 다음."

나는 두 개를 각각 다른 주머니에 넣고 쉽게 꺼낼 수 있게 한다.

"알았어."

"난 아직은 시야만큼 소리를 죽일 수는 없어요, 그러니 우린 할 수
있는 한 조용히 해야 합니다."

해릭이 웅얼거린다. 그는 내 팔 안쪽을 쿡 찌르더니 자기 속도를
나에게 맞춘다.

"가까이 서요. 할 수 있는 한 오래 환상을 유지할 수 있게 가능한
작게 만들도록 해 줘요."

코로스 아래의 지하로 깊숙이 들어갈수록 감옥들은 숨 쉬기가 어려워진다. 시간이 지날수록 공기는 점점 더 축축하고 차가워지고, 호흡을 하자 수증기가 서린다. 모퉁이 근처에서 불빛이 번뜩이자, 기분이 엄청 불편하다. 팔리가 갈 수 있는 곳은 여기까지다.

그녀는 소리 없이 동작을 취하며, 우리 모두에게 물러나라는 손짓을 해 보인다. 나는 해릭에게 더 찰싹 붙는다. 바로 이것이다. 흥분과 공포가 내 안에서 급격히 번진다. *내가 갈게, 모레이.*

내 동생이 그를 죽일 수도 있는 사람들에게 둘러싸인 채 근처에 있다. 내게는 그들이 그를 죽일지 신경 쓸 시간조차 없다.

무언가가 내 시야 앞을 흔들더니 커튼처럼 떨어진다. 환상이다. 해릭이 나를 가슴으로 떠받치자 우리는 함께 발걸음을 맞춘 채 이동한다. 우리는 모든 것을 충분히 잘 볼 수 있지만, 확인하기 위해서 돌아보는 팔리의 눈은 커다랗고, 앞뒤로 흔들린다. 그녀는 우리를 볼 수 없는 것이다. 그리고 그 점은 모퉁이를 돌자 서 있는 방위군들도 마찬가지이다.

"여기 아래에 아무 이상 없나?"

팔리가 필요 이상으로 크게 발소리를 울리며 높이 소리친다. 해릭과 내가 안전한 거리에서 팔리를 따라서 통로를 돌자 붉은 스카프를 매고 전술 장비를 갖춘, 여섯 명의 제대로 무장한 군인들이 보인다. 그들은 어깨를 나란히 한 채 좁은 입구를 막고 단단히 자리를 지키고 있다.

그들은 팔리의 출현에 펄쩍 차렷 자세를 취한다. 그중 하나, 내 넓적다리보다 더 두꺼운 목을 가진 살집 있는 남자가 나머지를 대표하여 그녀에게 말을 건다.

"네, 대위님. 움직임의 징후는 없습니다. 만약 은혈들이 탈출 시도를 하려는 징후가 있다고 해도, 터널을 통해서는 아닐 겁니다. 아무리 그놈들이라고 해도 그 정도로 어리석을 리가요."

팔리가 턱에 힘을 준다.

"좋아. 계속해서 주의를…… 아!"

몸을 움찔하면서, 팔리는 발을 헛디디며 한 손을 밤처럼 검은 벽들 중 하나를 짚으며 버틴다. 다른 손으로는 배를 움켜쥔다. 그녀의 얼굴이 고통으로 일그러진다.

방위군들은 재빨리 그녀를 도우려고 하고, 세 명이 즉시 그녀의 옆으로 뛰어간다. 그들은 대열 사이에 필요한 것 이상으로 틈을 벌린다. 해럭과 나는 재빨리 복도의 막다른 끝에 자리한 봉인된 문까지 맞은편 벽을 따라서 미끄러져 이동한다. 팔리는 여전히 위경련인지 아니면 더 나쁜 무슨 상태인지를 위장한 채로 무릎을 꿇고 문을 바라보고 있다. 환상이 우리 주변으로 조금 더 물결치면서 해럭의 집중에 따른다. 그는 지금 그저 우리를 숨기고 있을 뿐만 아니라 뒤로는 대여섯의 군인들이 임무를 받아 지키고 있는 문을 소리 없이 열고 있다.

내가 자물쇠에 철로 된 열쇠를 밀어 넣고 비트는 순간, 팔리는 꽥악을 쓴다. 그녀는 계속해서 불편한 숨소리와 고통에 찬 울음을 번갈아 일정한 박자로 토해내며 경첩에서 끼익 하고 어떤 소리가 나는 것에서 시선을 돌려준다. 다행히도 문에는 기름칠이 잘 되어 있다. 문이 흔들리며 열릴 때, 아무도 그것을 보지 못하고 아무도 소리를 듣지 못한다.

나는 문을 느릿하게 닫아서, 철이 화강암 위에 쾅 하고 부딪히는 걸 막는다. 불빛이 조금씩 사라지고, 우리 앞으로는 칠흑같이 새까만 어둠만이 남겨진다. 팔리나 군인들이 일으키던 소동조차 우리를 따라오지 못하고, 문을 닫자 소리가 충분히 사라질 정도다.

"가요."

내 팔을 해릭의 팔에 단단히 끼우며 해릭에게 말한다.

*하나, 둘, 셋, 넷……*, 나는 어둠 속에서 발걸음을 세며 한손으로는 얼음장 같은 차가운 벽을 더듬는다.

두 번째 문에 닿을 때쯤 아드레날린이 치솟는다. 이제 우리는 정확히 중앙 탑의 아래 지점에 있다. 구조를 외울 정도로 시간이 충분치는 못했지만, 기초적인 것은 알고 있다. 인질들에게 닿아서 그들을 중앙실에서 안전하게 끌어낼 정도로는 충분히. 인질들이 없으면, 은혈들은 협상할 것이 아무것도 없을 것이다. 그들은 항복을 할 필요가 없을 것이다.

문을 따라서 더듬어서, 나는 열쇠 구멍 주변을 찌른다. 구멍은 작고 나는 정확히 자물쇠에 열쇠를 넣으려다 꽤 여러 번 구멍 주변을 긁는다.

"시작이군요."

나는 중얼거린다. 해릭을 향한 경고이자, 나 자신을 향한 것이기도 하다. 쉽게 탑으로 향하는 길을 열면서, 나는 이것이 내 인생의 마지막일 수도 있다는 생각을 한다. 내 능력과 해릭의 능력일지라도, 50명의 은혈들에게는 아무 상대가 되지 않을 수도 있다. 뭐라도 잘못되면 우리는 죽는다. 그리고 이미 너무 많은 공포를 겪어야 했던 인질들 역시 아마도 죽게 되리라.

그 일이 일어나게 두지 않을 것이다. 그럴 수 없다.

인접한 방은 터널만큼이나 어둡지만 더 따뜻하다. 탑은 딱 팔리가 말한 것처럼 다른 요소들로부터 완전히 봉인되어 있다. 해릭이 내 뒤를 따르고 우리는 함께 문을 닫는다. 그의 손이 내 손을 스친다. 지금은 경련하지 않고 있다. 다행이다.

그러니까 저기쯤 계단이 있을 것이고…… 그렇지. 나는 계단 위로 발을 살금살금 올린다. 해릭의 손목을 단단히 잡은 채로 희미하지만 꾸준히 밝아지고 있는 빛을 향해서 위로 오르기 시작한다. 계단을 두 번 올라야 한다, 우리가 감옥들로 가기 위해서 두 번의 계단을 내려가야 했던 것처럼.

웅성거림이 벽을 따라서 울리는데, 듣기에는 지나치게 깊고 판독하기에는 또 너무 작다. 어찌할 바를 모르는 목소리, 속삭임으로 오고 가는 말다툼. 우리가 탑의 지상층에 도달해서 머리를 계단 밖으로 쏙 내밀자 어둠이 사라지고, 나는 재빠르게 눈을 깜빡인다. 따듯한 빛이 우리 주변을 덮고, 거대한 중앙 홀 위로 꼬이며 올라가고 있는 원형 계단통을 비춘다. 탑의 척추다. 여러 층계참을 향해 갈라진 문들은 각각 빗장이 질러진 채 닫혀 있다. 심장이 천둥이라도 치듯 쿵쿵 울리고, 너무 크게 울리는 바람에 은혈들이 들을 수 있을 것만 같다.

공격에 대비해 바싹 긴장한 두 명의 은혈이 계단통을 순찰하고 있다. 하지만 우리는 군인도 아니고 진홍의 군대도 아니다. 그들의 형체가 흐린 물의 표면처럼 살짝 요동친다. 해릭의 환상이 돌아오며 불친절한 시선으로부터 우리 둘을 차단한다.

우리는 하나가 되어서 목소리들을 따라서 이동한다. 계단을 따라 올라가며 세 층 위의 중앙실로 향하는 동안 나는 거의 숨도 세대로 쉬지 못한다. 팔리의 지도에 따르면, 그 방은 탑의 폭만 한 크기로 전층을 차지하고 있다. 그곳이 인질들이 있을 곳이며 은혈들 덩어리가 메이븐의 구조 활동나 칼의 자비를 기다리며 협상을 미루고 있는 곳이다.

은혈 순찰요원들은 무거운 근육질이다. 스트롱암이다. 두 사람 다 돌처럼 회색인 얼굴에 나무 몸통만 한 팔을 갖고 있다. 그들은 날 둘로 쪼개버릴 수는 없다, 내가 내 침묵 능력을 사용한다면 불가능하다. 하지만 내 능력은 총에는 아무 소용이 없고, 두 사람 다 총기로 충분히 무장 중이다. 권총에다가 어깨에는 라이플까지 매달고 있다. 탑의 무기고는 충분히 채워져 있을 테고, 아마도 추측컨대 그들은 충분한 탄약 역시 보유하고 있을 것이다.

우리가 다가가는 중에 스트롱암 하나가 계단참으로 내려온다. 그의 발걸음소리가 쿵쿵 울린다. 어떤 멍청한 은혈놈이 이 남자를 보초 역으로 썼는지 몰라도 고마운 마음이 든다. 그의 능력은 폭력적인 힘이고, 감각과는 아무 상관이 없다. 하지만 아무리 이 남자라도 우리가 그와 정면으로 부딪친다면 우리 존재를 느낄 것이다.

우리는 느리게 그와 몸을 비키면서 등을 탑의 바깥 벽 쪽으로 붙인다. 그는 다른 곳에 관심을 쏟으며 어떤 애매한 낌새를 눈치 챈 기색은 전혀 없이 우리를 지나친다.

다른 스트롱암을 지나는 것은 좀 더 어렵다. 그는 문에 기대어 있다. 긴 다리가 그의 앞으로 뻗어 있다. 다리가 거의 계단 전체를 가로막고 있어서, 해릭과 나는 억지로 계단 양 끝으로 붙는 수밖에 없다. 내 키에 진심으로 감사하게 된다. 나는 큰 키 덕분에 아무 사고 없이 그를 성큼 건너갈 수 있다. 해릭은 그렇게까지 우아하게 통과하지는 못한다. 해릭이 소리를 내지 않으려고 애를 쓰면서 계단 위로 몸을 걸치고 통과하는 동안 아까보다 거의 10배나 심한 경련이 나타난다.

이를 악문 채로, 나는 피부 아래로 침묵 능력을 모은다. 이 두 사람이 경보를 울리기 전에 내가 두 사람을 모두 죽일 수 있을지 궁금하다. 그 생각에 하기 전부터 토할 것만 같다.

하지만 다음 순간 해릭이 앞쪽으로 휘청하고, 그의 발이 다음 계단을 밟는다. 대단한 소음이 나지는 않았지만, 그 은혈이 몸을 휙 돌릴 정도는 된다. 그는 앞뒤로 돌아보고, 나는 해릭의 쭉 뻗은 손목을 잡은 채로 얼어붙는다. 공포가 내 목을 할퀴면서 소리를 지르라고 애걸한다.

그가 다시 등을 돌리고 자기 동료를 내려다보는 순간, 나는 해릭을 쿡 찌른다.

"라이코스, 무슨 소리 들었어?"

그 스트롱암이 아래를 향해 외친다.

"아무것도 못 들었는데."

상대가 대꾸한다.

말하는 소리가 우리의 재빠른 발걸음 소리를 덮어 주어서 우리는 계단 꼭대기까지 올라서 조금 열린 문에 닿는다. 나는 내가 상상할 수 있는 가장 조용한 한숨을 내쉰다. 내 손도 마찬가지로 덜덜 떨리고 있다.

방 안에서 다투는 목소리가 들린다.

"항복해야만 합니다."

누군가가 말한다.

반대편이 맞받아치며 외치는 덕분에 우리가 들어가는 소리가 묻힌다. 우리는 쥐처럼 미끄러져 들어가 굶주린 고양이들 사이를 슬금슬금 기어간다. 은혈 요원들이 벽 옆에 모여 있는데, 대부분이 부상을 입은 상태다. 피 냄새가 다른 냄새를 압도하고 있다. 방을 가로지르며 다투는 소리 사이사이 고통으로 인한 신음이 스민다. 요원들은 서로를 향해 고함을 지르고 있고, 그들의 얼굴은 공포, 슬픔 그리고 극도의 괴로움으로 인해 창백하다. 부상당한 사람들의 상당수는 죽어가는 것처럼 보인다. 그 광경에, 온갖 부상당한 남녀에게서 풍기는 악취에 토할 것 같다. 이곳에는 힐러가 없구나, 나는 깨닫는다. 이 은혈들의 상처는 한번 흔드는 손길 아래에 사라지지 않을 것이다.

그럼에도 불구하고, 나는 얼음이나 돌로 만들어진 존재가 아니다. 최악의 부상을 당한 사람들이 구부러진 외벽을 따라서 줄지어 누워 있다, 그것도 내 발치에서 고작 몇 미터 떨어진 곳에. 가장 가까운 곳에 있는 사람은 여자인데, 그녀의 얼굴은 온통 베인 상처투성이다. 그녀가 자기 몸속 내장들이 빠져나오지 않게 하려고 헛되이 애쓰는 사이 은색 피가 그녀의 손 아래쪽에 웅덩이를 이룬다. 그녀의 입이 퍼덕대며 열렸다 닫혔다 하는 꼴이 꼭 죽어가는 물고기가 공기

370

중에서 뻐끔대는 것만 같다. 그녀의 고통은 너무 깊어서 입을 열거나 소리를 지를 수도 없는 종류의 것이다. 나는 힘겹게 침을 삼킨다. 이상한 생각이 든다. *만약 내 마음이 내키면 저 여자를 현재의 비참함에서 끄집어내 줄 수도 있어.* 침묵의 능력을 이용해 손을 뻗기만 해도 그녀를 평화롭게 잠들게 해 줄 수 있을 것이다.

그 생각만으로도 토할 것 같아서 억지로 몸을 돌린다.

"항복은 선택지가 아니야. 진홍의 군대는 우리를 죽일 테고, 최악의 경우……."

"*최악의 경우……?*"

온통 멍든 몸에 붕대를 둘둘 감고 바닥에 누워 있던 요원들 중 하나가 내뱉는다.

"주위를 둘러 봐, 키론!"

나는 감히 희망을 품은 채로 주변을 둘러본다. 만약 그들이 서로를 향해서 계속 소리를 지른다면 이 일은 분명히 더 쉬워질 것이다. 나는 방의 저쪽 멀리 한편에 그들이 있는 것을 알아챈다. 다함께 몸을 옹송그린 채, 분홍과 갈색 피부를 하고 피는 붉은, 딱 더도 말고 덜도 말고 스무 명의 열다섯 살짜리들이. 이 치명적이며 분노에 찬 살인 기계들로부터 내가 원하는 모든 것을 분리한 채로 제자리에 붙박은 듯 서 있을 수 있었던 것은 오직 공포 덕분이다.

*모레이. 몇 초 떨어진 곳에. 몇 센티미터 떨어진 곳에.*

우리는 계단을 올랐던 것만큼이나 조심스럽게, 거의 두 배는 느리게 방을 가로지른다. 상대적으로 부상을 덜 당한 은혈들이 곤두선 신경을 가라앉히거나 좀 더 심각하게 부상당한 이들을 간호하기 위해서 서성대고 있다. 이런 모습의 은혈들은 처음 본다. 경계를 푼 채, 이렇게 가까이에 있는 것은. 배지를 한 뭉덩이 달고 있는 좀 더 나이 든 여성 요원이 아마도 열여덟 살은 되었을까 싶은 젊은 남자의 손을 잡고 있다. 그 애의 얼굴은 뼈처럼 하얗고 피로 얼룩져 있다. 그 애는 천장을 향해 차분하게 눈을 깜빡이며 죽음을 기다리고 있다. 그 애 옆에 누운 사람은 이미 죽은 모양이다. 나는 숨을 헉 들이쉬고는 억지로 숨을 고르고 차분하게 쉬어 보려고 애를 쓴다. 심지어 이토록 집중을 방해하는 환경 속에서도 여전히 나는 기회를 잡지 못한 채다.

"우리 어머니에게 사랑한다고 전해 주세요."

죽어가는 자들 중 하나가 중얼거린다.

죽음이 구름처럼 희미하게 드리우고 있다. 그 그림자가 나까지 덮고 있다. 나도 여기 나머지 사람들이나 마찬가지로 이곳에서 죽을 수도 있다. *만약 해릭이 지치면, 만약 내가 딛어서는 안 될 곳에 발을 디디면.* 내 두 발과 저 앞의 목표를 제외한 모든 것을 무시하려고 노력해 본다. 하지만 이 공간에 깊숙이 들어갈수록, 그 일은 더욱 어려워진다. 바닥이 내 눈 앞에서 일렁이는데, 그건 해릭의 환상 때문이 아니다. 지금 내가…… 내가 울고 있는 건가? 저들 때문에?

화가 나서, 나는 눈물이 떨어지며 자국을 남기기도 전에 닦아낸다. 분명 이 사람들을 증오하는데 지금 이 순간만큼은 그 증오를 내 안에서 꺼낼 수가 없다. 한 시간 전에 느꼈던 모든 분노가 사라지고, 이상한 동정심이 자리를 차지한다.

이제 인질들은 만질 수 있을 정도로 충분히 가깝다. 그들 중 한 명의 윤곽이 내 얼굴과 매우 유사하다. 구불거리는 검정색 머리카락, 암청색 피부, 멀쑥한 팔다리, 구부러진 손가락이 달린 커다란 손. 지금까지 본 중에서 가장 커다랗고 환한 미소에도 불구하고, 지금으로서는 그것은 너무, 너무나 먼 곳에 있다. 할 수만 있었다면, 나는 모레이에게 태클을 날리고는 다시는 놓아 주지 않았을 것이다. 대신에, 나는 모레이의 귓가 바로 옆에 확실히 쪼그리고 앉을 때까지 뒤로 느리게 기어오른다. 너무 깜짝 놀라지 않기만을 바랄 뿐이다.

"모레이, 나 카메론이야."

모레이의 몸이 덜컥 움직이지만, 그는 아무 소리도 내지 않는다.

"나는 신혈 하나랑 함께 있어, 그 사람이 우리를 안 보이게 해 주고 있거든. 나는 너희들을 여기서 빼 줄 건데, 그러려면 네가 정확히 내가 시키는 대로 해야 해."

세심하게 고개를 돌리는 모레이의 눈은 커다랗고 공포에 차 있다. 모레이는 엄마의 눈을 물려받아서 눈동자는 석탄처럼 검은색에 속눈썹이 짙다. 모레이를 끌어안고 싶은 욕망을 억누른다. 느리게, 그가 머리를 앞뒤로 흔든다.

"그래, 할 수 있어."

"다른 애들에게 내가 말한 얘길 그대로 전해. 신중해야 해. 은혈들이 보게 하면 안 돼. 자, 어서, 모레이."

내 속삭임에 또 한 번의 긴 순간 후, 그가 이를 악물고는 이야기를 받아들인다.

우리의 존재에 대한 지식이 아이들 사이를 휩쓸고 지나가는 데는 긴 시간이 걸리지 않는다. 아무도 그 사실에 의문을 갖지 않는다. 다들 그런 사치를 여기, 짐승들의 뱃속에서는 감히 가질 수 없다.

"너희들이 보게 될 것은 진짜가 아니야."

나는 해릭에게 손짓을 하고, 그가 고개를 끄덕인다. 그는 준비한다. 느리게, 우리는 무릎으로 움직여서 그들 사이에 섞이며 쭈그려 앉는다. 우리를 덮고 있는 해릭의 환상이 움직이면, 은혈들은 처음에는 우리를 알아차릴 수 없을 것이다. 신경이 분산될 것이다. 희망적으로는 그렇다.

내 말은 빠르게 퍼진다. 인질들은 긴장한다. 다들 나랑 같은 나이임에도 불구하고, 그 애들은 모두 나보다 더 나이 들어 보인다. 참호에서 보낸 시간과 싸움에 단련된 몇 달 동안 몹시 지친 듯하다. 심지어 모레이조차 그렇다. 분명히 집에 있었던 어느 때보다도 더 잘 먹었던 것처럼 보임에도 불구하고 말이다. 여전히 모레이의 눈에는 보이지 않는 채로, 나는 망설이다 팔을 뻗어서 모레이의 손을 잡는다. 그 애의 손가락이 내 손 쪽으로 다가와 단단히 맞잡는다. 그리고 환상이 우리를 보이지 않는 물방울처럼 녹인다. 두 명의 몸이 인질들 무리 사이에 끼어든다. 다른 사람들은 놀란 것을 억누르려고 애를 쓰면서 우리를 향해 눈을 깜빡인다.

"시작해 볼까."

해릭이 웅얼거린다.

우리 뒤에서는 은혈들이 여전히 죽은 자와 죽어가는 자들 너머로 다투고 있다. 그들에게는 인질들에게까지 신경을 쓸 여유가 없다.

해릭은 눈을 가늘게 뜨고, 우리 오른쪽의 구부러진 탑 벽에 집중한다. 그는 무겁게 숨을 쉬고, 공기가 그의 코를 통해 삑삑 들어갔다가 입으로 나온다. 힘을 모으고 있다. 나는 충격에 대비한다. 그게 존재하지 않는다는 것을 스스로 알고 있음에도 말이다.

갑자기 벽이 불길과 돌을 터뜨리면서 안쪽에서 폭발하더니 탑을 하늘 쪽으로 노출시킨다. 은혈들은 몸서리를 치면서 공격이라는 생각에 재빨리 물러선다. 에어젯들이 비명을 지르며 지나가고, 거짓 구름들 사이로 급강하한다. 나는 내 눈을 믿을 수가 없어서 그저 끔뻑댈 따름이다. 도저히 내 눈을 믿을 수가 없다. 이건 진짜가 아니다. 하지만 그 장면은 놀랄 만큼, 불가능할 정도로 진짜처럼 보인다.

놀라서 입이나 떡 벌리고 있을 시간 따윈 없지만.

해릭과 나는 벌떡 일어나서 아이들을 이끌고 이동한다. 우리는 불길 사이로 달아나고, 불꽃이 너무 가까이에서 날름대서 금방이라도 화상을 입을 것만 같다. 분명히 불길이 거기 없다는 것을 알고 있음에도 움찔하게 된다. 화재는 충분히 주의를 끌고 은혈들을 놀라게 해서, 덕분에 우리는 문을 통해 우르르 달려 나가 계단까지 뛰어간다.

나는 계속해서 무리를 이끌고, 그 사이 해릭은 계속 뒤쪽을 지킨다. 그는 무용수처럼 팔을 흔들고, 얇은 공기 위로 환상을 엮는다. 불, 연기, 또 다른 미사일 한 무리. 그 모든 것들이 은혈들이 우리를 추적하지 못하도록 그들의 발을 묶고, 그들은 해릭이 짜낸 이미지에 속아 몸을 숙이고 움츠린다.

침묵 능력이 내게서부터 피어나간다. 그 치명적인 힘의 공은 망보는 곳에 있던 두 명의 은혈들을 넘어뜨린다. 모레이가 내 팔꿈치를 꽉 쥐는 바람에 나는 거의 발을 헛디딜 뻔 하지만, 그 애가 내 팔을 붙들어서 내가 난간에서 떨어지는 걸 막아 준다.

"멈춰!"

첫 번째 스트롱암이 황소처럼 고개를 숙인 채로 나를 향해 돌격한다. 나는 침묵 능력을 그의 몸 안으로 쏘아 보내고, 내 능력을 그의 목구멍으로 밀어 넣는다. 그는 내 능력의 온전한 무게를 느끼면서 발을 헛디딘다. 나도 그것을, 그의 살을 관통하는 죽음의 흐름을 느낀다. 나는 그를 죽여야만 한다. 그것도 빠르게. 내 필요에 의해 힘이 그의 몸의 부분들이, 조직들이 하나씩 꺼질 때까지 그의 입과 눈에서 피를 뭉갠다. 나는 지금까지 죽여 본 누구에게보다도 더 빠르게 그에게서 생명을 뽑아낸다.

다른 스트롱암은 심지어 더 빨리 죽는다. 내가 그를 침묵의 능력으로 만든 기진맥진한 주먹으로 한 방 때리자, 그는 옆으로 비틀거리다가 머리부터 먼저 떨어지고 만다. 그의 두개골이 돌바닥 위로 쩍 깨지고, 피와 뇌 성분이 쏟아진다. 흐느낌 때문에 가슴부터 꽉 막혀서 숨도 안 쉬어지지만, 나 자신에 대한 이 갑작스러운 혐오감을 탐구할 시간 같은 건 없다. *모레이를 위해서야. 모레이를 위해서.*

내 동생은 내가 느끼는 만큼이나 자신도 고통에 찬 얼굴이다. 그 애의 눈이 바닥 전체를 피로 물들이고 있는 죽은 스트롱암에게 딱 달라붙어 있다. 나는 스스로에게 그 애가 그저 놀랐을 따름이라고, 나 때문에 공포에 질린 건 아니라고 되새김질한다.

"가!"

수치로 인해 메인 목소리로 나는 고함을 지른다. 고맙게도 모레이는 내가 말한 대로 따라서, 나머지 다른 사람들과 함께 탑의 더 낮은 층으로 뛰어간다.

바닥층의 입구는 봉쇄되어 있음에도 불구하고, 인질들은 재빠르게 작업에 착수한다. 곧 은혈들의 방어 시설은 해체되고 이중문은 발가벗겨진 채로 우리와 자유 사이에 자물쇠 하나만 남는다.

나는 스트롱암의 부서진 두개골을 뛰어넘어서 작은 은색 열쇠를 던진다. 모레이가 열쇠를 받는다. 그 애의 징병과 내 감옥 생활에도 쌍둥이로서의 우리 사이의 연결은 끊어지지 않았다. 모레이가 간신히 문을 밀어젖히자 신선한 공기가 밀려드는 동시에 햇빛이 비쳐들고, 다른 인질들은 그와 함께 달려 나간다.

해릭이 계단을 따라 날듯이 오고, 그의 손길에 거짓 불길이 뿜어져 나온다. 그는 내게 가라는 뜻으로 손짓을 해 보이지만 나는 뿌리박힌 듯이 서서 기다린다. 나는 해릭 없이는 떠나지 않을 것이다.

우리는 함께 비틀거리면서 서로를 단단히 붙든 채로 완전 무장한 당황한 경비들이 가득한 광장으로 뛰쳐나온다. 그들은 팔리의 명령에 따라 우리가 지나가도록 해 준다. 근처에서 팔리가 소리를 지르며 만약 은혈들이 저항 시도를 할 경우에 대비해서 탑의 입구를 예의 주시할 것을 지시하고 있다.

내 귀에는 팔리의 말이 들어오지도 않는다. 나는 내 팔에 동생을 안을 때까지 그저 계속 걸어간다. 모레이의 심장이 그 애의 가슴 안에서 빠르게 뛰고 있다. 나는 그 소리를 한껏 즐긴다. 모레이가 여기 있다. 살아 있다.

그 스트롱암들하고는 달리.

내가 그 사람들에게 어떻게 했었는지 속속들이 기억난다.

내가 그간 사람들을 각각 어떻게 죽였던 것인지도, 모두.

그 기억 때문에 수치로 어지럽다. 모든 것은 모레이를 위한 거였고, 모든 것이 다 살아남기 위한 거였다. 하지만 더 이상은 아니다.

더 이상 살인자가 될 필요는 없다.

나를 꽉 붙든 모레이가 공포로 눈을 굴린다.

"진홍의 군대야."

모레이가 나를 가까이 붙들고는 속삭인다.

"캠, 누나, 우리 달아나야 해."

"넌 이제 안전해, 이제 우리랑 같이 있잖아. 저 사람들은 너를 해칠 수 없어, 모레이!"

하지만 그의 공포는 가라앉기는커녕, 세 배는 증폭된다. 모레이는 팔리의 군인들을 샅샅이 살피느라 고개를 앞뒤로 획획 돌리며 나를 더 세게 붙든다.

"저 사람들이 누나가 어떤 존재인지 알아? 캠, 저들이 아냐고?"

수치심은 혼란으로 번진다. 나는 모레이의 얼굴을 좀 더 잘 보기 위해서 그를 조금 뒤로 밀친다. 그는 숨을 몰아쉬고 있다.

"내가 *어떤* 존재인지?"

"저들이 그거 때문에 누나 널 죽일 거야. 진홍의 군대가 누나가 어떤 존재인지 알면 너를 죽일 거라고."

모든 말들이 나를 망치처럼 때린다. 그러고 나서야 나는 내 동생이 여전히 겁에 질려 있는 유일한 사람이 아니란 것을 깨닫는다. 그의 부대의 나머지 다른 십 대들은 안전을 찾아서 다함께 모여 있는데, 그들 모두가 진홍의 군대 군인들에게서 거리를 유지하고 있다. 몇 미터 떨어진 곳에 선 팔리의 눈이 내 눈과 마주친다. 그녀의 눈

또한 나처럼 혼란에 물들어 있다.

다음 순간 나는 내 동생의 관점에서 그녀를 본다. 그렇게 보라고 가르침 받은 그대로 저들 모두를 보라.

테러리스트. 살인자. 우리가 처음 징집되게 된 원인.

나는 모레이를 끌어당겨 안으며 설명을 하려고 시도한다.

내 팔 안에서 모레이는 그저 차갑게 굳은 채로 뱉는다.

"누나 너 저들 중 하나구나."

너무나 화가 난 채로 나를 고발하듯 바라보는 그 눈길에 내 무릎이 휘청인다.

"너 진홍의 군대였어."

영혼이 공포로 차오른다.

메이븐은 메어의 오빠를 데려갔다.

그가 내 형제도 데려간 것인가?

# 제16장

# 메어

낮은 구름들이 뒤덮고 있는 탓에 코르비움이 보이지 않는다. 어쨌든 우리 뒤로 펼쳐져 있는 동쪽 지평선에 시선을 붙박은 채로 나는 계속 바라보고 있다. 진홍의 군대가 도시를 차지했다. 그들은 지금 그곳을 지배하고 있다. 우리는 그 적대적인 도시를 피해 가기 위해서 길을 빙 둘러야만 했다. 메이븐은 그 사실을 퍼뜨리지 않기 위해서 최선을 다했지만, 아무리 메이븐이라고 해도 그토록 커다란 패배를 감출 수는 없다. 이 소식이 어떻게 나라를 가로지르게 될 것인지 궁금하다. 적혈들은 축하를 벌일까? 은혈들은 보복을 할까? 진홍의 군대가 저질렀던 다른 공격 뒤에 따라왔던 폭동을 기억하고 있다. 당연하게도 어떤 영향들이 있을 것이다. 코르비움은 전시 상태다. 마침내, 진홍의 군대가 그저 간단히 끌어내릴 수는 없을 깃발을 그곳에 심었다.

내 친구들이 당장 달려갈 수 있을 것처럼 느껴질 정도로 가까이에 있다. 족쇄를 찢어 버리고, 아벤 경비들을 죽이고, 차에서 뛰어 내린 다음 회색 어둠 속으로 사라져서는, 헐벗은 겨울 숲으로 달려 들어간다. 망상 속에서는 부서진 성채의 벽 바깥에서 다들 나를 기다리고 있다. 한쪽 눈이 진홍빛인 채, 풍화된 얼굴에 유일한 위안 삼아 총을 엉덩이에 찬 대령. 그 옆에는 언제나의 기억처럼 대담하고 키가 크고 확고한 팔리. 감옥보다도 더 확실한 방패인 침묵 능력을 가진 카메론. 내게는 몸에 붙은 양손만큼이나 익숙한 킬런. 나만큼이나 망가지고 화가 난 칼. 그의 분노의 잉걸불은 내 마음에 있는 메이븐에 관한 모든 생각을 태워 버릴 준비를 하고 있겠지. 그들의 품으로 뛰어들어서, 나를 데려가 달라고, 어디로든 데려가 달라고 애걸하는 상상을 한다. 내 가족에게로, 고향으로 데려가 달라고. 잊게 해 달라고.

아니, 잊는 건 안 돼. 내 감금을 잊는 것은 죄가 될 것이다. 낭비다. 나는 메이븐을 다른 누구보다도 더 잘 안다. 그의 머릿속 구멍들을, 그가 결코 꽉 채워 넣을 수 없는 조각들을 알고 있다. 그리고 나는 그의 궁중이 쪼개지는 모습을 직접 지켜봐 왔다. 만약 내가 달아날 수 있다면, 구출될 수 있다면, 나는 여전히 도움이 될 수 있을 것이다. 나는 내가 저지른 끔찍한 협상에 최악의 비용을 지불하게 만들 수도…… 많은 잘못들을 다시 바로잡을 수도 있다.

차량의 창문이 단단하게 닫혀 있음에도 불구하고 연기 냄새가 난다. 재. 화약. 100년 간 흐른 피에서 나는 금속성의 시큼한 입맛. 초크가 가까이에 있다. 메이븐의 수송 행렬이 서쪽으로 달릴수록 시시

각각 그곳이 가까워진다. 이 장소에 대한 내 악몽보다는 현실이 낫 기만을 바랄 뿐이다.

아기 고양이와 클로버는 여전히 내 양옆에 앉아서 장갑 낀 손을 무릎 위에 얌전히 올리고 있다. 나를 붙잡을 준비를, 붙들어 앉힐 준 비를 하고 있는 상태다. 다른 경비들, 트리오와 달걀은 위에 앉아 있 다. 그러니까, 차량 지붕 위에 앉아서 달리는 차에서 떨어지지 않게 벨트를 매고 있다. 일종의 예방책 같은 건데, 우리가 지금 전쟁 지역 에 아주 가까이 와 있는 탓이다. 혁명군에게 점령된 도시에서 몇 킬 로미터밖에 안 떨어져 있다는 사실은 빼고라도 말이다. 네 명 모두 가 늘 그랬듯이 엄청나게 경계하고 있는 중이다. 내가 도망가지 못 하게 가두기 위해서이기도 하고…… 동시에 나를 안전하게 지키기 위해서이기도 하다.

밖으로는 아이언 로드의 마지막 몇 킬로미터 동안 쭉 이어지던 숲의 행렬이 점차 흔적도 없이 사라진다. 헐벗은 가지들도 사라지고 거의 아무 가치 없는 눈으로 덮인 단단한 대지가 드러난다. 초크는 추한 곳이다. 회색 먼지, 회색 하늘, 어디서 땅이 끝나고 하늘이 시 작되는지도 알 수 없을 정도로 완벽하게 뒤섞여 있는 곳. 저 멀리서 포성이 들릴 것 같다. 아빠는 당신께서 항상 폭탄 터지는 소리를 들 을 수 있었다고, 심지어 몇 킬로미터 떨어진 곳에서 들린 것도 있었 다고 말씀하셨다. 그 일이 더 이상은 일상이 아닐 수도 있지 않을까, 만약 메이븐의 수가 성공한다면 그렇게 되지 않을까 생각해 본다. 나는 수백만 명이 죽음을 맞은 전쟁을 끝내려는 거야. 그저 또 다른 이름 아래에 계속 죽일 수 있도록 말이야.

차량 행렬은 앞쪽의 캠프를 향해 계속 나간다. 그곳은 꼭 나에게 턱 섬에 있던 진홍의 군대 기지를 연상시키는 그런 건물들의 집합체다. 건물들은 다른 방향으로도 한참을 희미해질 때까지 이어진다. 대부분은 병영이다. 살아 있는 자들을 위한 관. 오빠들이 한때 저곳에서 살았다. 아버지도 그랬다. 전통을 지켜나갈 차례가 나에게도 돌아온 모양이다.

앞서 즉위 기념 여행을 따라 들렀던 도시들에서처럼, 사람들이 메이븐 왕과 그의 수행단을 보러 나온다. 붉은색, 검정색, 구름빛 회색 옷들을 입은 군인들이다. 그들은 제일 큰 길에 줄을 지어서 서서 군대식 정확도로 초크의 캠프를 양분하고 있다. 모두가 존경의 의미를 담아 고개를 숙이고 있다. 얼마나 많은 사람들이 있는지 세는 시도조차 귀찮다. 너무 암울하다. 대신에 나는 양손을 움켜쥐고 세게 힘을 줘서 차라리 고통 쪽에 집중한다. 로캐스타에서 봤던 그 부상당한 은혈 장교는 코르비움에서 벌어진 일이 대량학살이라고 했다. *그만 둬*, 스스로에게 주문을 건다. *그 생각은 그만 둬.* 당연하게도 생각은 어쨌든 그쪽으로 향한다. 정말로 생각하고 싶지 않을 때 그 공포를 피하는 건 불가능한 일이다. *대량학살.* 양쪽 모두에게. 적혈과 은혈, 진홍의 군대와 메이븐의 군대. 칼은 살아 있다, 메이븐의 태도에서 내가 알 수 있는 건 딱 그 정도다. 하지만 팔리, 킬런, 카메론, 오빠들, 나머지는? 아마도 코르비움의 성체를 공격했을 법한 그 많은 이름과 얼굴들. 그들은 어떻게 됐을까?

나는 눈을 손가락으로 눌러 눈물을 밀어 넣으려고 애를 쓴다. 그 노력으로도 기진맥진하지만, 아기 고양이와 클로버 앞에서 우는 것은 절대 사절이다.

놀랍게도, 차량은 초크의 캠프 가운데에서 멈추지 않는다. 거기에 메이븐의 달콤한 연설을 위해 딱 들어맞아 보이는 완벽한 광장이 있었는데도 말이다. 여러 하이 하우스 집안의 자손들이 타고 있는 몇 대의 차량들이 떨어져 나가지만, 우리는 계속 속력을 내어 쭉쭉 나아가 깊이, 더 깊이 들어간다. 숨기고 싶어 하는 것 같기는 한데, 아기 고양이와 클로버의 경계가 더 날카로워지고, 두 사람의 눈은 창문과 서로를 왔다 갔다 한다. 그들은 이 상황이 맘에 들지 않는 모양이다. *잘됐네. 실컷 불편해 하며 꼼지락대라지.*

더 대담한 기분이 들수록, 공포의 그림자가 내게서 떨어져 나간다. 메이븐의 정신이 나가기라도 한 걸까? 우리를…… 우리 모두를 어디로 데려가는 중일까? 분명히 궁중 사람들을 참호나 지뢰밭이나 더 나쁜 곳으로 끌고 가진 않을 텐데. 차량들은 속도를 올리고, 점점 빠르게 더 빠르게 얼음처럼 단단해진 대지를 길 삼아 굴러간다. 멀리, 포병대의 대포와 중화기가 철로 된 거대한 잔해 속에 서 있는 모습이 보인다. 그 비틀린 그림자들은 검은색 해골들 같다. 1.5킬로미터 정도 안으로, 우리가 첫 번째 참호를 지나고 급하게 지은 티가 나는 다리들을 지나는 동안 자동차들은 으르렁거리는 소리를 낸다. 더 많은 참호들이 나타난다. 예비군, 지원 부대, 통신 부대 들이다. 노치의 통로들처럼 짜인 길들이 얼어붙은 진흙을 뚫고 들어가 있다. 열 개를 넘어가자 몇 개까지 셌는지를 까먹고 만다. 이 참호들은 버려졌거나 아니면 군인들이 매우 잘 숨어 있는 모양이다. 붉은색 군복 쪼가리 하나 볼 수가 없다.

이것이 덫일 수도 있다는 것은 우리 모두가 아는 바이다. 어린 소년을 걸려들게 만들어 패배를 선사하려고 늙은 왕이 꾸민 책략이라든가. 한편 그게 사실이라면 좋겠다는 마음도 든다. 내가 메이븐을 죽일 수 없다면, 어쩌면 레이크랜즈의 왕이 그 일을 나 대신 해 줄 수도 있지 않을까. 시그넷 하우스의 님프가. 수백 년의 세월 동안 지배해 온 자들. 그게 적국의 왕가에 대해서 내가 아는 전부다. 그의 왕국은 우리 것과 마찬가지로 피에 의해 분리되고, 귀족 은혈 가문들이 지배하는 곳이다. 그리고 듣자 하니, 진홍의 군대가 그들을 괴롭히고 있는 모양이고. 메이븐처럼, 그는 어떤 대가를 치르더라도, 어떤 수단을 써서라도 기를 쓰고 자기 권력을 유지해야만 한다. 심지어 오래된 적과 공모하는 한이 있어도 말이다.

동쪽에서는, 구름이 갈라지더니, 태양빛 몇 줄기가 우리 주변의 가혹한 대지를 비춘다. 눈으로 볼 수 있는 범위에는 나무가 전혀 없다. 최전방 참호를 지나는 순간 나는 내 눈에 들어온 광경에 숨을 혁들이쉰다. 적혈 군인들이 긴 줄을 이루고 떼 지어 모여 있다. 참호는 사람 키 여섯 배 정도의 깊이에, 군복은 녹슨 선홍색으로 다양한 음영을 이루고 있다. 그들이 모여 있는 모습이 상처에 고인 피처럼 보인다. 손은 사다리에 올린 채 추위에 떨고 있다. 그들의 왕이 명령하기만 하면 참호에서 달려 나와서 초크의 치명적인 교전 지역 속으로 뛰어들 준비를 한 채로. 적혈들 사이에서 은혈 장교들을 찾아낼 수 있다. 그들의 회색과 검정색이 뒤섞인 제복으로 식별할 수 있다. 메이븐은 어리지만, 어리석지는 않다. 만약 이것이 레이크랜즈 측의 계략이라면, 그는 자기가 빠져나올 길을 만들기 위해서 싸울 준비를 해야 한다. 레이크랜즈의 왕 역시 반대쪽의 자기 참호에 군대를 마찬가지로 대기시켜 놓았을 것이다. 너 많은 적혈 군인들이 그저 버리는 패로 쓰일 것이다.

우리 차량의 바퀴가 반대편에 닿는 순간, 내 옆의 클로버가 바싹 긴장한다. 그녀는 전기가 튀는 녹색 눈을 앞에 고정한 채 침착하려고 애를 쓴다. 그녀가 느끼는 공포를 배반하듯 이마에는 땀으로 인한 광택이 번뜩인다.

초크의 진짜 불모지는 두 군대 분량의 포병대가 남긴 불길로 인해 커다란 구멍들로 곰보 자국이 나 있다. 그런 구멍들 중 일부는 틀림없이 수십 년은 된 흔적처럼 보인다. 얼어붙은 진흙 속에 가시철망이 엉켜 있다. 앞쪽의 길을 안내하는 차량에서는, 텔키와 마그네트론이 함께 작업을 한다. 그들은 팔을 앞뒤로 흔들어서 차량 행렬이 지날 길에 놓인 장애물들을 획획 치운다. 돌돌 말린 철 조각들이 전 방향으로 튕겨 나간다. 그리고, 추측이지만, 뼈도 날려 간다. 몇 세대에 걸쳐 이곳에서 죽음을 맞아 온 적혈들의 뼈. 그들의 먼지로 흙이 더럽혀진다.

내 악몽 속에서, 이곳은 영원히 모든 방향으로 이어진다. 하지만 망각 속으로 계속 나가는 대신에, 수송대는 최전방 참호를 지나 800미터쯤 가자 속도를 조금 늦춘다. 차량들이 둥글게 돌며 자리를 잡아서 반달 모양 호를 그리면서 차를 세우는 동안, 나는 신경질적인 웃음을 터뜨릴 뻔한다. 하고 많은 것들 중에서, 하고 많은 장소들 중에서…… 우리가 멈춰 선 곳은 어떤 파빌리온이다. 그 정자처럼 생긴 가건물이 배경과 이루는 대조는 부조화 그 자체다. 하얀 기둥에 오염된 바람을 따라 흔들리는 부드러운 커튼까지, 새로 지어진 티가 팍팍 난다. 오직 하나의 목적, 유일하게 그 목적만을 위해서 지어진 구조물이다. 오래 전 그때처럼, 정상 회담, 만남을 위해서 지어진 건물. 두 왕이 100년 동안의 전쟁을 시작하기로 결심했던 때처럼.

감시병이 내가 탄 차의 문을 확 열더니 내리라고 손짓한다. 클로버는 짧은 순간 망설이지만 아기 고양이가 목청을 가다듬어 그녀를 재촉한다. 나는 그들 사이에 끼어서, 없어진 대지 위로 내려선다. 돌과 먼지들이 발아래의 땅을 울퉁불퉁하게 만들고 있다. 무엇도 내 아래에서 쪼개지는 일은 없기만을 빈다. 두개골, 갈비뼈, 대퇴골, 아니면 척추. 내가 끝도 없는 무덤 가운데를 걸어가는 중이라는 사실에 더 이상의 증거는 필요 없으니까.

클로버가 두려움을 느끼는 유일한 사람인 건 아니다. 심지어 감시병들조차 느리게 이동하고, 경계에 찬 채, 가면 쓴 얼굴을 앞뒤로 획획 움직인다. 지금만큼은, 그들도 메이븐의 안전만큼이나 자기들 안전에 대해서도 신경 쓰는 것 같다. 그리고 일행 중에서 나머지 궁중 사람들(에반젤린, 프톨레무스, 샘슨)은 자기들 차량 옆에 남아 있다. 그들은 시선을 고정한 채 코를 찡그리고 있다. 그들은 나만큼이나 죽음과 위험의 냄새를 잘 맡을 수 있다. 잘못된 움직임 하나, 위협의 징조 하나만 나타나도 그들은 총알같이 달아날 것이다. 에반젤린은 갑옷을 입기 위해서 모피를 버렸다. 목에서부터 손목을 지나 발가락까지 철이 그녀를 뒤덮고 있다. 그녀는 가죽 장갑을 벗어 찬 공기에 피부를 드러낸다. 더 잘 싸우기 위한 것이다. 나도 똑같이 하고 싶은 기분이지만, 그게 별로 내게 도움이 될 것 같지는 않다. 족쇄는 언제나 그렇듯 강력하다.

아무 영향도 받지 않은 것처럼 보이는 유일한 사람은 메이븐이다. 죽어 가는 겨울은 그에게 너무나 잘 어울려서, 그의 창백한 피부는 어느 정도 기이할 정도로 우아하게 돋보인다. 심지어 눈가의 그늘조차, 늘 그렇듯 어둡고 멍처럼 보일 정도로 검은데도, 그를 좀 더 비극적으로 아름답게 보이게 해 준다. 오늘 그는 과하다 싶을 만큼 예복을 차려 입었다. 소년 왕, 하지만 그래도 여전히 왕인 그가 추정컨대 그의 가장 큰 적일 누군가의 눈을 똑바로 들여다보려고 한다. 머리 위 왕관은 지금 아주 자연스럽게 보이는데, 그의 눈썹 정도로 낮게 자리하게 고친 모양이다. 메이븐의 윤기 나는 검정색 머리카락 사이로 청동과 철로 만들어진 불꽃이 지글거린다. 심지어 초크의 회색 빛 속에서도 은과 루비와 오닉스로 이루어진 그의 훈장과 휘장들은 빛이 난다. 안감이 불꽃처럼 붉은색으로 모양을 이룬 망토는 옷과 함께 불의 왕의 이미지에 완벽히 어울린다. 하지만 초크는 우리 모두를 잡아먹는다. 메이븐이 이 장소를 두려워하는 깊은 본능과 맞서 싸우며 앞으로 걷는 동안, 먼지가 광택을 낸 검정색 부츠 위로 얼룩을 만든다. 안달이 난듯, 그는 어깨 너머로 시선을 돌려 자기가 이곳으로 끌고 온 수십의 사람을 쏘아본다. 그의 불꽃같은 푸른색 눈동자는 충분한 경고를 던지고 있다. 우리는 그와 함께 가야만 한다. 죽음이 두렵지 않은 탓에, 무덤이 될지도 모를 곳으로 그를 따라서 움직인 첫 번째 사람은 바로 내가 된다.

레이크랜즈의 왕은 이미 기다리고 있다.

그는 간단한 의자에 팔다리를 아무렇게나 벌리고 앉아 있다. 뒤로 휘날리는 거대한 깃발에 비해 상대적으로 작은 남자다. 은색과 하얀색의 꽃잎 네 개를 가진 꽃이 작업된 청록색 깃발이다. 희부연 푸른색을 띠고 있는 그의 차량들이 파빌리온의 반대편에 줄지어 선 채로, 우리 쪽 차량들과 거울상을 이룬다. 한눈에 보기에도 십수 대는 넘는 차량이 있는 걸 알 수 있는데, 차량마다 레이크랜즈 식의 감시병들이 우글우글하다. 더 많은 수가 레이크랜즈 왕과 그의 수행단에게 붙어 있다. 그들은 가면이나 망토는 없지만 깊은 사파이어색의 번쩍이는 판으로 만든 전술 갑옷을 입고 있다. 그들은 돌로 깎은 듯한 얼굴을 하고는 침묵 속에서 딱딱하게 서 있다. 각각의 전사들은 태어날 때부터 훈련받았거나 적어도 그에 근접한 이들 같다. 나는 그들 능력도 모르고, 왕의 수행원들의 능력 또한 모른다. 레이크랜즈 궁중 사람들에 대한 정보는 수백 년도 더 전에 들었던 레이디 블로노스의 수업에서 내가 배웠던 내용에는 없었다.

우리가 다가가자, 왕은 좀 더 관심을 보인다. 나는 그를 바라보며 백금과 토파즈와 터키석과 어두운 색의 라피스 라줄리로 만들어진 왕관 아래의 남자를 좀 더 잘 보려고 노력한다. 메이븐이 붉은색과 검정색을 선호하는 만큼이나 이 왕은 푸른색을 선호한다. 어쨌든 그는 님프이고, 물을 다루는 사람이니까, 그 색이 딱 들어맞긴 하다. 그의 눈 역시 푸른색일 거라고 예상했는데, 그의 눈은 의외로 그의 길고 쭉 뻗은 회색 머리칼과 잘 어울리는 폭풍 같은 잿빛이다. 내가 알고 있는 유일한 다른 왕인 메이븐의 아버지와 나도 모르게 그를 비교하고 있는 것을 발견한다. 두 사람은 극도로 대조적이다. 티베리아스 6세가 기골이 장대하고, 수염을 기르고, 술을 마셔서 몸과 얼굴이 비대했던 데 비해, 레이크랜즈의 왕은 마르고, 깔끔하고 면도를 했으며 어두운 피부에 눈빛이 또렷하다. 다른 모든 은혈들이 그렇듯이 피부 아래의 회청색이 그의 안색을 차갑게 보이게 한다. 일어서는 그의 동작은 우아하고, 그의 미끄러지는 듯한 움직임은 무용수의 것과 유사하다. 그는 갑옷을 차려입지도, 제복을 갖춰 입지도 않았다. 은색과 청색으로 번뜩이는 망토만이 밝게 빛나며 그의 깃발만큼이나 불길한 예감을 준다.

"캘로어 하우스의 메이븐 왕이여."

메이븐이 파빌리온으로 들어서는 순간 그가 머리를 기울이며 말한다. 검정색 비단이 하얀색 대리석 위로 스르륵 나아간다.

"시그넛 하우스의 오렉 왕이여."

메이븐도 같은 식으로 대답한다. 그는 신중한 태도로 상대편보다 더 낮게 숙인다. 입술 위에는 확고하게 미소를 띠고 있다.

"내 선친(先親)께서 여기 계셔서 이 장면을 보셨더라면 참 좋았을 텐데요."

"그대의 어머니께서도 그렇지요."

오렉이 말한다. 그 말들에는 전혀 이빨을 드러낸 기색 같은 건 없음에도, 메이븐은 갑자기 위협을 받기라도 한 것처럼 재빠르게 자세를 바로한다.

"애도를 표하는 밥니다. 그대는 그토록 많은 상실을 겪기에는 너무 젊지 않습니까."

오렉에게는 독특한 억양이 있어서, 그의 말들은 기묘한 멜로디처럼 들린다. 그의 눈이 메이븐의 어깨를 지나서 나를 지나서, 자기 가문인 메란더스의 상징인 파란색을 입고 우리 뒤를 따르고 있는 샘슨에게로 휙 움직인다.

"내…… 요청들을 전해 들었습니까?"

"물론입니다."

메이븐은 어깨 너머로 턱을 내민다. 그는 잠깐 나를 흘긋 보고는 다음 순간, 오렉처럼 시선을 샘슨에게로 돌린다.

"사촌, 괜찮다면 자네 차량에서 대기하도록."

"사촌……."

샘슨은 감히 할 수 있는 최대한의 항의를 담아 입을 연다. 그런데도 그는 걷던 중에 딱 멈추더니 파빌리온의 바닥에서 몇 미터 떨어진 곳에 발이 뿌리박힌 듯 선다. 논쟁을 만들어서는 안 된다, 여기서는 아니다. 오렉 왕의 경비들은 긴장하면서 차고 있는 무기에 손을 올린다. 총, 칼, 그 분위기가 우리를 둘러싼다. 그들의 왕과 그의 정신에 위스퍼가 지나치게 가까이 접근하는 것을 막기 위해서는 뭐라도 꺼내들 자세다. 노르타의 궁정에서도 이렇게 했었어야 했는데 말이다.

마침내, 샘슨이 마지못해 동의한다. 그는 날카롭고 잘 훈련된 동작으로 팔을 자기 옆구리에 붙이면서 깊게 절을 한다.

"네, 전하."

그가 몸을 돌려서 자기 차량으로 돌아가고 시야에서 완전히 사라지고 나서야 레이크랜즈 경비들은 긴장을 푼다. 그리고 오렉 왕은 팽팽한 미소를 지으며 마주한 자리로 오라고 메이븐에게 손짓한다. 애걸하려고 초청된 아이를 대하듯이.

대신에 메이븐은 반대편에 마련된 좌석으로 몸을 돌린다. 의자는 침묵하는 돌로 이루어진 것이 아니고 안전하지 않지만, 그는 망설이는 기색도 없이 자리를 잡는다. 그는 뒤로 기대며 다리를 꼬고, 그의 망토는 한쪽은 팔 위를 덮고 한쪽은 자연스럽게 늘어진다. 그의 손이 달랑거리자 플레임메이커 팔찌가 분명하게 보인다.

우리 일행의 나머지도 그의 주변에 모여서 이제 우리를 마주하고 있는 레이크랜즈 궁중 사람들과 짝을 이루듯 자리에 앉는다. 에반젤린과 프톨레무스가 그들의 아버지와 함께 메이븐의 오른쪽에 자리를 잡는다. 언제 그가 우리 수송 행렬에 합류한 건지 전혀 모르겠다. 웰르 총독도 여기에 있다. 그의 녹색 망토는 초크의 회색을 배경으로 보니 역겹게 느껴진다. 아이럴, 라리스, 그리고 헤이븐 하우스의 부재가 내 눈에는 너무나 명확히 보인다. 그들의 빈자리는 다른 고문들로 대체되었다. 내 아벤 경비들 4명은 내가 앉는 동안 주변을 둘러싸는데, 어찌나 가까운지 그들의 숨결이 들릴 정도의 거리다. 나는 내 앞에 있는 사람들, 레이크랜즈 사람들에게 집중한다. 왕의 가장 가까운 고문, 친구, 외교관, 그리고 장군 들이다. 왕 그 자신만큼이나 사람들에게 공포의 대상이 되어야 하는 이들. 어떤 소개도 이루어지지는 않지만, 나는 재빨리 그들 중에서 누가 제일 중요한 인물인지 깨닫는다. 그녀는 왕의 오른편에, 이쪽에서는 현재 에반젤린이 채우고 있는 자리에 앉아 있다.

어쩌면 매우 어린 왕비인 걸까? 아니, 그렇다기에는 가족적 유사성이 매우 강하다. 아버지의 것과 유사한 눈동자와 흠결 없는 푸른 보석들이 박힌 왕관을 쓰고 있는 것으로 보아서 그녀는 아마도 레이크랜즈의 공주인 것이 틀림없다. 그녀의 검은색 직모는 진주와 사파이어로 장식된 채 희미하게 반짝거린다. 내가 가만히 쳐다보고 있는 사이 그녀는 내 시선을 느끼고, 즉시 되쏘아 본다.

내 관찰을 깨트리며 메이븐이 먼저 입을 연다.

"지난 한 세기만에 처음으로, 우리가 서로에게 동의했군요."

"그랬지요."

오렉이 고개를 끄덕인다. 약한 태양빛 아래에 그의 보석 장식이 된 눈썹이 번뜩인다.

"진홍의 군대와 그 모든 종류들은 반드시 뿌리 뽑아야 합니다. 그 질병이 이미 퍼진 것 이상으로 더 멀리 퍼지지 않도록 재빠르게 말입니다. 다른 지역의 적혈들이 놈들의 거짓 약속들에 고통 받지 않도록요. 내가 피에드몬트에서 문제가 있었다는 소문들을 좀 들었는데 말입니다?"

"소문이라, 그렇군요."

속이 검은 나의 왕이 그가 원하는 것 이상에 지나지 않는 것을 마지못해 인정한다.

"그대도 왕자들이 어떤지는 아시겠지요. 항상 자기들끼리 논쟁을 벌이지요."

메이븐의 말에 이어지는 오렉의 반응은 거의 비웃음에 가깝다.

"정말로 그렇지요. 프레이리의 군주들도 꽤 비슷합니다."

"조항들에 대해서 말입니다만……."

"그렇게 빠르게 하지는 맙시다, 내 어린 친구여. 문으로 걸어 들어가기 전에 나는 그대 쪽 하우스의 상태에 대해 좀 더 알고 싶으니까

393

말입니다."

내 자리에서조차 메이븐이 긴장하는 것을 느낄 수 있다.

"원하는 것을 물으시죠."

"아이럴 하우스는? 라리스 하우스는? 헤이븐 하우스는?"

오렉의 눈이 아무것도 놓치지 않고 우리 쪽 줄을 빠르게 훑어 내린다. 나를 지날 때 그의 시선은 짧은 시간이지만 흔들린다.

"이곳에서 그들 중 아무도 볼 수가 없군요."

"그래서요?"

"그러니 그 보고들이 사실이군요. 그들이 자기네 정당한 왕에게 반역을 꾀했다는."

"그렇습니다."

"추방당한 자를 지지하느라요."

"그렇습니다."

"그리고 신혈들로 이루어진 그대의 군대는 어떻게 되었습니까?"

"매일매일 자라고 있습니다. 우리 모두가 휘두를 방법을 배워야만 하는 또 하나의 무기이지요."

"저 소녀처럼 말이군요. 번개 소녀는 강력한 전리품이죠."

레이크랜즈의 왕이 내 방향으로 머리를 기울인다.

나는 무릎 위로 주먹을 꽉 쥔다. 당연하게도 그의 말은 옳다. 나는 메이븐에게 있어서 질질 끌고 다니며 내 얼굴과 그가 시키는 대로 내가 뱉는 말들을 활용하여 그의 편으로 사람들을 끌어들일 용도의 전리품 그 이상 아무것도 아니다. 그럼에도 불구하고 나는 얼굴을 붉히지 않는다. 너무 오랜 기간을 수치에 익숙해진 채로 지내 왔다.

그 말에 메이븐이 내 쪽을 보았는지, 나는 모르겠다. 나로서는 메이븐을 쳐다보지도 않을 거니까.

메이븐이 입을 연다.

"전리품이라, 맞습니다, 그리고 상징이기도 하지요. 진홍의 군대는 피와 살이 있는 존재이지 유령이 아닙니다. 육신이 있는 인간이라면 지배받을 수도 있고, 패배할 수도 파괴될 수도 있지요."

오렉 왕은 동정한다는 듯이 혀를 끌끌 찬다. 재빨리 그는 일어서고, 그의 망토가 뒤섞이는 강물처럼 그의 주변을 따라 휘말린다. 메이븐도 일어서더니 오렉과 파빌리온의 중앙에서 마주 선다. 그들은 서로를 재보면서, 서로가 상대편을 집어삼킬 듯이 읽는다. 누구도 그 대치를 먼저 깨지 않는다. 나를 둘러싼 공기가 긴장되는 것이 느껴진다. 뜨거워졌다, 그러더니 차가워지고, 다음 순간 건조해지더니, 다음 순간 축축해진다. 두 은혈 왕들의 의지가 우리 주변에서 맹위를 떨친다.

오렉이 메이븐의 안에서 무엇을 보았는지 모르겠지만, 갑자기 그는 마지못한 듯 태도를 바꿔 어두운 한 손을 뻗는다. 호화로운 반지들이 그의 열 손가락에서 깜빡댄다.

"뭐, 그들은 곧 처리될 겁니다. 그대 나라의 반역자 은혈들도 마찬가지고요. 두 왕국의 권력 앞에서 세 하우스 정도는 아무것도 아니지요."

머리를 살짝 숙이는 것으로 메이븐도 대답을 되돌린다. 그는 오렉의 손을 맞잡는다.

희미하게, 스틸츠 마을의 메어 배로우가 도대체 어쩌다가 여기까지 흘러오게 된 걸까 궁금해진다. 몇 발자국 떨어진 곳에 두 왕이 있고, 우리 망할 역사의 한 조각을 끼워 넣는 모습을 지켜보고 있다니. 언젠가 내가 이 얘기를 해 주면 줄리언은 기절할 테지. *언젠가.* 그를 다시 만나게 될 테니까. 모두를 다시 만나게 될 테니까.

"이제 조항을 볼까요."

오렉이 말을 잇는다. 그리고 나는 그가 메이븐의 손가락을 놓아 주지 않고 있다는 것을 깨닫는다. 감시병들도 알아차린다. 위협하듯 동시에 앞으로 한 걸음을 내딛는 그들의 불꽃 망토에는 많은 무기들이 감춰져 있다. 연단 반대편에서, 레이크랜즈 경비들도 똑같이 한다. 각각이 감히 다른 쪽으로 향해 발만 딛어도 곧장 유혈사태로 치달을 것이다.

메이븐은 손을 비틀어 떼지도, 가까이 당기지도 않는다. 그는 움직이지도 않고 두려워하지도 않는 채, 그저 똑바로 서 있다.

"조항들은 타당합니다."

대꾸하는 메이븐의 목소리는 침착하다. 내 쪽에서는 그의 얼굴이 보이지 않는다.

"초크는 균등하게 나뉠 것이며, 예전 국경은 유지되고 여행이 가능하게 열릴 테고요. 그대들은 캐피탈 강과 에리스 운하를 동등하게 사용할 수 있을 것이며……."

"그대의 형제가 살아 있다면, 나는 보증이 필요합니다."

"내 형제는 반역자이며, 추방당했습니다. 그는 곧 죽음을 맞을 겁니다."

"그게 내 요점입니다, 젊은이. 그가 더 빨리 죽음을 맞을수록, 우리가 더 빨리 진홍의 군대를 갈기갈기 찢어버릴 수 있겠지요…… 그러고 나면 그대는 다시 옛날의 방식으로 돌아설 겁니까? 그대는 적혈들의 시체 속에서 익사하는 걸 깨닫고 그 시체를 다른 어딘가로 던져 버릴 필요를 느끼지 않겠습니까?"

오렉의 얼굴은 어두워지고, 회색과 보라색으로 물든다. 그의 차갑고 무심한 매너는 분노로 바뀌며 사라진다.

"인구 조절은 하나의 방법이지요, 하지만 전쟁은, 그 끝나지 않는 밀고 당기기는 광기 그 이상 아무것도 아닙니다. 나는 그대가 적혈 쥐새끼들을 통솔하지 못한 탓에 은혈들의 피가 한 방울이라도 더 흐르는 것은 용납하지 않겠습니다."

메이븐은 앞으로 몸을 기울이며 오렉의 격렬함에 맞선다.

"우리의 조약이 이곳에서 결정되면, 모든 도시를 통해 방송되어 내 왕국의 모든 남자, 여자, 그리고 아이들에게 알려질 겁니다. 왕국의 모두가 이 전쟁이 끝날 것을 알게 될 겁니다. 적어도 노르타의 모두는 알게 될 거예요. 난 그대 나라가 똑같은 역량을 갖추지 않고 있음은 익히 알고 있습니다, 영감님. 하지만 그대가 할 수 있는 한 최선을 다해서 그대 왕국의 산간벽지에까지 이 사실을 알릴 거라고 믿고 있어요."

전율이 모두를 관통한다. 은혈들은 공포로 전율하지만, 나는 흥분으로 전율한다. *서로를 부숴 버려.* 나는 속으로 말한다. *서로를 뒤집어 버리라고.* 저 님프 왕이 자기가 선 자리에서 메이븐을 익사시키는 데 조금의 문제도 없으리라고 확신한다.

오렉은 이를 드러낸다.

"그대는 내 왕국에 대해서 아무것도 모릅니다."

"진홍의 군대가 내 것이 아니라, 그대의 히우스에서 출발했다는 것은 압니다."

메이븐이 쏘아붙인다. 자유로운 손을 들어서 그는 자기의 감시병들에게 물러서라고 지시한다. 어리석고, 가식적인 꼬맹이 같으니. 이런 점 때문에 그가 죽게 되었으면 좋겠다.

"그대가 일방적으로 내 부탁을 들어주는 것처럼 굴지 마시죠. 이건 우리에게만큼이나 그대에게도 필요한 일이지 않습니까."

"그렇다면 나는 그대의 약속을 원합니다, 메이븐 캘로어."

"이미 그대는 내 약속을……."

"그대의 약속과 그대의 손을요. 그대가 만들 수 있는 가장 강한 결합을 말입니다."

*아.*

내 눈은 레이크랜즈의 왕과 손바닥이 붙은 듯이 붙들고 있는 메이븐에게서 에반젤린으로 휙 날아간다. 그녀는 얼어붙기라도 한듯 고요하게 앉은 채로 시선을 다른 곳도 아닌 대리석 바닥에 고정하고 있다. 그녀가 일어나서 소리를 지르면서 이 장소를 파편 무더기로 만들어 버리진 않을까. 하지만 그녀는 움직이지 않는다. 오빠라는 이름의 애완견인 프톨레무스조차 자기 의자에 가만히 앉아만 있다. 자기네 사모스 검정색 옷을 입고 있는 그들의 아버지도 항상 그렇듯 곱씹고만 있다. 내 눈에는 딱히 어떤 변화도 보이지 않는다. 에반젤린이 자기가 얻으려고 그토록 열심히 싸웠던 그 자리를 잃게 될 거라는 조짐은 전혀 안 보인다.

파빌리언의 맞은편에 앉아 있는 레이크랜즈 공주는 돌로 빚은 것처럼 보인다. 그녀는 심지어 눈도 깜빡이지 않는다. 그녀는 이 일이 일어날 것을 알고 있었던 것이다.

예전에, 메이븐의 아버지가 그에게 곧 나와 결혼해야 할 거라고 말했을 때에, 그는 충격으로 목이 졸린 것처럼 굴었다. 그는 발끈해서는 반박하는 등 꽤 괜찮은 연극을 선보였다. 그는 그 제안이 어떤 것인지, 그것이 의미하는 바가 무엇인지를 전혀 알지 못하는 척 했다. 나처럼, 그는 1000개는 되는 가면을 쓰며 100만 개는 되는 다른 역할을 연기해 왔다. 오늘 그는 왕으로서 연기를 펼치는 중이고, 왕이란 결코 놀라지도, 의표를 찔려 균형을 잃지도 않는 법이다. 만약 메이븐이 놀랐다고 한들, 그는 결코 그 감정을 비치지 않는다. 그의 음성에서는 강철 같은 단단함만이 느껴질 뿐이다.

"우리가 가족이 될 수 있다면 영광일 겁니다."

메이븐이 말한다.

마침내, 오렉이 메이븐의 손을 놓는다.

"나에게도 영광일 겁니다."

둘 다 이 이상 진정성이 없을 수가 없을 텐데.

내 오른편에서, 누군가의 의자가 대리석 위로 끌리는 소리가 난다. 두 개의 소리가 더 재빨리 뒤를 따른다. 금속과 검정색의 소나기 속에서, 사모스 하우스가 파빌리온에서 서둘러 빠져나간다. 에반젤린은 결코 뒤돌아보지 않고 두 손을 옆구리에 늘어뜨린 채 오빠와 아버지보다 앞서서 나간다. 어깨를 떨어뜨리고 있고, 세심하게 쭉 뻗은 자세가 어쨌든 조금 느슨해진 것처럼 보인다.

그녀는 안도하고 있다.

메이븐은 그녀가 가는 모습을 보지도 않은 채, 지금 자기 손에 들어온 사안에만 그저 집중하고 있다. 레이크랜즈 공주와 관련된 일 말이다.

"마이 레이디."

그가 그녀의 방향으로 절을 하며 말한다.

그녀는 강철 같은 시선을 누그러뜨리지 않은 채로, 그저 머리만 기울인다.

"나의 궁중이 지켜보는 가운데, 나는 그대에게 정중하게 청혼하고자 합니다."

전에도 들어 본 적이 있는 말이다. 똑같은 남자에게서. 사람들 앞에서 이 말을 들었을 때, 말 하나 하나가 꼭 자물쇠가 잠기는 것 같이 들렸다.

"나는 그대에게 나 자신을 드리고자 합니다, 아이리스 시그넛, 레이크랜즈의 공주여. 받아 주시겠습니까?"

아이리스는 아름답고, 그녀의 아버지보다 더 우아하다. 무용수일 뿐만 아니라, 사냥꾼이다. 그녀는 길쭉한 팔다리로 일어서며 의자에서 몸을 편다. 부드러운 사파이어 빛 벨벳이 폭포처럼 흐르며 풍만하면서도 여성스러운 곡선을 드러낸다. 드레스의 갈라진 틈들 사이로 달라붙은 가죽 바지가 흘깃 보인다. 많이 입은 듯 무릎 부분에 금이 가 있다. 그녀는 이곳에 아무 준비도 없이 온 것이 아니다. 그리고 이곳의 다른 많은 이들처럼, 그녀는 추위에도 불구하고 장갑을 끼지 않고 있다. 메이븐을 향해 쭉 뻗은 그녀의 손은 호박색 피부에 손가락이 길고 아무 장식도 하고 있지 않다. 그럼에도 불구하고 그녀의 눈동자는 전혀 흔들림이 없다. 심지어 공기 중에서 엷은 안개가 생겨나면서 그녀의 쭉 뻗은 손 주변을 휘감는 순간에도 그렇다. 안개는 눈앞에서 빛나고, 습기를 머금은 작은 방울들은 생명을 얻으며 응결된다. 안개는 곧 물로 만들어진 작은 수정 구슬이 되고, 각각의 방울들은 비틀리고 움직이며 빛의 조각이 반사하는 구멍이 된다.

그녀가 뱉은 첫마디는 내가 알지 못하는 언어이다. 레이크랜즈 말. 그 말들은 가슴이 터질듯 아름답고 하나의 말은 다음 말로 노래처럼, 물처럼 흐른다. 그러고 나서, 노르타의 억양으로……

"저도 그대에게 저를 드립니다, 제 삶도 그대에게 드립니다."

그녀는 자기의 전통과 자기 왕국의 관습에 따른 후에 대답한다.

"받아들이겠습니다, 전하."

메이븐은 그녀의 손을 잡기 위해서 맨손을 내밀고, 그의 움직임에 따라 손목에서 팔찌가 불꽃을 낸다. 불길은 공기를 달구고, 그들의 손가락이 만나는 순간 뱀처럼 구부러진다. 그 불이 그녀를 태우지는 않겠지만, 그렇다고 해도 분명 일부러 손가락을 대 볼 정도로 가까이 있고 싶진 않을 것이다. 아이리스는 결코 움찔하지 않는다. 눈도 깜빡이지 않는다.

그리고 그렇게 해서 하나의 전쟁이 끝이 난다.

〈2권에서 계속〉

**옮긴이** | 김은숙

번역하다가 자기도 모르게 작품에 빠져 작업을 잊고 다음 페이지를 읽다가 정신 차리기를 몇 번씩 반복한다. 소설 취향은 잡식성. 번역한 책으로 『미술관을 터는 단 한 가지 방법』(공역), 『웨이크 시리즈』(전3권), 『레드 퀸: 적혈의 여왕』(전2권), 『레드 퀸: 유리의 검』(전2권) 등이 있다.

# 레드 퀸 : 왕의 감옥 I

1판 1쇄 찍음  2019년 11월 1일
1판 1쇄 펴냄  2019년 11월 8일

**지은이** | 빅토리아 애비야드
**옮긴이** | 김은숙
**발행인** | 박근섭
**편집인** | 김준혁
**책임편집** | 최고운
**펴낸곳** | 황금가지

**출판등록** | 2009. 10. 8 (제2009-000273호)
**주소** | 06027 서울 강남구 도산대로 1길 62 강남출판문화센터 5층
**전화** | 영업부 515-2000 편집부 3446-8774 **팩시밀리** 515-2007
**홈페이지** | www.goldenbough.co.kr

도서 파본 등의 이유로 반송이 필요할 경우에는 구매처에서 교환하시고
출판사 교환이 필요할 경우에는 아래 주소로 반송 사유를 적어 도서와 함께 보내주세요.
06027 서울 강남구 도산대로 1길 62 강남출판문화센터 6층 민음인 마케팅부

한국어판 © ㈜민음인, 2016. Printed in Seoul, Korea

ISBN 979-11-5888-107-8  04840(1권)
　　　979-11-5888-109-2  04840(세트)

㈜민음인은 민음사 출판 그룹의 자회사입니다.
황금가지는 ㈜민음인의 픽션 전문 출간 브랜드입니다.

Black
Romance
Club

## 블랙 로맨스 클럽을 열며

로맨스 소설에도 흐름이 있다. 한참 인기를 지속하던 칙릿 이후 10대에서 출발해서 무서운 속도로 영역을 넓혔던 인터넷 소설 시장에 이어, 과히 광풍이라고 부를 수 있을 정도로 전 세계를 평정한 뱀파이어 소설이 최근의 주류를 이루고 있다. 하지만 한 작품이 인기를 끌고 나면 그 뒤로는 아류작이 쏟아져 나오는 시장의 특성상, 너무나 천편일률적인 작품들이 유행에 따라서 서점을 채우고 있다.

블랙 로맨스 클럽은 바로 이 획일화 되어 있는 로맨스 소설 시장에 대한 고민에서 출발했다. 사실 로맨스 소설은 다 비슷한 게 당연한 것 아니냐고? 천만의 말씀. 그냥저냥 잘생긴 남자랑 예쁜 여자가 만나서 악역 조연들에게 시달리며 오해를 겹겹이 쌓아가다가 어느 순간 너를 너무 사랑하니까 하고는 결혼에 골인하면 되는 거 아니냐고? 부디 블랙 로맨스 클럽을 통해 그 편견을 버려 주시길 바란다.

블랙 로맨스 클럽 편집부는 로맨스라면 흔히 떠올리는 소재나 플롯 등에서 벗어나 다양한 소재를 다룬 신선한 소설, 탄탄한 이야기 구조를 기반으로 재미와 감동을 전해 주는 소설만을 엄선하고자 한다. 시리즈의 작품들은 하나 같이 기존의 로맨스 소설의 공식을 깨는 개성 넘치는 작품들로, 시대를 초월한 재미를 추구하는 작품만을 선정했다. 추리, 호러, 스릴러, SF, 판타지, 역사, 좀비 등 소설에서 기대할 수 있는 모든 이야기에 로맨스라는 양념이 덧붙여진 종합 선물 세트와 같은 다양한 소설들로 독자들에게 색다른 재미를 드리고자 한다. 블랙 로맨스 클럽의 '블랙'은 하얀색, 분홍색, 빨강색 등의 색조로 흔히 표현되는 로맨스 소설을 뒤집어 개성 넘치는 로맨스 소설을 담고자 하는 출판사의 마음을 담고 있다.